rororo

Andreas Laudan, geboren 1967 in Lüneburg, ist promovierter Musikwissenschaftler. Neben der Musik beschäftigt er sich mit Philosophie, Psychologie, Geschichte und Naturwissenschaften. Im Rowohlt Taschenbuch Verlag erschien unter dem Titel «Das Geflecht» bereits der erste Band um die Höhlenforscherin Tia.

«Ein packender Öko-Thriller, der fast nur an einem einzigen Ort spielt – in einer tiefdunklen Höhle. Trotzdem schwindet keine Sekunde lang die Spannung, der Leser fiebert bis zur letzten Seite mit den Verschütteten.» *Südhessen Woche*

Andreas Laudan

Das blaue Leuchten

Thriller

Rowohlt Taschenbuch Verlag

Originalausgabe
Veröffentlicht im Rowohlt Taschenbuch Verlag,
Reinbek bei Hamburg, März 2014

Redaktion Tobias Schumacher-Hernández
Umschlaggestaltung any.way, Cathrin Günther
(Abbildung: plainpicture/Naturbild; plainpicture/Johner)
Innengestaltung Daniel Sauthoff, Hamburg
Satz Dörlemann Satz, Lemförde
Druck und Bindung CPI books GmbH, Leck
Printed in Germany
ISBN 978 3 499 26719 2

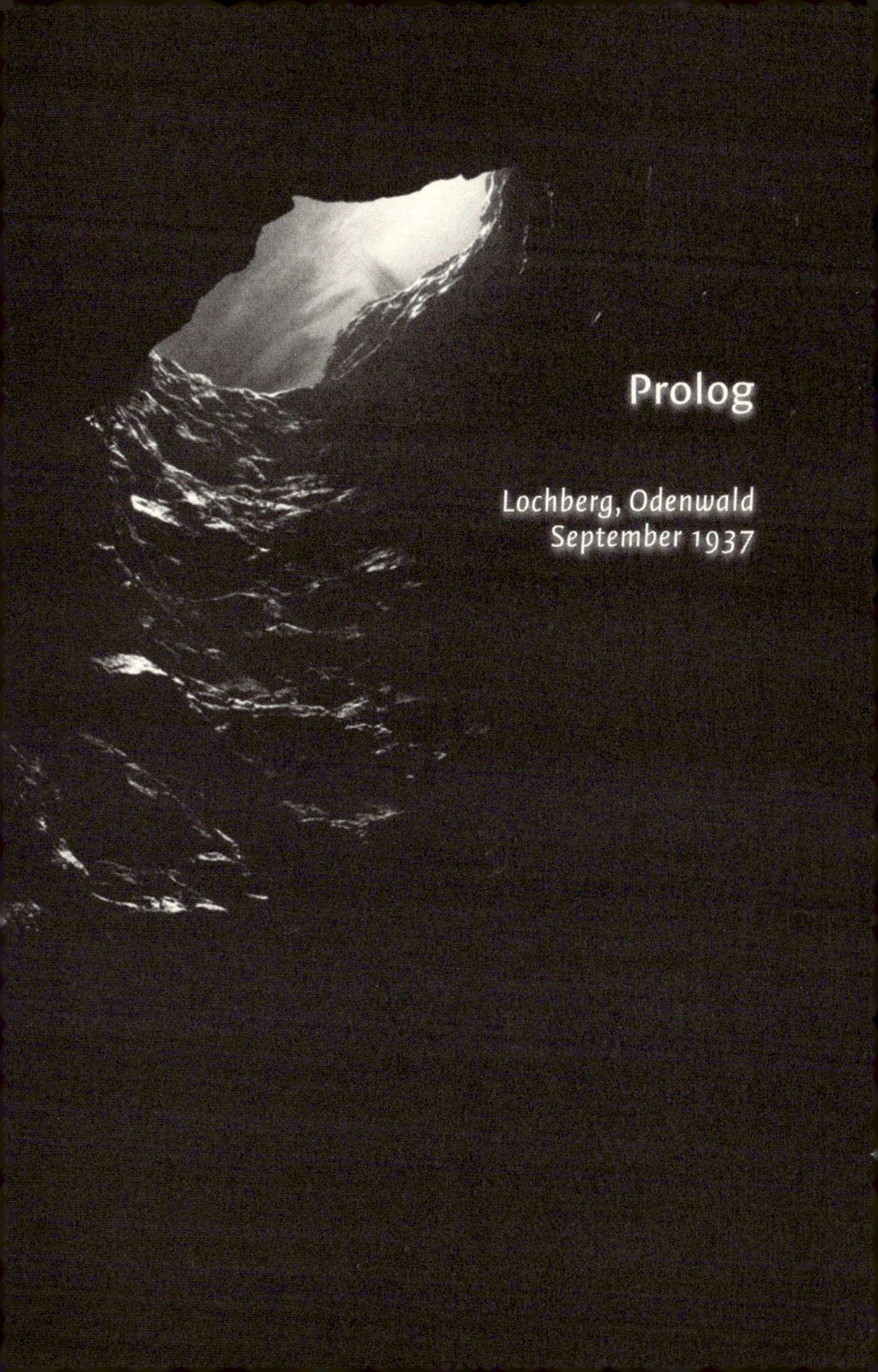

Prolog

Lochberg, Odenwald
September 1937

Liebste Eva,
dies sind wahrscheinlich meine letzten Zeilen an dich. Ich weiß nicht, was geschehen wird, doch ich wage nicht zu hoffen, dass ich dich wiedersehe oder dass es mir noch einmal möglich sein wird, dir zu schreiben.
Der Wahnsinn wird ein Ende haben; davon bin ich überzeugt. Es wird nicht heute oder morgen geschehen, und ich bedaure zutiefst, dass ich es aller Voraussicht nach nicht mehr erleben werde. Du aber, meine Liebste, sollst und wirst es erleben. Eines Tages werden die Banner der marodierenden Rotten sich senken; die Vernunft wird in Herzen und Köpfe zurückkehren – und du in dieses Haus, das eben sowohl deines wie meines ist. Du allein kennst das Versteck, in dem ich diesen Brief zurücklasse. Du wirst ihn finden und lesen, und vielleicht wirst du dann verstehen, warum ich handelte, wie ich nun handeln muss.
Ich blicke auf die Uhr: Nur Minuten bleiben. Gleich wird es an der Tür pochen. Darum muss ich dir Ade sagen – und es schmerzt mich, es in solcher Kürze zu tun. Vieles muss ungesagt bleiben, liebste Eva. Eines aber sollst du wissen: Siebenundvierzig Jahre habe ich gelebt, manche Wohltat und manchen Segen genossen, selbst Ruf und Rang unter meinen Kollegen, bescheidenen Wohlstand, öffentliche Anerkennung – das Beste aber und Wertvollste, das es in meinem Leben gab, bist du, und so wird es immer bleiben.

Sollten wir uns nicht wiedersehen, wird mein letzter Gedanke dir gelten. Ich sehe uns stehen auf jener Brücke in Worms, der alten Königsstadt, deine Hände in meinen, überglänzt vom strahlenden Himmel, der sich in deinen Augen spiegelt. Dieses Bild wird mich begleiten, wo immer ich auch hingehe. Der glücklichste Augenblick meines Lebens – er wird bei mir sein. Du wirst bei mir sein.

Curd Heiding setzte den Federhalter ab und blickte zur Wanduhr hinüber. Der Messingzeiger näherte sich der fünften Stunde. Die Nacht ging vorüber, bald würde es draußen hell werden. Er musste sich beeilen.

Es war nicht nötig, den Brief zu adressieren, mit dessen Abfassung er die vergangenen Stunden zugebracht hatte. Ebenso wäre es sinnlos gewesen, ihn in einen Umschlag zu stecken. Heiding ging davon aus, dass man seine Post abfing. Irgendwo in einem Büro der Staatspolizei saß ein Beamter mit rasiertem Schädel und Nickelbrille – sie sahen alle so aus; Heiding kannte diesen Typus, der unter der Herrschaft der Partei so prächtig gedieh – und las jeden Brief, den er verschickte oder bekam.

Heiding faltete das Schriftstück zusammen, öffnete die Tür zur Terrasse und ging hinaus in den dunklen Garten. Die Grube neben dem Kirschbaum hatte er bereits am vorigen Abend ausgehoben. Seit zwei Jahren lagerte dort eine eiserne Kassette im Boden, die ein Bündel Hundert-Reichsmark-Scheine und den größten Teil des Familienschmucks enthielt. Ursprünglich hatte Heiding das Versteck angelegt, weil er mit Plünderungen rechnete. Seit die Partei herrschte, kam es nicht selten vor, dass Rotten skrupelloser Barbaren, aufgepeitscht von der Propaganda, in die Häuser von Juden eindrangen und alles mitgehen ließen, was auch nur halbwegs Wert besaß. Nun würde das Versteck auch dem Brief als sicherer Aufbewahrungsort dienen.

Heiding legte ihn in die Kassette, die er am Abend ausgegraben hatte, verschloss das Kästchen sorgfältig und versenkte es wieder in die Grube. Dann ergriff er den Spaten und schüttete das Loch zu. Zum Schluss galt es nur noch, die ausgestochenen Grassoden wieder an ihren Platz zu setzen, um die Stelle zu tarnen. Nach getaner Arbeit würde niemand mehr erkennen können, dass es hier etwas zu finden gab. Niemand kannte das Versteck – niemand außer Eva.

Er war keinen Moment zu früh fertig. Drüben im Haus wurde an die Tür geklopft, so heftig, dass das Oberlicht im Rahmen klirrte.

Heiding zuckte zusammen. Rasch huschte er zum Gartenschuppen hinüber, um den Spaten hineinzustellen, eilte zur Terrasse zurück und klopfte den Erdstaub von seinen Kleidern. Leise schloss er die Tür. Sein Blick wanderte zum Sekretär, wo noch immer der Federhalter lag.

Erneut wurde gegen die Tür geschlagen, nun hörbar ungeduldig.

Heiding ließ den Federhalter in einer Schublade des Sekretärs verschwinden. Dabei fiel sein Blick auf einen Brieföffner, ein stählernes Stilett mit fingerlanger Klinge. Einem Impuls folgend, steckte er das Messer in eine Innentasche seines Sakkos. Dann atmete er tief ein, straffte die Schultern und betrat den Flur, an dessen Ende die Haustür lag.

Es war ein Gefühl, wie zu seiner eigenen Hinrichtung zu gehen. Unwillkürlich dachte er an jene, die das gleiche Schicksal vor ihm erlitten hatten. Doch er war kein Thomas Müntzer, kein Ludwig der Sechzehnte, erst recht kein Christus. Er war nur Curd Heiding, bis vor kurzem Professor für Archäologie, Privatdozent, ein Mann in mittleren Jahren ohne revolutionäre Ambitionen und ohne außergewöhnliche Geschichte. Sein Leben wurde nicht bedroht, weil er an den Grundfesten der Herrschaft, der Moral, der Gesellschaft gerüttelt hätte. Er hatte überhaupt nichts getan. Sein einziges Vergehen bestand darin, dass einige seiner Vorfahren mütterlicherseits sich zum jüdischen Glauben bekannt hatten. Ihm selbst bedeutete dieser Glaube wenig. In seiner Welt gab es keinen Gott, der über ein auserwähltes Volk wachte. Gott war nur ein Begriff, ein Bauwerk des Gedankens, eindrucksvoll wie ein steinernes Mahnmal aus uralter Zeit – doch genauso leblos. Und was das auserwählte Volk betraf: Das waren die anderen. *Sie* hielten sich für die überlegene Rasse. Sie glaubten sich zur Herrschaft berufen, nicht durch göttlichen Bund, sondern durch die Natur, die die Starken über die Schwachen triumphieren ließ.

Was würden sie mit ihm tun? Heiding hatte nur Gerüchte darüber gehört, was mit jenen geschah, deren einziges Verbrechen ihre Abstammung war. Würden sie ihn in einen fensterlosen Kellerraum schleifen, der nur von einer nackten Glühbirne erhellt wurde? Würden sie ihm Fragen stellen? Es gab nichts, das er ihnen sagen konnte. Er konnte keine Freunde oder Bekannten benennen, die irgendeine Form von Umsturz betrieben. Diejenigen, die ernsthaft opponierten, waren längst außer Landes. Geblieben waren nur die Mutigsten – und die Naiven, die sich einredeten, die Lage sei gar nicht so ernst und der Terror würde vorübergehen. Curd Heiding war sich nicht sicher, zu welcher Kategorie er sich selber zählte. Das Zittern seiner Beine, als er den Treppenabsatz erreichte, deutete jedenfalls nicht auf eine Heldennatur hin.

Wieder erbebte die Haustür im Rahmen von einem heftigen Schlag.

Heiding drehte den Schlüssel und öffnete.

Er hatte mehrere Besucher erwartet, mindestens zwei oder drei, bewaffnet, in ledernen Mänteln. Doch es war nur Hans Maurer, der vor ihm stand – allein. Die Hand des SS-Mannes, zum nächsten Schlag gegen die Tür erhoben, sank langsam herab. Er trug seine feldgraue Uniformjacke mit den glänzenden Knöpfen, der roten Armbinde und den Abzeichen am Kragen. Sein Gesicht glänzte von einem feinen Schweißfilm. Maurers Gesicht hatte immer geglänzt, erinnerte sich Heiding: Schon, als der Mann noch ein einfacher

Büroangestellter gewesen war, der am Wochenende Unkraut in seinem Garten jätete. Die Partei hatte ihm ein neues Leben und eine stattliche Uniform geschenkt, doch noch immer schien er alles, was er tat, mit jener angestrengten Beflissenheit zu tun, die ihn stets verschwitzt wirken ließ.

«Guten Morgen, Herr Untersturmführer», brachte Heiding mit mühsam kontrollierter Stimme hervor.

Maurer erwiderte den Gruß nicht. Stattdessen drängte er sich mit einer herrischen Grobheit herein, als gehöre das Haus ihm. Heiding musste beiseitetreten.

«Sehr vernünftig von dir, dass du nicht getürmt bist», versetzte Maurer mit seiner hohen, ein wenig quäkenden Stimme. Diese Stimme mochte manche Menschen dazu verführen, den kleinen Mann mit der Knollennase und dem glänzenden Gesicht nicht besonders ernst zu nehmen. Curd Heiding jedoch wusste es besser. Diese Stimme, bar aller natürlichen Kraft und Autorität, konnte jeden Moment in ein wütendes Schnarren überschnappen, in dem das unduldsame Bewusstsein seiner Amtswürde zum Ausdruck kam.

«Man hätte dich sofort geschnappt. Wir kontrollieren jede Straße und jede Eisenbahnverbindung ins Ausland.»

Das war Heiding klar, und er zog es vor zu schweigen.

«Du wirst mir jetzt diese Höhle zeigen», verlangte Maurer. «Augenblicklich. Pack alles zusammen, was wir dafür brauchen!»

Heiding erschrak. Damit hatte er nicht gerechnet. Er wusste, dass Maurer ihm sein Geheimnis entlocken wollte, hatte jedoch angenommen, dass es nur um die Preisgabe des Ortes ging. Wollte Maurer die Höhle tatsächlich betreten?

«Mach schon!», drängte der SS-Mann.

Heiding gehorchte stumm. Er wandte sich um und ging den Flur hinunter in sein Arbeitszimmer, dicht gefolgt von Maurer. Dort angekommen, öffnete er die Truhe mit den Gerätschaften und kramte unter dem wachsamem Blick des Offiziers die Lampen, die Seile, die Steigeisen hervor. Sein Kopf schwirrte ... hoffentlich vergaß er in seiner Angst nichts Wichtiges.

«Beeilung!»

Der Rucksack war kaum gepackt, als Maurer ihn zurück zur Haustür scheuchte. Heiding trat ins Freie, spürte die kalte Morgenluft auf dem Gesicht, blickte sich um. Kein Wagen stand bereit.

«Wir gehen zu Fuß», erklärte Maurer. «Du voran! Und keine Fisimatenten – du weißt, was dann passiert.»

Er legte eine Hand auf den ledernen Holster am Gürtel, in dem seine Waffe steckte.

Sie wanderten durch die leeren Gassen der Stadt, deren Bewohner noch schliefen, überquerten die Weinstraße, näherten sich dem alten Steinbruch. Der Weg war weit. Heiding schätzte, dass sie mindestens eine Stunde unterwegs sein würden. Warum, fragte er sich, war Maurer allein und ohne seinen Wagen gekommen?

Vielleicht will er niemanden dabeihaben, ging ihm plötzlich auf. *Der Wagen ist ein Dienstfahrzeug der SS; es gehört ein Chauffeur dazu. Niemand soll wissen, was er tut. Selbst seine Vorgesetzten haben wahrscheinlich keine Ahnung. Aber was hat das zu bedeuten? Wird er sich die Höhle zeigen lassen und mich gleich an Ort und Stelle erschießen, damit niemand sein Geheimnis teilt?*

«Bisschen schneller!», drängte Maurer hinter ihm.

Als sie den Wald erreichten, zeigte sich über den Bergen im Osten der erste fahle Schimmer der aufgehenden Sonne. Der Weg stieg an, wurde steinig. Heiding hörte seinen Begleiter vernehmlich schnaufen. Maurer war ein Schreibtischmensch und nicht an Fußmärsche gewöhnt. Vermutlich glänzte sein Gesicht inzwischen wie ein glasierter Kuchen.

«Wie weit noch?», keuchte er, als sie abbogen und in den Wald eindrangen.

«Fünf- oder sechshundert Meter», schätzte Heiding.

Eine weitere halbe Stunde lang kämpften sie sich durch das Unterholz. Schließlich aber erreichten sie die Stelle, die Heiding auf Anhieb wiedererkannte: den überwucherten Berghang, aus dem auf halber Höhe ein waagerechter Granitblock hervorbleckte. Wohl niemand wäre beim flüchtigen Vorbeigehen auf die Idee gekommen, dass sich unter diesem Felsen der Eingang zu einer ausgedehnten Höhle verbarg. Heiding selbst hatte sie nur durch Zufall entdeckt – und bislang niemandem verraten, wo genau sie sich befand.

Der Hang war steil und von Felsstufen durchsetzt, sodass sie sich auf alle viere niederlassen mussten, um hinaufzuklettern. Halt boten nur Büsche und einige Baumwurzeln, die aus der Erde ragten. Mehr als einmal rutschte Maurer ab und fluchte vor sich hin. Als sie endlich das kleine Plateau unter der Felszunge erreicht hatten, das von dichtem Gestrüpp bedeckt war, richtete er sich mühsam auf und wischte sich die schweißglänzende Stirn.

«Wo soll hier eine Höhle sein?»

Wortlos bog Heiding die Büsche zur Seite und zeigte ihm die Öffnung unter dem überhängenden Fels. Sie maß kaum einen halben Meter.

Maurer blickte fast erschrocken darauf. Offenbar wurde ihm erst jetzt klar, worauf er sich eingelassen hatte.

«Dort drinnen hast du also diesen goldenen Becher gefunden?»

Heiding nickte.

«Wenn du mich in die Irre führst, wird es zu deinem eigenen Schaden sein, das garantiere ich dir!»

«Ich gebe Ihnen mein Wort», beteuerte Heiding.

«Das Wort eines Juden ist nichts wert.» Maurer zog seine Pistole. «Du wirst dafür sorgen, dass wir heil wieder herauskommen – verstanden? Das ist in deinem eigenen Interesse. Schließlich willst du doch deine Frau wiedersehen, oder etwa nicht?»

Heiding erbleichte. «Was meinen Sie damit?»

«Ich bin ermächtigt, eine Vereinbarung mit dir zu treffen. Du zeigst mir den Fundort des Schatzes – und wir gewähren dir freie Ausreise nach Frankreich.»

Heidings Herz klopfte heftig. War es möglich, dass Maurer die Wahrheit sagte? Würde man ihn, einen jüdischen Intellektuellen, zu seiner Frau nach Paris reisen lassen? Er wusste, dass es bis vor kurzem offizielle Politik der Nationalsozialisten gewesen war, Juden des Landes zu verweisen und ihre Auswanderung zu fördern. Inzwischen jedoch hatte sich die Strategie geändert: Alle Grenzen waren geschlossen worden, und missliebige Elemente landeten nicht mehr im Ausland, sondern in Gefängnissen und Arbeitslagern. Wollte man für ihn eine Ausnahme machen? War sein Geheimnis für die Partei derart wertvoll?

«Ist das wirklich wahr?», brachte er heiser hervor.

Maurer richtete die Mündung der Pistole auf seine Brust.

«Du hast die Wahl: Zeig mir den Schatz, und bring mich sicher wieder nach draußen, dann kann ich schon morgen ein Sondervisum erwirken. Weigerst du dich, dann siehst du deine Frau nie wieder und darfst für den Rest deines Lebens bei der Straßenbaukolonne schuften.» Maurer machte eine bedeutungsvolle Pause. «Und wenn du zulässt, dass mir dort drinnen irgendetwas zustößt – dann bleibt es nicht bei der Straßenbaukolonne. Dann wartet der Strick auf dich! Das sollte dir klar sein.»

Heiding senkte den Blick. An diesem Versprechen zumindest zweifelte er nicht im Geringsten.

«Also los jetzt!» Maurer wies mit der Pistolenmündung auf den Rucksack. «Pack deine Sachen aus.»

Heiding tat es. Er schulterte Seile und Steigeisen, entzündete die Karbidlampen. Seinen Grubenhelm reichte er wortlos Maurer, der ihn aufsetzte. Als eben die ersten Strahlen der Sonne durch den Dunst am Horizont brachen, krochen sie hintereinander durch den schmalen Einstieg und ließen das keimende Tageslicht hinter sich. Maurer schnaufte und wand sich in dem engen Tunnel wie eine Made in ihrem Kokon. Als sie endlich den dahinterliegenden Raum erreicht hatten, musste Heiding ihn stützen, damit er wieder auf die Beine kam.

Im Stillen flehte Heiding, dass nichts schiefgehen würde. Einen völlig Unerfahrenen unter Tage zu führen, war kaum weniger gefährlich, als ein sechsjähriges Kind zum ersten Mal auf ein Fahrrad zu setzen. Die Gänge waren schmal, teilweise abschüssig, und an einer Stelle musste eine tiefe Grube überquert werden, die Heiding provisorisch mit einem Holzbrett überbrückt hatte. Schon nach kurzer Zeit schwitzte er fast ebenso wie sein Begleiter – aus purer Angst, diesem könnte etwas zustoßen. Mit allergrößter Sorgfalt erkundete er jeden Meter des Weges, warnte trotz der Lampen vor jeder Stufe, jeder Felszacke, jedem Tropfstein, der aus der Decke ragte. Mehrmals mussten sie enge Durchgänge passieren. Stets ging Heiding voran, wartete geduldig und leistete Hilfe, wo immer es möglich war, ohne die Grenzen der Schicklichkeit zu verletzen. Einmal musste er sich zurückhalten, seinen Begleiter nicht einfach am Kragen zu packen, als dieser sich schnaubend und fluchend durch einen Felsspalt wälzte.

Der schwierige Weg nahm Heiding gänzlich in Anspruch, sodass er kaum Gelegenheit zum Nachdenken hatte. Wenn es jedoch dazu kam, fragte er sich immer dasselbe: Warum nahm ein Unteroffizier der SS eine solche Strapaze auf sich? Warum war er allein gekommen, nicht mit seinen Kollegen oder einer Truppe erfahrener Höhlensteiger?

Er will keine Zeugen, vermutete Heiding erneut. Es gab keine andere Erklärung. Maurer war keineswegs im Auftrag seiner Dienststelle hier, um eine Fundstätte germanischer Altertümer zu erschließen. Soweit Heiding sich an jene Zeiten erinnern konnte, als Hans Maurer noch ein harmloser Nachbar mit gut gepflegtem Obstgarten gewesen war, hatte sich dieser Mann nie auch nur im Geringsten für Archäologie interessiert – wohl aber für seine Karriere. Soweit Heiding wusste, war Maurer in die Partei eingetreten, weil sie ihm einen steilen Aufstieg und zahlreiche Vergünstigungen geboten hatte. Er hatte sein Haus ausgebaut, hatte sich ein Motorrad zugelegt, einen Rundfunkempfänger, teure Garderobe, eine goldene Uhr. Seit er Uniform trug, war er nicht nur eine Respektsperson, sondern zugleich in den gehobenen Mittelstand aufgestiegen. Den goldenen Becher, Heidings ersten Fund aus dieser Höhle, hatte Maurer bereits konfisziert. Wer konnte schon sagen, ob dies wirklich im Auftrag der SS geschehen war? Stand das antike Stück womöglich in Maurers Wohnung und zierte seinen Kaminsims? Wollte der Mann den Schatz für sich allein – oder würde er sich als dessen Entdecker ausgeben, um allen Ruhm für sich zu beanspruchen?

In beiden Fällen, sagte sich Heiding, war es höchst unwahrscheinlich, dass irgendeine Abmachung für seine Ausreise nach Frankreich existierte. Maurers Vorgesetzte ahnten vermutlich gar nicht, dass ihr Untergebener gerade hier war. Nur zwei Männer kannten das Geheimnis ... einer zu viel, aus Maurers Perspektive gesehen.

Es gibt keine Vereinbarung, folgerte Heiding. *Kein Visum, keine Ausreise. Er wird mich erschießen, sobald wir wieder draußen sind ... und meine Leiche irgendwo im Wald verscharren.*

Inzwischen hatten sie den Raum erreicht, in dem sich der Abgrund öffnete: Ein senkrechter Schacht von scheinbar unermesslicher Tiefe. Maurer streckte den Arm mit der Lampe aus. Das Licht erhellte unregelmäßige, von Zacken und Kavernen durchschnittene Wände, verlor sich jedoch schon nach wenigen Metern.

«Dort unten?», fragte er.

Heiding nickte.

«Wie tief ist das?»

«Knapp hundertzwanzig Meter.»

Maurer verzog die Lippen. «Wie bist du da hinuntergekommen?»

«Es gibt einen Felsvorsprung auf halber Höhe», erklärte Heiding. «Mit dem Sechzig-Meter-Seil ist es möglich ... wenn auch schwierig.»

«Also gut. Steigen wir hinunter.»

«Aber wir haben nur einen Hüftgurt und einen Achter zum Abseilen», gab Heiding zu bedenken. «Zu zweit ist das unmöglich.»

Maurer verzog keine Miene. «Ich nehme den Gurt! Du kletterst voran.»

Heidings Puls ging schnell, während er die Vorbereitungen traf. Dies würde weit gefährlicher werden als alles, was sie bisher bewältigt hatten. Der Achter, ein Eisenring mit zwei Ösen, diente normalerweise zur Bremsung und sollte ein unkontrolliertes Abrutschen verhindern. Gleichzeitig war das Gerät, als zusätzliche Sicherung, durch einen Karabiner mit dem Hüftgurt verbunden. Indem Maurer den Hüftgurt beanspruchte, überließ er Heiding den Kraftakt des Abseilens und hing selber wie ein zusätzliches Gewicht an ihm. Einen solchen Abstieg zu überstehen, war etwas ganz anderes, als sich durch dunkle Gänge und enge Spalten zu zwängen: Es erforderte Kraft, Geschick und Körperbeherrschung. Zwar besaß Heiding einige Erfahrung, denn Bergsteigen war seine Leidenschaft gewesen, schon bevor er die Archäologie für sich entdeckt hatte. Maurer jedoch würde am Seil hängen wie ein nasser Sack und womöglich ihrer beider Leben gefährden.

Aber was liegt noch an meinem Leben?, fragte sich Heiding, während er mit einem Hammer einen Felshaken am Rand des Schachtes einschlug. *Er wird mich ohnehin töten.*

Sorgfältig zurrte er Brems- und Lastseil fest und warf beide Enden in den Abgrund. Dann reichte er Maurer den Gurt, half ihm sogar beim Anlegen und klinkte den Karabiner ein. Er selbst würde faktisch ungesichert klettern.

«Abwärts!», kommandierte Maurer.

Gehorsam ließ sich Heiding von der Kante des Schachtes hinab, umklammerte mit beiden Händen das Seil und stemmte die Stiefel gegen die Felswand. Maurer folgte, zwar ungeschickt, doch immerhin bereit, sich gleichfalls an der Wand abzustützen, um das Gewicht zu verringern. Auf diese Weise überwanden sie mühsam die ersten Meter. Heidings Arme zitterten unter der Anstrengung. Beim letzten Abstieg war er allein gewesen und durch den Gurt gesichert. Nun schwebte er über dem Abgrund, nur an seinen Händen hängend. Würde er das durchhalten?

«Etwas schneller, wenn's geht!», befahl Maurer.

Heiding schnaubte. Die Situation ließ ihn jeden Respekt vergessen. «Es geht nicht! Ich bin für unser beider Sicherheit verantwortlich, das haben Sie selbst gesagt. Mein Leben ist Ihnen vielleicht egal, aber wenn ich abstürze, müssen Sie aus eigener Kraft wieder hinaufklettern.»

«Willst du etwa behaupten, das würde ich nicht schaffen?», kläffte Maurer zurück. «Was ein Jude kann, kann ein deutscher Mann schon lange!»

Heiding verkniff sich einen Kommentar, biss die Zähne zusammen und ließ sich weiter hinab. Offenbar vertraute sein Feind darauf, dass er Kraft genug besaß, um diese Kletterpartie zu einem sicheren Ende zu bringen.

«Wenn wir unten sind und ich alles gesehen habe, wirst du wieder hochklettern», instruierte ihn Maurer vorsorglich, «und mich von oben hinaufziehen. Komm ja nicht auf die Idee, mich unten zu lassen und einfach zu türmen. Du weißt, was dann passiert!»

Diesmal regte sich in Heiding unwiderstehlicher Widerspruch.

«Ach ja?», gab er zurück. «Aber es weiß doch niemand, dass wir hier sind, habe ich nicht recht? Sie haben Ihren Vorgesetzten kein Wort gesagt.»

«Für wie dumm hältst du mich?», höhnte Maurer. «Ich habe meinen Sohn eingeweiht. Er wird alles Nötige veranlassen, falls ich bis zum Mittag nicht zurück bin.»

So ist das also, begriff Heiding.

«Sie wollen den Schatz für sich selbst, nicht wahr?», mutmaßte er kühn. «Ist der goldene Becher schon auf dem Schwarzmarkt gelandet?»

Maurer lachte schallend – ein hässliches, knatterndes Geräusch, das vom Echo der Schachtwände grotesk vervielfältigt wurde.

«Du dummer Jude! Euereins denkt nur an den Gewinn; so seid ihr eben. Dieser Schatz ist viel mehr wert als Geld! Er ist ein Heiligtum germanischer Herrenkultur, und er verleiht seinem Besitzer unbegrenzte Macht. Du hast doch keine Ahnung, Judenbengel, worüber du hier gestolpert bist!»

Heiding mühte sich einen Moment, das Gleichgewicht zu halten und eine sichere Stelle zum Abstützen zu finden. Dann erst schöpfte er genügend Atem für eine Antwort.

«Ich weiß es sehr wohl», gab er zurück. «Schließlich bin ich der Archäologe von uns beiden. Es handelt sich um Kunstgegenstände aus dem fünften bis sechsten Jahrhundert nach Christus, wahrscheinlich alemannisch oder suebisch.»

Maurer lachte erneut. «Und ganz zufällig unweit von Worms? Versenkt in einem Schacht? ‹Im Loch› – sagt dir das nichts?»

Heiding hielt inne. Doch, das sagte ihm etwas; schließlich kannte er sich in den historischen Überlieferungen der Region weit besser aus als sein Gegner. Er selbst hatte den Gedanken bereits erwogen, geprüft, als unwahrscheinlich verworfen. Glaubte Maurer tatsächlich, auf dem Grunde dieses Schachtes etwas zu finden, wonach seit über tausend Jahren vergeblich gesucht wurde? Etwas, das ihm nicht nur Reichtum, sondern unsterblichen Ruhm, vielleicht sogar die persönliche Gunst des Führers einbringen würde?

«Und ich werde der Entdecker sein!», frohlockte Maurer über ihm.

Heiding verstand. Der SS-Mann würde zweifellos dafür sorgen, dass es «seine» Entdeckung blieb und dass ein Fund, den die Propaganda wie die Kronjuwelen der arischen Rasse feiern würde, nicht unter dem Namen eines Juden in die Geschichte einging.

Ich werde sterben, begriff Heiding endgültig.

Im selben Augenblick traf ihn ein schweres Gewicht und riss ihn mehrere Meter tief hinab. Maurer schrie schrill. Heidings Füße wurden von der Felswand gerissen, und im nächsten Moment hing er frei über dem Abgrund und drehte sich um sich selbst, beide Hände um das Seil geklammert. Erst nach einer Schrecksekunde begriff er, was geschehen sein musste: Maurer, der keine Steigerstiefel trug, war an der Felswand abgerutscht und hatte seine Geisel mitgerissen. Erst im letzten Moment hatte der Achter den Sturz gebremst, und nun schwebten beide haltlos in der Leere.

Maurer keuchte heftig. Erst allmählich schien er zu begreifen, dass sie sich gefangen hatten und keine unmittelbare Gefahr drohte. Offenbar war sein Schrei ihm peinlich, weshalb er beschloss, den Schrecken durch gesteigerte Grobheit zu überspielen.

«Pass doch auf!», blaffte er zu Heiding hinab, als wäre es dessen Schuld gewesen.

Heiding kniff die Augen zusammen, als zwei oder drei Tropfen einer scharf riechenden Flüssigkeit auf sein Gesicht herabregneten. Offenbar hatte der entsetzte Herrenmensch sich glattweg in die feldgrauen Präsentierhosen gemacht.

«Weiterklettern!», verlangte er. «Na los, wird's bald?»

In dem Moment, als die Tropfen Heidings Gesicht berührten, setzte in ihm irgendetwas aus. Statt zu gehorchen, riss er sich einen Augenblick zusammen und bündelte seine Kräfte. Dann zog er sich am Seil aufwärts.

«Was tust du da?», fauchte Maurer.

Heiding ignorierte ihn. Zwei, drei kräftige Züge, und er war auf einer Höhe mit seinem Gegner. Ein weiterer Zug, und Maurer hing halb unter ihm.

«He!», schrie Maurer und packte ihn am Gürtel. «Bist du übergeschnappt? Abwärts!»

Ungerührt stemmte Heiding einen Fuß auf die Schulter des Mannes. Dann ließ er mit einer Hand das Seil los und griff in seine Brusttasche. Der Brieföffner war ihm eingefallen, der noch immer darin steckte.

Maurers dunkle Augen weiteten sich entsetzt.

«Was ... was soll das?»

Er schrie nicht mehr. Seine Stimme war zu einem heiseren Flüstern geschrumpft. Einen Moment versuchte er vergebens, Heiding wieder hinabzuziehen, doch besaß er weit weniger Körperkraft als sein Gegner.

Heiding antwortete nicht. Eigentlich, dachte er, musste doch offensichtlich sein, was er tat: Er hatte die scharfe Schneide des Brieföffners am Seil angesetzt und trennte die Fasern eine nach der anderen durch. Es dauerte einige Zeit, denn das Seil war so dick wie ein Daumen und aus mehrfach gedrechseltem Hanf.

Noch mindestens siebzig Meter bis zum Boden, dachte Heiding mit jäher Kälte. *Da bleibt kein Knochen heil, nicht einmal ein Fingerglied. Ich komme hier sowieso nicht lebend heraus – aber dieser selbstgefällige Schweißbeutel auch nicht.*

«Heiding!», brüllte Maurer, dem die nackte Todesangst offenbar das Duzen ausgetrieben hatte. «Lassen Sie das!»

Noch drei Fasern, noch zwei ... das Seil ruckte.

Eva ...

Heiding schloss die Augen.

Du bist mein letzter Gedanke. Du und ich, auf der Brücke in Worms. Deine Augen, in denen sich der Abendhimmel spiegelt ...

Ein letzter Schnitt.

Das Seil zerriss.

Die Schwerkraft tat ihr Werk.

Eva.

Heidings letzter Gedanke glühte eine Sekunde lang in gleißender Helligkeit. Dann verschluckte ihn die Dunkelheit am Boden des Abgrunds.

Erster Teil

Das Leuchten

Dortmund, Gegenwart
Dienstag, 10. September

Tia

Der weiße Ford Transit legte sich in die Kurve und fädelte sich in einen Kreisverkehr ein. Tia Traveen musste nicht raten, wo sie sich befanden. Zwar hatten die Straßen sich verändert, und den Kreisel hatte es im vorigen Jahr noch gar nicht gegeben. Dennoch wies ihr Richtungssinn untrüglich nach Osten.

«Nächste Möglichkeit rechts raus», sagte sie.

Leon, der neben ihr am Steuer des Vans saß, schmunzelte hörbar. «Wenn du das sagst?»

«Verlass dich einfach auf mich.»

«Tu ich doch immer, mein geniales kleines Navi.»

Leon ging vom Gas, und Tia konnte die Fliehkraft spüren, als sie nach rechts ausscherten.

«Tatsächlich», gab er schließlich zu, offenbar ein Straßenschild musternd. «Schomakerstraße.»

«Wir kommen nur von der anderen Seite als sonst», erklärte Tia. «Halt mal Ausschau, da müsste gleich links eine Tankstelle sein.»

Leon fuhr langsam. Schließlich brauchte er im Gegensatz zu Tia seine Augen, um sich zu orientieren.

«Ja, da ist die Tankstelle. Dahinter dann rechts?»

«Links», korrigierte Tia.

Bereits das Geräusch der Reifen auf der kleinen Seitenstraße sagte ihr, dass sie richtig waren. Sie erkannte das brüchige Pflaster, die Bodenwellen, den Rhythmus der Schlaglöcher. Selbst die Ampelanlage summte noch auf derselben Frequenz wie in früheren Jahren. Die Reihenhaussiedlung, traditionelles Wohnviertel der Bergleute und Fabrikarbeiter, sah wahrscheinlich kaum anders aus als zur Zeit ihrer Erbauung. Nur wenig hatte sich seitdem verändert – abgesehen von der Schließung der letzten Zeche und der steigenden Arbeitslosigkeit, die nicht eben dazu beigetragen hatte, das Stadtviertel attraktiver zu machen. Einige der Wohnungen standen leer, und die Bewohner der übrigen waren ärmer denn je. Im Geist sah Tia die endlosen identischen Fassaden mit identischen Fenstern und Balkonen vor sich, einige davon in verblichenem Hellblau angestrichen, um ein wenig Farbe in die Eintönigkeit zu bringen.

Blau ... Wie lange schon hatte sie diese Farbe nicht mehr gesehen, die sie einst geliebt hatte? Es war lange her, dass die kleine Tia, zwölfjährig und mit intakten Augen, auf dem schmalen Rasenstreifen an dieser Straße gespielt hatte.

«Sechsundvierzig ... achtundvierzig ...» Leon musterte die Hausnummern. «Hier.»

Er stoppte den Transit. Sie stiegen aus, und Tia roch die vertraute Luft. Sie kam nicht oft hierher, in der Regel zwei- oder dreimal im Jahr, doch stets berührte sie die Mischung aus den Abgasen der Großstadt und dem Duft des schmalen Rasenstreifens. Den Plattenweg zur Haustür hätte sie ohne Mühe gefunden. Dennoch ging sie an Leons Arm, wie sie es gewohnt war, während er das Gepäck trug.

Klingeln erwies sich als unnötig, denn die Tür stand bereits offen. Ein schwacher Geruch nach Scheuermittel drang aus dem Treppenhaus, und zugleich ein anderer, milder und lebendiger.

«Tieken!»

Die Stimme ihres Vaters war ein wenig heiser, doch voller Wärme. Tia löste sich von Leon und sank ihm in die Arme.

«Hallo, Papa.»

Er war nicht größer als sie. Dennoch hielt er sie aus alter Gewohnheit wie ein Kind: eine Hand auf ihrem Haar, ihren Kopf in seine Halsbeuge gedrückt. Tia schloss die Augen und atmete glücklich den vertrauten Geruch. Nur im allerhintersten Winkel ihres Gehirns blieb ein Rest von analytischem Denken wach, forschte, beobachtete, sondierte. Hatte er Gewicht verloren? Nein, er fühlte sich an wie beim letzten Besuch. Rasselte sein Atem? Nicht mehr als gewöhnlich. Seine Haut war warm, sein Herz schlug regelmäßig. Das war beruhigend.

«Herzlichen Glückwunsch zum Sechzigsten», flüsterte sie an seinem Hals.

«Und dir zum Achtundzwanzigsten, meine Kleine», gab er leise zurück.

Tia spürte sein Kinn an ihrer Schläfe. Dieses leichte Kratzen – seit Kindertagen hatte sie es gespürt, ganz gleich, wie sauber er sich rasierte. Sie hätte etwas vermisst, wenn es anders gewesen wäre.

«Hallo, Leon.» Jürgen Traveen trennte sich gerade so weit von Tia, dass er Leon die Hand reichen konnte. «Kommt doch rein!»

Sie folgten ihm die Treppe hinauf ins Wohnzimmer.

Tia brauchte keine Hilfe; sie fand den Weg mit einer Sicherheit, die mit gesunden Augen kaum größer gewesen wäre. Dies war die Wohnung, in der sie aufgewachsen war, und sie erinnerte sich an jede Stufe, jede Türklinke, jedes Stückchen Wand. Zwar waren fast alle Möbel mit den Jahren ausgetauscht, die Lampen ersetzt und Laminat verlegt worden, doch Tias innerer Lageplan gab die Gestalt der Räume noch immer exakt wieder. Es war ein Bild ohne Farben und ohne Details, ähnlich einer Computersimulation, in der jedes Zimmer als maßstabsgetreuer Quader vor neutralem Hintergrund erschien.

Nicht immer war es für Tia so einfach gewesen, sich zu orientieren. Als sie vor vielen Jahren nach ihrem Unfall aus dem Krankenhaus gekommen war, hatte sie sich vollkommen hilflos gefühlt. Sie hatte kaum ihr Bett gefunden, mit Mühe den Weg ins Bad ertastet und den Weg über die Treppe wie eine lebensgefährliche Kletterpartie im Hochgebirge erlebt. Doch sie hatte geübt, monatelang, mit der ihr eigenen Zähigkeit und Ausdauer. Sie hatte jedem verboten, ihr zu helfen – auch ihrem Vater, was Kämpfe und Tränen gekostet hatte. Damals hatte er aus Sorge um sie kaum eine ruhige Minute gehabt.

Heute war es Tia, die sich um ihn sorgte. Während sie neben Leon auf dem Sofa Platz nahm, lauschte sie aufmerksam, wie er an der Küchenzeile den Kaffee aufbrühte und mit Tassen und Tellern hantierte. Das leichte Rasseln seines Atems war erträglich. Tia war es gewohnt, denn die chronisch-obstruktive Bronchitis, die ihm von seiner Zeit als Bergmann geblieben war, hatte er schon in ihren Kindertagen gehabt. Der Kohlenstaub hatte seine Lungen ruiniert, sodass es im Grunde ein Glück gewesen war, dass man die Zeche in den Achtzigern stillgelegt hatte. Danach hatte Jürgen Traveen noch längere Zeit in einem Walzwerk gearbeitet. Erst als es zu jenem Autounfall gekommen war, der seine Frau das Leben und seine Tochter das Augenlicht gekostet hatte, war er in Frührente gegangen und zu Hause geblieben. Wie seltsam sich die Dinge seitdem entwickelt hatten, dachte Tia: Heute war er es, den seine schwache Gesundheit an die Wohnung fesselte – während seine blinde Tochter in der ganzen Welt herumreiste.

«So ...» Tassen klirrten, als er das Tablett zum Wohnzimmertisch herübertrug. «Bedient euch!»

Tia streckte eine Hand aus und zog den Kaffee heran, der nach Zimt roch. Sie liebte diesen Geruch. Für sie musste Kaffee stets jene Prise Zimt enthalten, die sie von ihrem Vater kannte. Leon war längst auf diese Vorliebe konditioniert und vergaß sie nie, wenn er daheim das Frühstück machte.

«Gut hergefunden trotz der Umleitung?», fragte Jürgen Traveen, der sich ihnen gegenüber in seinen Sessel sinken ließ.

«Jo», bestätigte Leon. «Kein Problem.»

«Ihr seht gut aus, ihr zwei! Frisch und gesund. Wo wart ihr noch mal?»

«Andalusien.»

«Ach ja ...» Er lachte entschuldigend. «Tut mir leid. Ihr seid so viel unterwegs, ich kann es mir einfach nicht merken.»

Tia fühlte einen leichten Stich – doch es lag keinerlei Vorwurf in den Worten ihres Vaters. Nie hatte er sich beklagt, dass seine Tochter so selten Zeit für ihn hatte. Er war stolz auf sie, das wusste Tia: Stolz auf sein kleines Mädchen, das Forschungsreisen machte und Vorträge an Universitäten hielt.

«Sieht ganz so aus, als hättet ihr zur Abwechslung mal ein paar Stunden über Tage verbracht», scherzte er. «Tieken hat richtig Farbe bekommen.»

Etwas unsicher stimmte Tia in sein Lachen ein. «Na ja ... der Sonne wegen waren wir eigentlich nicht dort.»

«Schade!», meinte ihr Vater. «Immer nur in dunklen Höhlen herumzuklettern, tut deinem Teint gar nicht gut. Welches Höllenloch hatte es dir denn diesmal angetan?»

«Die *Cueva de Nerja*», erklärte Tia. «Eine riesige Höhle an der Südküste, fast viertausend Meter Gangsystem, aber nur zu einem Drittel erschlossen. Es war sehr aufregend.»

«Irgendetwas entdeckt?»

«Ein paar Räume, die noch nicht bekannt waren ... und einige Höhlenmalereien. Aber die Entdeckung geht auf Leons Konto – schließlich konnte ich sie nicht sehen.»

«Wir haben eine Menge Fotos gemacht», erklärte Leon. «Die spanischen Behörden werden ein Archäologenteam zusammenstellen und die Sache genauer untersuchen.»

«Wie schön.» Jürgen Traveen lehnte sich zurück; Tia hörte es am leichten Knarren des Sesselleders. «Warum seid ihr nicht noch ein paar Tage dort geblieben?»

«Aber Papa!», fuhr Tia entrüstet auf. «Wir wollten doch unbedingt zu deinem Geburtstag zurück sein.»

«Ach, ich hätte es schon überlebt», schmunzelte ihr Vater. «Trotzdem freue ich mich natürlich, dass wir beiden Jungfrauen wieder gemeinsam feiern.»

Alle lachten – auch Leon, der den familiären Insiderwitz kannte. Sie waren beide Jungfrauen: Tias Geburtstag war am vierten September, der ihres Vaters am zehnten. Schon immer hatten sie ihre Geburtstage zusammengelegt und aus praktischen Gründen am zehnten September gefeiert – eine so altbewährte Tradition, dass Tia ihren eigenen Geburtstag manchmal fast vergaß.

«Ich hoffe doch, ihr könnt bis morgen bleiben?»

«Klar», bestätigte Tia. «Die Uni fängst erst nächste Woche wieder an.»

«Schön! Aber ich möchte nicht, dass ihr jungen Leute euch langweilt. Wie wäre es, wenn ich euch zum Essen einlade? Drüben an der Hauptstraße gibt es neuerdings einen hervorragenden Italiener.»

«Hm ...» Tia überlegte. «Eigentlich würde ich am liebsten hierbleiben.»

«Ich könnte uns etwas zu essen machen», schlug Leon vor. «Schließlich bin ich der Hobbykoch.»

«Ach nein, du verwöhnst mich zu Hause schon genug», wehrte Tia ab. «Wollen wir uns nicht ganz dekadent irgendetwas bestellen?»

«Dann aber nur, wenn ich bezahlen darf», beharrte Leon.

«Oh nein, ich bezahle!», warf Jürgen Traveen ein.

«Halt, halt, halt!», bremste Tia, die über dieses Duell der Kavaliere lächeln musste. «Wisst ihr was? Drei Runden Skat – und wer gewinnt, darf bezahlen.»

«Das ist unfair!», protestierte Leon. «Du gewinnst doch sowieso immer.»

«Werden wir ja sehen.» Tia grinste in Richtung ihres Vaters. «Wie wär's mit einem kleinen Duell, Papa?»

Eigentlich hatte Tia nur einen Vorwand gesucht, um Skat zu spielen. Sie wusste, dass ihr Vater dieses Spiel liebte und viel zu wenig Gelegenheit dazu hatte. Es war ihre Art, ihm ein Geburtstagsgeschenk zu machen. Schon immer hatten sie miteinander Skat gespielt, seit er es ihr als Kind beigebracht hatte, meistens mit einem seiner Kumpel aus der Zeche. Die speziellen Spielkarten mit dem tastbaren Profil, das ihre Finger mühelos lesen konnten, hatte er eigens für sie angeschafft. Tia erinnerte sich bis heute daran, wie ihre Mutter stets den Kopf geschüttelt hatte. Skat, das war ein Männer-Spiel. Es gehörte in die Welt der verrauchten Arbeiterkneipen, völlig unpassend für ein junges Mädchen.

Leon behielt recht: Tia führte wie stets, während er selbst sich bereits nach zwei Runden tief in den Miesen befand. Jürgen Traveen dagegen kämpfte tapfer und genoss es sichtlich, sich mit seiner Tochter zu messen. Tia hielt ihn bei Laune, reizte bewusst zu niedrig und gönnte ihm von Herzen jeden Stich. Dennoch gab letztlich ihr brillantes Gedächtnis den Ausschlag, da sie sich jede gespielte Karte mühelos merken und die letzten Stiche fast immer voraussehen konnte.

Am Ende erstritt sie sich selbst das Recht, den Pizzaservice anzurufen und die Rechnung zu bezahlen. Aus reiner Lust wurde weitergespielt, bis es klingelte. Dann wurde in bester Laune gegessen, und am Ende schenkte Jürgen Traveen zur Feier des Tages Schnaps aus. Leon, der keinen Alkohol vertrug, hielt sich höflich zurück. Tia dagegen, auch in diesem Punkt eher in der Welt ihres Vaters daheim, kippte den Kurzen mit geübter Geste und lehnte auch einen zweiten nicht ab.

Der Abend wurde wunderschön. Tia hatte das Gefühl, ihrem Vater selten so nahe gewesen zu sein, und kostete jede Minute aus. Im Stillen beschloss sie, ihn künftig häufiger zu besuchen und sich nicht mehr auf Vorwände wie Feiertage und Familienfeste zurückzuziehen.

Wer weiß, wie lange ich ihn noch habe ...

Der Gedanke kam und ging mehrmals an diesem Abend. Tia mochte ihn nicht zu Ende denken. Ihr Vater war erst sechzig, aber die runde Zahl und seine heikle Gesundheit erinnerten sie daran, dass er nicht ewig da sein würde.

Es war bereits weit nach Mitternacht, als die Tafel aufgehoben wurde. Wie üblich hatte Jürgen Traveen für Tia das Bett in ihrem alten Kinderzimmer gerichtet. Leon schlief auf dem ausziehbaren Sofa im Wohnzimmer. Darauf bestand er, obwohl Tia wie bei jedem Besuch vergebens einen Tausch anbot. Am allerliebsten hätte sie ihr Bett mit ihm geteilt, denn es tat ihr gut, wenn Leon neben ihr lag. Sie schlief dann ruhiger und wachte in der Nacht nicht auf. Auf der Spanienreise hatten sie aus Kostengründen ein Doppelzimmer gebucht, und Tia hatte es sehr genossen. Doch sie wagte nicht, ihren Wunsch auszusprechen – um seinetwillen. In ihrer Berliner Wohnung hatten sie getrennte Schlafzimmer, und Leon war es so gewohnt. Also half sie ihm lediglich, das Sofa auszuziehen, während ihr Vater sich in der Tür stehend verabschiedete.

«Schlaft gut, ihr zwei», sagte er. «Wir sehen uns beim Frühstück.»

Er schloss die Tür hinter sich. Nachdenklich wandte sich Tia Leon zu, der eben seine Reisetasche auspackte.

«Es scheint ihm ganz gut zu gehen ... oder?»

«Aber ja», beruhigte sie Leon. «Er ist wirklich gut drauf.»

«Wie ist seine Gesichtsfarbe? Kein bläulicher Schimmer?»

Leon seufzte. «Hör auf, dir Sorgen zu machen, Tia. Mir erschien er selten so fit wie heute.»

«Entschuldige ...» Sie tastete sich zur Sofakante und setzte sich neben ihn. «Ich bin nur immer etwas nervös, wenn ich ihn ein paar Monate nicht gesehen habe.»

«Weiß ich doch», sagte Leon. «Im Übrigen macht er sich mindestens so viel Sorgen um dich wie du um ihn.»

«Wie kommst du darauf?»

«Ach, er hat da noch ein kleines Geburtstagsgeschenk für dich», verriet Leon. «Etwas, das zu deiner Sicherheit beitragen soll, wenn wir wieder einmal in irgendeiner Höhle herumkrabbeln. Aber spar dir weitere Fragen; ich darf es nicht verraten. Wahrscheinlich bekommst du es beim Frühstück. Es ist auch gar nichts Spektakuläres.»

«Trotzdem unfair!», ereiferte sich Tia. «Papa und ich haben schon seit Ewigkeiten ausgemacht, dass wir uns nichts mehr schenken, genauso wie du und ich.»

«Tja.» Leon klang plötzlich verlegen. «Wo wir gerade beim Thema sind ... Wärst du sehr sauer, wenn auch ich gegen diese Vereinbarung verstoßen würde?»

Tia starrte entgeistert in die Richtung, wo sie seine Augen vermutete. «Aber ... Leon ...»

«Tut mir leid.» Er zog etwas aus seiner Reisetasche, das hörbar knisterte. «Aber ich konnte nicht widerstehen. Die Anfertigung hat ein wenig gedauert, sonst hättest du es schon viel früher bekommen.»

Sprachlos nahm Tia das flache, flexible Paket entgegen, das er ihr in die Arme drückte.

«Na los, mach es auf! Auf Geschenkpapier hab ich verzichtet ... Ich glaube nicht, dass dich Farben oder Blümchenmuster interessieren würden.»

Tia lachte unsicher. Einen Moment mühte sie sich, die Plastikfolie einzureißen. Dann spürten ihre Finger etwas Glattes, Geschmeidiges; etwas, das sich vertraut anfühlte: Neopren. Ihr Herz machte einen kleinen Hüpfer, als sie das Kleidungsstück auf ihren Knien entfaltete und mit beiden Händen darüber strich.

«Oh, Leon ...»

Sie fand keine Worte.

«Es ist eine exakte Kopie», erklärte Leon sachlich. «Ein Duplikat deines alten Cave-Suits. Ich weiß, wie sehr du ihn vermisst hast. In Spanien habe ich ständig bemerkt, wie unwohl du dich in diesem geliehenen Billigteil fühlst, das zwei Nummern zu groß ist.»

«Mein Gott», flüsterte Tia überwältigt. «Aber ... das muss doch furchtbar teuer gewesen sein! Sörensen hat damals schon einen Monatslohn für die Maßanfertigung verlangt.»

«Glücklicherweise bewahrt er alle einmal genommenen Maße auf», sagte Leon verschmitzt. «Andernfalls hätte ich dir wahrscheinlich einen Badeanzug mopsen müssen, um eine Vorlage zu liefern.»

Tia konnte es kaum fassen. Seit Jahren hatte sie bei ihren Höhlentouren einen solchen Cave-Suit getragen, eine Spezialanfertigung aus enganliegendem, weich gefüttertem Kunststoff, der Arme und Beine frei ließ und tatsächlich am ehesten einem Badeanzug ähnelte. Für Tia war es wichtig, so viel nackte Haut wie möglich als Sinnesfläche zu nutzen, um in unterirdischen Räumen Luftströmungen wahrnehmen zu können. Dass der knappe Anzug kaum wärmte, stellte für sie kein Problem dar, da sie selbst bei Temperaturen um zehn Grad, dem üblichen Höhlenklima, kaum fror. An diesem Kleidungsstück hatte sie sehr gehangen – und getrauert, als es bei ihrer vorletzten Expedition zerstört worden war. Auf den Gedanken, ein Duplikat anfertigen zu lassen, war sie nie gekommen, denn die Kosten hätten ihr bescheidenes Gehalt als Universitätsassistentin überstiegen.

Eine jähe Wärme flutete in ihr herauf. Am liebsten hätte sie Leon an sich gezogen und stürmisch umarmt – doch der Impuls stockte, als sie an die zwei- bis dreitausend Euro dachte. Leon war zwar in der freien Wirtschaft beschäftigt und verdiente viel besser als sie – doch durfte sie so ein Geschenk annehmen, nachdem er bereits den größten Teil der Spanienreise bezahlt hatte?

«Ich schau mal, ob er passt», brachte sie betreten hervor.

Sie musste einfach aufstehen, ihre Hände beschäftigen, irgendetwas tun. Am liebsten hätte sie den Raum verlassen, doch das kam ihr ebenso unhöflich wie undankbar vor. Verlegen wandte sie sich um, streifte mit nervöser Eile T-Shirt und Jeans ab und stieg in den Neoprenanzug. Der dehnbare Kunststoff war noch eng und steif. Es kostete Geduld, ihn an ihrem Körper hochzurollen und über die Schultern zu ziehen. Am Ende blieb – wie stets – das Problem mit dem Reißverschluss, der sich auf dem Rücken befand.

«Könntest du …?»

Die Bettkante knarrte leise, als Leon aufstand und hinter sie trat. Vorsichtig zog er den Reißverschluss zu, ohne auch nur mit einer Fingerspitze ihre nackte Haut zu berühren. Schon immer war dies seine Aufgabe gewesen – und immer hatte er sie auf die gleiche Weise erfüllt: respektvoll, fast scheu.

Es war so rührend, dieses herrliche Geschenk. Wie konnte Tia ihre Dankbarkeit in angemessener Weise ausdrücken?

«Er passt perfekt», brachte sie schließlich schwach hervor. «Vielen Dank, das ist wirklich … lieb von dir.»

Sie spürte selbst, wie hohl ihre Worte klangen. Es wäre viel einfacher gewesen, ihn in die Arme zu schließen. Doch durfte sie das wagen? Einen Moment rang sie mit sich, und als sie sein Schweigen nicht mehr ertrug, wandte sie sich zur Seite und tastete nach ihrer Reisetasche, die am Boden neben dem Sofa stand.

«Ja, dann …» Sie zog die Tasche an ihre Brust, wie einen Schutzschild. «… geh ich mal auf mein Zimmer.»

Leon schwieg. Sie hörte, wie er ganz leise die Luft durch die Nase ausstieß – ein seltsames Geräusch, wie ein gequältes Seufzen.

«Gute Nacht», sagte er endlich schlicht.

Eine Stunde verging. Schlaflos lag Leon auf dem Sofa im Wohnzimmer und blickte mal auf die Uhr, mal zum Fenster hinaus. Der Himmel über der Stadt war dunkel, viel dunkler als daheim in Berlin, wo er stets von Tausenden künstlicher Lichter erhellt wurde. Auch auf der Straße vor dem Haus war es ruhig. Kein Verkehr, kein Lärm – eigentlich beste Bedingungen, um zu schlafen. Eine Zeitlang versuchte er es und redete sich erfolglos ein, dass der Jetlag schuld sei. Schließlich jedoch gab er auf, zog sich wieder an und ging auf den Balkon hinaus.

Für Anfang September war es noch sehr warm, selbst in der Nacht. Ein spätes Sommergewitter war am Nachmittag vorübergezogen, und das Wasser funkelte noch auf dem Dach des Förderturms, der sich in einiger Entfernung hinter den Dächern der Häuser erhob. Er gehörte zu der längst geschlossenen Zeche «Minister Stein», in der einst Kohle gefördert worden war. Man hatte den Turm erhalten, als Baudenkmal und Wahrzeichen des Stadtteils.

Leon blickte auf, als einige Meter neben ihm ein Fenster geöffnet wurde. Tias Vater, dessen Schlafzimmer gleich nebenan lag, streckte den ergrauten Kopf heraus.

«Zu warm zum Schlafen, hm?», rief er halblaut herüber.

Leon, der sich ertappt fühlte, nickte zerstreut.

«Was dagegen, wenn ich noch auf 'ne Minute rüberkomme?»

«Im Gegenteil!», gab Leon zurück.

Kurz darauf klappte die Tür zum Wohnzimmer, und Jürgen Traveen kam auf den Balkon. Er lehnte sich auf das verwitterte Eisengeländer und blickte eine Weile zu dem Förderturm hinüber.

«Lange her, dass ich da drüben Tag für Tag eingefahren bin», eröffnete er das Gespräch.

Leon schwieg. Er spürte deutlich, dass dies eine Einleitung sein sollte. Jürgen Traveen wollte mit ihm reden, doch Leon ahnte noch nicht, worüber.

«Ich denke oft an die Zeit zurück», fuhr Traveen nach einer Pause fort. «Damals war ich stolz auf meine Arbeit. Ich fand sie nie schmutzig oder entwürdigend. Einmal, in den Siebzigern, hat Willy Brandt uns besucht und ist mit nach unten gekommen, um sich alles anzusehen – mit Helm und Schutzkleidung, wie einer von uns. Das war ein tolles Gefühl.» Er seufzte. «Aber zu der Zeit ahnte ich auch noch nicht, dass die Maloche mich meine Gesundheit kosten würde. Eigentlich kann man froh sein, wenn man einen Bürojob hat und sich das Innere der Erde nur zu Forschungszwecken anschaut. Meinst du nicht?»

Leon nickte nachdenklich.

«Was macht deine Firma noch mal?», erkundigte sich Traveen. «Tut mir leid, ich vergesse es jedes Mal.»

«Erdwärmeerkundung», antwortete Leon. «Aber es ist nicht *meine* Firma», fügte er mit einem verlegenen Lächeln hinzu. «Ich bin nur einer von fünf Leuten, die sich mit Computerprogrammen zur Simulation von Bohrungen befassen.»

«Nur Simulation? Ihr geht nicht raus ins Gelände?»

«Doch, aber nur, um Messdaten zu sammeln. Wenn jemand eine Bohrung anlegen will, kommt er zu uns, lässt uns das Gelände sondieren und ein Computermodell erstellen.»

«Dann bist du im Grunde gar nicht so ein Höhlen-Fan wie meine Kleine?»

«Im Grunde nicht», gab Leon zu. «Ich sehe mir das Innere der Erde lieber auf dem Bildschirm an. Eigentlich bin ich eher Informatiker, trotz Diplom in Geologie. Bei Tia ist das etwas anderes. Wenn sie hört, dass es irgendwo ein Loch in der Erde gibt ...»

«... dann muss sie hineinsteigen, ja.» Traveen lachte versonnen. «Das war immer so, schon als sie noch sehen konnte. Ich werde nie vergessen, wie sie bei ihrer Großmutter zu Besuch war, mit gerade mal acht Jahren. In der Nähe gab es eine kleine Kalksteinhöhle. Tieken hat sich nachts rausgeschlichen und ist mit einer Taschenlampe hineingegangen. Es dauerte Stunden, bis sie wieder herausfand. Meine Schwiegermutter hatte schon die Polizei gerufen – und uns natürlich auch. Meine Frau war völlig fertig mit den Nerven. Die Polizisten durchkämmten das Gelände – und dann, auf einmal, stand Tieken in der Tür, das Gesicht ganz schwarz vom Staub, die Kleider mit Erde beschmiert. Den Anblick vergesse ich nie. Sie begriff überhaupt nicht, warum Polizisten da waren, kam auf mich zu und hielt mir ganz stolz einen abgebrochenen Stalaktiten hin: ‹Guck mal, Papa, was ich gefunden hab!› Armes Kind. Sie konnte sich einfach nicht vorstellen, dass irgendjemand ihre Begeisterung nicht teilte. Meine Frau hat furchtbar geschimpft – und ich musste der Kleinen widerwillig Hausarrest erteilen, sonst hätte Vera ihre Wut wahrscheinlich an mir ausgelassen.» Er seufzte. «Jaja ... Vera und Tia, das war nie einfach. Meine Frau hatte sich ein richtiges Mädchen gewünscht, weißt du? Eines, das man mit Kleidchen und Schleifchen ausstaffieren kann, das sich schminkt und auf Partys geht, zum Reiten und zur Klavierstunde – statt in der Wildnis umherzustreifen, sich die Klamotten zu ruinieren und Steine aus der nächsten Kieskuhle anzuschleppen, um sie zu untersuchen. Schon immer war sie eine kleine Forscherin. Der Unfall hat im Grunde nichts daran geändert. Auf einmal war meine Kleine blind – doch es blieb ihr Traum, Höhlen zu erforschen, und sie hat ihn wahr gemacht.»

Leon nickte gedankenvoll. Es war anrührend, diese alten Geschichten über Tia zu hören. Sie selbst sprach selten über ihre Kindheit, während die äußeren Daten ihres kometenhaften Aufstiegs mittlerweile selbst der Presse bekannt waren: jüngste Absolventin der Carl-Strehl-Schule, des einzigen Gymnasiums für blinde Menschen in Deutschland, Studium der Geologie und Biologie in Berlin, Abschluss mit Auszeichnung, Forschungsreisen zu allen bedeutenden Höhlen Europas, Preise für außergewöhnliche Entdeckungsleistungen unter Tage, Extremsportlerin des Jahres. Keine Frage: Tia war eine Berühmtheit, und die Tatsache, dass sie blind war und sich bei ihren Höhlentouren nur durch Gehör und Tastsinn orientierte, faszinierte eine breite Öffentlichkeit, die sich unter anderen Umständen kaum für ein so abseitiges Forschungsgebiet erwärmt hätte. Ihre Seminare an der Universität waren immer gerammelt voll; nicht nur Studenten kamen, auch Neugierige, sogar Journalisten.

«Sag mal», setzte Jürgen Traveen überraschend an und riss Leon aus seinen Gedanken. «Ihr beide ... Tia und du ...»

Leon spürte, wie er sich innerlich verkrampfte.

«Ich habe es nie so ganz begriffen, weißt du? Ich meine ... wie lange wohnt ihr jetzt zusammen? Drei Jahre?»

Leon nickte steif.

«Und alles nur wegen einer Anzeige am Schwarzen Brett in der Uni?»

Leon überwand sich zu einem erneuten Nicken – auch wenn es nicht ganz die Wahrheit war. Damals war Tia noch Studentin gewesen. Leon hatte sie in einer Kneipe kennengelernt. Er wusste nicht einmal mehr, worüber sie eigentlich gesprochen hatten – nur, dass jedes Thema ein Vorwand gewesen war, um ihr Gesicht zu betrachten und in den unergründlichen Tiefen ihrer blinden Augen zu versinken. Es war reiner Zufall gewesen, dass Tia kurze Zeit später einen Mitbewohner gesucht hatte, der bereit war, ihr im Alltag ein wenig zur Hand zu gehen. Seitdem teilten sie sich drei Zimmer mit Bad und Küche. An der Universität wurde allgemein angenommen, sie seien ein Paar.

«Ich weiß, es geht mich nichts an, aber ...»

Leon, der inzwischen begriffen hatte, worauf Tias Vater hinauswollte, beschloss, ihn aus seiner Verlegenheit zu erlösen.

«Wir leben zusammen, und wir arbeiten zusammen», sagte er wahrheitsgemäß.

«Aber ... ihr ...»

«Wir sind nicht zusammen», beantwortete Leon die unausgesprochene Frage. «Wir haben getrennte Schlafzimmer.»

Eine Weile schwiegen beide und blickten in die Nacht hinaus.

«Leon», begann Traveen schließlich von neuem, «wir kennen uns jetzt schon ziemlich lange. Ich habe dich immer als den Lebensgefährten meiner Tochter betrachtet. Ich habe dir gleich beim ersten Besuch das Du angeboten. Und ich mag dich. Ich hoffe, das weißt du.»

Leon senkte verlegen den Blick.

«Du bist ein anständiger Kerl», fuhr Traveen fort, «ruhig, höflich, rücksichtsvoll; genau, was Frauen mögen. Du hast was im Kopf, einen guten Job – und du siehst gut aus, auch wenn Tia sich davon nicht mit eigenen Augen überzeugen kann. Du kutschierst sie herum, erledigst Sachen für sie, begleitest sie auf ihren Touren. Du bedienst sie, umsorgst sie, machst ihr sogar Tag für Tag das Frühstück, obwohl sie das gut allein könnte. Im Grunde trägst du sie auf Händen. Weißt du, ich frage mich ...» Traveen kratzte sich nachdenklich am Kopf. «... warum es bei Tia nicht langsam ‹Klick› macht, wenn du verstehst, was ich meine.»

Leon verstand durchaus.

«Du magst sie doch?»

Sie *mögen*? Das war gar kein Ausdruck, dachte Leon.

«Entschuldige meine Neugier, aber ... ist denn wirklich nie etwas zwischen euch gewesen?»

Leon schwieg unbehaglich. Es kam ihm absurd vor, ausgerechnet Tias Vater zu schildern, wie er einmal versucht hatte, sie zu küssen. An jenem Abend, kurz nach der Rettungsaktion im Lindener Salzbergwerk, waren sie einander näher gekommen als je zuvor – und jemals wieder. Es hatte nicht funktioniert: Tia war zurückgeschreckt, hatte irgendetwas Verlegenes gestammelt und sich dann für mehr als eine halbe Stunde im Bad verschanzt.

«Es geht einfach nicht», kam Leon schließlich auf die Frage zurück. «Offenbar soll es nicht sein.»

Traveen seufzte. «Ich mache mir manchmal wirklich Sorgen, weißt du? Sorgen um Tia. Mittlerweile kann ich es ertragen, dass sie ein gefährliches Leben führt und ihren Hals riskiert, um irgendwelche seltenen Insekten in Hunderten Metern Tiefe zu finden – und nebenbei noch ein paar Verunglückte zu retten, die verschüttet wurden oder sich verirrt haben. So ist sie eben. Das ist meine Tia, und ich müsste lügen, wenn ich behaupten wollte, dass ich nicht stolz auf sie wäre. Ich versuche, mir nicht mehr ständig Sorgen um ihr Leben zu machen, denn daran würde ich kaputtgehen.» Er machte eine Pause. «Aber ich mache mir Sorgen um ihr Glück.»

«Ich glaube, sie ist glücklich», sagte Leon. «Glücklich mit dem, was sie tut.»

«Aber das kann doch nicht alles sein! Ein Mensch ist nicht das, was er tut, sondern das, was er liebt. Ich habe vor sechzehn Jahren meine Frau verloren und weiß, wovon ich rede. Kein Mensch ist dafür geschaffen, allein durchs Leben zu gehen, egal, ob er blind oder taub oder sonstwas ist. Ihr beide seid so jung, und ihr wärt ein großartiges Paar. Glaubst du nicht, dass mein kleines Mädchen ... vielleicht einfach Angst hat?»

«Möglich», murmelte Leon betreten.

«Und du kannst dir nicht vorstellen, dass ein netter, einfühlsamer junger Mann daran etwas ändern könnte? Jemand wie du?»

«Sie vertraut mir vollkommen. Es käme mir irgendwie ... wie Verrat vor, wenn ich das ausnutzen würde.»

«Verrat ist es eher, ihren Kammerdiener zu spielen, ohne jemals ein Wort über deine Gefühle verlauten zu lassen», meinte Traveen.

«Es ist ja nicht so, dass ich nie etwas angedeutet hätte», erklärte Leon resigniert. «Am Anfang dachte ich, sie würde wirklich nicht verstehen, was ich meine. Inzwischen denke ich manchmal, sie weiß es, und stellt sich einfach taub.»

Traveen seufzte kopfschüttelnd. «Mein kleines Mädchen ... eine Blinde, die sich taub stellt.»

«Soweit ich weiß, hatte sie noch nie etwas mit einem Mann.»

«Noch *nie?*»

«Wie gesagt: Soweit ich weiß. Sie hat mal erwähnt, dass sie noch nie verliebt war und dieses Gefühl gar nicht kennt. Irgendwie kann ich es sogar verstehen. Ich meine: Wie verliebt man sich, wenn man nicht sehen kann?»

Traveen zuckte die Achseln. «Es gibt andere Sinne, mit denen man Erfahrungen machen kann. Mein Eindruck ist einfach, dass sie sich selbst im Weg steht und sich um das Schönste bringt, was das Leben für sie bereithalten könnte. Gut, vielleicht dauert es seine Zeit ...»

«Genau das versuche ich auch herauszufinden», sagte Leon. «Ob es einfach bloß seine Zeit braucht – oder ob ich nach drei Jahren langsam akzeptieren sollte, dass sie nichts von mir will.»

Jürgen Traveen musterte ihn mit echtem Mitgefühl. «Du liebst sie, nicht wahr?»

Leon antwortete nicht, doch Traveen schien sein Schweigen richtig zu deuten. Er holte tief Luft und stützte beide Hände auf das Geländer, die Augen in die Ferne gerichtet.

«Ich hatte immer einen guten Draht zu Tieken. Einen viel besseren als meine Frau, glaube ich. Ich würde ihr gern helfen ... euch beiden würde ich gern helfen. Aber Tia ist erwachsen, und es steht mir nicht zu, mich in ihr Leben einzumischen.»

Leon nickte.

«Du musst das selbst mit ihr klären», fuhr Traveen fort. «Das siehst du doch ein, oder? Früher oder später musst du ihr die Augen öffnen.»

Die Augen öffnen ... eine seltsame Formulierung, dachte Leon. Gedankenvoll blickte er in die Dunkelheit hinaus. Irgendwo in weiter Ferne glaubte er eine Sternschnuppe zu erkennen, deren silbriger Schweif durch den Nachthimmel schnitt. Sie blitzte auf, warf für Sekundenbruchteile einen kalten Schimmer auf das Dach des Förderturms und verschwand wieder. Erstaunlich, dass man mitten in einer Großstadt, unter der unvermeidlichen Dunstglocke aus Auto- und Industrieabgasen, eine Sternschnuppe erkennen konnte.

Tia würde nie eine Sternschnuppe sehen. Und sie würde ihm, Leon, auch nie in die Augen blicken und sich selbst darin gespiegelt sehen.

«Schau!», sagte Jürgen Traveen. Eine zweite Sternschnuppe war der ersten gefolgt. «Das bringt Glück. Wünsch dir was!»

Leon schloss die Augen – und wünschte verzweifelt.

Kim

Der Regen hatte aufgehört, und die Blitze, die die Berghänge im Norden erleuchtet hatten, waren verloschen. Das Gewitter, eines von vielen in letzter Zeit, ließ den Nachthimmel dunkel und wolkenlos zurück. Einzelne Sterne blinkten – und während Kim hinsah, begann einer der Sterne sich zu bewegen und mit zunehmender Geschwindigkeit quer über den Horizont zu wandern.

«Schau mal,'ne Sternschnuppe!»

Philipp, der sich eben vom Fahrersitz herübergebeugt und begonnen hatte, ihr Knie zu streicheln, hielt inne. Kim sah, wie seine braunen Augen den Nachthimmel absuchten.

«Ich seh nichts», gab er zurück, fast ein bisschen mürrisch über die Unterbrechung. Womöglich, dachte Kim, hatte er gespürt, dass sie ihn ablenken wollte. Es war ihr peinlich, dass er an ihr herumfummelte, während Lukas auf dem Rücksitz saß.

«Da darf man sich doch etwas wünschen!», fügte sie hinzu und setzte sich auf, wobei sie wie zufällig das Knie von ihm wegdrehte.

Philipp seufzte. «Und? Was wünschst du dir?»

Kim schüttelte den Kopf. «Verrate ich nicht. – Da, schau!» Ein zweiter heller Schweif schoss über den Horizont im Norden. «Hast du's gesehen?»

Philipp nickte. Er schien einen Augenblick nachzudenken. Dann wandte er sich mit einem leichten Grinsen wieder zu ihr.

«Ich glaub, ich weiß ziemlich genau, was ich mir wünsche.»

Erneut rutschte er ein Stück näher und fuhr mit der Hand über ihren Oberschenkel. Kim wand sich unbehaglich. Sie wusste nicht genau, warum die Berührung ihr unangenehm war, schob es jedoch darauf, dass sie nicht allein im Wagen waren.

«Nicht!», flüsterte sie, als er Anstalten machte, seine tastenden Finger zwischen ihren Beinen zu versenken. «Lukas ...»

«Ach, der pennt doch!», raunte Philipp.

In der Tat schien sein jüngerer Bruder auf dem Rücksitz schon lange nichts mehr mitzubekommen, wie seine tiefen Atemzüge verrieten.

«Trotzdem», flüsterte Kim. «Bitte! Ich kann das jetzt nicht.»

Erneut seufzte Philipp und zog die Hand zurück.

Kim verstand, dass sie ihn gekränkt hatte, und empfand das Bedürfnis nach Wiedergutmachung. Wenn er unbedingt wollte, würde sie einen Kompromiss eingehen; Hauptsache, sie musste sich nicht dabei berühren lassen. Schließlich war er es, der Druck empfand, und zumeist war es leicht, ihn davon zu befreien.

Einen Augenblick blieb er stocksteif sitzen, während sie eine Hand ausstreckte und sich über den Steuerknüppel hinweg zum Reißverschluss seiner Jeans tastete. Erst als sie zu streicheln begann, entspannte er sich und legte den Kopf zurück.

Irgendwie will ich nicht mehr, dachte Kim. *Warum eigentlich nicht?*

Bisher hatte sie die Erkenntnis noch nicht an sich herangelassen, dass sie in den letzten Wochen eine wachsende Unlust auf Sex verspürte. Sie hatte Angst, es könnte mit ihm zu tun haben. Seit mehr als einem Jahr waren sie mittlerweile zusammen; Kim war vierundzwanzig, Philipp drei Jahre älter. Anfangs hatte sie seine Vorliebe für gefährliche Situationen unwiderstehlich gefunden: das Risiko, das Gefühl des Verbotenen, die prickelnde Angst, erwischt zu werden. Vielleicht hatte er ja recht, und sie wurde langsam ein wenig «langweilig», wie er es noch am Vorabend ausgedrückt hatte – ohne im Geringsten zu merken, wie sehr er sie damit traf.

Während sie mechanisch die Hand bewegte, blickte Kim nach draußen in die Nacht. Ein wenig schämte sie sich ihrer Abwesenheit. Doch waren sie nicht eigentlich deswegen hier – um zu beobachten? Viel zu sehen gab es freilich nicht. Nachdem das Gewitter sich verzogen hatte und die Sternschnuppen vorübergeblitzt waren, blieb der Himmel dunkel und unbewegt. Das Gebirgsvorland, bei Tageslicht von malerischen Wiesen und Wäldchen gemustert, erschien als zweidimensionale Fläche in unterschiedlichen Grautönen. Lediglich die Wipfel der Kiefern waren hier und dort vor dem Nachthimmel auszumachen, als struppige Schatten, die die Berghänge bekränzten.

Kim versuchte gerade, ihr Bewusstsein zu dem zurückzuzwingen, was ihre linke Hand tat, als sie plötzlich das Licht bemerkte. Zuerst war es nicht mehr als ein fahler Schimmer irgendwo zwischen den Höhenzügen, kaum zu erkennen vor dem tiefschwarzen Hintergrund. Doch je länger sie hinsah, desto deutlicher wurde es – eine bläuliche Aura, unregelmäßig an- und abschwellend wie eine flackernde Flamme. Es musste weit entfernt sein, aber so groß wie ein Osterfeuer.

Ihre Hand erstarrte.

«Da ist es!», flüsterte sie.

«Hä?», grunzte Philipp.

«Das Licht! Da drüben!»

Es dauerte einen Moment, bis er begriff. Dann aber fuhr er so plötzlich hoch, dass er beinahe mit dem Kopf an die Wagendecke stieß. Erleichtert zog Kim ihre Hand von seinem Schoß.

«Was'n los?», kam Lukas' benommene Stimme vom Rücksitz. Offenbar hatte der Ruck vor seinen Knien ihn geweckt.

«Das Licht!», wiederholte Kim, die Augen gebannt auf die Erscheinung in der Ferne gerichtet. Auch Philipp starrte nach draußen – und hatte eben noch die Geistesgegenwart, den Reißverschluss seiner Jeans hochzuzerren, als Lukas sich zwischen den Sitzen nach vorn beugte.

«Krass!», raunte er.

Kim unterdrückte einen Schauder. Wenn sie ehrlich war, hatte sie immer nur halb an die Existenz dieses Lichts geglaubt – dieser unheimlichen Erscheinung, von der mittlerweile selbst im Internet gesprochen wurde. Ob es wirklich das war, was Philipp vermutete? Bisher war ihr der Gedanke allzu phantastisch erschienen, und sie hatte die täglichen Nachtwachen mehr halbherzig mitgemacht. Es war eine Abwechslung gewesen, ein kleines Abenteuer, das die zunehmende Leere überbrückte, die sie seit einiger Zeit an Philipps Seite empfand. Nun aber schlug ihr Herz schneller.

Was ist, wenn er recht hat?, fragte sie sich. *Wird dann alles ... anders werden?*

Der Gedanke entsprach einer tiefen Sehnsucht in ihrem Herzen.

«Wo ist das?», fragte Lukas.

«Irgendwo hinter dem Steinbruch, glaube ich.» Philipp kramte die Karte mit den Wanderwegen hervor. Auf das Navigationsgerät war in diesem Fall kein Verlass. Es kannte keinen der verschlungenen Trampelpfade, die östlich der Straße in die Berge hinaufführten. «Wir müssen versuchen, so nahe wie möglich ranzukommen.»

Er griff nach dem Zündschlüssel, die ausgebreitete Karte auf den Knien.

Sie fuhren im Schritttempo. Der Wagen holperte einen Forstweg hinauf. Zweige und Gebüsch scharrten über die Seitenfenster. Doch das unheimliche Leuchten entfernte sich und verschwand schließlich hinter einer Wand aus hohen Fichten. Philipp fluchte und legte den Rückwärtsgang ein – an Wenden war auf der schmalen Piste nicht zu denken. Also fuhren sie den ganzen Weg zurück, bogen wieder auf die Hauptstraße ein und versuchten es zweihundert Meter weiter mit einer anderen Abzweigung.

«Vielleicht sollten wir den Wagen stehenlassen», meinte Lukas.

Philipp ignorierte ihn, schaltete in den zweiten Gang herunter und trat aufs Gas. Erneut kroch der Wagen einen Forstweg hinauf, diesmal mit erheblicher Steigung. Das blaue Leuchten war nun wieder zu sehen; es wurde sogar deutlicher, als sie einen Rastplatz erreichten. Hier ging es nicht weiter: Nur ein schmaler Fußpfad wand sich nach Osten in die Berge.

«Also gut.» Philipp stellte den Motor ab. «Von hier aus zu Fuß!»

Sie stiegen aus, und Philipp öffnete den Rucksack, in dem sie ihre Ausrüstung mitführten: zwei starke Taschenlampen, einen Klappspaten, ein Seil – und eine Pistole. Mit gemischten Gefühlen sah Kim zu, wie er die Waffe in seinen Gürtel steckte. Sie hatte keine Ahnung, wie Philipp sich dieses Ding beschafft hatte, dessen Besitz vermutlich illegal war.

«Da lang!», entschied er, als er seine Lampe eingeschaltet und das Gelände im Umkreis abgeleuchtet hatte.

Sie verließen den Rastplatz und folgten dem kaum erkennbaren Pfad, der quer durch den Wald bergauf führte.

Kim war froh, dass sie flache Schuhe und eine robuste Hose angezogen hatte. Zweige streiften ihre Beine. Das Unterholz war dicht und von bemoosten Steinen durchsetzt, feucht und rutschig vom Regen. Kim ging hinter Philipp, der die Gruppe anführte, und Lukas bildete mit geschultertem Spaten die Nachhut. Von der Straße aus hatte man noch die Lichter der Stadt sehen können; hierher jedoch drang kein Schimmer mehr. Die grellen Spots der Taschenlampen flackerten unheimlich über die dunkel starrenden Stämme der Kiefern. Nur das blaue Leuchten war deutlich zu erkennen, ein ferner, fahler Schein in der Dunkelheit, mal ruhig vor sich hin glühend, mal aufflackernd wie eine neblige Flamme. Irgendwo im Wald schrie eine Eule.

Ob es stimmte, was sie im Internet gelesen hatte – dass es gefährlich war, sich solchen Lichtern zu nähern? Kim hatte ein wenig recherchiert und viele seltsame Geschichten über diese Lichter gefunden, meist Sagen und Märchen aus uralter Zeit, denen sie unter anderen Umständen wenig Beachtung und erst recht keinen Glauben geschenkt hätte. Nur wenige dieser Geschichten gingen gut aus und berichteten vom unverhofften Glück mutiger Abenteurer, die zu unermesslichem Reichtum gelangt waren. Sehr viel häufiger waren Menschen, die dem Licht folgten, spurlos verschwunden.

Natürlich glaubte Kim das nicht wirklich – doch ein warnendes Gefühl war zurückgeblieben. Mit Philipp hatte sie nicht darüber sprechen können, denn sie wusste, dass er ihre Befürchtungen abgetan hätte. «Du klingst ja schon wie deine Mutter», hätte er wahrscheinlich gesagt. Normalerweise verdrehte auch Kim die Augen, wenn ihre Mutter von Geistern, Engeln und Dämonen zu fabulieren begann. Hier draußen jedoch, in der Dunkelheit des nächtlichen Waldes, schienen diese Vorstellungen nicht mehr ganz so absurd. Das blaue Leuchten jedenfalls gab es wirklich. Kim sah es mit eigenen Augen – und angesichts dieser Tatsache musste sie sich zusammenreißen, um nicht noch ganz andere Dinge für möglich zu halten.

Lukas schien es ähnlich zu gehen wie ihr. Philipps jüngerer Bruder spielte zwar gern den Draufgänger; in Wahrheit jedoch war er nicht gerade ein großer Held – allenfalls in den Computerspielen, mit denen er den größten Teil seiner Zeit verbrachte. Nun plapperte er drauflos, wahrscheinlich, um das Rascheln der Zweige im Wind zu übertönen.

«Stellt euch mal vor, es klappt!», sagte er. «Was würdet ihr als Erstes tun?»

«Ist doch klar.» Philipp grinste. «Auf irgend'ne Insel fliegen und Party machen.»

«Und wenn einer fragt, wo wir das Geld herhaben?»

«Kein Problem», meinte Philipp zuversichtlich. «Wir legen uns coole Klamotten zu und machen auf Börsen-Broker oder so. Die fragt doch auch keiner, woher sie ihre Kohle haben.»

«Oder auf reiche Rockstars», träumte Lukas vor sich hin. «Das wär eigentlich noch viel geiler ...»

Seine Stimme verlor sich – und Kim erriet, dass er an Groupies dachte. Armer Lukas. Er war erst zwanzig, lebte ganz in den Bilderwelten von Fernsehen und Internet und sah sich wahrscheinlich schon an irgendeinem Strand liegen, Cocktails unter einem Sonnenschirm schlürfen und eine vollbusige Blondine in jedem Arm halten. Was Kim betraf, so hatte sie sich noch kaum Gedanken über das Geld gemacht. Die Vorstellung, von einem Tag auf den anderen plötzlich reich zu sein, war allzu abstrakt.

«Achtung, hier geht's steil aufwärts!», warnte Philipp.

Sie hatten den Wald hinter sich gelassen und standen am Fuß eines der kleineren Vorberge, die zu den Ausläufern der Höhenzüge im Norden gehörten. Der Hang war dicht mit Büschen und Farnkraut bewachsen. Hier und dort ragten einzelne Baumwurzeln aus der Erde. Das blaue Leuchten war noch da, allerdings schien es nun schwächer und weniger fest umrissen. Unwillkürlich hatte Kim es sich wie eine Flamme vorgestellt und angenommen, es müsste mit zunehmender Nähe deutlicher werden. Doch genau das Gegenteil schien der Fall. Von ihrem jetzigen Standpunkt aus gesehen, war es nicht mehr als eine diffuse Aura irgendwo auf halber Höhe des Hangs.

«Es wird schwächer», bemerkte Lukas.

Philipp nickte, den Strahl der Taschenlampe auf die Erscheinung gerichtet, die sich allmählich aufzulösen schien.

«Aber warum?»

«Keine Ahnung.» Philipp zögerte. «Vielleicht, weil wir da sind.»

«Wie meinst du das?» Lukas klang beklommen. «Es kann doch nicht wissen, dass wir ... verdammt, es ist nur ein *Licht*! Es kann überhaupt nichts wissen, oder?»

Im grellen Schein der Taschenlampe war die Erscheinung fast unsichtbar geworden, sodass Philipp den Lichtkegel senken musste, um sich zu vergewissern, dass er die richtige Stelle angepeilt hatte. Zurück blieb ein schwacher, bläulicher Schimmer, knapp oberhalb eines Felsens, der wie eine ausgestreckte Zunge aus dem Hang ragte.

Kim erschrak, als sie am Boden etwas Längliches, Dunkles durch den Lichtkegel gleiten sah. Unwillkürlich wich sie einen Schritt zurück.

«Was ist los?»

«Da!»

Das kleine Geschöpf, dessen schlangenförmiger Körper auf vier gespreizten Beinen balancierte, hielt inne und hob den klobigen Kopf.

«Was is'n das?», fragte Lukas.

«Ein Salamander oder so was ...» Philipp grinste plötzlich. «Oder ein frisch geschlüpfter Drache.»

Lukas lachte unsicher. Das Geräusch erschreckte den Salamander, und er verschwand unter einem flachen Stein.

Schlechter Scherz, dachte Kim. Sie hatte wenig übrig für Frösche, Molche und ähnliche schleimige Wesen, vor allem, wenn sie sich so unberechenbar huschend und schlangenartig bewegten.

«Na, dann wollen wir mal.» Philipp setzte einen Fuß auf den Hang und wandte sich ihr zu. «Schaffst du das, Maus?»

Kim nickte und übersah die Hand, die er ihr hinstreckte.

Zu dritt erstiegen sie den Hang, zuerst halbwegs aufrecht gehend, dann auf Händen und Knien kletternd. Zum Glück gab es viele Stufen, Büsche und Baumwurzeln, sodass man sich immer irgendwo festhalten konnte. Erneut dankte Kim ihrer Intuition, die sie dazu bewogen hatte, strapazierfähige Kleidung anzuziehen. In letzter Zeit fühlte sie sich ohnehin in weiten Stoffhosen und Sweatshirts am wohlsten. Vielleicht, dachte sie beiläufig, lag das daran, dass sie sich Philipp nicht mehr gern mit tiefem Ausschnitt zeigte.

«Wo ist das Licht hin?», fragte Lukas, der sich suchend umblickte. «Ich sehe überhaupt nichts mehr.»

Auch Kim konnte das blaue Leuchten nicht mehr erkennen, erinnerte sich jedoch, wo es gewesen war: ganz nahe bei dem Steinblock, der einige Meter über ihr waagerecht aus dem Hang hervortrat.

«Da oben war es!» Philipp wies auf dieselbe Stelle.

Sie kletterten weiter, und Kim war froh, als sie ein Stück ebener Erde erreichten, das wie eine Aussichtsplattform knapp unterhalb der Felszunge lag.

«Hier!», rief Philipp aufgeregt. Er hatte einige Farne an der Unterseite des Felsens beiseitegeschoben und leuchtete mit seiner Taschenlampe in die dunkle Öffnung dahinter. Lukas eilte an seine Seite, und auch Kim ließ sich auf die Knie nieder. Knapp unterhalb der Felszunge befand sich ein schmaler Spalt, kaum einen halben Meter hoch und nur wenige Handspannen breit.

«Das muss es sein», nickte Lukas. «Passen wir da durch?»

Kim rieb sich unbehaglich die frierenden Arme. Bisher hatte sie sich keine klare Vorstellung vom Ziel der Expedition gemacht. Dass das Versteck eine Höhle sein musste, war von Anfang an klar gewesen, doch hatte sie eher an eine geräumige Grotte gedacht – nicht an ein schmales Loch, das aussah wie ein klaffendes Maul.

«Klar passen wir da durch», meinte Philipp. «Der Typ damals hat es doch auch geschafft.» Er leuchtete Kim ins Gesicht. «Maus? Kannst du hierbleiben und aufpassen?»

Kim nickte und verbarg ihre Dankbarkeit. Natürlich wollte auch sie wissen, was es mit dem blauen Licht auf sich hatte, doch sie war keineswegs scharf darauf, in dieses dunkle Loch zu kriechen. Mit gemischten Gefühlen sah sie zu, wie Philipp sich in den Felsspalt zwängte, wie sein Kopf und seine Arme verschwanden, dann Brust und Bauch. Er schnaufte hörbar – und bewegte sich notgedrungen ganz ähnlich wie vorhin der Salamander, kriechend und sich windend. Es sah aus, als würde das Loch ihn ruckweise verschlingen.

Lukas zögerte einen Moment, folgte aber. Die beiden Männer hatten die Taschenlampen mitgenommen, sodass Kim draußen im Dunkeln zurückblieb. Immerhin war es nicht völlig finster, denn inzwischen war der Mond hinter einer Wolke hervorgetreten, und ein schwacher Schimmer fiel auf den Hang. Das Loch unter dem überhängenden Stein jedoch lag in tiefem Schatten.

Wie klein es ist, dachte Kim, und versuchte, nicht an die Nachtalben zu denken.

In den vergangenen Tagen hatte sie viel gelesen, zu viel vielleicht. Uralte Überlieferungen sprachen von den Alben, den Geisterwesen der germanischen Sage. Jene, die im Himmel wohnten und die Tagwelt beherrschten, wurden Lichtalben genannt: Sie waren die Götter, Odin, Thor und wie sie alle hießen. Doch es gab auch ein finsteres, verborgenes Reich unter der Erde. Dort lebten die Nachtalben, auch Schwarzalben genannt: unheimliche, kleinwüchsige Wesen, mit magischen Kräften begabt, fähig, ihre Gestalt zu verändern, sich sogar unsichtbar zu machen. Mit ihren zahmen Zerrbildern, den zipfelmützigen Gartengnomen und lustigen Disney-Zwergen, hatten sie nichts gemeinsam. Es hieß, dass sie den Menschen nicht wohlgesonnen waren – und dass sie es keineswegs schätzten, wenn man in ihr Reich eindrang, erst recht nicht, um sie zu berauben. Ihre Schätze hatten sie mit einem Fluch belegt, der jedem Dieb einen gewaltsamen Tod bescherte.

Schluss damit!, rief Kim sich selbst zur Ordnung. *Ich fange ja wirklich schon an wie meine Mutter.*

Das Loch war nichts weiter als ein Loch, kein Höllenschlund – und der Salamander war nur ein Salamander gewesen, keine Warnung, dass dieser Ort von irgendwelchen übernatürlichen Mächten bewacht wurde. Es gab keine bösartigen Zwerge, die im Dunkeln hockten und eifersüchtig ihren Besitz hüteten, und erst recht gab es keine Drachen.

Aber es gibt das blaue Leuchten, dachte Kim.

Hatte nicht selbst Philipp darauf bestanden, dass die alten Geschichten einen wahren Kern enthalten mussten? Schließlich *wussten* sie, dass irgendwo in dieser Gegend ein Schatz versteckt lag, und das schon seit langem. Das unheimliche Licht war nur der Wegweiser, auf den sie gewartet hatten – ein Wegweiser zu sagenhaftem Reichtum.

Reichtum ... In diesem Augenblick, allein unter dem kalten Mondlicht, spürte Kim nichts von der aufgeregten Erwartung der Männer, keine Vorfreude, keine Abenteuerlust. Stattdessen schloss sie fröstelnd den obersten Knopf ihrer Jacke und kreuzte die Arme vor der Brust.

Philipp

Philipps Herz klopfte, als er durch den schmalen Tunnel robbte, der das Geräusch seines beschleunigten Atems grotesk verstärkte. Angst empfand er nicht. Es war eher das Gefühl, dass etwas vollkommen Neues, Unabschätzbares vor ihm lag, das seinen Puls in die Höhe trieb. Er war gerade dabei, etwas zu tun, was Leute sonst nur in Filmen oder Computerspielen taten. Es war aufregend – und es bestätigte ihm, dass er zu mehr berufen war, als sich auf einem zerschlissenen Sofa vor dem Fernseher zu langweilen, jeden Freitag ins Fitnessstudio zu gehen und sich alle paar Wochen einen jener lächerlichen Ein-Euro-Jobs aufdrücken zu lassen, deren einziger Sinn darin bestand, ihn zu nerven und zu demütigen. Alle sagten ständig, er solle sein Leben ändern. Seine Eltern hatten ihm das gepredigt, die Sachbearbeiter beim Amt, selbst Kim hatte schon einmal etwas Derartiges gesagt. Nun gut: Er *war* dabei, sein Leben zu ändern. Nach dem heutigen Tag, dessen war er sicher, würde nichts mehr so sein wie vorher.

Der enge Tunnel stellte sich glücklicherweise als nicht besonders lang heraus. Bereits nach wenigen Metern verbreiterte er sich trichterförmig zu einem unterirdischen Raum. Vorsichtig richtete Philipp sich auf, wandte sich um und half seinem Bruder auf die Beine.

Sie standen am schmaleren Ende eines Raums, der einem das Gefühl vermittelte, sich auf dem schiefen Deck eines gestrandeten Schiffes zu befinden. Boden und Decke neigten sich schräg von einer Seite zur anderen, sodass es im ersten Moment nicht leicht war, das Gleichgewicht zu halten. Die Schlaglichter der Taschenlampen erhellten gelbliche Wände, überzogen von fladen- und zungenartigen Ausbuchtungen. Die stumpfen Umrisse wirkten weniger wie Gestein als wie das fleischige Innere eines Körpers.

«Und jetzt?», fragte Lukas. Seine Stimme klang seltsam dünn in der Stille.

Philipp ließ den Lampenstrahl zur gegenüberliegenden Wand gleiten. Dort befand sich ein weiterer Spalt, der tiefer in die Erde zu führen schien. Vorsichtig tastete er sich über den schrägen Boden und leuchtete hinein. Ein abschüssiger Tunnel öffnete sich vor ihm, mit mäßigem Gefälle und hoch genug, um aufrechtes Gehen zu erlauben.

«Auweia», meinte Lukas, der ihm zögernd gefolgt war. «Meinst du wirklich, wir müssen da runter?»

«Wozu sind wir denn sonst hier?», gab Philipp zurück. «Hey! Stell dir einfach vor, du spielst gerade Tomb Raider.»

Ein Rascheln in der Tiefe des Gangs ließ sie zusammenzucken. Philipp hob seine Lampe und leuchtete hinein, so weit der Lichtkegel reichte, sah jedoch nichts als Gestein. Einen Moment lang lauschten beide gleichermaßen angespannt. Seltsam, dachte Philipp: Wäre das eine Szene in irgendeinem Horrorfilm, würden sich beide entspannt auf dem Sofa fläzen, ohne dass ihr Puls über achtzig stieg. Hier jedoch, in der Finsternis einer unerforschten Höhle unter Tonnen von Gestein, war die Stille drückend und unheimlich. Irgendwo tropfte Wasser – ein eigentümliches, unregelmäßig klickendes Geräusch, das an den Nerven zerrte. Das Rascheln jedoch wiederholte sich nicht.

«Was war das?», flüsterte Lukas überflüssigerweise.

«Weiß ich doch nicht», sagte Philipp mit einem Anflug von Gereiztheit. «Irgendein Tier vielleicht.»

«Sollten wir nicht lieber Kim Bescheid sagen, bevor wir da reingehen? Ich meine ... wer weiß, wie lang dieser Gang ist. Sie wird sich Sorgen machen.»

«Quatsch, sie kommt schon klar. Also los!»

Sie betraten den Gang. Der Boden war mit Geröll übersät und stellenweise von Spalten durchschnitten. Sie mussten aufpassen, wohin sie ihre Füße setzten, und sich an den Wänden abstützen. Lukas hielt sich dicht hinter Philipp. Er atmete rasch.

Philipp seufzte heimlich. Typisch Lukas: zuerst Feuer und Flamme, dann plötzlich kalte Füße. Sein kleiner Bruder führte sich allmählich fast so auf wie seine Freundin. Während Philipp die ganze Aktion organisiert, die nötige Ausrüstung beschafft und sich mit der Eingrenzung des Fundortes beschäftigt hatte, war ihr nichts Besseres eingefallen, als irgendwelche zweifelhaften Esoterik-Seiten im Internet zu durchstöbern. Eigentlich kein Wunder, schließlich glaubte sie auch an Wiedergeburt und ähnlich abstruses Zeug. Doch Philipp war entschlossen, sie eines Besseren zu belehren. Er würde sie in Gold baden, in Juwelen und Geschmeide wie eine Prinzessin. Dann würde sie schon sehen, dass er recht gehabt hatte ... und vielleicht, dachte er manchmal heimlich, würde sie ihn dann auch wieder so leidenschaftlich lieben wie früher.

«Stopp!», warnte er, als ein pechschwarzer Streifen am Boden den Lichtkegel seiner Lampe durchschnitt. Vorsichtig pirschte er sich voran, bis er unmittelbar davor stand. «Sieh dir das an.»

Der schwarze Streifen war nichts anderes als ein senkrechter Abgrund von nahezu drei Metern Breite, der den Weg unterbrach. Philipp beugte sich vor und leuchtete hinab. Die Lampe erhellte rissige Wände, die in die Tiefe führten, und schließlich – mindestens fünf Meter unter ihnen – den Boden der Verwerfung. Tropfsteine ragten dort unten wie Speerspitzen senkrecht in die Höhe.

«Krass», raunte Lukas.

Philipp erriet seine Gedanken: Ein Mensch, der hier hinabstürzte, würde von den steinernen Spitzen durchbohrt werden wie ein Tier in einer Fallgrube.

«Da kommen wir nie rüber.» Lukas leuchtete zur anderen Seite des Abgrunds hinüber. «Unmöglich!»

Philipp konnte nicht umhin, ihm zuzustimmen. Die Entfernung wäre vielleicht im Sprung mit ausreichend Anlauf zu überbrücken gewesen – doch das Risiko behagte ihm ebenso wenig wie seinem Bruder.

«Okay», sagte er. «Wir brauchen ein Brett oder so etwas, als Brücke.»

«Das heißt, wir kehren erst mal um?», fragte Lukas erleichtert.

Ein erneutes Rascheln ließ beide verstummen. Philipp hob die Lampe und leuchtete ins Deckengewölbe hinauf, von dem unförmige Zapfen herabhingen.

«Sind das Tropfsteine?», flüsterte Lukas.

Nein, es waren keine Tropfsteine. Im nächsten Moment nämlich, aufgeschreckt durch das Licht, erwachten die Zapfen zum Leben, ließen sich alle gleichzeitig herabfallen und schwärmten in einer Wolke aus kleinen pelzigen Körpern und gespreizten ledrigen Flügeln auf die Eindringlinge zu.

Philipp prallte rücklings gegen die Wand, als die Fledermäuse an ihm vorbei den Gang hinaufflatterten. Lukas erging es weit ärger: Er schrie vor Schreck und wirbelte herum, wobei er mit dem Fuß in eine Bodenspalte trat, sich das Bein verdrehte und zusammenbrach.

«Lukas!» Philipp stürzte auf seinen Bruder zu, der sich am Boden krümmte. «Alles okay?»

«... Fuß ...», war alles, was Lukas mit gepresster Stimme hervorbrachte, während er sich mit beiden Händen den Knöchel hielt. «So 'ne Scheiße ... Was waren das für Viecher? Fledermäuse?»

«Ich glaub ja. Was ist mit deinem Bein?»

«Tut saumäßig weh ...»

«Kannst du laufen?»

Sie versuchten es, doch wie sich herausstellte, konnte Lukas nicht auftreten. Bei jedem Versuch zuckte er zusammen und schien nur mit Mühe einen Aufschrei zu unterdrücken.

«Okay, schön langsam!» Philipp steckte die Lampe in den Gürtel und zog Lukas' linken Arm über seine Schulter. «Stütz dich auf mich.»

Lukas biss die Zähne zusammen, und gemeinsam hinkten sie zurück in den Raum mit dem geneigten Boden. Die Fledermäuse waren nirgends mehr zu sehen. Wahrscheinlich waren sie durch die enge Zugangsöffnung ins Freie geschwärmt und hatten Kim, die draußen wartete, einen gehörigen Schreck versetzt.

Die Öffnung verengte sich trichterförmig, und der Ausstieg war kaum einen halben Meter breit. Philipps Mut sank. Wie sollte er es schaffen, seinen verletzten Bruder da hindurchzubekommen? Auf dem Hinweg hatten sie sich einfach herabgleiten lassen; nun aber galt es zu klettern.

«Das schaff ich nicht», keuchte Lukas.

«Klar! Komm, reiß dich zusammen. – Kim?», rief Philipp nach draußen. «Maus, bist du da?»

«Ja!», hallte Kims Stimme dünn zu ihnen herab. «Was ist passiert?»

«Lukas hat sich verletzt! Du musst ihm helfen. Nimm seine Hände, ich schiebe von unten nach!»

Lukas war bereits auf die Knie gegangen, um in den Tunnel zu kriechen. Er stöhnte, und seine Arme zitterten vor Anstrengung, da das verletzte Bein ihn behinderte. Philipp blieb nichts anderes übrig, als dicht hinter ihm zu bleiben und sein gesundes Bein zu stützen, damit er nicht wieder hinabrutschte. Endlich schien Kim seine ausgestreckten Hände zu fassen zu bekommen. Lukas glitt durch die Öffnung nach draußen, allerdings ohne verhindern zu können, dass das verletzte Bein über den Fels schrammte. Er schrie jämmerlich, dann zeugte ein dumpfes Geräusch davon, dass er sich kraftlos ins Gras fallen ließ.

Verdammt!, durchzuckte es Philipp. *Den Abhang schafft er nie ...*

Rasch kletterte er hinterher, wand sich ins Freie und ließ sich neben seinem Bruder nieder. Kim, die blass und erschrocken wirkte, hatte vorsichtig den Saum von Lukas' Jeans hochgeschoben, um die Verletzung zu untersuchen. Lukas biss gequält die Zähne zusammen, als sie die Schwellung betastete.

«Scheiße», flüsterte er und suchte den Blick seines Bruders. «Fühlt sich an, als wär's gebrochen. Tut mir leid, Mann ...»

«Ist schon gut», sagte Philipp rau. «Meinst du, wir schaffen es den Abhang runter? Du kannst den Spaten als Krücke nehmen.»

Gemeinsam halfen sie Lukas auf die Beine. Doch es war zwecklos: Der Spatenstiel erwies sich als zu kurz, und selbst wenn sie Lukas in die Mitte nahmen und auf beiden Seiten stützten, kamen sie nicht vorwärts. Es gelang ihnen nicht einmal, das kleine Plateau vor dem Höhleneingang zu verlassen, denn dazu hätte eine Felsstufe überklettert werden müssen. Schon beim ersten Versuch, das Bein anzuwinkeln, schrie Lukas erneut auf und brach zusammen, das Gesicht tränenüberströmt.

Alle drei ließen sich ins Gras sinken und saßen eine Minute schweratmend da.

«Ich brauch einen Krankenwagen», keuchte Lukas, der sich wie ein Kind die Tränen aus dem Gesicht wischte. «Es geht nicht anders.»

Kim nickte ernst, den Blick auf Philipp gerichtet.

Philipp seufzte schwer. Ihm war klar, was das bedeutete: Ihr ganzer Plan war in Gefahr. Bisher wusste niemand etwas von der Existenz der Höhle, aber wenn ein Rettungsteam sich hierher auf den Weg machte, würde man ihnen die genaue Position benennen müssen. Mit Fahrzeugen würden sie nicht an den Abhang herankommen, denn der umliegende Wald war zu dicht. Womöglich mussten sie einen Hubschrauber schicken und die gesamte Bergflanke aus der Luft ableuchten.

«Nun mach schon!», flüsterte Kim mit einem mahnenden Blick. *Was ist dir wichtiger?*, schien dieser Blick zu fragen. *Gold und Edelsteine ... oder das Leben deines Bruders?*

Philipp hatte bereits eine Hand in die Tasche gesteckt, um sein Handy hervorzuziehen, besann sich jedoch. Noch war nicht alles verloren.

«Du musst selbst anrufen!», sagte er zu Lukas. «Sonst wissen sie, dass wir zu mehreren hier waren. Sag ihnen nichts, weder von uns noch von der Höhle! Nur, dass du Hilfe brauchst.»

Lukas stöhnte einen Moment mit geschlossenen Augen, schien jedoch einzusehen, dass sein Bruder recht hatte. Philipp stützte ihn, als er sich gehorsam zur Seite drehte, um nach seinem Handy zu fingern, das in der Gesäßtasche seiner Jeans steckte.

Kim schien sich nicht sehr wohl in ihrer Haut zu fühlen, wagte jedoch keinen Einspruch. Beklommen sahen beide zu, wie Lukas mühsam die Notrufnummer eintippte.

«Hallo? Schicken Sie schnell Hilfe! Zu einem Berg in der Nähe vom Lochberger Steinbruch ...»

«Was ist passiert?», hörte Philipp deutlich eine Frauenstimme zurückfragen.

«Ich lieg hier am Hang», keuchte Lukas. «Knöchel gebrochen, glaube ich.»

«Wo genau sind Sie?»

«Keine Ahnung. Es gibt hier oben keine Straßen. Peilen Sie das Handysignal an!»

«Ist jemand bei Ihnen, der die Erstversorgung übernehmen kann?»

Philipp schüttelte energisch den Kopf, und Lukas legte gehorsam auf.

«Hoffentlich reicht das», murmelte Kim.

«Wird schon», meinte Philipp. «Sie werden die Bergwacht schicken. Wahrscheinlich sogar einen Hubschrauber.» Er wandte sich wieder Lukas zu. «Du darfst ihnen nichts erzählen, hörst du? Nicht, dass wir zusammen hier waren, und erst recht nicht, warum! Sonst können wir den ganzen Plan vergessen.»

Lukas erwiderte seinen Blick mit einer Mischung aus Schmerz und Bitterkeit. «Haut ihr dann ab, oder was? Lasst ihr mich einfach hier liegen?»

«Wird nicht anders gehen», bestätigte Philipp, während Kim sich vor schlechtem Gewissen auf die Lippen biss. «Du weißt doch, was auf dem Spiel steht – und dass wir alles mit dir teilen werden, wenn es so weit ist! Absolut alles!»

«Na hoffentlich.»

«Ich schwör's dir!»

Alle verstummten für eine Weile.

«Ist dir kalt, Lukas?», fragte Kim überraschend – und obwohl er verneinte, zog sie ihre Jacke aus und legte sie ihm um. «Sie kommen sicher gleich und holen dich ab.»

Lukas antwortete nicht. Er hatte den Kopf zurückgelegt, hielt die Augen geschlossen und atmete keuchend, offenbar ganz darauf konzentriert, mit dem Schmerz fertigzuwerden.

Philipp senkte beschämt den Blick, war jedoch entschlossen, auf seiner Entscheidung zu beharren: Den Rettungsleuten wollte er auf keinen Fall begegnen. Er beruhigte sein Gewissen damit, dass er bei Lukas bleiben würde, so lange es ging. Erst, wenn er Blaulichter sehen oder das Rotorengeräusch eines Helikopters hören konnte, würde er sich mit Kim davonmachen, im Wald untertauchen und zu dem Rastplatz zurückkehren, wo der Wagen stand.

Minuten vergingen, und Philipp blickte unruhig über die dunklen Täler nach Westen. Wie lange würde es dauern, bis sie kamen? Eine halbe Stunde vielleicht – oder länger?

Mittwochmorgen

Tia

«Du bist aber auch seltsam», sagte Tias Mutter.

Tia, zwölf Jahre alt, saß neben ihr auf dem Beifahrersitz des alten Fiesta, der über die Autobahn nach Norden brauste.

«Zu Omas Geburtstag hättest du wenigstens das blaue Kleid anziehen und dich ein wenig hübsch machen können!», fuhr ihre Mutter fort, während sie einen Lkw überholte.

«Ich mag das blaue Kleid nicht», murmelte Tia, die, wie meistens, Jeans und T-Shirt trug.

«Ja, *natürlich* ...» Ihre Mutter seufzte verärgert. «Wann hast du jemals *irgendetwas* gemocht, was ich für dich ausgesucht habe! Das Schminkset, das ich dir zu Weihnachten geschenkt habe, hast du auch nie angerührt.»

Tia schwieg betreten.

«Stattdessen läufst du den halben Tag in der Kieskuhle herum und schleppst irgendwelchen Dreck nach Hause ...»

«Das ist kein Dreck!», verteidigte sich Tia. «Ich nehme Bodenproben und untersuche sie mit meinem Mikroskop.»

«... und saust dich jedes Mal völlig ein, wie ein kleines Kind.» Ihre Mutter schüttelte den Kopf. «Du brauchst dich gar nicht zu wundern, dass du keine Freundinnen hast.»

Tu ich doch gar nicht!, lag Tia auf der Zunge, doch sie schluckte die Bemerkung herunter. Tatsächlich legte sie wenig Wert auf die Gesellschaft der Mädchen in ihrer Klasse, die nur Klamotten und ältere Jungs im Kopf hatten. Aber genau so ein Mädchen hatte sich ihre Mutter wohl gewünscht. Tia konnte es ihr beim besten Willen nicht recht machen. Es gelang ihr einfach nicht, am Shoppen, Schminken oder Frisieren Geschmack zu finden, zu schweigen von dem lästigen Tanzkurs, den sie nur besuchte, weil sie ihn geschenkt bekommen hatte. Am liebsten verbrachte sie nach der Schule Stunden allein im Freien, sammelte Steine, untersuchte Bäume und schleppte auch schon mal einen mit bloßer Hand gefangenen Frosch nach Hause – zum nachhaltigen Entsetzen ihrer Mutter.

«Du bist so ein hübsches Mädchen», sagte ihre Mutter nicht zum ersten Mal. Aus ihrem Mund klang es stets wie ein Vorwurf. «Du könntest Model werden, weißt du? Miss Düsseldorf – oder Schauspielerin beim Fernsehen. Wenn du dich nur ein wenig mehr um dein Äußeres kümmern würdest!»

Tia schwieg. Die Aussicht auf diese Art von Ruhm verursachte ihr Grauen. Wahrscheinlich hätte ihre Mutter sie am liebsten zu einer jener Casting-Shows geschleift, die sie so gern im Fernsehen sah. Tia, die sich bei diesen Shows regelmäßig zu Tode langweilte, hatte bereits beschlossen, was sie in einem solchen Fall tun würde: Sich die Haare mit Papas elektrischem Rasierapparat raspelkurz scheren und sich in irgendeinem Schlammloch wälzen, bis sie aussah wie das Monster aus dem Sumpf. Niemals würde sie sich vor irgendwelchen Juroren lächerlich machen, die womöglich neben dem Catwalk noch eine Gesangsprobe verlangten. Tia konnte überhaupt nicht singen und war auch nicht musikalisch – auch wenn ihre Mutter dies nicht einsah.

Erst recht Miss Düsseldorf konnte ihr gestohlen bleiben. Tia saß lieber über ihrem Mikroskop und blickte in den Mikrokosmos statt in den Spiegel. In jedem winzigen Wassertropfen lag mehr Schönheit als in irgendwelchen schillernden Kleidern: Winzige Lebewesen bewegten sich darin, Bakterien von unterschiedlichster Form und Größe, die sich mit winzigen Tentakeln oder schraubenförmigen Schwänzen fortbewegten. Tia war fasziniert von dieser gewöhnlich unsichtbaren Welt, die so voller Leben und voller Geheimnisse war. Manchmal stellte sie sich vor, sie könnte selbst so winzig sein wie ein Staubkorn und zwischen all diesen blasen-, schrauben- und spindelförmigen Wesen umherschwimmen, um sie aus der Nähe zu betrachten. Es musste sich anfühlen, als entdeckte man einen neuen Planeten.

«Hey! Was soll denn das?»

Tia schreckte hoch – und begriff, dass der wütende Ausruf ihrer Mutter nicht ihr galt. Erst jetzt bemerkte sie, dass neben ihnen auf der linken Spur ein Sportwagen dahinjagte, der eben versuchte, sich in eine schmale Lücke zwischen ihnen und dem nächsten Vordermann einzufädeln.

«Angeber!», keifte Tias Mutter gereizt und scherte instinktiv ein Stück nach rechts aus.

Sie hatte keine Chance, rechtzeitig die Ölpfütze zu erkennen, die irgendein liegengebliebener Wagen auf dem Seitenstreifen hinterlassen hatte. Der Fiesta geriet ins Schleudern, drehte sich ein Stück zur Seite und schoss vorwärts, direkt auf die Leitplanke zu.

Tias nächste Empfindung war ein übermächtiger Ruck, der die ganze Welt zu erschüttern schien, als wäre ein tonnenschwerer

Komet auf die Erde gestürzt. Sie spürte noch, wie ihr Kopf nach vorn gerissen wurde. Dann erlosch ihr Bewusstsein so plötzlich wie eine ausgeblasene Kerzenflamme.

«Tia?»

Tia fand sich im Bett wieder, mit heftig klopfendem Herzen und absoluter Dunkelheit vor den Augen. Die Schrecksekunde verstrich, und sie spürte Leons Gegenwart. Dass er die Tür geöffnet hatte, war nicht bis in ihren Traum durchgedrungen. Erst allmählich nahm sie seinen vertrauten Geruch wahr und fühlte, wie er sich vorsichtig auf die Bettkante setzte.

«Alles in Ordnung?»

Tia fuhr sich mit der Hand über die Stirn. «Ja, ich ... hab nur geträumt.»

«'tschuldige, dass ich einfach so reinkomme. Aber du hast geschrien und dich rumgewälzt, als würdest du das Bett als Trampolin benutzen.»

«Hab ich?» Tia schämte sich ein wenig. «Tut mir leid. Ich wollte dich nicht erschrecken.»

Es war keineswegs das erste Mal, dass sie die letzten Momente vor ihrem Unfall im Traum nacherlebt hatte. Immer war sie in dem Augenblick aufgewacht, wenn der Wagen in die Leitplanke krachte, um ihr Bewusstsein für Stunden und ihr Augenlicht für immer auszulöschen. Doch selten war der Traum so intensiv und wirklichkeitsnah gewesen wie heute: die Schärfe der Details, das Licht, die leuchtenden Farben – als hätte ihr Gehirn, das doch seit über fünfzehn Jahren an vollkommene Dunkelheit gewöhnt war, all dies in einem verborgenen Winkel abgespeichert. Vielleicht lag es daran, dass sie in ihrem ehemaligen Kinderzimmer geschlafen hatte, in der Wohnung ihrer Eltern, die von so vielen Erinnerungen erfüllt war.

«Geht's dir gut?», fragte Leon.

Tia erkannte an seiner Stimme, dass er besorgt war. Der Schrecken des Traums verging und machte einem Gefühl der Rührung Platz.

Er ist so lieb zu mir, dachte sie.

«Ja, danke», war alles, was sie laut hervorbrachte. «Wie spät ist es?»

«Halb zehn.»

«Was?» Erschrocken setzte Tia sich auf. «Mein Gott, wie kann man so lange schlafen ...»

«Wir haben doch Urlaub.» Die Matratze knarrte, als Leon sich erhob. «Wie wär's mit Frühstück? Ich müsste nur neuen Kaffee aufsetzen. Dein Vater ist schon weg.»

«Weg? Wohin?»

«Zum Arzt. Er hat doch heute einen seiner Routine-Termine. Er meinte, gegen elf wäre er wieder zurück, und wir sollten dich ruhig schlafen lassen.»

Tia fuhr sich mit der Hand über die Augen. Erst jetzt erinnerte sie sich, dass ihr Vater diesen Termin am Vortag erwähnt hatte.

«Ja ... Frühstück wäre schön», kam sie auf Leons Angebot zurück.

Leon ging hinaus und schloss leise die Tür hinter sich.

Tia gönnte sich zwei Minuten, um liegen zu bleiben und zu warten, bis ihr Herz wieder ruhiger schlug. Dann stand sie auf, öffnete die Tür zum Flur und tastete sich ins Bad.

Während sie duschte, hörte sie Leon im Wohnzimmer mit dem Geschirr klappern. Offenbar deckte er den Tisch für sie, genauso, wie er es stets zu Hause tat. Nicht, dass Tia diesen Service nötig gehabt hätte: In ihrer gemeinsamen Berliner Wohnung fand sie ohne Schwierigkeiten jedes Möbelstück, jede Schublade und jeden Teller im Küchenschrank. Doch Leon war eben ein Kavalier. Zuweilen musste sie sich seiner Fürsorge fast erwehren, besonders, wenn er sie beim Essen wie ein Kellner bediente. Dabei war es wirklich süß, was er alles für sie tat – zum Beispiel achtete er peinlich genau darauf, dass bestimmte Gegenstände immer an der gleichen Stelle lagen, damit Tia sie ohne Herumtasten fand: nicht nur der Wohnungsschlüssel, sondern auch das Aufladegerät für ihr Handy, die Fernbedienungen für Fernseher und CD-Player, Handtücher, Kaffeefilter, Waschpulver, die Hausapotheke, Geschirr, Besteck. Selbst die Gewürze auf dem Küchenregal ordnete er immer in derselben Reihenfolge, obwohl Tia sie mühelos am Geruch unterschied.

«Du weißt gar nicht, wie gut du es hast», hatte Tias beste Freundin Adele einmal gesagt. «Ein Mann, der dir freiwillig den Tisch deckt und den Müll runterbringt! Andere träumen von so was.»

Tia hatte gelacht – und sich bemüht, den leicht vorwurfsvollen Unterton zu überhören. Sie wusste, dass Adele ein wenig für Leon schwärmte.

Sie stieg eben aus der Dusche, als sie das Telefon klingeln hörte – nicht ihr Handy, sondern den Festnetzanschluss ihres Vaters. Sekunden später tappten Leons Schritte über den Flur, und er klopfte an die Tür.

«Tia? Tut mir leid, schon wieder reinzuplatzen, aber ...»

Unbefangen öffnete Tia die Tür und fühlte, wie die Dampfschwaden in den kühlen Flur hinausströmten.

«Ist schon okay!»

Sie nahm das Telefon entgegen. Zu spät begriff sie, dass sie nackt vor ihrem besten Freund stand, und drückte sich in einem verspäteten Reflex das Handtuch vor die Brust. Merkwürdig: Das Schamgefühl kam einem abhanden, wenn man dauerhaft im Dunkeln lebte.

«Ja?», sagte sie, das Telefon am Ohr, während Leon sich rasch zurückzog und die Tür von draußen schloss.

«Bremer, guten Morgen», meldete sich eine Männerstimme. «Baden-Württembergisches Landesamt für Geologie, Rohstoffe und Bergbau. Haben Sie kurz Zeit?»

«Oh! Ähm ... sicher», war alles, was Tia in der ersten Überraschung hervorbrachte.

«Sie müssen entschuldigen, dass ich offenbar bei Verwandten von Ihnen anrufe. Unter Ihrer Berliner Nummer konnte ich niemanden erreichen. Aber Ihr Nachname ist ja recht selten, und so kam meine Sekretärin auf diese Nummer hier ...»

«Kein Problem.» Tia brachte das Kunststück fertig, mit einer Hand das Telefon zu halten und mit der anderen das Handtuch so um ihren Körper zu schlingen, dass es nicht herunterfallen konnte. Dann öffnete sie die Tür, ging durch den Flur ins Wohnzimmer – wo der Geruch frischen Kaffees sie empfing –, tastete nach der Telefonstation und stellte auf Lautsprecher. Leon sollte mithören.

«Worum geht es denn?», fragte sie und setzte sich, als er ihr einen Stuhl hinschob. «Klingt ja, als wäre die Sache ziemlich dringend.»

«Ist sie auch», bestätigte ihr Gesprächspartner. «Ich möchte Sie einladen, eine unbekannte Höhle im Odenwald zu erforschen. Die Entdeckung wurde meiner Behörde erst heute Morgen gemeldet. Das heißt: Sie wären die Erste, die sich dort genauer umsieht. Interessiert?»

«Allerdings!», erwiderte Tia erstaunt. «Aber ... warum ich?»

«Sagen wir: Weil Sie bekannt dafür sind, schnell entschlossen und ebenso schnell vor Ort zu sein», antwortete Bremer, nun mit einem hörbaren Lächeln in der Stimme. «Ich spare mir mal die Förmlichkeiten. Um die Wahrheit zu sagen: Ich bin ein großer Fan von Ihnen. Ich habe viel über Sie gelesen, und Ihr freiwilliger Einsatz letztes Jahr in Linden hat ja eine Menge Furore gemacht. Großartig, was Sie da geleistet haben.»

«Danke», murmelte Tia verlegen. «Und warum die Eile?»

«Die Höhle, um die es geht, liegt bei einer Kleinstadt namens Lochberg, in der Nähe von Heidelberg», erklärte Bremer. «Sie wurde letzte Nacht entdeckt, als bei der Rettungsleitstelle ein Notruf einging. Ein Hubschrauber wurde losgeschickt, und man fand einen jungen Mann mit gebrochenem Knöchel unmittelbar vor dem Eingang. Fußspuren deuten übrigens darauf hin, dass er nicht allein dort war.»

Tia seufzte. «Es passiert leider oft, dass sich Laien ohne professionelle Ausrüstung in Höhlen herumtreiben. Was sagt er denn selbst dazu?»

«Überhaupt nichts. Er schweigt wie ein Grab und will weder Angaben zum Unfallhergang noch zur Identität seiner Kameraden machen. Aber es besteht kein Zweifel, dass sie versucht haben, in die Höhle einzudringen.»

«Immerhin scheint die Sache glimpflich ausgegangen zu sein.»

«Fürs Erste ja, aber die Sache hat ein Nachspiel. Der Vorfall hat sich in Lochberg rasch herumgesprochen. Als gegen sieben Uhr ein Polizist zu der Höhle geschickt wurde, um eine Absperrung zu errichten, traf er zwei weitere Personen an, die dort einzudringen versuchten.»

«Gehörten die womöglich zur selben Gruppe wie der Verletzte?»

«Offenbar nicht – das ist es ja. Es waren Touristen aus Sachsen; der verletzte Junge dagegen kommt aus Frankfurt. Der Polizist sagte den Leuten, die Höhle sei nicht zugänglich, und schickte sie weg. Als er später noch einmal zurückkam, war schon wieder jemand dort: Er sah mehrere Personen wegrennen, die sich an den Absperrungen zu schaffen gemacht hatten.»

«Na, da ist aber jemand hartnäckig.»

«Das kann man wohl sagen! Leider hat auch noch eine Lokalzeitung über die Entdeckung berichtet und die Aufmerksamkeit darauf gelenkt. Tatsache ist, dass seit der Entdeckung der Höhle innerhalb eines halben Tages mindestens vier, wahrscheinlich eher fünf bis sechs Personen versucht haben, dort einzudringen.» Bremer machte eine Pause. «Vor einer Stunde hat mich ein Stadtrat von Lochberg angerufen, ein Herr Dahms. Er hat mir die ganze Geschichte erzählt und mich um Hilfe gebeten. Offenbar ist die

Stadtverwaltung mit der Sache überfordert. Da die Absperrung einfach ignoriert wird, müsste man den Höhleneingang eigentlich rund um die Uhr bewachen lassen, aber dafür gibt es nicht genug Personal. Dahms konnte nicht einmal mit Sicherheit sagen, ob sich gegenwärtig noch Unbefugte in der Höhle aufhalten. Das heißt: Es könnte leicht zu weiteren Unfällen kommen.»

«Hört sich in der Tat so an ...»

«Niemand weiß, warum so viele Laien scharf darauf sind, sich diese Höhle anzusehen. Vielleicht sind irgendwelche Gerüchte im Umlauf, dass es dort etwas zu entdecken gäbe. Um dem Spuk ein Ende zu machen, wäre es wahrscheinlich das Beste, wenn die Höhle so schnell wie möglich professionell erforscht würde.»

«Verstehe ...»

«Würden Sie das machen, Frau Traveen? Für Sie wäre es eine lohnende wissenschaftliche Expedition – und den Behörden würde es Sorgen und Ärger ersparen.»

Tia zögerte. «So bald wie möglich, sagen Sie?»

«Ich weiß, was ich Ihnen da zumute», versicherte Bremer. «Aber Sie sind doch zu Besuch bei Verwandten – daraus schließe ich, dass Sie Urlaub haben?»

«Eine Woche noch», bestätigte Tia.

«Stellen Sie sich vor, Sie würden die Zeit in einem malerischen Städtchen im Odenwald verbringen! Für Ihre Unterbringung wird selbstverständlich gesorgt.»

«Tja ... klingt nicht schlecht», gab Tia zu.

«Ginge es eventuell schon morgen? Dann würde ich diesem Herrn Dahms Ihre Nummer geben, und Sie könnten alles Weitere mit ihm besprechen.»

Tia spürte, wie Leon an ihre Seite trat. Die Einladung reizte sie sehr, doch wenn sie sie annahm, würde sie Leons Hilfe brauchen. Zwar hatte auch er noch einige Tage frei, doch das bedeutete nicht, dass sie ungefragt über seine Zeit verfügen konnte.

«Ist okay», flüsterte Leon, bevor sie fragen konnte.

Tia lächelte dankbar.

«Geht klar», sagte sie ins Telefon. «Ich komme.»

Leon

«Und es macht dir wirklich nichts aus?», fragte Tia, als sie sich kurz darauf beim Frühstück gegenübersaßen.

«Ach ...» Leon winkte ab und erlaubte sich eine kleine Kühnheit: «Du weißt doch, mit dir gehe ich überallhin.»

«Lieb von dir. Ehrlich gesagt freue ich mich über diese Einladung Das wird bestimmt spannend. Im Rhein-Neckar-Becken gibt es kaum Höhlen, weil fast das ganze Gebiet mit Buntsandstein bedeckt ist.» Sie rührte nachdenklich in ihrem Kaffee, den Leon wie stets mit einer Prise Zimt gewürzt hatte. «Es muss sich wohl um einen Einschluss von triassischem Muschelkalk handeln – was meinst du?»

«Schon möglich», murmelte Leon.

Zwar hatte er wie Tia Geologie studiert, aber keineswegs jede Bodenart jeder abseitigen Ecke des Landes im Kopf. Darüber hinaus fiel es ihm gerade schwer, echtes Interesse zu zeigen, denn es kränkte ihn, dass sie über seine Bemerkung so einfach hinwegging. Zum ungefähr tausendsten Mal hatte er seine Gefühle angedeutet – und wie immer vergeblich.

Finde dich endlich damit ab!, sagte er sich. *Sie stellt sich nicht taub ... Sie versteht wirklich nicht, was du ihr sagen willst.*

Es war hart, auch nach Jahren noch. Leon hatte kein Problem damit, ein paar Tage Urlaub zu opfern. Er hatte kein Problem damit, Tia zu chauffieren, Hotels für sie zu buchen, ihren Führer und Leibwächter zu spielen. Selbst, dass er stets in ihrem Schatten stand, dass Tia zu einem Liebling der Medien geworden war, während sein Name in den meisten Berichten nicht einmal erwähnt wurde, machte ihm nichts aus. Das Einzige, was ihm etwas ausmachte, war die Tatsache, dass die Frau, die er seit langem liebte, in ihm nur einen guten Freund sah.

Beide schwiegen längere Zeit, und das einzige Geräusch am Tisch war das leise Klirren abgesetzter Tassen.

Glücklicherweise kam wenig später Tias Vater nach Hause. Tia bestürmte ihn sofort mit Fragen nach seinem Gesundheitszustand. Jürgen Traveen lächelte, winkte ab und versicherte, es sei «alles unverändert» – was in seinem Fall wohl bedeutete, dass keine Verschlechterung eingetreten war. Er setzte sich zu ihnen, und Leon, der sich nicht ins Gespräch einmischen wollte, versorgte die Runde mit frischem Kaffee. Währenddessen erzählte Tia von dem Anruf und der anstehenden Expedition. Wahrscheinlich hatte sie befürchtet, ihren Vater mit der Ankündigung zu kränken, dass sie noch am gleichen Tag aufbrechen würden. Jürgen Traveen jedoch trug die Neuigkeit mit Fassung.

«Und das nennst du Urlaub?», fragte er schmunzelnd. «Eine Höhlenerkundung nach der anderen?»

Tia zuckte die Achseln. «Es ist nun einmal nicht nur mein Job, sondern auch mein Hobby.»

«Dann bleibt deine Doktorarbeit wieder einmal liegen, nehme ich an?»

Tia seufzte. Das Thema war ihr unangenehm, wie Leon wusste. Schon seit Jahren schrieb sie an ihrer Dissertation, doch ohne große Lust und Ausdauer. Die Ferien nutzte sie lieber zum Reisen, und vor dem Bildschirm saß sie ungern. Gelegentlich schrieb sie Artikel für Fachzeitschriften, doch ihre wissenschaftliche Karriere war ihr bei Weitem nicht so wichtig wie ihre Erkundungstouren.

«Ach, das ist ja deine Sache», sagte ihr Vater versöhnlich. «Wenn es mir überhaupt zusteht, dir ins Gewissen zu reden, dann nicht deswegen.»

Verwirrt sah Tia in seine Richtung. «Sondern?»

Jürgen Traveen beugte sich vor und ergriff ihre Hand. «Ich meine dein *Leben*, Tieken, und deine Sicherheit.»

«Papa, du sollst doch keine Angst um mich haben! Das habe ich dir schon so oft gesagt.»

«Vielleicht bist du trotzdem bereit, ein kleines Geburtstagsgeschenk anzunehmen?»

Während Tia erstaunt schwieg, öffnete ihr Vater eine Schublade des Sideboards, das neben dem Wohnzimmertisch stand, holte einen Gegenstand von der Größe eines USB-Sticks heraus und schob ihn zwischen ihre Finger.

«Nimm das hier mit», bat er, «und trag es immer bei dir.»

«Was ist das?», fragte Tia, die stirnrunzelnd die glatte Oberfläche befühlte.

«Ein Notfallsender. Sein Signal kann man bis zu zweihundert Meter tief unter Tage orten. Ich habe ihn im Internet bestellt. Es ist eine Anleitung dabei. Leon kann sie dir vorlesen.»

«Aber Papa ...» Tia war sichtlich gerührt, schien jedoch Zweifel zu haben. «Es gibt bis heute keine Funktechnik, die unter Tage hundertprozentig sicher wäre.»

«Steht hier aber! Neueste Technik, behauptet der Hersteller.»

«Hersteller behaupten viel. Wenn es im Höhlenfunk irgendeinen technischen Durchbruch gegeben hätte, dann wüsste ich davon. Ich hoffe, du hast keine Unsummen für dieses Ding ausgegeben ...»

«Das lass mal meine Sorge sein! Jedenfalls möchte ich, dass du es bei dir trägst. Tu mir den Gefallen.»

Sie saßen noch längere Zeit zusammen, bis gegen ein Uhr das Telefon klingelte. Es war ihr Kontaktmann bei der Stadtverwaltung in Lochberg, der die Adresse des Hotels durchgab.

«Na, die haben es aber wirklich eilig», meinte Leon, als Tia aufgelegt hatte.

Sie nickte. «Ich denke, wir sollten dann auch bald fahren.»

Leon packte ihre Sachen, und kurze Zeit später brachen sie auf. Der Abschied war kurz, aber herzlich. Jürgen Traveen bemühte sich sichtlich, es ihnen nicht schwer zu machen. Noch vor der Haustür umarmte er seine Tochter, während Leon danebenstand, die Reisetaschen in den Händen.

«Pass auf dich auf, Kind!», sagte er schlicht, schob sie von sich und strich ihr über das dunkle Haar.

«Ich wäre gern länger geblieben», versicherte Tia betreten.

«Schon gut. Geh und mach deinen Job!»

Leon lag bereits etwas Förmliches auf den Lippen, doch Tias Vater schnitt ihm das Wort mit einem vertraulichen Zwinkern ab.

«Macht's gut, ihr zwei. Tüsskes!»

Eine Minute später saßen sie im Wagen, und Leon startete den Motor.

«Was glaubst du, wie lange wir brauchen?», fragte Tia.

«Ach, nicht so lange.» Leon überflog die Strecke auf dem Navi. «Dreihundert Kilometer bis Heidelberg.»

«Die Landschaft ist bestimmt wunderschön. Beschreibst du sie mir, während wir fahren?»

«Na klar. Ich bin dein Radio, wie üblich.»

Tia lächelte, streckte eine Hand aus und fuhr ihm sacht über den Arm. «Du bist so lieb.»

Leon unterdrückte einen Schauder. Wahrscheinlich, sagte er sich, war es das Beste, wenn er darauf nichts erwiderte.

Kim

Kim sah auf die Uhr: kurz nach zwölf. Wenn sie sich nicht bald entschloss, würde es zu spät sein. Schon seit einer halben Stunde trieb sie sich auf dem Hotelparkplatz herum, strich wie zufällig zwischen den Reihen der abgestellten Autos umher und tat, als würde sie auf jemanden warten. Den Wagen, den sie suchen sollte, hatte sie längst gefunden: einen dunkelblauen Opel mit Chemnitzer Kennzeichen. Er stand sogar günstig, etwas abseits im Schatten einer hohen Platane.

Doch Kim konnte sich nicht entschließen. Immer wieder blickte sie zur Straße hinüber, und jeder Fußgänger, jeder Radfahrer, jedes vorbeikommende Auto war ein willkommener Anlass, ihr Vorhaben zu verschieben. Am Ende zog sie sich auf eine Bank zurück, die nicht weit von der Platane stand. Dabei schwankte sie zwischen Angst und Ärger. Was hatte Philipp sich dabei gedacht, sie hierherzuschicken? Warum kümmerte er sich nicht selbst darum? Stattdessen hatte er gleich nach dem Aufstehen erklärt, er müsse sofort nach Heidelberg fahren, noch einige Sachen besorgen und vor allem seinen Bruder besuchen, der dort mit eingegipstem Fuß in der Uniklinik lag. Dabei ging es wohl weniger darum, sich nach Lukas' Befinden zu erkundigen. Vermutlich wollte Philipp sichergehen, dass sein Bruder niemandem etwas verraten hatte, und ihm nötigenfalls ins Gewissen reden.

Und das bedeutete, dass Kim nun allein vor einer Aufgabe stand, die sie fürchtete. Ihre Widerstandskraft hatte nicht ausgereicht, sich glattweg zu weigern; dazu war sie nach der aufregenden Nacht und den wenigen Stunden Schlaf zu erschöpft gewesen. Erst jetzt wurde ihr klar, was Philipp eigentlich von ihr verlangte – und dass jede Faser in ihr sich dagegen sträubte.

Können wir es nicht einfach aufgeben?, fragte sie sich. *Alles? Den ganzen Plan?*

Doch der Gedanke war mit einer seltsamen Scheu verbunden. Vielleicht lag es daran, dass der Plan alles war, was sie und Philipp noch verband. Sie hatten sich gemeinsam entschlossen, nach dem Schatz zu suchen, auch wenn es Philipp gewesen war, der den Anstoß gegeben und alle konkreten Vorbereitungen getroffen hatte. Der Plan war so etwas wie ihr Baby, ihr gemeinsames Kind. Wenn sie ihn aufgaben, fiel etwas dahin, das sie seit Wochen zusammenschweißte – und wenn es dahinfiel, würde Kim vielleicht feststellen müssen, dass in ihrem Herzen kaum noch eine Basis für ihr Leben mit Philipp übrigblieb.

Um Zeit zu überbrücken, lehnte Kim sich auf der Bank zurück und blickte eine Weile in die hohen Äste der Platane hinauf. Sie musste die Augen zusammenkneifen, denn die Septembersonne war immer noch kraftvoll.

Ob in diesem Baum eine Deva wohnt?

Unwillkürlich musste sie an ihre Mutter denken. Dora Werninger war überzeugt, dass in Bäumen und Blumen, in Quellen, Seen und Felsen alle möglichen Naturgeister lebten. Sie waren feinstoffliche Wesen, pflegte Dora zu sagen, und mit bloßem Auge nicht sichtbar. Der Psychiater, der sie behandelte, hielt diese Vorstellungen für Ausgeburten ihrer Krankheit, und gewöhnlich war Kim derselben Meinung – doch nicht immer. Es hatte schon genügend Momente gegeben, in denen auch sie geglaubt hatte, etwas wie einen Schimmer, eine Bewegung, ein Aufblitzen wahrzunehmen, wie ein verstohlenes Signal aus einer anderen Welt. Noch häufiger war es ein bloßes Gefühl, als spürte sie irgendeine Präsenz, wenn sie die knotige Rinde eines Baumes betrachtete oder den stillen Spiegel eines Sees. Philipp erzählte sie nicht mehr von solchen Erlebnissen, seit sie einst eine Andeutung in dieser Richtung gemacht und lediglich ein gönnerhaftes Lächeln geerntet hatte. *Frauen spinnen eben manchmal*, hatte dieses Lächeln wohl besagen sollen.

Kim schreckte auf, als ihr Handy piepte. Sie zog es hervor und blickte auf das Display. Philipp.

«Hey», sagte sie automatisch, als sie abnahm.

«Hey, Maus!» Philipp klang angespannt. «Ich bin noch in Heidelberg. Hab gerade Lukas besucht.»

«Und? Wie geht es ihm?»

«Ach, ganz gut. Der Knöchel ist tatsächlich angebrochen. Er wird noch einige Zeit in der Klinik bleiben müssen, aber die Sache ist nicht tragisch. Davon bleibt nichts zurück.»

«Gut ...»

«Die Scheiße ist nur, dass die Höhle entdeckt wurde – und dass alle ihn fragen, was er dort zu suchen hatte», kam Philipp unumwunden zur Sache. «Als Erstes haben ihn die Rettungsleute ausgequetscht. Die meinten, so ein Helikopter-Einsatz wäre nicht gerade billig, und es könnte sein, dass die Unfallversicherung Schwierigkeiten macht. Tja ... und dann ist auch noch ein Polizist dagewesen.»

«Polizist?» Kim erschrak.

«Lukas sagt, er ist gegangen, kurz bevor ich ankam – zum Glück. Wollte alles Mögliche wissen, vor allem natürlich, wer noch dabei war.»

«Oh Gott ...»

«Bleib cool, Maus! Lukas sagt, er hat nichts verraten. Hat erzählt, dass er allein da oben war und bloß ein bisschen wandern wollte. Geglaubt hat der Bulle das wohl nicht, denn er meinte, da wären Fußspuren von mehreren Personen gewesen. Aber Lukas hat sich nicht einschüchtern lassen. Ich bin echt stolz auf ihn, muss ich sagen.»

«Aber warum ist denn überhaupt die Polizei an der Sache dran?», fragte Kim mit Unbehagen. «Es war doch nur ein Unfall.»

«Die haben offenbar Lunte gerochen, weil am Morgen diese beiden Typen aus Sachsen aufgegriffen wurden. Übrigens: Hast du den Wagen gefunden?»

Kim war einen Moment versucht, die Frage zu verneinen, brachte es dann aber doch nicht fertig.

«Ja», sagte sie. «Es gibt nur einen Wagen mit sächsischem Kennzeichen auf dem Parkplatz – C für Chemnitz.»

«Dann weißt du ja, was du zu tun hast.»

«Aber reicht es denn nicht, wenn ich ihnen den Zettel unter den Scheibenwischer klemme?»

«Maus, jetzt sei nicht zimperlich!», mahnte Philipp mit einer Spur von Schärfe. «Du weißt, um was es geht! Ich hab von Anfang an damit gerechnet, dass auch andere Leute dem blauen Licht folgen werden. Diese Typen brauchen einen Schuss vor den Bug! Einen Zettel unter dem Scheibenwischer werden sie nicht ernst nehmen.»

Kim schwieg.

«Kriegst du das hin, Maus? Oder muss ich zurückkommen und es selber machen?»

«Nein, nein», wehrte sie ab. «Schon gut. Ich mache es.»

«Dann verlier keine Zeit! Ich komme wahrscheinlich nicht vor vier zurück. Ich muss noch im Baumarkt verschiedene Sachen besorgen, die wir heute Abend brauchen. Außerdem will ich auf dem Rückweg noch einmal bei der Höhle vorbei und mir die Absperrungen anschauen.»

«Okay ...»

«Bis nachher dann.»

Philipp legte auf.

Kim biss sich auf die Lippen. Es war an der Zeit, ihr Versprechen einzulösen. Mit leicht bebenden Fingern öffnete sie ihre Handtasche und zog den Hammer hervor. Einen Moment lang wog sie ihn in der Hand, unsicher, ob er seinen Zweck überhaupt erfüllen würde. Er sah so klein und unscheinbar aus. Es war eines von jenen Geräten, die man in Bussen und Zugabteilen fand, in einem Kästchen unter Plexiglas mit der Aufschrift: «Im Notfall Scheibe einschlagen». Wo Philipp den Hammer entwendet hatte, wusste Kim nicht. Er hortete schon seit langem alle möglichen Arten von Werkzeug, seit der Plan ihn umtrieb.

Der Plan ... ihr Baby ... ihr gemeinsames Leben.

Kim überwand sich. Sie stand auf, ging zu dem Wagen mit dem Chemnitzer Kennzeichen hinüber und sah sich noch einmal aufmerksam um. Kein Mensch hielt sich auf dem Parkplatz auf; selbst die angrenzende Straße war in diesem Moment leer.

Sie holte aus. Das Seitenfenster bebte, als die Hammerspitze das Glas traf. Bruchlinien breiteten sich in alle Richtungen aus wie die Fäden eines Spinnennetzes. Erst als Kim ein zweites Mal zuschlug, zerbarst die Scheibe. Splitter regneten auf den Beifahrersitz herab.

Jetzt bin ich eine Verbrecherin, dachte Kim dumpf. Ein seltsamer Gedanke, verstörend, fast unwirklich.

Sie zwang sich, den Hammer wegzustecken und das Blatt Papier hervorzuholen. Die Hand durch das geborstene Fenster zu stecken, wagte sie nicht, denn die stehengebliebenen Glasfragmente sahen aus, als könnten sie ihr bei der geringsten falschen Bewegung die Pulsadern aufschneiden. Stattdessen rollte sie das Blatt zusammen und schob es vorsichtig durch die Öffnung. Als es auf den mit Scherben übersäten Sitz fiel, entfaltete es sich von selbst und gab in fetten, mit dem Computer gedruckten Buchstaben seine Botschaft preis:

Verschwindet aus der Stadt! Sofort!

Kim steckte den Hammer in ihre Handtasche und ergriff die Flucht.

Zurück im leerstehenden Haus ihrer Mutter, das sie und Philipp als Quartier genommen hatten, warf sie sich auf das Bett in ihrem ehemaligen Kinderzimmer und weinte. Sie fühlte sich unsäglich schlecht, mehr noch zwischen all den alten Möbeln und den Tapeten in ausgeblichenem Rosa. Ihre Mutter hatte den Raum kaum verändert. Selbst das Mobile mit den kleinen hölzernen Delphinen, das Kim einst so geliebt hatte, hing noch immer unter dem Deckenbalken – und mahnte an eine Vergangenheit, in der das Leben einfach, die Bedürfnisse schlicht und die Mittel zu ihrer Erfüllung harmlos und unschuldig gewesen waren.

Erst nach einiger Zeit fühlte sie sich in der Lage, Philipp eine knappe SMS zu schreiben. *Job ist erledigt.* Philipps Antwort kam umgehend und war genauso nüchtern: *Heute Nacht zweiter Versuch! Schlaf noch bisschen, brauche dich frisch.*

Doch Kim konnte jetzt nicht schlafen. Eine Zeitlang strich sie rastlos durch das Haus, betrat jedes Zimmer, blickte aus jedem Fenster. Im Schlafzimmer ihrer Mutter gab es eine ganze Wand mit Kinderbildern, vor der Kim seltsam gerührt stehenblieb. Sie sah sich selbst, dreijährig an der Hand ihrer Mutter, fünfjährig mit ihrem Tretroller auf der Straße, zehnjährig bei einer Geburtstagsfeier. Eines der Bilder stammte von einem professionellen Fotografen und war gerahmt: Kim im Alter von fünfzehn, körperlich aufgeblüht, mit erstmals leicht gefärbtem Haar, dunkel geschminkten Augen und schimmernd seidiger Haut. Es war ein Starfoto, auf dem sie wie eine Diva aussah. Nur wer genau hinsah, ahnte die Traurigkeit der Augen hinter den dick getuschten Wimpern.

Das Foto stammte aus jener Zeit, als Kims Vater die Familie verlassen hatte und es ihrer Mutter so schlechtgegangen war, dass sie erstmals Medikamente gegen ihre Depressionen bekommen hatte. Seitdem war es mit Dora bergab gegangen. Kim hatte versucht, in jeder Weise für sie da zu sein, ihr Arbeit abzunehmen, sie zu schonen. Erst mit zweiundzwanzig hatte sie das Haus verlassen, um in Frankfurt ihre Ausbildung anzutreten. Dort hatte sie Philipp kennengelernt – und seit es ihn gab, war sie nur noch selten bei ihrer Mutter in Lochberg. Oft hatte sie ein schlechtes Gewissen deswegen. Es kam ihr wie Verrat vor.

Und ebenso war es Verrat, jetzt hier zu sein, ohne dass ihre Mutter etwas davon wusste. Die Psychiatrische Klinik war keine zwanzig Autominuten von der Stadt entfernt, doch Kim hatte Philipp versprochen, ihre Mutter nicht zu besuchen. Das leerstehende Haus, zu dem Kim noch immer einen Schlüssel besaß, diente ihnen als Geheimquartier. Dora ahnte nichts davon, ebenso wenig wie sie ahnte, dass Kim ihre Ausbildung schon vor Monaten abgebrochen hatte – und dass sie Autofenster einschlug, um Konkurrenten aus dem Weg zu räumen und ans große Geld zu kommen.

Ich muss sie sehen, beschloss Kim spontan. *Noch heute.*

Sie nahm den Bus, da Philipp mit ihrem kleinen Golf unterwegs war. Wenn er anrief, würde sie das Handy einfach klingeln lassen. Und für den Fall, dass er früher nach Hause kam und sie vermisste, würde sie sich irgendeine Geschichte einfallen lassen.

Die Psychiatrische Klinik war das einzige Krankenhaus in der Umgebung und lag nordöstlich der Stadt, eingebettet zwischen den Hügeln, die zum Vorland des Odenwaldes gehörten. Sie sah aus wie eine richtige kleine Siedlung: eine parkartige Anlage mit weiten Grünflächen zwischen verstreuten Häusern, die den Langzeitpatienten als Unterkunft dienten.

Gar nicht so weit weg, dachte Kim, als sie das Gelände überquerte und zu den bewaldeten Höhenzügen hinüberblickte. Der Abhang, wo sich die Höhle befand, konnte nur wenige Kilometer entfernt sein. Ob man von dort aus die Lichter des Hauses sehen konnte, in dem ihre Mutter untergebracht war? In der vergangenen Nacht hatte sie gar nicht daran gedacht.

Haus 5 lag idyllisch am Rand des Geländes zwischen hohen Kiefern. Kim meldete sich beim Empfang und wurde nach einigen Minuten Wartezeit vom Stationsarzt begrüßt.

«Schön, dass Sie vorbeischauen», sagte er leutselig. «Ich muss Sie allerdings darauf vorbereiten, dass Ihre Mutter derzeit eine ihrer psychotischen Phasen durchmacht. Wir geben ihr Neuroleptika, aber es könnte trotzdem sein, dass sie sich seltsam verhält.»

Kim nickte nur. Sie wusste besser als der Arzt, wie es war, wenn ihre Mutter eine dieser «Phasen» hatte.

Sie war nicht auf ihrem Zimmer. Kim suchte einige Zeit, bis sie sie auf einer Bank hinter dem Haus fand. Sie saß in sich versunken da und starrte zu den Bergen hinüber.

«Mama?» Kim setzte sich neben sie.

Doras Augen flackerten mit einem verwirrten Ausdruck zu ihr herüber, als sei sie nicht sicher, ob es sich wirklich um Besuch oder um ein Bild ihrer Phantasie handelte. Erst nach einigen Sekunden klärte sich ihr Blick, und ihre Augen wurden feucht vor Freude.

«Kind!»

Sie umarmte Kim mit etwas fahrigen Bewegungen, was wohl auf den Einfluss der Medikamente zurückzuführen war. Kim erwiderte ihren Druck – und fühlte sich plötzlich doppelt schlecht, weil sie nicht schon früher gekommen war. Ihr letzter Besuch lag bereits mehr als einen Monat zurück.

«Was tust du denn hier?», fragte Dora. «Du hast doch noch gar keine Ferien, oder?»

Kim schluckte. Sie fühlte wenig Lust, ihrer Mutter gerade jetzt zu eröffnen, dass sie ihre Ausbildung zur Hotelkauffrau abgebrochen hatte.

«Ach, ich hab mir freigenommen», wich sie aus. «Ich wollte dich sehen und ein wenig nach dem Haus schauen.»

«Das ist lieb von dir», sagte Dora und wischte sich eine einzelne Träne aus dem Gesicht. «Ich bin so allein hier, weißt du? Niemand redet mit mir, außer diesem stumpfsinnigen Doktor ... und den Devas.» Ihr Gesicht nahm einen verklärten Ausdruck an. «Es gibt viele Devas hier, besonders in den Wäldern. Oft mache ich lange Spaziergänge, um mit ihnen zu sprechen. Eigentlich soll ich das Gelände nicht verlassen ... aber du verrätst es doch niemandem, oder?»

«Nein, Mama», versicherte Kim. «Natürlich nicht.»

Schweigend saßen sie einige Zeit nebeneinander und blickten zu den Bergen hinüber. Die Nachmittagssonne vergoldete die Wipfel der Kiefern, und ihre Nadeln tuschelten im Wind. Kim fühlte sich etwas unbehaglich, wie stets, wenn ihre Mutter von den Devas sprach. In ihrer Welt waren sie eine Selbstverständlichkeit, und wie stets setzte sie voraus, dass ihre Tochter wusste, was gemeint war. Soweit Kim sich erinnern konnte, hatte Dora kurz nach der Scheidung angefangen, Devas zu sehen. Nüchtern betrachtet war Kim klar, dass ihre Mutter an einer seelischen Erkrankung litt. Manchmal jedoch schwankte sie, besonders dann, wenn es ihr selber nicht gutging und sie sich Halt und Zuflucht wünschte. In solchen Momenten musste sie stets an ihre Mutter denken – und fragte sich, ob Dora tatsächlich nur phantasierte, oder ob sie womöglich Zugang zu einer Welt besaß, die anderen Menschen verschlossen blieb.

«Es ist gut, dass du gekommen bist», sagte Dora. «Ich habe mir Sorgen um dich gemacht.»

«Du – um mich?», fragte Kim erstaunt.

«Ich habe Zeichen gesehen», erklärte Dora, den Blick immer noch in die Ferne gerichtet. «Manchmal erscheint dort oben in den Bergen ein blaues Licht ... es leuchtet in der Nacht. Ich kann es von meinem Zimmerfenster aus sehen.»

Kim erschrak. Ihre Mutter hatte das Licht also auch gesehen? Konnte es Zufall sein, dass sie gerade jetzt davon sprach?

«Sind das die Devas?», fragte sie betont neutral. «Die dieses Licht leuchten lassen?»

Ihre Mutter schüttelte langsam den Kopf.

«Es ist etwas Böses. Ich kann es spüren. Nicht alle Geistwesen sind den Menschen wohlgesonnen, weißt du?» Dora verstummte einen Moment – und als sie schließlich weitersprach, klang ihre Stimme eigentümlich fern und fremd. «Ich habe geträumt, Kim ... geträumt, dass du auf dieses Licht zugehst.»

Kim fühlte ihr Herz heftig schlagen.

Das ist unheimlich, dachte sie. *Als ob sie meine Gedanken liest.*

Ein absurdes Verlangen überkam sie, sich zu offenbaren: von dem Plan zu erzählen, alles zu gestehen. Nur mit Mühe beherrschte sie sich.

«Die Devas haben mich gewarnt», fuhr ihre Mutter fort. «Sie

sagen, dieses blaue Licht ist gefährlich. Es versucht die Menschen mit der Aussicht auf Reichtum anzulocken.»

Sie ist krank!, sagte sich Kim verzweifelt. *Sie ist keine Hellseherin. Sie hört nur Stimmen. Sie kann nicht wissen, was wir vorhaben ...*

«Ich habe mit Frau Wegeler darüber gesprochen», sagte Dora. «Sie kam mich vorgestern besuchen. – Du erinnerst dich doch an Frau Wegeler, meine Geistschwester?»

Oh ja, Kim erinnerte sich. Ebenjener Frau Wegeler, einer selbsternannten Heilerin und Schamanin, war der Sinneswandel zu verdanken, den ihre Mutter durchgemacht hatte. Diese Frau behauptete von sich, mit Engeln und sogar mit den Geistern Verstorbener Kontakt aufnehmen zu können. Sie hatte Dora in die Welt der Esoterik eingeführt, ihr von den Devas erzählt, sie mit Büchern eingedeckt. Was Kim betraf, so hatte sie diese Frau Wegeler stets für eine Schwindlerin gehalten – und sie sogar ein wenig gehasst, weil sie es fertiggebracht hatte, Dora vom Rest der Welt und nicht zuletzt von ihrer Tochter zu entfremden.

«Sie sagt, dass solche Lichter von unreinen Geistern entzündet werden», erklärte Dora. «Die Schätze, die sie hüten, sind aufgeladen mit negativer Energie. Wer nach ihnen sucht, wird in die Irre gehen und seine Seele verlieren ... manchmal sogar sein Leben.»

Kim schauderte – und hoffte, dass ihre Mutter es nicht bemerkte.

«Du wirst so etwas doch nicht tun?», fragte Dora und wandte ihr überraschend das Gesicht zu. «Du wirst doch nicht dem blauen Licht folgen, oder?»

Kim biss sich auf die Lippen. Erneut überkam sie für Sekunden der verrückte Drang, ihrer Mutter die Wahrheit zu sagen. Doch sie zwang sich, an Philipp zu denken ... an ihre Schulden ... an das Geld, das sie dringend brauchten.

«Nein, Mama», sagte sie schließlich, so fest sie es vermochte. «Natürlich nicht.»

Philipp

Philipp lenkte den Wagen vom Wald zurück in die Stadt. Kim wartete bereits auf ihn, als er beim Haus ihrer Mutter vorfuhr. Als sie die Tür öffnete, bemerkte er, dass sie alles andere als gut aussah: blass, mutlos und übernächtigt.

«Hey! Nicht geschlafen?», fragte er, nachdem sie flüchtig seinen Kuss erwidert hatte und in die Küche vorausging, aus der es nach irgendeinem rasch aufgewärmten Fertiggericht roch.

«Ich konnte nicht», gab sie zurück, ergriff einen Kochlöffel und rührte im Topf.

«Musst du aber!», insistierte Philipp, der im Türrahmen lehnte. «Wir haben heute Nacht viel vor ... und es wird nicht einfach. Am Hang vor der Höhle steht ein Bulle und schiebt Wache. Ich hab mich gerade dort umgesehen.»

Kim erschrak. «Aber ... dann ...»

«Ach, kein Problem!», meinte Philipp zuversichtlich. «Der steht sicher nicht bis spät in die Nacht dort herum. Und wenn, dann locken wir ihn irgendwie weg. Die Absperrung ist jedenfalls ein Witz: Nur eine Schranke und ein paar Bänder quer über dem Eingang. Da kommen wir ohne Probleme durch.»

Kim schwieg, den Blick auf den Kochtopf gesenkt. Der Mangel an Begeisterung war ihr deutlich anzumerken. Philipp fragte sich, was mit ihr los war. Hatte es sie derart mitgenommen, diesen beiden Touristen das Autofenster einzuschlagen? Vielleicht sollte er sie aufheitern, indem er sagte, dass er stolz auf sie war?

«Willst du was essen?», fragte sie. «Ist allerdings nichts Tolles ... Mamas Kühlschrank war fast leer, und zum Einkaufen bin ich noch nicht gekommen.»

«Ja, danke, Maus.»

Sie setzten sich zum Essen, und Philipp beschloss, die Sache mit den beiden Sachsen lieber nicht mehr anzusprechen. Stattdessen gab er sich Mühe, Kims Stimmung zu heben. Zuerst lobte er das Essen. Dann streute er ein paar kleine Komplimente über Kims Äußeres, obwohl sie wissen musste, dass ihr der Schlafmangel anzusehen war. Als all dies wenig fruchtete, nahm er Zuflucht zu einer Methode, die bisher noch nie versagt hatte: Spinnereien darüber, was sie mit dem Geld anfangen würden, wenn sie es erst einmal hatten.

«Du wolltest doch immer ein Sommerhaus», suggerierte er grinsend. «Welche Farbe soll es haben? Weiß?»

Zufrieden registrierte er ein schwaches Aufleuchten in ihren Augen.

«Rot», sagte sie, «oder jedenfalls bunt, so wie diese Häuser in Norwegen. Und so einen Vorbau müsste es haben, mit einer Veranda und einer Holztreppe.»

«Kriegst du!», versprach Philipp. «Da fahren wir dann immer im Sommer hin, und den Winter verbringen wir in der Heimat.»

Kim lächelte zerstreut. Das gewohnte Spiel schien ihr nicht ganz so viel Freude zu machen wie gewöhnlich.

«Ich möchte, dass auch meine Mutter etwas von dem Geld hat», sagte sie überraschend. «Ihr Haus muss abbezahlt werden ... und sie wollte schon immer mal in die Karibik.»

Philipp runzelte die Stirn. Wie kam sie gerade jetzt auf ihre Mutter?

«Klar, kein Problem», lenkte er schließlich ein. «Ist doch selbstverständlich. Wir zweigen etwas für sie ab. Da wird noch mehr als genug übrigbleiben.»

«Und du?», fragte sie. «Was wirst du machen?»

Philipp zögerte. Die ehrliche Antwort wäre gewesen: Auf irgendeine Südsee-Insel fliegen und eine Party nach der anderen feiern. Er entsann sich, genau dies am Vorabend gesagt zu haben, und erinnerte sich plötzlich an Kims enttäuschtes Gesicht. Zweifellos war es nicht das gewesen, was sie hören wollte. Philipp war arbeitslos –

und ein Mann, der keiner Arbeit nachging, war unattraktiv. Da half auch das regelmäßige Hanteln-Stemmen nichts. In diesem Punkt war Kim wie alle Frauen: Es törnte sie ab, wenn ein Kerl keine Perspektive hatte, sich keine Aufgabe für das gemeinsame Leben stellte.

«Ich glaube, ich werde mit dem Geld eine Firma aufmachen», spann er rasch zusammen. «Immer nur rumzuhängen ist doch auf Dauer nichts.»

Kim blickte ihn mit großen Augen an, und Philipp begriff mit Genugtuung, dass seine Strategie aufging.

«Ein IT-Unternehmen», fabulierte er weiter. «'ne ganz große Nummer auf dem Markt. Ich könnte Websites für Unternehmen entwerfen, das hab ich doch früher schon mal gemacht. Aber diesmal werde ich keine Mittelständler bedienen – ich werde Topleute einstellen und die ganz großen Fische an Land ziehen: Baumärkte, Kaufhäuser, Supermarktketten. Das bringt richtig Schotter.»

«Und wie willst du an solche Kunden rankommen? Du hast den Job doch nicht mal gelernt.»

Philipp zuckte innerlich. Das traf einen wunden Punkt. Es stimmte. Er hatte seine frühere Arbeit als Webdesigner nur durch den Vater eines Freundes bekommen. Er war ein Hobbytüftler, der sich im Internet auskannte und gern mit vorgefertigten Tools herumspielte. Dementsprechend miserabel war er bezahlt worden, und wenn es sich um Kunden mit höheren Ansprüchen handelte, hatte der Chef stets erfahrene Mitarbeiter beauftragt. Doch das konnte sich ja ändern, wenn er selbst Chef war.

«Alles nur eine Frage der Beziehungen», meinte er leichthin. «Wenn man Geld hat, hat man auch Beziehungen. Ich werde eine Menge in die Werbung stecken, dann kommt alles Weitere von selbst. Du wirst schon sehen.»

Kim sagte nichts dazu, sondern löffelte den Rest ihrer Suppe. Doch ihre Augen waren ein wenig größer und heller geworden, wie stets, wenn eine Idee ihr gefiel. Philipp registrierte es zufrieden. Offenbar waren Pläne dieser Art notwendig. Geld allein genügte nicht; einer Frau musste man vor allem zeigen, dass man gewillt war, etwas aus seinem Leben zu machen. Wenn ihm das gelang, würde Kim wieder zu ihm aufschauen – vielleicht sogar mit jenem verliebten Blick, den er bereits seit Wochen so schmerzlich vermisste.

«Wir sollten noch ein wenig schlafen», wechselte er das Thema. «Die Nacht wird lang, und wir müssen beide ausgeruht sein. Um Mitternacht gehen wir los.»

Kim seufzte. Ihre Begeisterung schien sich schon wieder zu verflüchtigen.

Spontan langte Philipp über den Tisch und ergriff ihre Hand.

«Hey, Maus! Wir schaffen das! Wir beide zusammen. Aber damit wir es schaffen, müssen wir uns jetzt ein bisschen ausruhen.»

Kim schlug die Augen nieder und nickte ... doch sie erwiderte den Druck seiner Hand nicht.

Wie in den vergangenen Tagen teilten sie sich das schmale Bett in Kims ehemaligem Kinderzimmer. Bisher hatte Philipp sich stets zurückgehalten, weil Lukas nebenan auf einer Luftmatratze im Wohnzimmer geschlafen hatte. Diesmal jedoch ließ er sich nicht abweisen und zog Kim an sich, als sie aus dem Bad zurückkehrte und zu ihm unter die Decke kroch. Es war dringend nötig, sie wieder auf Kurs zu bringen – jenen gemeinsamen Kurs, der ihnen in den vergangenen Tagen ein wenig abhandengekommen war.

Kim zeigte sich zuerst wenig zugänglich.

«Ich mag nicht», wehrte sie sich schwach, als er ihr das Trägerhemdchen über den Kopf zog. «Ich bin müde.»

Doch Philipp gab sich Mühe. Er war geduldig, einfühlsam, zog alle Register seines Könnens. Als er endlich spürte, dass sie sich entspannte, seufzte er erleichtert.

Es muss perfekt werden, dachte er, innerlich alle Kräfte sammelnd.

Er musste es schaffen, sie derart zu überwältigen, dass sie gar nicht anders konnte, als ihre eingerosteten Gefühle wiederzuentdecken. Und es gelang ihm, wie er fand, nicht schlecht. Er ließ sich Zeit, verwöhnte sie auf jede Weise, die ihm einfiel, war behutsam und zärtlich. Er hielt sich zurück und wartete geduldig, bis ihr Atem schwer wurde und ihre Augen sich schlossen. Und er gab nicht auf, bis sie endlich – zum ersten Mal nach Wochen fruchtloser Anstrengung – laut unter ihm aufstöhnte.

Gut so, dachte er, als er schließlich von ihr rollte und sich verstohlen den Schweiß von der Stirn wischte.

Vielleicht war seine Hoffnung berechtigt, und alles konnte wieder werden wie früher.

Donnerstagmorgen

Leon

Als Leon erwachte, brauchte er einen Augenblick, um zu begreifen, wo er sich befand. Erst als sein Blick aus dem Fenster fiel, erinnerte er sich. Draußen waren nicht die vertrauten Straßenzüge von Berlin zu sehen, sondern eine malerische Kulisse aus Fachwerkhäusern vor bewaldeten Höhenzügen, dahinter die aufgehende Sonne. Nicht weit vom Hotel ragten die verwitterten Überreste der mittelalterlichen Stadtmauer auf.

Das also ist Lochberg, dachte Leon. *Schöner Ort für einen Urlaub.*

Fast fand er es schade, dass er und Tia den größten Teil der Zeit unter der Erde verbringen würden. Sie waren gestern am späten Abend eingetroffen. Leon, wie immer am Steuer des Ford Transit, war so erschöpft gewesen, dass er den Check-in am Hotelschalter kaum noch mitbekommen hatte. Tia hatte darauf bestanden, dass er sich hinlegte, während sie das Ausräumen der Koffer übernahm. Wie meistens hatte sie sich in der ungewohnten Umgebung rasch zurechtgefunden, die Schränke mit Wäsche gefüllt, die Ablagen im Bad gedeckt. Dass sie schließlich zu ihm ins Bett gekommen war, hatte Leon gar nicht mehr wahrgenommen.

Nun war sie es, die noch schlief, während er sich aufsetzte und zu entscheiden versuchte, welche Aussicht ihn mehr faszinierte: Die Landschaft draußen vor dem Fenster oder die Frau an seiner Seite.

Fast immer buchten sie auf Reisen Doppelzimmer, einerseits der Kosten wegen, andererseits, damit Leon zur Stelle war, falls Tia Hilfe brauchte. Für ihn bedeutete dies stets eine gewisse Belastung – doch nicht, weil sie ihn übermäßig in Anspruch genommen hätte. Eigentlich konnte man sich kaum eine angenehmere Zimmergenossin vorstellen als Tia: Sie war sehr selbständig, sogar rücksichtsvoll, und wenn er neben ihr lag, schlief sie ruhig und ohne sich allzu oft zu bewegen. Das Problem war vielmehr, dass sie nichts von der Wirkung ahnte, die ihre Nähe auf ihn ausübte.

Nun, im Licht der Morgensonne, gestand sich Leon für einige Minuten den Luxus zu, sie ungeniert zu betrachten. Tia lag auf dem Rücken, den Kopf zur Seite gedreht, sodass sie ihm das Gesicht zuwandte. Ihr Atem ging ruhig zwischen leicht geöffneten Lippen. Ihre Züge wirkten ganz und gar entspannt. Das üppige, dunkle Haar floss in weichen Wellen über das Kopfkissen. Unbewusst hatte sie einen Arm angewinkelt, sodass die nach oben offene Handfläche neben ihrer Wange lag – ein Motiv, dachte Leon, wie für ein Gemälde. Seltsam, dass gerade eine Frau, die sich nie im Spiegel sah, so schön sein konnte. Tia tat nicht das Geringste dafür. Sie schminkte sich nicht – wie auch? Auf ihrer Ablage im Bad gab es keinen Lippenstift und keine Wimperntusche; ihr Haar ließ sie immer halblang schneiden, damit es so wenig Pflege wie möglich benötigte, und nie wäre sie auf die Idee gekommen, sich die Augenbrauen zu zupfen oder die Beine zu rasieren. Dennoch drehten sich auf der Straße regelmäßig Männer nach ihr um. Leon registrierte dies teils mit Stolz, da sie meistens an seinem Arm ging, teils mit einem Anflug von Eifersucht. Irgendetwas schwer Benennbares ging von ihr aus, eine Art Strahlen, ein Glanz von buchstäblich ungeschminkter Weiblichkeit.

Als hätten seine Gedanken sie geweckt, atmete Tia tief ein und streckte sich. Schuldbewusst wandte Leon sich ab und richtete den Blick wieder aus dem Fenster.

«Schon wach?», flüsterte sie.

«Hm», brummte Leon. «Und du? Gut geschlafen?»

«Himmlisch.» Tia seufzte. «Komisch, in Hotelzimmern hab ich nie diese schrecklichen Träume von früher ...»

«Freut mich zu hören.»

«Vielleicht liegt es daran, dass du bei mir bist.»

Leon schwieg. Das war zweifellos ein Kompliment, aber er konnte es nicht sehr dankbar aufnehmen. Stattdessen brauchte er seine ganze Kraft, um die Wirkung zu verdrängen, die ihre weiche, noch ganz verschlafene Stimme auf ihn ausübte. Sie lag neben ihm, nur eine Armlänge entfernt, und er glaubte ihren von der Bettwärme glühenden Körper zu spüren.

«Wie spät ist es?», fragte sie.

«Kurz nach acht», antwortete Leon. «Noch reichlich Zeit für ein Frühstück.»

Sie aßen in der Gaststube des Hotels und ließen sich einen Kaffee schmecken. Danach gingen sie hinaus und ein Stück durch die Straßen, denn es war noch Zeit zu überbrücken. Laut einer Mitteilung, die sie am Vorabend an der Rezeption erhalten hatten, würde um neun Uhr jener Herr Dahms von der Stadtverwaltung erscheinen und sie abholen. Tia sprach grinsend von «unserer Kontaktperson», als wäre der Mann eine Art Geheimagent.

«Oh ja, bestimmt trägt er eine dunkle Brille und einen falschen Bart», witzelte Leon.

Er war inzwischen ziemlich guter Laune – und das lag daran, dass Tia an seinem Arm ging. Wie stets in ungewohnter Umgebung, hatte sie sich bei ihm untergehakt. Wären sie allein gewesen, hätte Leon dieser Grad an Nähe schwer zu schaffen gemacht; hier draußen jedoch, unter freiem Himmel und auf belebten Straßen, fühlte es sich gut an. Insgeheim dachte Leon, dass jeder, der ihnen begegnete, sie für ein Paar halten musste – und wenn er seine Gedanken ein wenig schweifen ließ, konnte er sich manchmal für Augenblicke einbilden, es wäre wirklich so.

«Ich höre einen Brunnen», bemerkte Tia. «Wo sind wir?»

«Auf einem größeren Platz», sagte Leon. «Wunderschöne Häuser ... sie würden dir gefallen. Einige sind bunt angestrichen, in Gelb und Rot.»

«Ich möchte zum Wasser!», bat Tia.

Leon lotste sie zur Umfassungsmauer des Brunnens. Sie setzten sich, und Tia streckte eine Hand aus, um die Fingerspitzen durch das Wasser gleiten zu lassen.

«Herrlich ... es gibt kaum ein schöneres Geräusch als das von bewegtem Wasser.»

Die Morgensonne glühte auf ihrem Haar und zauberte rostrote Reflexe hinein. Leon betrachtete sie verstohlen von der Seite. Eine Zeitlang saßen sie schweigend nebeneinander. Tia schien zufrieden: Sie hatte den Kopf zurückgelegt, die Augen geschlossen und das Gesicht der Sonne zugewandt. Leon spürte sein Herz klopfen. Fast war er froh, als neun Uhr näherrückte und es Zeit wurde, zum Hotel zurückzukehren.

Ihre «Kontaktperson» wartete bereits im Foyer: Ein hochgewachsener Mann in den Vierzigern mit leicht gelichtetem Haar. Er unterhielt sich mit einer Frau, die fröhlich winkte, als Tia und Leon sich näherten.

Leon glaubte seinen Augen nicht zu trauen. Es war eindeutig Carolin Frey, die Journalistin, die im vergangenen Jahr über Tias

Rettungsaktion in der Lindener Salzgrube berichtet hatte. Damals hatten sie einige aufregende Stunden zusammen erlebt und seitdem gelegentlich telefoniert. Carolin, Anfang vierzig und stahlblond, sah gut aus, geradezu verjüngt. Sie hielt sich weniger steif als früher, und auch ihre Garderobe war nicht mehr so streng: Statt Kostüm und Pumps trug sie eine gewickelte Bluse und flache Straßenschuhe. Ihre Haare waren kürzer geschnitten, die einst schmale Brille durch eine randlose mit ovalen Gläsern ersetzt. Sie strahlte über das ganze Gesicht, als sie auf Tia zukam.

«Überraschung! Ratet mal, wer da ist!»

Tia zog die Stirn in Falten. Gewöhnlich erkannte sie die meisten Menschen an der Stimme wieder, doch diesmal schien sie ihrer Wahrnehmung zu misstrauen. «Das ist doch nicht ...?»

Die Journalistin umarmte sie impulsiv. Endlich lächelte auch Tia. «Carolin! Was machst du denn hier?»

«Tja – nachdem ich euch wochenlang nicht erreichen konnte, blieb mir nichts anderes übrig, als deinen Vater anzurufen. Er war so freundlich, mir zu verraten, wo ihr steckt.» Sie schüttelte Leon die Hand. «Bitte seid ihm nicht böse! Er hat tapfer Widerstand geleistet, und ich musste ihm *sehr* auf die Nerven gehen.»

«Schon in Ordnung», sagte Leon. «Aber warum bist du hier?»

«Um über eure Expedition zu berichten, natürlich.»

«Ich glaube kaum, dass Geschehnisse im fernen Odenwald die Leser des Lindener Tageblatts interessieren», meinte Tia skeptisch.

«Ich arbeite nicht mehr dort!», verkündete Carolin stolz. «Ich bin jetzt selbständig – freie Journalistin. Ich schreibe, über was ich will, und für wen ich will.»

«Glückwunsch!», sagte Leon. «Scheint dir gutzutun. Aber wie konntest du wissen, dass wir hier erwartet werden?»

«Ach, man hat so seine Quellen ...» Carolin lächelte verschwörerisch. «Ich habe einfach bei der hiesigen Stadtverwaltung angerufen – und bin auf Herrn Dahms gestoßen.»

Der Mann, der sich bisher höflich im Hintergrund gehalten hatte, trat näher und streckte die Hand aus.

«Eckard Dahms», stellte er sich in einwandfreiem Hochdeutsch vor, das sich auffällig vom saloppen Pfälzisch des Hotelpersonals unterschied. «Ich bin hier Stadtrat und für Angelegenheiten des Landschafts- und Umweltschutzes zuständig. Willkommen in Lochberg!»

«Vielleicht erfahre ich ja nun endlich, worum es bei der Sache geht», hoffte Carolin.

«Tut mir leid», erwiderte Dahms, «aber die Stadtverwaltung möchte nun einmal keinen Rummel. Außerdem», fügte er an Tia und Leon gewandt hinzu, «wollte ich mich zunächst überzeugen, dass diese Dame Sie tatsächlich kennt.»

«Ja, Frau Frey ist eine alte Freundin», bestätigte Tia.

«Ich darf euch doch zu dieser Höhle begleiten?», fragte Carolin.

«Von mir aus gern», erwiderte Tia, «aber viel wirst du nicht davon haben. Es versteht sich wohl von selbst, dass wir dich nicht mit hineinnehmen können.»

«Ach, das macht doch nichts! Ein paar Fotos vorher und nachher und ein ausführlicher Bericht, mehr will ich gar nicht.»

«Tja ... wenn Herr Dahms nichts dagegen hat?»

Dahms wirkte verlegen. «Eigentlich bin ich nicht für Publicity. Es haben bereits mehrere Unbefugte versucht, in die Höhle einzudringen. Was die Leute dort wollten und wie sie überhaupt den Eingang gefunden haben, ist mir immer noch ein Rätsel.»

«Dann könnte meine Arbeit sogar helfen!», hielt Carolin dagegen. «Tia wird sich die Höhle ansehen, und wenn ich darüber berichte, können die Neugierigen meinen Artikel lesen, statt sich in Gefahr zu bringen.»

Dahms brachte ein Lächeln zustande. «Ihre Bekannte ist wirklich eine bemerkenswerte Person», sagte er zu Tia. «Sie kann ebenso charmant wie überzeugend sein.»

«Oh – vielen Dank!», grinste Carolin.

«Wollen wir dann aufbrechen? Sie können in meinem Wagen mitfahren.» Dahms wies auf einen dunkelblauen Mercedes, der vor dem Hotel parkte.

«Wir nehmen besser unseren Van», meinte Leon. «Im Laderaum ist einiges an Ausrüstung, die wir vielleicht brauchen werden.»

«Kann *ich* dann vielleicht bei Ihnen mitfahren?», hakte Carolin sofort ein.

Dahms seufzte ergeben. «Natürlich.»

Dahms wartete, bis Leon und Tia in ihren Transit gestiegen waren, dann fuhr er mit Carolin voraus und lotste sie Richtung Osten aus der Stadt. Die Landschaft war sehenswert: Grüne Hügel, zwischen denen kleine Gehöfte verstreut lagen, weite Felder, selbst Weinpflanzungen. In einiger Entfernung erstreckten sich die bewaldeten Höhenzüge des Odenwaldes. Dahms fuhr direkt darauf zu, verließ die Hauptstraße und schlug einen schmalen Forstweg ein, der sich mit sanfter Steigung zwischen hohen Kiefern dahinwand. An einem Rastplatz stoppte er.

«Ab hier müssen wir zu Fuß gehen», kündigte er an, als alle ausgestiegen waren. «Es gibt leider nur einen Trampelpfad mitten durchs Gelände.»

Leon öffnete die Hintertür des Vans und füllte die üblichen zwei Rucksäcke: Steigerkleidung, Stiefel, Helme, Seile, Lampen, Messgeräte. Tia nahm ihren Rucksack entgegen und hakte sich bei ihm ein, als Dahms sie in den Schatten der Kiefern führte.

«Nutzen wir die Zeit!», bat Tia. «Erzählen Sie mir, was es mit dieser Höhle auf sich hat. Weiß man schon etwas über ihre Ausdehnung?»

«Nicht viel», erklärte Dahms. «Ein Kollege von der Schutzpolizei, der ein wenig Erfahrung im Bergsteigen besitzt, hat sich im Eingangsbereich umgesehen. Aber er meinte, die Begehung wäre für

Laien zu gefährlich, weil gleich hinter dem ersten Raum eine tiefe Grube den Weg unterbricht. Übrigens ist er jetzt dort und wartet auf uns. Ich selbst habe mich, offen gestanden, nicht einmal durch die Einstiegsöffnung getraut. Ich bin nur ein Büromensch und kein Extremsportler.»

«Warum sind Sie überhaupt für die Sache zuständig?»

«Das ist nicht leicht zu erklären, ohne Sie gleich mit meiner halben Lebensgeschichte zu langweilen.» Dahms lächelte entschuldigend. «Ich gelte wohl als eine Art Lokalexperte. Ich befasse mich seit Jahren intensiv mit der Geschichte unserer Stadt und besonders mit dem historischen Bergbau in dieser Gegend.»

«Bergbau?»

«Ja, bis in die 1950er Jahre wurde hier nach Silber geschürft. Die Schlacken vom Abbau belasten die Böden in der Umgebung bis heute. Ich habe sogar ein kleines Büchlein dazu verfasst – fraglos mehr Heimatkunde als ein wissenschaftliches Werk.»

«Silber ...», wiederholte Carolin, deren journalistischer Instinkt geweckt schien. «Könnte das vielleicht der Grund sein, warum so viele Amateure versuchen, in diese Höhle einzudringen? Womöglich suchen sie nach Silber.»

Dahms winkte ab. «Glaube ich nicht. Jeder weiß, dass die hiesigen Vorkommen schon seit Ewigkeiten erschöpft sind. Außerdem handelt es sich um eine natürliche Höhle, nicht um einen stillgelegten Bergwerksschacht oder etwas Derartiges.»

«Das muss einem Laien ja nicht unbedingt klar sein», meinte Carolin, die offenbar Gefallen an ihrer Idee fand. «Schade, dass ich nicht mit dem jungen Mann reden darf, der in Heidelberg im Krankenhaus liegt ...»

«Sie wissen, dass das nicht geht», erwiderte Dahms. «Ich dürfte Ihnen nicht einmal seinen Namen nennen.»

«Hier geht es aufwärts, richtig?», unterbrach Tia und blieb stehen. «Ich spüre den Windschatten.»

Sie hatte recht: Die Gruppe hatte den Fuß eines Abhangs erreicht, der zu den Ausläufern eines nahen Berges gehörte. Leon blickte hinauf und erkannte auf halber Höhe einen Felsvorsprung, auf dem ein Mann stand und zu ihnen herabwinkte.

«Das ist der Kollege von der Schutzpolizei», erklärte Dahms. «Er bewacht den Eingang, für den Fall, dass wieder irgendwelche Neugierigen auftauchen. – Frau Traveen, können wir Ihnen helfen?»

«Nicht nötig», sagte Tia, die sich von Leons Arm gelöst hatte und mit ausgestreckten Händen vortastete. «Im Klettern bin ich sicherer als im Gehen.»

Dies bewies sie, wie Leon nicht anders erwartet hatte, mit Bravour. Obwohl die Steigung nur mäßig war und an einigen Stellen aufrechtes Gehen erlaubt hätte, ließ sie sich auf alle viere nieder und überwand den Abhang mit der Geschicklichkeit einer Katze. Leon blieb zurück, um Dahms und Carolin zu helfen, die viel langsamer vorankamen. Beide hatten einige Probleme, die zahlreichen Felsstufen zu überwinden. Dahms, ganz Kavalier, versuchte Carolin zu stützen, war jedoch selbst unsicher und musste mehrmals Leons Hand ergreifen, um nicht ins Stolpern zu geraten.

Als sie sich dem Felsvorsprung näherten, kam der Polizist ihnen entgegen und half einem nach dem anderen hinauf.

«Danke», sagte Dahms schweratmend und wischte sich Staub von seiner Anzughose.

«Kein Problem», sagte der junge Mann, der Ende zwanzig sein mochte und keine Uniform, sondern sportliche Zivilkleidung trug.

«Das ist Polizeimeister Möller», stellte Dahms ihn vor.

«Hallo.» Möller lächelte in die Runde.

«Gibt es etwas Neues?», fragte Dahms.

«Allerdings», bestätigte der Polizist. «In der Nacht muss schon wieder jemand hier gewesen sein. Die Absperrungen waren aus dem Weg geräumt, als ich heute Morgen hier ankam.»

Er wies zum Höhleneingang hinüber. Quer über den Eingang

waren Plastikbänder in gelber Warnfarbe gespannt, doch sie waren zerrissen. Eine gestreifte Schranke lag umgeworfen im Gras, daneben ein Schild mit der Aufschrift «Betreten verboten».

«Der Kollege, der die Nachtwache hatte, hat niemanden gesehen», erklärte Möller. «Aber er war nur bis drei Uhr hier. Wir können nicht ausschließen, dass danach jemand in die Höhle eingedrungen ist – und womöglich noch drin ist.»

«Sie meinen: Jetzt im Moment?», fragte Leon.

«Möglich wär's! Ich bin vorhin reingegangen, so weit ich konnte. Einige Meter hinter dem ersten Raum gibt es einen Graben, der quer über den Weg verläuft. Jemand hat ein Brett darübergelegt. Ich weiß natürlich nicht, wie lange es da schon liegt, aber jedenfalls beweist es, dass jemand dort war.»

«Ich verstehe das nicht.» Dahms schüttelte sorgenvoll den Kopf. «Was wollen all diese Leute hier?»

«Keine Ahnung ... aber vielleicht finden wir es ja heraus.» Der Polizist wandte sich an Tia und Leon – wobei sein Blick an Tia hängenblieb, die er mit unverhohlenem Interesse musterte. «Ich würde Sie gern begleiten, wenn ich darf! Ich habe alles Nötige dabei, auch Helm und Stiefel. Bergsteigen ist mein Hobby. Ich nutze jeden Urlaub dafür.»

«Alpinist?» Tia zog die Stirn in Falten.

«Na ja ...», druckste Möller, «nicht wirklich. Ich fahre öfter mit Freunden in die Schwäbische Alb. Aber ich kann Vorstiege machen und so was; darin bin ich sogar ziemlich gut! In der Großen Grotte von Blaubeuren bin ich auch schon geklettert.»

«Die Blaubeurener Grotte ist nur eine Halbhöhle», gab Tia zu bedenken. «Unter Tage muss man mit ganz anderen Gefahren rechnen.»

«Das ist mir klar. Ich werde mich auch vollkommen Ihrer Führung überlassen und alles tun, was Sie sagen. Helm und Steigerstiefel habe ich dabei.»

«Vielleicht gar keine schlechte Idee», warf Dahms ein. «Im Grunde wäre es mir nicht unrecht, wenn ein Polizist dabei ist, vor allem für den Fall, dass sich noch Unbefugte da drinnen aufhalten.»

«Hm.» Tia schien noch immer skeptisch. «Ich muss aber deutlich sagen, dass wir für Ihre Sicherheit nicht garantieren können.»

«Das weiß ich!», versicherte Möller. «Trotzdem würde ich mich freuen, wenn Sie mich mitnehmen.»

In diesem Moment wirkte er fast schüchtern, nicht im Geringsten wie eine Amtsperson. Er hatte sich direkt an Tia gewandt, mit einem bittenden Ausdruck in der Stimme. Leon spürte deutlich, dass sein Interesse an dieser Expedition keineswegs rein dienstlicher Natur war. Wahrscheinlich bot sie ihm eine Gelegenheit, seine sportlichen Ambitionen zu erweitern.

«Na schön», sagte Tia.

Möller strahlte wie ein kleiner Junge. «Super!»

«Darf ich auch mit?», schaltete Carolin sich ein. «Nur ein paar Meter. Ich kehre augenblicklich um, wenn ihr es mir sagt.»

Tia seufzte. «Geht klar.»

Leon war nicht sehr erfreut, dass der Polizist sich ihnen anschloss. Er hätte es nicht erklären können, aber irgendwie mochte er diesen Möller nicht. Doch er wollte Tia nicht in den Rücken fallen. Also begann er, die üblichen Vorbereitungen zu treffen, prüfte die Vollständigkeit ihrer Ausrüstung, die Akkus der Lampen, die Funktionen der Messgeräte. Dann streifte er seine Schutzkleidung über und half Tia beim Umziehen.

Es war eine etwas seltsame Situation, denn gewöhnlich waren sie in diesem Moment unter sich; auf dem schmalen Felsgrat jedoch war kein Platz für Diskretion. Dahms wandte sich betreten ab, als Tia ohne Scheu ihre Hose abstreifte und die Bluse aufknöpfte. Möller dagegen beobachtete sie unverhohlen aus dem Augenwinkel, als sie in ihrer sportlich-schlichten Unterwäsche dastand und sich von Leon den Cave-Suit reichen ließ.

Spanner, dachte Leon verärgert. Niemand wusste besser als er, welch einnehmenden Anblick Tias nackte Beine boten, zu schweigen von dem knappen Trägerhemdchen, unter dessen hochgerutschtem Saum sich ihr Bauchnabel zeigte.

Guck woanders hin!, beschwor Leon im Stillen den Polizisten, während er hinter sie trat und, wie stets, den Reißverschluss hochzog.

«Ziemlich luftiges Outfit», bemerkte Möller ungeniert. «Frieren Sie gar nicht?»

«Selten», gab Tia, die seinen Blick nicht sehen konnte, sachlich zurück. «Für den Notfall habe ich etwas Wärmeres im Gepäck, aber ich brauche es eigentlich nie. Nackte Haut ist ein wichtiges Sinnesorgan für mich. – Leon, können wir?»

«Alles bereit», bestätigte Leon. «Carolin, denk an deinen Helm!»

«Oh ... ja.» Carolin setzte den Helm auf, den Leon ihr gereicht hatte, und sah mit dem darunter hervorquellenden blonden Haar recht seltsam aus. Sie wandte sich zu Dahms um. «Kommen Sie auch mit?»

«Nein, das ist nichts für mich», winkte er ab. «Ich werde in die Stadt zurückfahren.»

«Könnten Sie eben auf mich warten? Ich brauche nicht lange. Ich werde nur ein paar Fotos schießen und gleich wieder herauskommen.»

Dahms nickte. «Machen Sie nur.»

Tia

Tia hatte sich am Boden niedergelassen und tastete mit beiden Händen die Öffnung unter dem überhängenden Felsen ab. Sie war halbkreisförmig, etwa einen halben Meter hoch und knapp ebenso breit. Ein leises Zungenschnalzen genügte, um ein erstes vages Bild des jenseitigen Raums zurückzuwerfen.

«Sieht ziemlich eng aus», bemerkte Leon, der an ihrer Seite kniete.

Tia nickte. «Und es geht abwärts. Der Boden liegt etwa einen Meter unter der Öffnung.»

«Stimmt!», wunderte sich Möller. «Woher wissen Sie das?»

«Ich höre es am Echo.»

Tia rollte sich auf den Bauch und ließ sich mit den Füßen voran in die Öffnung gleiten. Der abschüssige Tunnel war zum Glück nicht sehr lang und verbreiterte sich am Ende trichterförmig. Ihre Füße trafen auf festen Boden. Vorsichtig richtete sie sich auf, beide Hände tastend an die Wand gelegt.

«Okay – der Nächste!»

Leon folgte, etwas langsamer als sie, aber ohne Schwierigkeiten. Carolin, die ihren Mut offenbar ein wenig überschätzt hatte, zögerte und bat betreten um Hilfe. Tia griff zu und half ihr auf die Beine, als sie zu ihnen herabgerutscht kam. Als Letzter folgte Möller.

Tia wandte sich dem Raum zu. Ihr Herz klopfte aus Vorfreude, wie stets, wenn sie eine Höhle zum ersten Mal betrat. Sofort fing ihr sensibler Geruchssinn eine Unmenge Informationen auf und ordnete sie mühelos. Der dominierende Geruch war der von Kalkstein, gemischt mit verschiedenen mineralischen Ablagerungen und leicht säuerlich untermalt von Guano – Fledermauskot. Tia drehte den Kopf von einer Seite zur anderen und schnalzte mit der Zunge. Schwache Echos schallten zurück und vermittelten ihr ein Bild des Raums, das sich wie aus kurzen Lichtblitzen aufbaute. Linien erschienen in ihrer Vorstellung, Umrisse, Flächen und Körper, die sich zu einem dreidimensionalen Modell verbanden.

«Linsenförmiger Hohlraum, fünf bis sechs Meter breit, etwa zehn Meter lang», analysierte sie laut. «Boden und Decke um zwanzig Grad nach rechts geneigt ... In etwa richtig?»

«Perfekt», bestätigte Leon, während Carolin ihre Kamera klicken ließ.

«Ich nehme einen Durchgang wahr, hinten rechts an der Wand. Scheint relativ geradlinig abwärts zu führen.»

«Können Sie hellsehen?», wunderte sich Möller. «Wie zum Teufel machen Sie das?»

«Menschliche Echolokation», erklärte Tia, während sie sich langsam vortastete. «Funktioniert ähnlich wie bei Fledermäusen: Man sendet Schallimpulse aus und interpretiert die Echos.»

«Sie meinen: Nur durch dieses Schnalzen mit der Zunge? Das grenzt ja an Zauberei!»

Tia schüttelte den Kopf. «Alles nur eine Frage der Übung. Die Methode wurde von dem blinden Amerikaner Daniel Kish entwickelt. Es dauert viele Jahre, sie zu erlernen, aber wenn man sie beherrscht, kann man damit erstaunliche Dinge anstellen. Kishs Schüler machen damit sogar Radtouren – und zwar nicht auf betonierten Straßen, sondern auf Pisten im Gebirge.»

Möller schwieg beeindruckt, während sich die Gruppe dem Durchgang an der hinteren Wand des Raums näherte.

«Ich rieche Fledermäuse. Kann sie jemand sehen?»

«Bisher nicht», sagte Leon.

Hinter dem Durchgang lag ein abschüssiger Tunnel, der tiefer in die Erde führte. Tia setzte umsichtig einen Fuß vor den anderen, während sie mit zur Seite ausgestreckten Händen über die Wände strich.

«Hier entlang! Und Vorsicht, da sind einige ziemlich tiefe Spalten im Boden.»

Die anderen folgten ihr, bis sie spürte, dass sich die Decke über ihrem Kopf zu einer Art Kuppel wölbte. Tia blieb stehen und wandte das Gesicht nach oben. Der Geruch nach Guano war jetzt überdeutlich.

«Direkt über dir», raunte Leon ihr zu. «Mindestens ein Dutzend Tiere.»

Tia streifte ihre Lederhandschuhe über und reckte sich auf die Zehenspitzen.

«Sie wollen die doch nicht anfassen?», wunderte sich Möller.

«Warum nicht?»

Als Tia auf etwas Weiches, Bewegliches stieß, fasste sie mit geübtem Griff zu. Sanft umschloss ihre Hand den kleinen, pelzigen Körper, ohne Druck auszuüben. Fledermäuse waren empfindlich. Sie hatten zarte, leichte Knochen und sensible Sinne. Zudem war dieses Exemplar sehr klein, von den Krallenfüßen bis zu den Ohren kaum eine Handspanne lang.

«Rhinolophus», vermutete sie. «Kleine Hufeisennase.»

«Beißen die?», fragte Carolin besorgt.

«Ach was! Nur wenn man sie ungeschickt anfasst, zwicken sie manchmal.»

«Wozu dann die Handschuhe?»

«Sicher ist sicher. Sie schleppen oft Parasiten mit sich herum.»

Tia strich mit einem Finger über das dichte Fell des Tieres. Sie liebte Fledermäuse. Anderen Menschen mochten sie unheimlich oder sogar abscheuerregend vorkommen. Doch Tia wusste aus Erfahrung, dass diese Säugetiere harmlos waren: Sie lebten in Gruppen eng beieinander, kümmerten sich hingebungsvoll um ihre Jungen und jagten Insekten, die sie mit ihren winzigen Zähnchen packten. Außerdem orientierten sie sich – wie Tia selbst – im Dunkeln mit Hilfe von Schallimpulsen.

«Schon gut, meine Kleine», raunte Tia dem Tier zu, das vergeblich die zarten Flügel zu spreizen versuchte. «Dir passiert nichts!»

Vorsichtig hob sie die Hand und ließ die Fledermaus frei, die sofort wieder zur Decke flatterte und sich zwischen ihren Artgenossen festklammerte.

«Wow! Tolles Bild», bemerkte Carolin, die im richtigen Moment auf den Auslöser gedrückt hatte. «Das nehme ich als Aufmacher: ‹Die leidenschaftliche Forscherin und ihr liebevoller Umgang mit den Forschungsobjekten›.»

Tia lachte. «Von mir aus! Ich fürchte allerdings, dass wir dich nicht weiter mitnehmen können, Carolin. Ich kann da vorne einen Graben ausmachen, der den Weg unterbricht. Das könnte heikel werden.»

«Schon gut, ich bin vorerst befriedigt. Meine Fotos habe ich – und weiter will ich gar nicht gehen, das ist mir viel zu gruselig. Ich werde mit Dahms in die Stadt zurückfahren.»

«Ich bringe dich nach draußen», bot Leon an.

«Danke.» Carolin zögerte einen Moment. «Und um euch muss ich mir keine Sorgen machen?»

«Sorgen?»

«Na ja ... ich habe gelesen, dass man bei Höhlenerkundungen normalerweise eine Deadline ausmacht», sagte Carolin. «Eine Zeit, bis zu der sich die Expedition zurückmelden muss.»

Tia überlegte. Im Prinzip hatte sie recht: Es gehörte zu den üblichen Sicherheitsregeln, dass man mit einer Person außerhalb der Höhle eine solche Abmachung traf.

«Also gut», sagte sie. «Aber du musst uns Zeit geben. Es ist schwer, sich festzulegen, solange wir nicht wissen, wie weitläufig die Höhle ist. Sagen wir: Deadline zwanzig Uhr heute Abend. – Augenblick ...»

Der Sender fiel ihr ein. Sie hatte sich das kleine Gerät, das sie von ihrem Vater bekommen hatte, an einem Lederband um den Hals gehängt. Eigentlich trug sie es mehr wie einen Talisman, denn an seinem praktischen Nutzen zweifelte sie. Aber vielleicht hielt die neue Technik ja doch, was sie versprach. Tia zog das Empfangsteil des Senders ab, das wie die Kappe eines Stifts geformt war, und reichte es Carolin.

«Nimm das hier! Ich trage neuerdings einen Peilsender. Wenn ich ihn aktiviere, wird dieses Teil hier piepen, und eine rote Lampe wird aufleuchten – so steht es jedenfalls in der Anleitung.»

Carolin nahm den Empfänger beinahe ehrfürchtig entgegen. «Okay! Ich werde es hüten wie meinen Augapfel.»

Tia schmunzelte. «Übertreib's nicht! Ich bin nicht einmal sicher, ob das Ding funktioniert – und ich glaube nicht, dass sich die Notwendigkeit ergeben wird, es herauszufinden.»

«Dann sehen wir uns heute Abend im Hotel?»

«Spätestens zwanzig Uhr, wahrscheinlich aber schon früher. Mach dir draußen einen schönen Tag!»

Während Leon die Journalistin zurückeskortierte, wandte Tia sich dem Gang zu, der tiefer in die Höhle führte. Das Echo hatte ihr bereits signalisiert, dass es ein Hindernis gab. In wenigen Schritten Entfernung war der Boden von einem tiefen Graben unterbrochen, der rund drei Meter breit sein musste.

«Vorsicht!», warnte Möller, als sie sich zum Rand vortastete.

«Schon gut, ich kann es wahrnehmen», sagte Tia und schnalzte prüfend mit der Zunge. Das Echo deutete darauf hin, dass der Graben mehrere Meter tief sein musste – und es signalisierte einen länglichen Fremdkörper, der quer über dem Abgrund lag und nicht aus Stein bestand. Tia tastete danach und spürte eine feste Oberfläche aus Kiefernholz, kühl und klamm von der feuchten Luft.

«Das ist das Brett, von dem Sie sprachen, nicht wahr?»

«Genau», bestätigte Möller. «Um ehrlich zu sein: Ich habe mich nicht hinübergetraut.»

«Das war sehr vernünftig», meinte Tia. «Hier waren eindeutig Amateure am Werk. Ein Wunder, dass sie es überhaupt zur anderen Seite geschafft haben.»

Sie prüfte die Stärke und Breite des Bretts: Rund drei Zentimeter dick, dreißig Zentimeter breit – zu schmal, um auf allen vieren hinüberzukrabbeln. Man musste aufrecht gehen, was einen erheblichen Balanceakt erforderte.

«Die Luft hier drinnen ist sehr feucht, wie in den meisten Karsthöhlen», überlegte sie. «Das Holz wird sich inzwischen mit Wasser vollgesaugt haben. Es könnte sich durchbiegen, wenn es belastet wird.»

«Sie meinen, wir können nicht hinüber?»

«Nicht ohne zusätzliche Sicherung. Das Risiko gehe ich nicht ein.»

Tia legte ihren Rucksack ab und zog eines der kürzeren Kletterseile daraus hervor, außerdem einige Klemmkeile, die sie in ihren Gürtel steckte.

«Was haben Sie vor?», fragte Möller.

Tia streifte das eingerollte Seil über die Schulter und reichte ihm eines der losen Enden. «Hier! Halten Sie das.»

Vorsichtig setzte sie einen Fuß auf das Brett, dann den zweiten, und streckte beide Arme nach oben. Die Decke über dem Graben war relativ niedrig. Tia konnte sie mit den Fingern berühren und sich auf diese Weise einigermaßen im Gleichgewicht halten.

«Oh Gott ... passen Sie bloß auf!», raunte Möller hinter ihr.

Langsam setzte Tia einen Fuß vor den anderen. Ihr Herz klopfte, doch ihre Angst hielt sich in Grenzen. Zeitlebens war sie schwindelfrei gewesen, und die Erblindung hatte ihren Gleichgewichtssinn noch geschärft, da sie es gewohnt war, sich ohne Abgleich mit sichtbaren horizontalen Linien aufrecht zu halten. Einen guten Teil ihrer Freizeit verbrachte sie mit sportlichem Training, und sie wusste, dass sie selbst auf einer Reckstange balancieren konnte. In der Sporthalle allerdings lagen neben der Stange weiche Matten, und stets war ein Trainer bei ihr, um sie im Ernstfall aufzufangen. Hier dagegen bedeutete ein Verlust des Gleichgewichts, mindestens fünf Meter in die Tiefe zu stürzen – und zwar nicht auf weichen Kunststoff, sondern auf unnachgiebiges Gestein. Das Echo hatte Tia gezeigt, dass vom Boden des Grabens Stalagmiten aufragten wie Speerspitzen. Sie versuchte, nicht daran zu denken, während sie sich Schritt für Schritt voranschob.

«Tia!» Das war Leon, der eben zurückkehrte und offenbar erschrak, seine Partnerin mitten über dem Abgrund zu sehen.

«Schon gut!», antwortete Tia. «Ich setze nur ein Sicherungsseil.»

Inzwischen hatte sie die Mitte des Bretts erreicht, ließ eine Hand an der Decke und zog die andere zurück, um nach einem Klemmkeil in ihrem Gürtel zu greifen. Noch während der Bewegung spürte sie, wie das Brett sich einen Fingerbreit durchbog. Das feuchte Holz knarrte vernehmlich.

Schön langsam!, beschwor Tia sich selbst.

Sie streckte die Hand mit dem Klemmkeil aus und tastete an der Decke nach einer Fuge, um ihn zu befestigen. Als sie eben eine geeignete Stelle gefunden hatte, spürte sie, wie das Brett einen weiteren Zentimeter nachgab.

Verdammt ...

Einen Moment schwankte sie auf der Stelle und hörte, wie Leon und Möller erschrocken keuchten. Nun war die Angst da – doch Tia beherrschte sich. Sie konnte die Decke jetzt nur noch mit den Fingerspitzen erreichen und reckte sich notgedrungen auf die Zehen. Wenn das Holz sich weiter durchbog, würde sie den Kontakt ganz verlieren. Sie musste rasch handeln. Sie schob den Keil in die Fuge, mühte sich einen Augenblick, ihn in den richtigen Winkel zu bekommen, und atmete erleichtert auf, als er festsaß. Nun galt es nur noch, das Seil durch die Schlinge zu ziehen, die am unteren Ende des Keils befestigt war.

«Okay, geschafft», sagte sie laut, teils zu ihrer eigenen Beruhigung, teils zu derjenigen der Männer. «Ich gehe jetzt auf die andere Seite.»

Inzwischen hatte sich das Brett so stark durchgebogen, dass sie die Decke nur noch unter äußerster Anstrengung erreichen konnte. Tia verzichtete darauf und balancierte mit seitlich ausgestreckten Armen. Zwei, drei kurze Schnalzlaute sagten ihr: Ein halber Meter noch, vielleicht weniger.

Als sie festen Boden betrat, atmete sie aus und ließ die verspannten Schultern kreisen.

«Wow!», rief Möller herüber. «Ich muss zugeben, ich hatte wirklich Angst.»

Ich auch, dachte Tia, während sie an der Wand des Stollens nach einem Platz für den nächsten Klemmkeil suchte.

«Ich mache das Seil hier fest», rief sie. «Leon? Hak das andere Ende in den Hüftgurt und komm rüber!»

«Okay.»

Sie hörte, wie Leon der Aufforderung nachkam. Die Sicherung würde, wie sie hoffte, das Risiko erheblich herabsetzen: Falls das Brett sich weiter durchbog, würde das an der Decke befestigte Seil einen Sturz verhindern. Angespannt lauschte sie auf das Knarren des Holzes, als Leon die improvisierte Brücke überquerte. Er war in solchen Dingen bei Weitem nicht so geübt wie Tia. Deutlich hörte sie seinen beschleunigten Atem. Es war eine Erleichterung für beide, als sie seine Hände zu fassen bekam und ihn auf festen Boden ziehen konnte.

«Puh!», keuchte er. «Wer auch immer vor uns hier war, scheint ja der reinste Akrobat gewesen zu sein.»

«Das Brett war noch nicht feucht», gab Tia zu bedenken. «Ich schätze, dass es schon viele Stunden hier liegt und sich mit Wasser vollgesaugt hat.» Sie wandte das Gesicht zur gegenüberliegenden Seite. «Herr Möller? Sie müssen nicht mitkommen, das wissen Sie! Noch können Sie umkehren.»

Möller schwieg einen Moment, schien aber nicht zurückstehen zu wollen.

«Ich komme!», rief er. «Schicken Sie mir den Gurt rüber?»

«Klar», sagte Leon, stieg aus dem Hüftgurt und ließ ihn mit Schwung über den Abgrund zurückgleiten, wo Möller ihn auffing. «Haken Sie den Karabiner an der Schlaufe vorne vor dem Bauch ein!»

Wenige Sekunden darauf knarrte das Brett erneut. Offenbar war Möller entschlossen, seinen Mut unter Beweis zu stellen, wenngleich er deutlich lauter keuchte als zuvor Leon. Derartige Übungen hatten mit Sicherheit nicht zu seinen bisherigen Erfahrungen als Hobbykletterer gehört. Als die Holzfasern unter ihm bedrohlich knirschten, verharrte er erschrocken.

«Nicht stehenbleiben!», warnte Tia, die wusste, dass eine längere punktuelle Belastung gefährlicher war als zügiges Voranschreiten.

Doch Möller schien sich nicht zum Weitergehen überwinden zu können. Wieder ein Knirschen – und diesmal konnte Tia förmlich sehen, wie die Holzfasern eine nach der anderen rissen.

Der Polizist schrie erschrocken auf. Fast gleichzeitig schrie auch Leon, warf sich zu Boden und versuchte das Ende des Bretts festzuhalten. Doch vergebens: Das feuchte Holz brach endgültig durch; beide Teile der Brücke stürzten in den Abgrund und schlugen mit einem dumpfen Krachen in der Tiefe auf.

«Hilfe!», schrie Möller. Der Gurt musste ihn aufgefangen haben, sodass er mitten über dem Graben in der Luft hing.

«Ganz ruhig!», rief Tia, beide Hände um das Seil geklammert. «Es kann nichts passieren! Strecken Sie die Beine aus und versuchen Sie, sich zu uns rüberzuschwingen!»

Für eine Schrecksekunde schien Möller nicht fähig, irgendetwas zu unternehmen. Dann brachte er ein zittriges «Okay» heraus. Der Hüftgurt hielt ihn in einer leicht nach hinten geneigten Sitzposition; er brauchte kaum mehr zu tun, als den Oberkörper nach hinten fallen zu lassen und die Beine zu strecken.

«Ein bisschen weiter noch!», rief Leon, der versuchte, seine Füße zu packen.

Sekunden vergingen, und Tia ermaß an den Bewegungen des Seils, wie sich Möller verzweifelt mühte. Endlich jedoch zeugte ein Ruck davon, dass Leon zugegriffen hatte.

«Ich hab ihn!»

Tia ließ das Seil los und eilte an seine Seite. Gemeinsam hievten sie den Polizisten auf den Boden, wo er zunächst das Gleichgewicht verlor und fast zusammengesunken wäre, wenn Tia ihn nicht gestützt hätte. Einen Moment hielt er sich an ihr fest wie ein Betrunkener, und sie konnte den Angstschweiß riechen, den er aus jeder Pore verströmte.

«Danke», flüsterte er nah an ihrem Ohr.

«Schon okay», sagte sie und tätschelte seine Schulter. «Ist ja noch mal gutgegangen.»

«Wie kommen wir auf dem Rückweg über diesen Graben?», fragte sich Leon.

«Darüber können wir uns Gedanken machen, wenn es so weit ist», entschied Tia. «Zur Not schwingen wir uns alle drei am Gurt hinüber. Aber erst einmal sollten wir weitergehen. – Herr Möller? Alles in Ordnung?»

Der Polizist bemühte sich hörbar, seinen beschleunigten Atem zu kontrollieren.

«Jan», sagte er schließlich. «Mein Name ist Jan.»

Tia lächelte. Der Mann mochte als Höhlensteiger reichlich unerfahren sein, doch sie begann ihn sympathisch zu finden.

Carolin

«Soll ich Sie wieder beim Hotel absetzen?», fragte Dahms, als er auf die Hauptstraße einbog.

Carolin antwortete nicht sofort. In ihrem Kopf arbeitete es. Eigentlich hätte sie sich einen angenehmen Tag machen können: Stadt und Umgebung waren wunderschön, und nichts sprach dagegen, ein wenig zu bummeln, sich die Sehenswürdigkeiten anzuschauen und die malerische Natur im Umland zu genießen. Ursprünglich war sie nur angereist, um einen Artikel über Tias neueste Expedition zu schreiben und diesen – mit Glück – bei irgendeinem populärwissenschaftlichen Naturmagazin unterzubringen. Nun aber sah es ganz danach aus, als ließe sich mehr aus der Sache machen: Unbekannte Laienforscher auf Abenteuer-Trips, ein dramatischer Rettungseinsatz mit Helikopter, polizeiliche Ermittlungen. Sie musste unbedingt mehr über all das herausfinden – und wer war eine bessere Quelle als Dahms?

«Ja, bitte», antwortete sie etwas verspätet. «Aber wenn ich ehrlich bin, hätte ich noch einige Fragen.»

«Zum Beispiel?»

«Mich interessiert, was Sie über den Bergbau in dieser Gegend erzählt haben. Sie sagten, hier wurde nach Silber geschürft?»

«Das stimmt», antwortete Dahms, «aber die Lagerstätte war nie sehr ergiebig und wurde aufgegeben. Warum interessiert Sie das so sehr?»

«Ich denke immer noch darüber nach, warum so viele Amateure sich auf diese Höhle gestürzt haben», erklärte Carolin. «Als ob es dort etwas zu finden gäbe, das großen Wert besitzt.»

«Glauben Sie? Die beiden Leute, die Herr Möller gestern Morgen erwischt hat, waren jedenfalls Touristen. Die sind bestimmt nicht hier, um nach Silber zu suchen. Wahrscheinlich haben sie bloß eine Wanderung gemacht und sind durch die Absperrung auf die Höhle aufmerksam geworden.»

«Wurden ihre Personalien aufgenommen? Dann könnte ich mal mit ihnen sprechen. Womöglich wohnen sie im selben Hotel wie ich.»

Dahms seufzte. «Sie wissen doch, dass ich Ihnen nichts Genaueres sagen darf. Solche Ermittlungen sind Sache der Polizei. Im Übrigen weiß ich selbst nicht viel mehr, als in der Zeitung stand.»

«Zeitung?»

Dahms wies auf eine zusammengerollte Zeitung, die aus dem Handschuhfach ragte. Carolin entfaltete das Blatt, das «Rhein-Neckar-Zeitung» hieß.

«Seite sechzehn unten.»

Carolin fand eine kleine Meldung in einer Randspalte.

11. September. Lochberg. Ein ungewöhnlicher Notfall ereignete sich in der Nacht zum Mittwoch an einem Berghang nahe dem Lochberger Steinbruch. Nach einem Notruf rückte ein Helikopterteam mit Unterstützung von Rettungskräften der hessischen Bergwacht aus, um einen jungen Frankfurter zu bergen, der sich offenbar beim Betreten einer Felshöhle den Knöchel gebrochen hatte. Dem Verletzten geht es den Umständen entsprechend gut. Die Höhle ist bislang unbekannt und nicht im amtlichen Höhlenkataster erfasst. Nachdem am Morgen zwei Touristen aus Chemnitz aufgegriffen worden sind, die ebenfalls dort einzudringen versuchten, weist die Stadtverwaltung von Lochberg ausdrücklich darauf hin, dass der Höhleneingang abgesperrt und das Betreten für Unbefugte verboten ist.

«Hat der Mann, der mit dem Hubschrauber geborgen wurde, irgendetwas verlauten lassen?», fragte Carolin. «Ich meine: Warum er dort war?»

Dahms schwieg.

«Okay – offensichtlich nicht», mutmaßte Carolin, die ihn nicht in Verlegenheit bringen wollte.

«Er schweigt vermutlich, um einer Ordnungsstrafe zu entgehen», bestätigte Dahms indirekt, «oder Nachforschungen der Versicherung, die den Helikoptereinsatz bezahlen soll.»

«War er allein?»

Dahms seufzte und beschloss offenbar, dass er ein wenig mehr preisgeben durfte. «Nein. Es gab Fußspuren von mindestens zwei weiteren Personen.»

«Sieh an! Dann haben sie sich also aus dem Staub gemacht und ihn zurückgelassen. Warum sollten sie das tun?»

«Ich schätze, sie gerieten einfach in Panik.»

«Oder sie hatten etwas zu verbergen! Zum Beispiel, dass sie in der Höhle nach etwas Bestimmtem gesucht haben.»

«Ich glaube, Sie sehen da zu viele Geheimnisse», meinte Dahms. «Menschen sind nun einmal neugierig. Wenn Frau Traveen die Höhle erforscht hat, wird der Rummel sich schon legen.»

«Wahrscheinlich ...»

Carolin verstummte vorerst. In Wahrheit dachte sie keineswegs daran, sich von ihrer Idee abbringen zu lassen, doch schien es ihr an der Zeit für einen Wechsel der Gesprächsstrategie.

«Ich schätze, Sie haben recht. Statt zu grübeln, sollte ich mir einfach einen netten Urlaubstag machen. Die Stadt scheint ja sehr interessant zu sein.»

«Oh ja!», stimmte Dahms zu. «Sicherlich kein Vergleich mit einer geschichtsträchtigen Stadt wie Heidelberg, aber unsere Sehenswürdigkeiten haben wir auch. Die alte Stadtmauer sollten Sie sich unbedingt einmal anschauen.»

«Ich hatte nicht einmal Zeit, mir einen Reiseführer zu besorgen», klagte Carolin etwas theatralisch. «Mein Aufbruch war ziemlich überstürzt. Ich werde mich wohl im Hotel informieren müssen.»

«Also ...» Dahms zögerte. «Ich kann Sie gern ein wenig herumführen, wenn Sie möchten.»

«Oh, das wäre natürlich perfekt! Wer könnte einen besseren Fremdenführer abgeben als ein Experte für Lokalgeschichte.»

Dahms schwieg – ob geschmeichelt oder verlegen, konnte Carolin schwer abschätzen. *Mein Gott ... ich kann ein ganz schön berechnendes Biest sein*, dachte sie nicht ohne Scham.

«Ich habe gleich noch einen Termin beim Bürgermeister», sagte Dahms. «Aber ab zwölf Uhr hätte ich Zeit.»

«Ich will Ihnen natürlich nicht die Mittagspause stehlen.»

«Das wäre nicht weiter schlimm. Meistens mache ich nur kurz halt in irgendeinem Café.»

«Das ist aber nicht sehr gesund!», tadelte Carolin scherzhaft.

«Ach ...» Dahms winkte ab. «Als alter Junggeselle macht man sich nicht viel aus aufwendigen Mahlzeiten.»

«Wie ist das Hotelrestaurant? Gute Küche?»

«Hervorragend.»

«Könnte ich Sie vielleicht überreden, sich zum Essen einladen zu lassen?»

Das war ein ziemlich kühner Vorstoß. Carolins Herz klopfte, während sie auf eine Erwiderung wartete.

Dahms ließ sich einen Moment Zeit, den Blick auf die Straße gerichtet.

«Nein», sagte er schließlich. «Einladen dürfen Sie mich nicht.» Er machte eine Pause, und ein leichtes Lächeln flog über sein Gesicht. «Aber sich einladen *lassen*.»

Carolin spürte einen wohligen kleinen Schauer. Mit derart umstandslosem Entgegenkommen hatte sie nicht gerechnet – und erst recht nicht damit, dass Dahms' Gesicht, wie sie aus dem Augenwinkel registrierte, von einer flüchtigen Röte überhaucht wurde.

Ob er mich mag?, dachte sie intuitiv. Der Gedanke war nicht unangenehm.

«Einverstanden», sagte sie. «Dann also um zwölf im Restaurant.»

Dahms bog in eine Parklücke vor dem Hotel und stoppte den Motor. «Gut. Ich hoffe, ich bin pünktlich da.»

«Nur kein Stress! Ich kriege die Zeit schon herum.»

Ursprünglich hatte Carolin auf ihr Zimmer gehen wollen, überlegte es sich jedoch anders und blieb in der Lobby. Hier gab es gemütliche Sitzecken, und sie konnte sich noch ein Glas von jenem hervorragenden Wein aus lokalem Anbau bringen lassen. Gewöhnlich trank sie selten Alkohol um diese Zeit, doch schätzte sie die anregende Wirkung, wenn sie mit einer schwierigen Recherche begann und auf Gedankenblitze wartete.

Die ausliegenden Reiseführer und Prospekte hatte sie rasch durchgeblättert, ohne auf irgendetwas Interessantes zu stoßen. So setzte sie ihre Hoffnungen auf das Internet, stellte ihren Laptop auf den Tisch und rief den Browser auf. Carolin liebte Online-Recherchen und besaß ein erhebliches Talent dafür, Nadeln im Heuhaufen digitaler Datenwelten aufzustöbern. Früher hätte man neugierige Nachbarn befragt, wenn es darum ging, was hinter den verschlossenen Vorhängen eines Hauses geschah – heutzutage fand man es als Video bei YouTube. Und ob sich jemand für Höhlen, Bergwerke oder Silberschätze interessierte, war eher einem Facebook-Profil zu entnehmen als einem polizeilichen Vernehmungsprotokoll.

Carolin begann mit den Stichwörtern «Lochberg», «Silber» und «Bergbau», überflog einige Seiten zur Stadtgeschichte, las einen Reisebericht und verschiedene Zeitungsartikel. Vorläufig kam nichts Wesentliches dabei heraus, doch das hatte sie auch nicht erwartet – nicht beim ersten Versuch. Die eigentliche Gedankenarbeit begann gerade erst.

Was hat es mit dieser Höhle auf sich?

Vermutlich war sie schon immer da gewesen, nur nie entdeckt worden – und kaum war sie entdeckt, traten die Eindringlinge einander förmlich auf die Füße. Sie kamen von weit her, und sie hatten es eilig, scheuten weder Verletzungsgefahr noch die Absperrungen der Polizei. Es war fast – und dieser Gedankenblitz streifte Carolin ganz plötzlich –, als hätten sie auf diese Entdeckung gewartet. War es denkbar, dass sie etwas wussten, das weder der Stadtverwaltung noch der Polizei bekannt war?

Aber was?

Immer wieder kam sie auf ihre Lieblingsidee zurück, dass in der Höhle irgendetwas Wertvolles zu finden sein musste. Es musste ja kein Silber sein. Ob es irgendeine historische Überlieferung gab, die auf verborgene Schätze in der Umgebung von Lochberg hindeutete? Das Versteck einer Räuberbande, die ihre Beute dort aufbewahrt hatte? Einen geheimen Ort, wo mittelalterliche Stadtfürsten in Kriegszeiten ihre Juwelen in Sicherheit gebracht hatten?

Carolin klickte zur Suchmaschine zurück und versuchte es mit «Lochberg» und «Schatz».

Ihr Herz machte einen kleinen Sprung, denn sie wurde augenblicklich fündig. Gleich das erste Ergebnis verwies auf den Thread eines Forums mit dem bezeichnenden Namen «Treasure Hunters». Gespannt las Carolin.

Alibaba

Status: Newbie Topic: Schatzlicht 04.09. 2:15

Hi. Hab mal gelesen, dass es so blaue Lichter geben soll, die an Orten erscheinen, wo Schätze versteckt sind. Man nennt die Schatzlichter. Weiß jemand was darüber? Also, ob es das wirklich gibt oder ob es nur eine Sage ist?

IndianaJones87

Status: Veteran Topic: Schatzlicht 05.09. 19:31

Willkommen im Forum! Ich weiß ja nicht, wo du so was gelesen hast, aber es gehört eindeutig ins Reich der Legenden. Geschichten über vergrabene Schätze, deren Lage durch ein blaues Licht oder eine bläuliche Flamme angezeigt wird, gibt es seit Ewigkeiten, und zwar vor allem im Ruhrgebiet, in Süddeutschland und Österreich. Dort nennt man diese Erscheinungen auch «Schatzfeuer». Angeblich ist das ein Licht, das weithin zu sehen ist, aber verschwindet, sobald man sich nähert. In Österreich glaubte man früher, dass Berggeister die Schätze bewachten und dieses Licht erzeugten, um Wanderer damit in die Berge zu locken – denen dann natürlich immer irgendwas Schreckliches zustieß. Damit gehört das Schatzlicht in den Umkreis von Irrlichtern, Elfen, Feen und ähnlichen volkstümlichen Überlieferungen, die nichts mit der Wirklichkeit zu tun haben.

TreasureKing

Status: Veteran Topic: Schatzlicht 05.09. 21:16

@IndianaJones87: Woher willst du das wissen? Ich bin der Meinung, dass jede Sage einen wahren Kern enthält, besonders, wenn sie an vielen Orten unabhängig voneinander entstanden ist. Ich hab mich damit früher schon mal beschäftigt, und Tatsache ist, dass diese Lichterscheinungen in Gebieten auftauchen, wo es wirklich viele vergrabene Schätze gibt (bzw. archäologische Fundstätten). Ein solcher Brennpunkt sind das Rheintal und die angrenzenden Mittelgebirge, wo eine Menge Funde aus der Römerzeit gemacht wurden, weil dort früher der Limes verlief. Ein weiteres Gebiet ist das Burgenland in Österreich, wo es haufenweise Sagen über Schatzlichter gibt. Mit Geistern hat das natürlich nichts zu tun. Ich schätze, für diese Lichter ist irgendein Naturphänomen verantwortlich, das die Wissenschaft noch nicht kennt. Vielleicht ist es irgendein physikalisches Phänomen, das von Edelmetallen erzeugt wird und nur bei bestimmten Umgebungsbedingungen oder Wetterverhältnissen zu sehen ist. Also, wenn ich so ein blaues Licht sehen würde – ich würde drauf zugehen und den Spaten ansetzen.

Alibaba

Status: Newbie Topic: Schatzlicht? 06.09. 18:16

@TreasureKing: Mal angenommen, du hast recht, und es gibt diese Schatzlichter. Ich glaube das nämlich auch ... oder, um die Wahrheit zu sagen, ich hab selbst eins gesehen. Soll man darauf zugehen, wenn es leuchtet, und dann einfach zu graben anfangen? Ich frag deshalb, weil das wohl auch gefährlich sein kann. Inzwischen hab ich mal gegoogelt und alles Mögliche darüber rausgefunden, z. B. dass Schätze, über denen solche Lichter leuchten, oft verflucht sind. Manchmal werden sie sogar bewacht. In einigen Geschichten heißt es, dass das Licht Leute in die Irre führt, bis sie in Moorlöcher stürzen oder in irgendwelche Erdspalten – also so ähnlich wie ein Irrlicht. Bei Magdeburg in Sachsen gibt es eine Sage von einem Schatzlicht, dem man sich nicht nähern darf, weil der Schatz von einem riesigen schwarzen Hund bewacht wird. In anderen Geschichten ist es ein schwarzer Mann.

IndianaJones87
Status: Veteran Topic: Schatzlicht 06.09. 19:09

Schwarzer Mann, ja? LOL. Wie wär's noch mit Orks und Trollen? Ich glaub, du spielst zu viel World of Warcraft^^. (Wie alt bist du?)

Alibaba
Status: Newbie Topic: Schatzlicht? 06.09. 20:27

HAHAHA. Ich bin 15, aber nicht blöd! Und abergläubisch bin ich auch nicht. Bloß vorsichtig.

HenricusRex
Status: Newbie Topic: Schatzlicht? 07.09. 00:27

Sag mal: Wo willst du dieses Licht denn gesehen haben? Und wie sah es aus?

Alibaba
Status: Newbie Topic: Schatzlicht? 07.09. 00:52

Gesehen hab ich das nicht weit von dem Ort, wo ich wohne, das ist Lochberg im Odenwald. Ich kann es sogar nachts von meinem Fenster aus sehen, zwar nicht jede Nacht, aber hin und wieder. Manchmal ist es nur so ein schwaches Leuchten, das man kaum erkennen kann. Aber zweimal hab ich gesehen, wie es richtig «gebrannt» hat, mit einer hellen blauen Flamme, die sich hin und her bewegte. Ich hab ein Fernglas genommen, um es zu beobachten. Das Ganze hat etwa zehn Minuten gedauert, beim zweiten Mal sogar etwas länger, dann war es vorbei.

Doobeedoo

Status: Insider Topic: Schatzlicht? 07.09. 15:58

Hm. Was auch immer du da gesehen hast, vielleicht gibt's eine ganz simple Erklärung dafür. Schon mal an elektrische Anlagen gedacht? Wetterleuchten oder andere atmosphärische Phänomene? Manchmal treten solche Erscheinungen durch Ionisierung an leitfähigen Gegenständen auf, z. B. Turmspitzen oder Wetterfahnen. Google mal «Elmsfeuer», da ist das erklärt.

Alibaba

Status: Newbie Topic: Schatzlicht? 07.09. 21:03

Da, wo ich das gesehen hab, gibt es aber keine Turmspitze oder so was. Es ist mitten in den Bergen. Ich seh es übrigens schon wieder – gerade jetzt, wo ich schreibe! Diesmal flackert es nur alle paar Sekunden im Dunkeln, wie ein Signal ... echt unheimlich.

HenricusRex

Status: Newbie Topic: Schatzlicht? 07.09. 21:44

@Alibaba, du meinst doch Lochberg bei Heidelberg, oder? Ich war da nie, wohne selber in Chemnitz, aber schau mir das gerade auf Google-Maps an. Wo genau siehst du da dieses Licht? Sag mal Himmelsrichtung und Entfernung von der Stadt an.

Alibaba

Status: Newbie Topic: Schatzlicht? 07.09. 21:53

Neenee, das verrate ich nicht! Wenn da wirklich ein Schatz versteckt ist, dann hab ich ihn entdeckt und nicht irgendwer sonst.

Dangeruuus

Status: Newbie Topic: Schatzlicht? 07.09. 22:26

Bisschen spät für Geheimnistuerei, oder? Pech, dass du den Namen der Stadt schon verraten hast. Ich weiß nicht, wie viele Leute hier mitlesen, aber immerhin hat das Forum mehr als 150 Mitglieder. Würde mich gar nicht wundern, wenn Lochberg demnächst einen netten kleinen Touristen-Boom erlebt und die Schatzjäger aus allen Ecken des Landes kommen.

HenricusRex

Status: Newbie Topic: Schatzlicht? 07.09. 23:11

@Alibaba, wenn du dich nicht traust, hinzugehen und zu suchen, dann verrat doch die Stelle, wo du das Licht siehst! Kriegst auch was dafür! Prozente vom Fund können wir verhandeln, falls es einen geben sollte. PM mich bitte mal!

Alibaba

Status: Newbie Topic: Schatzlicht? 07.09. 23.43

Nö!^^

Mit diesem Eintrag endete das Forenthema.

Carolin stellte das Weinglas ab – die Hand war auf halbem Weg zu ihrem Mund erstarrt. Noch einmal las sie den gesamten Thread, von Anfang bis Ende.

Na bitte! Das ist doch schon mal eine heiße Spur.

Rasch speicherte sie die Adresse des Forums und blickte auf die Uhr. Hoffentlich kam Dahms bald zurück. Sie hatte ihm viel zu erzählen.

Zweiter Teil

Das Feuer

Kim

«Achtung!», zischte Philipp und packte Kim an der Schulter.

Erschrocken blieb sie stehen – und bemerkte direkt vor ihren Füßen eine kegelförmige Grube von nahezu drei Metern Tiefe. Ihr Herz klopfte heftig, als Philipp hinableuchtete. Die Wände der Grube waren schräg und vollkommen glatt. Wer dort hinunterstürzte, würde sich wahrscheinlich nicht schwer verletzen – aber in der Falle sitzen.

«Puh!», machte Philipp. «Gerade noch mal gutgegangen.»

Er hob die Lampe und leuchtete den Raum ab.

«Das ist doch nicht schon wieder eine Sackgasse …?»

Wenn Kim ehrlich war, wünschte sie sich eigentlich nur eins: Dass er recht hatte. Seit vielen Stunden waren sie nun unterwegs, und wenn es nach ihr gegangen wäre, hätten sie die Expedition längst abgebrochen. Draußen musste es schon heller Tag sein – ein warmer, freundlicher Tag Anfang September, unter einer Sonne, die noch immer Kraft hatte, Wärme spendete, Licht.

Licht ist positive Energie, pflegte Kims Mutter zu sagen.

Kim hatte immer ein wenig über diese Behauptung gelächelt. Nun aber kam sie ihr nicht mehr abwegig vor. Die Finsternis der Höhle zerrte an ihren Nerven. Allein der Gedanke an die vielen Tonnen Gestein, die auf den unterirdischen Räumen lasteten, war beklemmend. Falls ihre Mutter recht hatte und der Natur tatsächlich eine planende Intelligenz innewohnte, dann hatte sie solche Orte nicht für Menschen geschaffen – eher für Kobolde oder Dämonen. Die Lichtseite der Schöpfung zeichnete sich durch ihre Schönheit und überschaubare Ordnung aus, wie die Gestalt eines Baumes, einer Blüte, einer Wolke am Himmel. Diese Höhle dagegen war ein Reich des Chaos. Boden und Wände waren schief, gesprenkelt mit Vorsprüngen, Beulen und Höckern. Die niedrigen Decken und gähnenden Spalten wirkten bedrohlich. Überall nisteten unförmige Schatten und schienen zu wandern, zu wachsen, sich zu strecken und zu dehnen, wenn der Lampenschein über sie hinwegglitt.

Während Philipp in jede Ecke leuchtete, um doch noch einen Ausweg zu finden, ließ Kim sich gegen eine Wand sinken und schloss die Augen. Der Fels in ihrem Rücken war kalt; sie spürte es durch den Kunststoff ihrer Regenjacke hindurch. Ob man erfrieren konnte, wenn man sich zu lange in einer Höhle aufhielt? Hier drinnen mochten kaum zehn Grad herrschen, und die Luft war feucht, sodass man ständig einen feinen Wasserfilm auf der Haut spürte.

«Verdammt ... kann doch nicht wahr sein, dass es hier schon wieder nicht weitergeht», fluchte Philipp.

Kim glaubte sehr wohl, dass es wahr sein konnte.

Vom ersten Moment an hatte ihre Erkundung unter keinem guten Stern gestanden. Jedes denkbare Hindernis hatte sich ihnen in den Weg gestellt. Es war bereits spät in der Nacht gewesen, als sie sich auf den Weg gemacht hatten – nur um festzustellen, dass am Fuß des Abhangs unterhalb der Höhle ein Polizist Wache hielt. Sie hatten abwarten müssen, bis der Mann verschwunden war, und erst gegen halb vier Uhr morgens einsteigen können. Beim Anblick des metertiefen Grabens, der gleich hinter dem ersten Raum den Weg durchschnitt, war Kim beinahe schlecht geworden vor Angst. Doch Philipp hatte das Brett darübergelegt, das er eigens besorgt hatte – und dann waren sie hinüberbalanciert, auf einem dreißig Zentimeter breiten, schwankenden Steg. Nur mit äußerster Überwindung hatte Kim diese Mutprobe über sich gebracht, und als sie endlich auf der gegenüberliegenden Seite angekommen war, hatte ihr Herz gerattert wie eine Nähmaschine.

Und dann? Dann hatte der endlose Irrweg begonnen, als sie auf eine Weggabelung gestoßen waren. Philipp war felsenfest davon überzeugt gewesen, dass sie die rechte Abzweigung nehmen mussten, weil der Tunnel dahinter stetig abwärtsführte. Fast zwei Stunden lang waren sie ihm gefolgt, hatten Felsstufen überklettert, Spalten überstiegen, sich durch enge Durchgänge gezwängt. Es mochten nur zwei- oder dreihundert Meter gewesen sein – eine Distanz, für die man über Tage wenige Minuten gebraucht hätte. Unter der Erde jedoch war es ein schier endloser Weg gewesen. Jeden Moment hatten sie erwartet, auf eine Kammer zu stoßen, einen größeren Raum oder eine Grube, aus der ihnen Licht entgegenglitzerte – kein kaltes Kunstlicht, wie ihre Lampen es verbreiteten, sondern ein warmer, rötlicher Schimmer von Gold.

Doch keine Schatzkammer war aufgetaucht. Stattdessen hatten sie am Ende vor einer Wand gestanden, und so war ihnen nichts anderes übriggeblieben, als den mühevollen Rückweg anzutreten.

Als sie endlich die Gabelung wieder erreicht hatten, waren beide mit den Nerven am Ende gewesen. Doch Philipp hatte darauf bestanden, es nun mit dem anderen Gang zu versuchen. Um Kim aufzumuntern, hatte er den Proviant ausgepackt, und sie hatten ihre Butterbrote verzehrt und die Thermoskanne mit Kaffee leergetrunken, um sich für die nächste Etappe zu stärken. Dann hatten sie die linke Abzweigung genommen – nur um jetzt, nach einer halben Stunde, erneut in einer Sackgasse zu landen.

Kim blickte zu der trichterförmigen Grube hinüber, die in einer Ecke des Raums lag, und schauderte. Vielleicht waren sie von Anfang an einem Irrtum aufgesessen, oder schlimmer: einer List. Deutete nicht alles auf eine Täuschung hin, eine Falle – angefangen mit dem unheimlichen blauen Licht, am Berg? Sie musste an die

Worte ihrer Mutter denken. Noch am Vortag hatte Kim sie als Phantastereien abgetan; nun aber, nach stundenlangem Herumirren in Kälte und Dunkelheit, konnte sie die Erinnerung daran nicht mehr abschütteln.

Die Schätze, die diese Geister hüten, sind aufgeladen mit negativer Energie, hatte Dora gesagt. *Wer nach ihnen sucht, wird in die Irre gehen und seine Seele verlieren ... manchmal sogar sein Leben.*

Hieß es nicht auch in der Sage, dass ein Fluch auf diesem Schatz lag?

«Wusste ich's doch!», rief Philipp triumphierend.

Kim schreckte auf. Er hatte sich auf die Knie niedergelassen und leuchtete eine Nische in Bodennähe aus.

«Schau mal!»

Ohne große Begeisterung trat Kim näher und spähte über seine Schulter. Tatsächlich war hier ein Felsspalt, direkt unterhalb eines überhängenden Simses.

«Genial!» Philipp nickte vor sich hin. «Wirklich gut versteckt.»

«Wie meinst du das?», fragte Kim irritiert.

«Na ja ... glaubst du, dass das alles Zufall ist? Das Loch am Berghang, das offenbar nie jemandem aufgefallen ist? Die endlose Sackgasse, auf die wir vorhin hereingefallen sind? Die Fallgrube da drüben?» Philipp schüttelte den Kopf. «Das hat jemand mit Absicht so angelegt. Es ist wie bei den ägyptischen Pyramiden: Versteckte Zugänge, Fallen und Irrwege, die von der Grabkammer ablenken sollen.»

Kim schwieg. Der Gedanke war ihr auch gekommen, doch sie scheute sich, ihn zu Ende zu denken. Stattdessen versuchte sie, sich mit Gegenargumenten zu beruhigen. Sie sagte sich, dass nichts in der Höhle den Eindruck einer künstlichen Anlage hervorrief: Es gab weder ebene Böden noch Decken, weder Säulen noch Stufen, und die zerklüfteten Wände zeigten keine Spur von Hammer oder Meißel. Die Durchgänge waren viel zu eng und vor allem zu niedrig, um von Menschen geschaffen zu sein.

Vielleicht nicht von Menschen, sagte eine ungebetene Stimme in ihrem Kopf.

Erneut musste sie an die Nachtalben denken. Die Sage behauptete, dass sie klein waren, nicht größer als ein Menschenkind. Der Durchstieg, auf den Philipp deutete, hätte genau das richtige Format für sie gehabt. Unwillkürlich ertappte sich Kim bei der Vorstellung, dass irgendetwas Kurzgewachsenes, Deformiertes aus diesem Loch gekrochen kam, etwas mit bösartig glimmenden Augen und verkrümmten Fingern. Sie schauderte.

«Also los!»

Philipp ließ sich am Boden nieder und kroch ohne Zögern in den Felsspalt. Kim wartete angespannt, während er sich vorwärtsmühte.

Es gibt keine Nachtalben, sagte sie sich vor. So etwas gab es nur in alten Geschichten und in den verrückten Träumen ihrer Mutter. Sie musste sich beherrschen, durfte sich nicht von diesen Vorstellungen anstecken lassen.

Inzwischen waren auch Philipps Beine in dem Felsspalt verschwunden. Ein Scharren und Stöhnen drang zu Kim herüber, und für einen Moment erschreckte sie die plötzliche Erwartung, ihn aufschreien zu hören. Stattdessen jedoch trat Stille ein, und schließlich hörte sie ihn von der anderen Seite rufen.

«Ich bin durch! Der Tunnel ist nicht lang. Du kannst nachkommen!»

Widerstrebend gehorchte Kim. Es war nicht ganz so schlimm, wie sie befürchtet hatte, denn immerhin konnte sie sich auf den Ellbogen vorwärtsziehen. In der engen Röhre klang ihr eigener keuchender Atem seltsam verstärkt, und sie verdrängte erneut mit Mühe den Gedanken an die Gesteinsmassen, die ihren Körper von allen Seiten umschlossen.

«Gleich geschafft, Maus!», ermutigte sie Philipp.

Als ihre tastenden Finger endlich auf seine Hand stießen, atmete sie erleichtert auf. Den Rest der Strecke zog er sie, bis sie aus dem Tunnel herausglitt, und half ihr auf die Beine.

«Und nun schau mal!», raunte er mit gänzlich ungewohnter Stimme, fast verheißungsvoll.

Kim folgte dem Strahl der Lampe, den er bedächtig kreisen ließ.

Sie standen am Rand eines Raums, der größer war als jeder andere zuvor: Nahezu kreisförmig, mit einem Durchmesser von mindestens vierzig Metern. Die Decke spannte sich hoch über ihnen wie das Gewölbe eines gotischen Kirchenschiffs, mit einem trichterförmigen Einschnitt am höchsten Punkt. An vielen Stellen hingen armdicke Tropfsteine herab, während andere ihnen vom Boden entgegenwuchsen, sodass sie aussahen wie bizarre Säulen, deren Mittelstücke sich einfach in Luft ausgelöst hatten. In der Mitte des Raums jedoch klaffte ein gähnender Abgrund, eine Grube mit einem Durchmesser von mehreren Metern.

Kim fühlte, wie Philipp ihren Arm ergriff und sich beinahe ehrfürchtig in Bewegung setzte. Gemeinsam näherten sie sich dem Abgrund, bis sie wenige Handbreit vor seinem unregelmäßig gezackten Rand standen. Philipp beugte sich vor und richtete den Strahl der Lampe senkrecht nach unten. Der Anblick war überwältigend: Das Licht erhellte einen Schacht von scheinbar unermesslicher Tiefe und verlor sich auf den zerklüfteten Wänden weit unter ihnen. Darunter lag tiefe Finsternis.

«Cool!», flüsterte Philipp.

Er hob einen losen Stein auf und hielt ihn einen Augenblick in der ausgestreckten Hand, um ihn schließlich in die Tiefe fallen zu lassen. Er fiel, wie es schien, eigentümlich langsam, durchmaß den erleuchteten Bereich und verschwand in der Dunkelheit, ohne dass ein Aufprall zu hören war. Beide lauschten. Erst nach mehreren

Atemzügen glaubte Kim, ganz schwach und aus großer Entfernung ein dumpfes Geräusch zu vernehmen.

«Da unten muss der Schatz sein!», meinte Philipp überzeugt. «Am Grund dieses Schachtes. Es passt genau zu dem, was der Typ damals in seinem Brief geschrieben hat.» Er starrte in die Tiefe. «Wie weit es da wohl runtergeht? Fünfzig Meter? Sechzig?»

Kim hatte nicht die geringste Ahnung. Dem Anschein nach hätte dieser Schacht auch geradewegs in die Hölle führen können.

Oder nach Nibelheim, dachte sie unwillkürlich. Nannte man so nicht den geheimen Ort, wo die Unterirdischen hausten?

«Da kommen wir niemals hinunter», flüsterte sie. «Selbst wenn wir ein Seil hätten, das lang genug wäre.»

«Wir müssen es eben versuchen!», meinte Philipp. «Bleib ruhig hier. Ich werde klettern. Bis zu diesem Vorsprung dort sollte es nicht schwer sein.»

Er deutete zu einem halbkreisförmigen Steinsims hinab, der vielleicht dreißig Meter unter ihnen aus der Wand ragte. Kim schluckte. Die Vorstellung, dass Philipp in diesen Schacht steigen würde – ohne jede Sicherung, nur mit einem einfachen Seil, während sie oben auf ihn wartete – verursachte ihr eine Gänsehaut.

«Hey, Maus!»

Sie schrak auf und blickte ihm ins Gesicht. Offenbar war ihm keineswegs entgangen, dass sie seine Begeisterung nicht teilte.

«Deswegen sind wir doch gekommen, oder nicht? Wir haben es geschafft. Wir sind kurz vor dem Ziel!» Er hob eine Hand und strich ihr über die Wange. «Unser Plan – deiner und meiner! Schon vergessen?»

Kim riss sich zusammen und schüttelte den Kopf.

«Nein ... natürlich nicht.»

Leon

Tia hatte sich an die Spitze der Gruppe gesetzt und folgte dem abschüssigen Gang, mit ausgestreckten Händen links und rechts über die Wände streichend.

Leon folgte wie üblich in knappem Abstand, die Lampe in der Hand. Er war es gewohnt, dass Tia unter Tage die Führung übernahm. Im oberirdischen Alltag kam es vor, dass sie seine Hilfe brauchte, vor allem im Freien, wo ihr Zungen-Echo nur eingeschränkt funktionierte. Im Straßenverkehr oder in Menschenmengen war sie beinahe ebenso hilflos wie jeder blinde Mensch, auch wenn sie viele hilfreiche Kunstgriffe beherrschte, um zurechtzukommen. Unter der Erde jedoch tauschten beide die Rollen. Hier war Tia in ihrem Element und orientierte sich mit viel größerer Sicherheit als er. Mühelos konnte sie Form und Ausdehnung eines Höhlensystems an Echos und Luftströmen ermessen, nahm Hindernisse wahr, lange bevor sie im Licht der Lampen auftauchten, und scheute kein Risiko, wenn es darum ging, steile Klippen zu erklettern oder Abgründe zu überqueren. Leon bewunderte sie dafür.

Noch immer war der Tunnel hoch genug, um aufrecht gehend durchquert zu werden. Allerdings ragten in unregelmäßigen Abständen Tropfsteine aus der Decke, sodass sie immer wieder die Köpfe einziehen mussten. Der Boden dagegen war erstaunlich glatt, wenn auch von wellenförmigen Furchen durchzogen.

«Eigenartig», meinte Jan, der den Schluss der Gruppe bildete. «Ich dachte immer, eine Höhle müsste ... irgendwie verwinkelter sein. Dieser gerade Gang sieht ja beinahe aus wie ein Bergwerksstollen.»

«Das täuscht», sagte Tia. «Es gibt auch natürliche Kräfte, die solche Ganghöhlen erzeugen.»

«Welche denn?»

Leon wusste, worauf sie hinauswollte, doch er schwieg. Tia erklärte solche Dinge gern, und er ließ ihr den Vortritt.

«Das ist eine Flusshöhle.» Tia ließ sich auf die Knie nieder und strich über die Furchen im Boden. «Hier war einmal ein unterirdischer Wasserlauf. Siehst du das hier? Das sind Fließtexturen.»

Jan beugte sich zu ihr hinab. «Und wo kam das Wasser her?»

«Gute Frage. Wahrscheinlich aus den höheren Lagen des Odenwaldes. Es könnte ein Gebirgsbach gewesen sein, der teils über, teils unter der Erde verlief. So etwas ist in Karstgebieten nicht selten.»

«Entschuldigung.» Jan grinste verlegen. «Ich bin zwar Bergsteiger, aber kein Geologe. Was ist das, Karst?»

«Kalkstein – oder, chemisch gesprochen, Kalziumkarbonat. Dieses Gestein ist organischen Ursprungs, das heißt, es wurde von Lebewesen gebildet.»

«Von *Lebewesen?*»

«Meerestieren, um genau zu sein. Vor etwa zweihundert Millionen Jahren war ein großer Teil Mitteleuropas von Wasser bedeckt. Darin lebten Muscheln und Schnecken mit Gehäusen aus Kalk. Wenn sie starben, sanken die Gehäuse auf den Meeresboden und lagerten sich dort ab. So entstanden mit der Zeit meterdicke Schichten, die heute den Kalkstein bilden. Im Odenwald besteht dieser Kalk hauptsächlich aus Muschelresten und wird deshalb Muschelkalk genannt.»

«Du meinst ...» Jan ließ den Blick über Boden und Wände schweifen. «Das alles hier waren einmal Muscheln?»

«Genau. Natürlich ist von den Gehäusen im Laufe der Jahrmillionen nichts übriggeblieben. Sie wurden zu Kalkschlamm aufgelöst und schließlich zu festem Gestein verdichtet. In solchen Böden findet man weltweit die meisten Höhlen.»

«Warum?»

«Weil Kalkstein sehr leicht durch Wasser aufgelöst wird»,

erklärte Tia geduldig. «Regenwasser, das im Boden versickert, enthält gelöstes Kohlendioxid, das mit Kalk reagiert. So kann das Wasser, wenn es in tiefere Bodenschichten vordringt, Hohlräume von erheblicher Größe auswaschen.» Sie richtete sich auf und tastete an der Decke, wo einige kleinere Tropfsteine wie stumpfe Finger hervortraten. «Und so entstehen auch diese Stalaktiten hier. Wenn Sickerwasser in einen bereits bestehenden Hohlraum herabtropft, wird ein Teil des gelösten Kalks wieder ausgefällt. Mit der Zeit sammeln sich diese winzigen Kalkreste und erstarren wieder; es bilden sich Beulen, Höcker und schließlich meterlange Tropfsteine.»

«Verstehe.» Jan schien beeindruckt.

Leon beobachtete den Polizisten mit einer gewissen Skepsis. Als Hobby-Bergsteiger hätte er eigentlich zumindest über die Grundzüge der Gesteinskunde im Bilde sein müssen. Entweder war er wirklich bemerkenswert unwissend, oder er tat zumindest so, um sich Tia als aufmerksamer Zuhörer zu präsentieren.

Letzteres hielt Leon durchaus für möglich. Er hatte längst gemerkt, dass der Polizist ein gewisses Interesse an Tia zeigte, und zwar ein weit größeres als an Höhlen oder Gesteinsarten. Dass man mit ihr nicht smalltalken konnte, hatte Jan offenbar rasch begriffen und daher beschlossen, sie auf wissenschaftliche Themen anzusprechen. Offenbar wollte er sich bei ihr einschmeicheln – und der Blick, mit dem er sie ständig anstarrte, gefiel Leon überhaupt nicht.

Missmutig hob er seine Lampe und bemerkte, dass der Gang sich in einigen Metern Entfernung gabelte.

«Da vorne ist eine Abzweigung», sagte er in dem Bedürfnis, die Lehrstunde zu beenden. «Welchen Weg nehmen wir?»

Tia tastete sich zu der Kreuzung und befühlte die Wände. Sie trat erst vor den rechten Durchgang, dann vor den linken, sandte ein paar ihrer Zungenlaute in die Dunkelheit und verharrte mit konzentriert gerunzelten Brauen.

«Der rechte Gang ist eine Sackgasse», sagte sie schließlich. «Er scheint ziemlich lang zu sein, zeigt aber keinerlei Konvektion.»

«Konvektion?», fragte Jan.

«Luftbewegung. Die Luft da drinnen steht; es findet also kein Austausch mit irgendeinem größeren Raum statt. Andernfalls würden Druck- und Temperaturunterschied für eine wahrnehmbare Strömung sorgen. Auf der linken Seite dagegen ist der Luftzug ziemlich deutlich. Da kommt mir einiges an Wirbeln entgegen.»

«So etwas kannst du spüren?», staunte Jan. «Ist ja irre.»

Diesmal mochte sein Erstaunen echt sein; dennoch verdrehte Leon heimlich die Augen. Tias Fähigkeiten waren zweifellos faszinierend, und gewöhnlich empfand er eher Stolz als Ärger, wenn man sie bestaunte. Jans Begeisterung allerdings erschien ihm übertrieben, denn er ahnte, dass sie sich nicht allein auf Tias legendären Orientierungssinn bezog. Womöglich fragte sich der Kerl, wie eine derart empfindliche Haut, die feinste Luftwirbel spüren konnte, auf Berührungsreize anderer Art reagieren würde.

«Also nach links?», fragte Leon mit einer gewissen Ungeduld.

Tia nickte.

Sie drangen in den Gang ein, der enger und steiler war als der vorige. Noch konnte man gebückt gehen; allerdings wurde es zunehmend nötig, sich an den Wänden abzustützen, um auf dem glattgewaschenen Boden nicht ins Rutschen zu kommen. An einigen Stellen mussten sie sich auf alle viere niederlassen, um Stufen und Spalten zu überklettern. Tia warnte jedes Mal im Voraus vor solchen Hindernissen, die sie bereits auf einige Entfernung erkannte. Nach etwa einer halben Stunde knickte der Gang nach links, verlief weniger steil und öffnete sich schließlich zu einem blasenförmigen Raum. Er war nicht sehr groß, vielleicht zwanzig Quadratmeter, und schien auf den ersten Blick allseitig geschlossen.

«Vorsicht!», warnte Tia, als sie eintraten. «Da ist eine Verwerfung im Boden, gleich links!»

Leon erkannte eine trichterförmige Grube, nahezu drei Meter tief, fast unmittelbar vor seinen Füßen. Jan trat an seine Seite und leuchtete quer durch den Raum.

«Tja ...» Er wandte sich an Tia. «Auch der beste Navigator kann sich einmal täuschen.»

«Inwiefern?», fragte sie.

«Na ja – Endstation, oder? Hier geht's nicht weiter.»

«Doch, ganz sicher.» Tia verharrte einen Moment mitten im Raum. Dann wandte sie sich nach rechts, ging in die Knie und tastete an der Unterseite eines Felsvorsprungs. «Der Luftstrom kommt von hier! Da muss irgendwo eine Öffnung sein.»

Leon hockte sich neben sie und leuchtete in die Nische. Tatsächlich: Wie immer war auf Tias Spürsinn Verlass. Der Felsspalt schien eben groß genug, um hindurchkriechen zu können.

Jan Möller pfiff durch die Zähne. «Okay, ich nehme alles zurück. Du bist genial.»

Halt bloß die Klappe!, dachte Leon.

«Passen wir da durch?», fragte er so sachlich wie möglich.

«Werden wir gleich sehen.» Ohne zu zögern kroch Tia in die dunkle Öffnung. Es dauerte nur wenige Augenblicke, bis sie von der anderen Seite herüberrief: «Alles klar! Keine zwei Meter.»

«Na dann.» Leon leuchtete Jan ins Gesicht. «Du bist der nächste! Ich mache den Schluss.»

Es bereitete ihm ein gewisses Vergnügen zu sehen, wie der Polizist sich abmühte. Zweifellos war er es nicht gewohnt, sich durch enge Spalten zu zwängen, und er schnaufte hörbar, als er sich auf den Ellbogen vorwärtszog. Leon selbst nahm die Kriechpartie als Letzter auf sich, wobei er sich demonstrativ bemühte, seinen Atem zu beherrschen und keine Spur von Nervosität zu zeigen.

Innerlich schämte er sich ein wenig für seine Eifersucht. Diese Höhlentour war kein Wettkampf, und er musste niemandem etwas beweisen. Doch Jans durchsichtige Flirtversuche hatten ihm die

Laune verdorben, und er fühlte sich missachtet. Was bildete dieser Kerl sich eigentlich ein? Und wofür hielt er ihn? Etwa für Tias Assistenten? Konnte er sich nicht denken, dass eine besondere Beziehung zwischen ihnen bestand?

Wahrscheinlich nicht, erkannte Leon resigniert. Aus ihrem Verhalten war nicht zu erschließen, dass sie sich im Hotel ein Doppelbett teilten. In seine Eifersucht mischte sie nun noch ein anderes Gefühl: Ärger über Tia. Sie tat ihm nicht einmal den Gefallen, Möllers Annäherungsversuche zurückzuweisen, was Leon zumindest als symbolisches Zeichen ihrer Loyalität empfunden hätte. Wahrscheinlich merkte sie nicht einmal, wie dieser Kerl sie anbaggerte. Sie mochte genial sein, wenn es darum ging, die Form und Größe eines unsichtbaren Raums zu erkennen, und ihr IQ lag, soweit Leon wusste, irgendwo um 145 – wenn es jedoch um menschliche Gefühle ging, war sie oft ein wenig naiv.

Als Leon den Tunnel durchquert hatte und sich aufrichtete, vergaß er seinen Ärger. Was er sah, wischte alle Gedanken vorläufig fort. Sie befanden sich am Rand einer Halle, in deren Mitte sich ein Abgrund öffnete. Und sie waren nicht allein: Zwei Menschen standen ihnen gegenüber, ein Mann und eine Frau, und blinzelten erschrocken ins Licht ihrer Lampen. Am Boden vor ihnen lag ein geöffneter Rucksack, und ein Kletterseil war um die Basis eines baumdicken Stalagmiten geschlungen.

«Sieh mal an!» Jan straffte sich sichtlich. Bisher hatte er nicht viel von einem Polizisten an sich gehabt, zumal er keine Uniform trug. Nun aber schien er sich auf seine Amtswürde zu besinnen. «Da haben wir ja die ungebetenen Besucher. Was tun Sie hier?»

Die beiden Fremden wechselten einen Blick. Leon schätzte sie auf Mitte zwanzig. Die Frau war eine üppig gebaute Blondine, die ihre Formen unter einer dunkelblauen Regenjacke verbarg. Ihr halblanges Haar, von der feuchten Luft aufgekräuselt, umrahmte ein rundes, beinahe kindliches Gesicht, dem nur der misstrauische Blick einen erwachsenen Zug verlieh. Der Mann war ein untersetzter, dunkler Typ mit braunen Augen und Dreitagebart. Er musterte Jan einen Augenblick, dann trat er ihm entgegen und hob trotzig das Kinn.

«Das könnten wir Sie auch fragen!», sagte er herausfordernd.

Jan verzog keine Miene, griff in die Hosentasche und hielt ihm seinen Dienstausweis entgegen. «Polizei.»

Der Dunkelhaarige erstarrte, versuchte jedoch gleichfalls ein Pokerface zu wahren.

Tia atmete konzentriert durch die Nase, um Aufschluss über die Besucher zu gewinnen.

«Leon, was sind das für Leute?»

«Keine Ahnung», raunte er zurück. «Ein Mann und eine Frau. Keine Steigerstiefel, keine Helme, kein professionelles Equipment.»

«Hat die Dame keine Augen im Kopf?», fragte der Dunkelhaarige abschätzig.

«Augen schon, aber keine intakten Sehnerven mehr», erwiderte Tia. «Ich bin blind.»

Der Mann zog überrascht die Augenbrauen hoch. «Ziemlich gefährlicher Ort für einen Menschen, der nichts sehen kann, oder?»

«Noch sehr viel gefährlicher für jemanden, der keine Erfahrung im Höhlensteigen hat», gab Tia kühl zurück. «Warum bringen Sie sich und Ihre Begleiterin in Gefahr?»

«Wir wollten uns nur mal umsehen», gab der Mann zurück.

«Ach ja?» Jan lächelte müde. «Sie sind einfach vorbeigekommen, den Abhang hochgeklettert und haben die Sperrbänder vor dem Eingang zerrissen?»

«Die waren schon zerrissen, als wir kamen.»

«Ja, natürlich. Und das drei Meter lange Brett hatten Sie auch nur zufällig dabei, nicht wahr?»

Der Dunkelhaarige schwieg verlegen.

«Wir müssen sie hinausbringen», sagte Tia in Jans Richtung. «Sofort! Am besten geben wir ihnen unsere Helme, zur Sicherheit.»

Jan nickte, nahm seinen Helm ab und hielt ihn der jungen Frau hin, die ihn zögernd entgegennahm. «Haben Sie verstanden? Sie werden uns jetzt nach draußen folgen. Und dann hätte ich gerne Ihre Personalien, denn wir werden uns noch unterhalten müssen.»

«Warum?», schoss der Dunkelhaarige zurück, statt seinerseits den Helm anzunehmen, den Leon ihm hinhielt. «Wir haben nichts getan!»

«Diese Höhle ist polizeilich gesperrt», konterte Jan.

«Und was ist mit diesen Leuten da? Warum dürfen die hier sein?»

«Sie sind im Auftrag der Stadtverwaltung hier, um diese Höhle zu erforschen. Kommen Sie jetzt, machen Sie keine Schwierigkeiten!»

«Am besten gehen wir schon mal voraus», sagte Leon und wandte sich wieder dem Tunnel zum Nebenraum zu.

Philipp

Philipp blieb stocksteif stehen, während der Mann und die Frau wieder in der dunklen Öffnung verschwanden. In seinem Kopf arbeitete es fieberhaft. Er musste sich eine Strategie zurechtlegen, und zwar möglichst schnell. Wenn der Polizist seinen Nachnamen erfuhr, würde er augenblicklich eine Verbindung zu Lukas herstellen, der in Heidelberg im Krankenhaus lag. Es würde herauskommen, dass sie schon zum zweiten Mal in die Höhle eingedrungen waren, und der Bulle würde den Grund dafür wissen wollen. Hoffentlich gelang es ihm nicht, Kim einzuschüchtern. Sie war ohnehin mit den Nerven fertig, und Philipp wusste, dass sie ein schlechtes Gewissen wegen der eingeschlagenen Autoscheibe hatte.

«So, dann kommen Sie mal!» Der Polizist winkte Kim heran. «Hier durch, wenn ich bitten darf! Ich gehe als Letzter.»

Unsicher wechselte Kim einen Blick mit Philipp. Philipp nickte ihr zu. Er wusste nicht, was er sonst tun sollte.

Plötzlich streifte ihn ein neuer, alarmierender Gedanke: Was, wenn der Mann gar kein Polizist war? Einen falschen Ausweis konnte man sich sicher ohne allzu große Schwierigkeiten beschaffen. Und war es nicht unglaubwürdig, dass die Stadtverwaltung so schnell Leute geschickt hatte, die sich diese Höhle ansehen sollten?

Forscher sind das jedenfalls nicht, sagte sich Philipp mit plötzlicher Sicherheit. *Die Frau ist blind. Man klettert doch nicht in Höhlen herum, wenn man nichts sehen kann!*

Hieß es nicht, dass manche blinde Menschen außergewöhnliche Fähigkeiten besaßen? Eine Art sechsten Sinn? Womöglich war die Frau ein Medium, eine Hellseherin – und Philipp konnte sich nur einen einzigen Grund vorstellen, warum sie die Männer begleitete: Diese Kerle suchten nach dem Schatz, und die Frau sollte ihn für sie aufspüren.

Verdammt ... die wollen uns aus dem Weg haben!

Nervös sah er zu, wie Kim in den Felsspalt kroch. Der Mann, der sich für einen Polizisten ausgab, kniete neben der Öffnung und versuchte ihr zu helfen. Er war bewaffnet: An seinem Gürtel war deutlich ein Pistolenholster zu erkennen.

Doch auch Philipp hatte vorgesorgt. Schon vorige Woche, bei der Planung der Aktion, hatte er sich auf dem Schwarzmarkt in Frankfurt eine Waffe besorgt. Es war gar nicht schwer gewesen. Fünfhundert Euro hatte der altmodische Trommelrevolver gekostet. Philipp hatte seine letzten Reserven zusammenkratzen müssen, sich jedoch mit der Aussicht beruhigt, dass Geld bald sein geringstes Problem sein würde.

Sein Blick fiel auf den geöffneten Rucksack. Er konnte die Waffe sehen. Ihr polierter Griff ragte zwischen den Leuchtfackeln hervor, die er eingepackt hatte.

«Nur die Ruhe!», sagte der falsche Polizist, während Kim sich keuchend voranmühte. «Sie haben es hereingeschafft, also schaffen Sie es auch wieder hinaus.»

Philipp bückte sich, die Hand nach dem Revolver ausgestreckt. Seine Finger schlossen sich – nicht um den Griff, sondern um den Lauf, der sich kalt und glatt anfühlte. Keine Sekunde ließ er den Mann aus den Augen, der ihm den Rücken zuwandte.

Langsam ging Philipp auf ihn zu. Der Kerl kniete noch immer. Seinen Helm hatte er Kim gegeben; Philipp konnte auf seinen nackten Hinterkopf herabsehen. Gleich würde er sich umdrehen und auch ihn auffordern, durch den Felsspalt zu kriechen – dann würde es zu spät sein.

Philipp hob den Revolver wie eine Keule in die Höhe, verharrte kurz, zielte. Sein ganzer Körper spannte sich. Er wusste, wie einfach solche Dinge in Filmen aussahen – und ahnte, wie schwer sie in der Realität sein mochten. Wahrscheinlich war es gar nicht so leicht, einen Menschen k. o. zu schlagen. Man musste die richtige Stelle treffen, und man brauchte Kraft.

Los jetzt!, befahl er sich selbst.

Er schlug zu. Der kolbenförmige Griff sauste auf den Hinterkopf des Mannes nieder und traf mit einem dumpfen Geräusch, das Philipp Übelkeit verursachte. Er wusste nicht recht, was er mehr fürchtete: Dass der Mann herumfahren und ihn packen würde – oder dass es Blut gab, viel Blut, womöglich gar das Geräusch eines brechenden Schädels. Doch nichts von beidem geschah. Der Mann zuckte kurz, erstarrte – und sank dann ganz langsam zur Seite. Sein Kopf schlug auf den Steinboden, und aus dem halb geöffneten Mund rann ein Speichelfaden.

Philipp überzeugte sich, dass er atmete, aber nicht mehr reagierte. Dann packte er Kim, die bereits bis zur Hüfte in dem Felsspalt verschwunden war, und zog sie zurück. Erschrocken starrte sie ihm ins Gesicht, dann – entsetzt – auf den Mann am Boden.

«Phil ... oh Gott, was ...»

«Behalt jetzt bloß die Nerven, Maus!», zischte er, öffnete das Gürtelholster des Bewusstlosen und zog dessen Pistole hervor. Es war, wie er erstaunt feststellte, eine Heckler & Koch – genau, wie die Polizei sie benutzte.

«He da drüben!», rief er durch die Öffnung am Fuß der Wand. «Bleibt, wo ihr seid! Versucht nicht zurückzukommen! Wir sind bewaffnet!»

Es dauerte einen Moment, bis eine Antwort herüberdrang – die Stimme des anderen Mannes, der bei der blinden Frau gestanden hatte.

«Was haben Sie getan? Was ist mit Herrn Möller?»

«Er ruht sich nur ein bisschen aus», gab Philipp zurück. Eigenartig, wie schnell einem solche Sätze über die Lippen kamen, die man schon in irgendwelchen Krimis gehört hatte – als wäre man selber plötzlich in einen Film geraten. «Und wenn ihr nicht wollt, dass es euch genauso ergeht, dann verschwindet am besten!»

Keine Antwort. Philipp lauschte einige Zeit, hörte jedoch nur unverständliches Getuschel.

«Hier!» Er drückte Kim den Revolver in die Hand, während er die Polizeipistole in seinen Gürtel steckte. «Pass auf das Loch auf! Lass niemanden durch.»

Kim sah ihn verstört an. Sie war sehr bleich, und ihre Lippen bebten. «Phil ... Was hast du vor?»

Philipp antwortete nicht. Er wusste selbst noch nicht genau, was er als Nächstes tun sollte. Es war wohl kaum möglich, den Schatz zu heben, während sie in diesem Raum belagert wurden. Vor allem scheute er sich, in den Abgrund hinabzuklettern und Kim alleinzulassen. Ihre Widerstandskraft war begrenzt, das wusste er. Womöglich würde sie schwach werden und aufgeben, wenn die Typen auf der anderen Seite der Wand ihr zuredeten.

Unentschlossen ging er auf die Schachtöffnung zu und richtete seine Lampe hinab. *Wenn ich nur wüsste, wie tief das ist …*

Die Leuchtfackeln fielen ihm ein. Ein halbes Dutzend hatte er gekauft, ohne zu wissen, ob er sie brauchen würde – nun war es an der Zeit. Er zog eine von ihnen aus dem Rucksack, hielt sie in der linken Hand und betätigte mit der rechten den Reißzünder. Eine grelle Flamme schoss hervor und tauchte den Raum in ein flackerndes, rötliches Licht. Als er die Fackel über den Abgrund hielt, bemerkte Philipp etwas Seltsames: Über der roten Flamme leuchtete eine zweite in hellem Blau, wie eine geisterhafte Korona.

Das blaue Licht …

Es war wieder da. Zuletzt hatte er es draußen im Freien gesehen, als undeutlich wabernde Aura über dem Höhleneingang. Seitdem war es verschwunden gewesen. Nun aber leuchtete es wieder, wand sich in der Luft wie ein Gespenst mit durchsichtigen Gliedmaßen. Es war viel größer als die Flamme der Magnesiumfackel und deutlicher als je zuvor.

Das ist ein Zeichen, dachte Philipp. *Der Schatz ist dort unten … ganz bestimmt!*

Er ließ die Fackel los.

Sie fiel wie ein leuchtender Komet, warf bizarre Reflexe über die zerklüfteten Felswände, wurde kleiner und kleiner, schrumpfte zu einem sterbenden Stern in der Tiefe. Philipp wartete darauf, dass sie auftraf und dass ein anderes Licht in der Dunkelheit aufglühen würde: ein Schimmer von Gold.

Doch stattdessen bebte plötzlich die Erde. Ein ohrenbetäubender Knall traf Philipp wie ein Keulenschlag. Die Druckwelle ließ seine Ohren von einer Sekunde zur nächsten taub werden und schleuderte ihn mehrere Meter rückwärts. Im selben Moment schoss eine Stichflamme aus dem Schacht herauf, gefolgt von einer Feuersbrunst wie aus der tiefsten Hölle. Die Decke stürzte ein, Felsbrocken flogen durch die Luft, und geborstene Tropfsteine kamen herabgeregnet wie steinerne Speere. Eine Sekunde noch sah Philipp gleißendes, blaues Feuer – dann verflüchtigte sich sein Bewusstsein so plötzlich wie eine ausgeblasene Kerzenflamme.

Carolin

Ungeduldig sah Carolin auf die Uhr: Viertel nach zwölf. Nicht, dass sie Dahms eine kleine Verspätung übelgenommen hätte; schließlich hatte sie ihm die Verabredung zum Essen mehr oder weniger aufgedrängt. Sie brannte nur darauf, ihn mit ihren Neuigkeiten zu konfrontieren.

Als er endlich im Eingang der Lobby auftauchte, glaubte Carolin den Grund für die Verzögerung erraten zu können. Nach seinem Termin beim Bürgermeister hatte er offenbar einige Zeit investiert, um sich frisch zu machen: Er trug ein anderes Hemd, ein eher sportliches Sakko, und schon auf drei Meter Entfernung konnte man einen Hauch von Rasierwasser riechen. Das hellblaue Hemd brachte seine ebenfalls blauen Augen gut zur Geltung.

Eigentlich ein ziemlich attraktiver Mann für sein Alter, dachte Carolin, als er mit einer leichten Röte im Gesicht auf ihren Tisch zukam.

«Hallo! Bitte entschuldigen Sie die Verspätung.»

«Ach, ich habe mich nicht gelangweilt», erwiderte Carolin lächelnd und klappte ihren Laptop zu. «Im Gegenteil: Ich habe interessante Neuigkeiten für Sie.»

«Tatsächlich?»

«Alles zu seiner Zeit!», versprach Carolin mit geheimnisvollem Lächeln. «Gehen wir ins Restaurant?»

«Wenn es Ihnen nichts ausmacht, dass ich nur eine Kleinigkeit esse?»

«Wenn es *Ihnen* nichts ausmacht, dass es bei mir etwas mehr wird? Ich habe wirklich Hunger – und ich gehöre nicht zu den Frauen, die zusätzlich zur Speisekarte eine Kalorientabelle verlangen.»

Dahms lachte herzlich. «Das haben Sie wohl auch kaum nötig.»

Lächelnd registrierte Carolin das Kompliment und stand auf.

Dahms hatte ihr nicht zu viel versprochen: Das Hotelrestaurant erwies sich als hervorragend. Die Gaststube, ein Traum von rustikaler Gemütlichkeit mit rußgeschwärzten Fachwerkbalken und brennenden Kerzen auf roten Tischdecken, war beinahe bis auf den letzten Platz belegt. Praktischerweise fand sich noch ein Tisch für zwei Personen in einer angenehm abgeschiedenen Ecke. Dahms begnügte sich, allen Vorhaltungen Carolins zum Trotz, mit einem Nudelsalat. Sie selbst war weniger zurückhaltend und gönnte sich eine lokale Spezialität, Kalbsragout mit Morcheln und Wirsing, dazu ein weiteres Gläschen Wein. Es schmeckte hervorragend. Beinahe mitleidig sah sie zu, wie Dahms sein Mineralwasser trank.

Armer Kerl, dachte sie. Nach dem Wenigen, was er über seinen Tagesablauf verraten hatte, konnte sie sich sein Privatleben unschwer ausmalen: Wahrscheinlich lebte er in irgendeiner ungemütlichen Junggesellenwohnung und verbrachte seine knappe Freizeit allein. Unwillkürlich fragte sich Carolin, ob er je mit einer Frau am selben Tisch gegessen hatte.

«Sie essen zu wenig!», tadelte sie scherzhaft. «Wie wär's wenigstens mit einem schönen Nachtisch? Auf der Speisekarte habe ich eine Menge verlockender Sachen gesehen.»

«Ach nein», wehrte Dahms bescheiden ab. «Ich bin das gar nicht gewohnt ... Oft vergesse ich zu essen und muss mich abends erst daran erinnern.»

«Ist Ihre Arbeit denn so stressig?»

«Eigentlich nicht. Wenn ich wollte, könnte ich eine Menge Zeit haben. Meine Tätigkeiten in der Verwaltung sind Ehrenämter.»

«Daraus schließe ich, dass Sie noch eine andere Arbeit haben? Für den Lebensunterhalt?»

«Ehrlich gesagt: Nein, nicht mehr.» Dahms wirkte verlegen. «Früher war ich Anwalt. Aber eine Erbschaft hat es mir erlaubt, mich zur Ruhe zu setzen und mich ganz meinen Leidenschaften zu widmen ... dem Studium der Geschichte und der Kommunalverwaltung.»

«Das ist doch keine Schande», fand Carolin.

«Na ja ...» Er lachte unsicher. «Manche Menschen, die hart für ihren Lebensunterhalt arbeiten, würden mich wahrscheinlich als reichen Müßiggänger betrachten. Ich habe nur eine Entschuldigung: Nämlich, dass ich versuche, mich in jeder Weise für das Gemeinwohl zu engagieren. Ich bin Stadtrat, Mitglied der Ausschüsse für Landschafts- und Umweltschutz, und ich kümmere mich noch um viele andere Ressorts, vom Straßenbau bis zur Denkmalpflege. Nebenbei bin ich in verschiedenen gemeinnützigen Vereinen.»

«Und was machen Sie dort?»

«Da geht es hauptsächlich um den Tourismus. Die Stadt ist von dieser Einnahmequelle abhängig; deshalb ist die Erschließung von Sehenswürdigkeiten eine wichtige Strategie. Zum Beispiel forschen wir über Schauplätze der Nibelungensage. Das sagt Ihnen doch etwas, oder?»

«Offen gestanden nicht viel», gab Carolin zu. «Ist das nicht ein berühmtes Epos aus dem Mittelalter?»

«So ist es. Irgendwo hier im Odenwald soll die berühmte Quelle liegen, an der Siegfried, der Drachentöter, ermordet wurde. Natürlich sind die meisten Kollegen im Verein keine Historiker. Sie interessieren sich hauptsächlich für den wirtschaftlichen Aspekt der Sache. Es macht die Region als Urlaubsziel attraktiver, wenn sie das Flair einer Landschaft hat, in der sich einst sagenhafte Helden und Fabelwesen tummelten. Das bedeutet Arbeitsplätze in der Gastronomie, Chancen für kleine Selbständige, die private Pensionen aufmachen – und natürlich spült es Geld in die öffentlichen Kassen und entlastet den Etat für kommunale Einrichtungen.» Dahms zuckte die Achseln. «Tja ... mit solchen profanen Dingen verbringe ich meine Zeit.»

Carolin nickte – und fand es eigentlich unnötig, dass dieser Mann sich so wortreich für seinen Lebensstil rechtfertigte. Andere, die das Schicksal wohlhabend gemacht hatte, vergnügten sich auf Yachten im Mittelmeer.

«Ich finde es gut, was Sie tun», sagte sie ehrlich. «Und ich bin sicher, dass viele Menschen es Ihnen danken.»

Dahms warf ihr einen unsicheren Blick zu: beklommen, fast schüchtern, ganz unpassend zum Glanz seiner stahlblauen Augen.

Warum ist er eigentlich so schüchtern?, fragte sich Carolin. *Liegt es an mir?*

Es schien ihm wichtig zu sein, was sie über ihn dachte – und dieser Gedanke war ihr, wie sie erstaunt feststellte, nicht unangenehm.

«Ich möchte Ihnen etwas zeigen!», wechselte sie spontan das Thema und zog ihren Laptop hervor. «In den vergangenen Stunden habe ich etwas sehr Spannendes herausgefunden.»

Sie startete den Browser und rief die Adresse des Forums auf, die sie gespeichert hatte. Dann schob sie den Laptop zu Dahms hinüber.

«Sehen Sie sich das einmal an!»

Dahms zückte umständlich eine Lesebrille und starrte auf den Bildschirm. Carolin beobachtete gespannt sein Gesicht, während er las. Zuerst drückte es Verwirrung aus, dann Erstaunen, schließlich puren Unglauben.

«Das sind doch Spinner», sagte er schließlich kopfschüttelnd.

«Mag sein», gab Carolin zu, «aber jedenfalls Spinner, die es ziemlich ernst meinen! Sehen Sie sich den letzten Eintrag an: Das klingt ja, als wäre derjenige schon drauf und dran gewesen, hierherzureisen und den Spaten anzusetzen.»

«Und Sie meinen, das könnte etwas mit der Aufregung um diese Höhle zu tun haben?»

«Das ist doch offensichtlich!», fand Carolin. «Irgendjemand, der hier in Lochberg wohnt, hat in den Bergen ein blaues Licht gesehen. Er schreibt darüber in einem Forum für Laienforscher, die ihre Freizeit damit verbringen, verborgene Schätze zu suchen. Und schon haben wir ein Gerücht über einen Schatz in der Umgebung von Lochberg, verbreitet über das Internet!»

Dahms blickte immer noch skeptisch drein, doch er schien Carolins Idee in Erwägung zu ziehen.

«Ich gebe zu ... da könnte es vielleicht einen Zusammenhang geben.»

«Ganz sicher gibt es den!», beharrte Carolin. «Schauen Sie: Nur wenige Tage nach dem letzten Foreneintrag wird ein Mann gefunden, der sich beim Betreten einer unbekannten Höhle verletzt hat. Er will nicht preisgeben, was er dort gesucht hat – und die Leute, die ihn begleitet haben, sind verschwunden, bevor der Rettungshubschrauber eintrifft. Ich gehe jede Wette ein, dass das Schatzsucher waren!»

Dahms schüttelte den Kopf. «Das ist doch verrückt. Natürlich habe ich auch schon von Schatzlichtern gehört; diese Sage ist in Mitteldeutschland ziemlich verbreitet – aber das ist purer Aberglaube.»

«Zweifellos. Aber es gibt genug abergläubische Menschen, die nun offenbar glauben, dass irgendwo in der Nähe von Lochberg ein Schatz versteckt ist. Wahrscheinlich haben sie herumgefragt, wo dieses Licht angeblich gesehen wurde, haben sich die Gegend angeschaut, sind herumgezogen – und am Ende auf den Höhleneingang gestoßen. Da haben sie sich gesagt: Das könnte das Versteck sein! Womöglich sind es sogar mehrere Gruppen.»

«Wie kommen Sie darauf?»

«Sie sagten selbst, dass der Junge, der ins Krankenhaus eingeliefert wurde, von mindestens zwei anderen begleitet wurde. Sie ergriffen die Flucht, bevor die Rettungskräfte eintrafen. Aber wenn es ihnen so wichtig war, nicht gesehen zu werden, wären sie wohl kaum am nächsten Morgen wiedergekommen und hätten sich mit dem Polizisten angelegt, der die Höhle bewachte. Also dürften die beiden sächsischen Touristen, von denen in der Zeitung die Rede war, zu einer anderen Gruppe gehören. Einer von ihnen ist mit Sicherheit derjenige, der sich im Forum ‹Henricus› nennt: Schauen Sie, er schreibt selbst, dass er aus Chemnitz kommt.»

Dahms seufzte, nahm seine Brille ab und massierte sich die Nasenwurzel. «Am liebsten würde ich sagen, Sie phantasieren sich da etwas zusammen ...»

«Aber ...?»

«Um die Wahrheit zu sagen: Die örtliche Feuerwehr hatte letzten Sonntag einen besorgten Anruf von einer älteren Dame. Sie sagte, sie könnte in der Gegend des alten Steinbruchs ein bläuliches Licht sehen, ähnlich einer Flamme.»

«Ach!»

«Ich weiß selbst nur davon, weil der Bürgermeister es erwähnt hat. Die Feuerwehr wurde losgeschickt, hat aber nichts gefunden.»

«In der Gegend des alten Steinbruchs, ja?», hakte Carolin nach. «Erinnere ich mich richtig, dass dort auch der Höhleneingang liegt?»

«Ja, schon – aber Herr Möller und ein weiterer Kollege haben die Höhle doch umschichtig bewacht. Von einem blauen Licht hat keiner der beiden etwas gesagt.»

«Was immer es ist. Es scheint nicht ständig zu leuchten.» Carolin wies auf einen der Posts im Forum. «Hier steht, dass es nur selten und für wenige Minuten erscheint.»

«Und Sie glauben, dass jetzt ganze Horden von Schatzsuchern auf der Lauer liegen, um bei der ersten Gelegenheit in diese Höhle einzudringen?»

«Falls sie nicht schon drin sind», mutmaßte Carolin. «Heute Morgen waren die Absperrungen vor dem Eingang zerrissen, erinnern Sie sich? Herr Möller sagte, es wäre möglich, dass irgendwelche Leute im Verlauf der Nacht eingedrungen sind. Einen Verletzten gab es schon ... Hoffentlich kann Tia verhindern, dass es zu weiteren Unfällen kommt.»

Dahms blickte in die Flamme der Kerze, die zwischen ihnen auf dem Tisch stand. Es war ihm anzusehen, dass er sich Sorgen machte.

«Vielleicht sollte ich der Polizei mitteilen, was Sie herausgefunden haben», überlegte er. «Und dem Bürgermeister.»

«Das wäre wohl eine gute Idee», stimmte Carolin zu.

«Tja ... dann sollte ich wohl aufbrechen und alles Nötige veranlassen.»

«Vergessen Sie nicht, dass Sie mir noch ein wenig die Stadt zeigen wollten!», erinnerte ihn Carolin. «Natürlich nur, wenn Sie nachher noch Zeit dafür haben.»

«Oh ... richtig.»

Dahms errötete ein wenig. Offenbar fühlte er sich keineswegs an eine lästige Pflicht erinnert.

«Ich werde mich auch bemühen, Ihnen nicht auf die Nerven zu fallen», versprach Carolin.

«Gut, dann ... werde ich nur schnell in der Lobby telefonieren», sagte Dahms und meisterte seine Verlegenheit, indem er der Bedienung winkte und seine Brieftasche hervorzog.

Unter gewöhnlichen Umständen hätte Carolin protestiert, denn sie mochte es nicht, eingeladen zu werden. Diesmal jedoch ließ sie es geschehen – und fragte sich, warum sie ihren Prinzipien untreu wurde.

Ich glaube, ich mag ihn, dachte sie, während er zerstreut nach einem Trinkgeld kramte. *Sogar sehr.*

Tia

Tias Kopf schwirrte. Der infernalische Knall hatte ihr empfindliches Gehör für Sekunden betäubt, und erst allmählich nahm sie wahr, was um sie herum vorging. Selbst, dass sie rücklings am Boden lag, wurde ihr erst nach einem Moment der Desorientierung bewusst. Eine furchtbare Kraft – körperlos, doch von der Gewalt eines Dampfhammers – hatte sie zu Boden geschleudert. Beklommen betastete sie ihre Gliedmaßen, hob eine Hand, dann die andere, winkelte die Knie an. Ihre linke Schulter schmerzte, ebenso ihr Hinterkopf, mit dem sie gegen den nackten Fels geprallt war. Doch soweit sie sich vergewissern konnte, schienen alle Knochen heil zu sein und alle Nervenbahnen intakt.

Was war geschehen? Sie hatte nichts gehört außer dem Knall, nichts gefühlt außer dem Schlag, der sie auf den Rücken geworfen hatte. *Eine Explosion*, folgerte Tia. Kein anderer Schluss blieb übrig. Sie selbst hatte Glück gehabt, doch das besagte wenig. Es konnte Verletzte gegeben haben ... vielleicht sogar Tote.

Der Gedanke ließ sie ihren schmerzenden Kopf vergessen. Rasch rollte sie sich auf die Seite, stützte eine Hand gegen die Wand und kam schwankend auf die Füße.

Leon ...

Wo hatte er zuletzt gestanden, als es geschehen war? Sie tastete, spürte lose Steine unter den Händen, schob kleine Felsbrocken beiseite, wühlte im Schutt. Ihr Herz klopfte heftig.

«Leon?»

Ein Husten ließ sie innehalten. Fast gleichzeitig fing sie den vertrauten Geruch auf: eine Mischung aus dem Kunststoff seiner Kleidung und dem vertrauten Aftershave. Sie bekam seine Schulter zu fassen. Er lag auf der Seite und stützte sich eben auf einem Ellbogen hoch.

«Alles in Ordnung?»

«Ich glaube ja», keuchte er zu ihrer Erleichterung. Seine Stimme war heiser, aber kräftig.

«Ich muss dich abtasten», kündigte Tia an. «Sag, wenn es irgendwo wehtut.»

Mit geübten Griffen versicherte sie sich, dass sein Körper unversehrt war: Kopf und Schultern, Brust, Becken, Beine.

Erneut hustete er. Auch Tia bemerkte, dass einiges an Staub in der Luft hing. Das deutete auf einen Einsturz von größerem Ausmaß hin, womöglich auf herausgebrochene Teile der Stollendecke. Reines Glück, dass sie nichts davon abbekommen hatten. Ein einziges Kalksteinfragment vom Format eines Fußballs konnte einem Menschen den Schädel zertrümmern.

«Was ist passiert?», fragte Leon und setzte sich auf. «Klang ja wie eine Explosion.»

«War es vermutlich auch.»

Tia wandte das Gesicht in die Richtung, wo der Tunnel zum Höhlenausgang liegen musste. Zwei-, dreimal schnalzte sie mit der Zunge, horchte konzentriert auf das Echo. Es bestätigte ihre schlimmste Befürchtung.

«Kannst du aufstehen? Dann leuchte mal hier rüber.»

Leon mühte sich auf die Beine und suchte einen Augenblick nach der Lampe, die an die gegenüberliegende Wand gerollt war. Als er schließlich neben sie trat und den Strahl geradeaus richtete, hörte sie, wie er scharf die Luft einzog.

Sie brauchte nicht zu fragen, was er sah. Das Echo hatte ihr bereits eine senkrechte Wand aus Geröll gezeigt, die sich in einigen Metern Entfernung bis zur Decke türmte. Der Gang war eingebrochen, offensichtlich an einer Schwachstelle, die der Erschütterung nicht standgehalten hatte. Sie konnten von Glück sagen, dass die Kammer, in der sie sich aufhielten, verschont geblieben war. Das lag wahrscheinlich an ihrer annähernd halbkugelförmigen Gestalt, denn die Decke bildete ein stabiles Rundgewölbe.

«Ob wir uns da durchgraben können?», fragte Leon.

Tia schüttelte den Kopf. «Wenn mich das Echo nicht täuscht, ist der Gang mindestens auf halber Länge verschüttet. Ich kriege denselben Widerhall wie bei soliden Wänden aus meterdickem Gestein.»

«Das heißt ...» Leon wandte ihr das Gesicht zu, sie hörte es an der Veränderung seiner Stimme. «... wir sind hier drinnen eingeschlossen?»

Tia straffte sich innerlich. «Darüber können wir uns später Gedanken machen. Zuerst müssen wir die anderen suchen!»

Sie wandte sich dem Durchgang in der Nische zu, der in den Nebenraum führte.

«Bring bitte das Gepäck mit! Da ist die Erste-Hilfe-Ausrüstung drin.»

Eine halbe Minute später standen beide am Rand der unterirdischen Halle, die sie schon einmal betreten hatten. Auch hier hing Staub in der Luft, und es roch schweflig, wie verbrannt. Tia verschaffte sich ein rasches Echobild. Nicht alle Details waren deutlich, doch schon bei der ersten Sondierung konnte sie erkennen, dass der Raum sich verändert hatte: Ein Teil der gegenüberliegenden Wand war gespalten; aus der Decke waren Gesteinsschollen herausgebrochen und in einem Hagel von Trümmern herabgeregnet. Ihr Puls jagte beim Gedanken daran, wie es den drei Menschen ergangen sein mochte, die zum Zeitpunkt der Explosion hier gewesen waren.

«Siehst du einen von ihnen?»

Leon ließ die Lampe kreisen. «Da drüben!»

Sie stiegen über Brocken herumliegenden Gerölls, und schließlich vernahm Tia den gepressten Atem eines Menschen.

«Hilfe ...»

Die junge Frau flüsterte; zum Schreien schien sie nicht mehr in der Lage. Leon kniete bereits an ihrer Seite. Tia stieß zu ihm und fand den am Boden liegenden Körper. Ein paar rasche Griffe erwiesen unversehrte Knochen und intakte Reflexe. Offenbar war die Frau mit dem Schrecken davongekommen – dieser allerdings hielt sie fest im Griff. Ihre Stimme klang, als wäre sie in einem Albtraum gefangen, ohne erwachen zu können.

«Hilfe ...»

«Wir sind ja da.» Tia legte ihr eine Hand auf die Wange. «Alles wird gut! Sie haben nur ein paar oberflächliche Schürfwunden.»

Allmählich wurde der Atem der Verletzten etwas ruhiger, und dann begannen ihre Wangen und Mundwinkel zu beben. Das war ein gutes Zeichen: Offenbar stand sie kurz davor, ihre Anspannung durch Tränen zu entladen.

«Der Mann liegt gleich da drüben», raunte Leon. «Ein paar Meter links von uns.»

Tia tastete sich hinüber.

«Kommen Sie nicht näher!», knarzte eine schwache Stimme, belegt vom Staub. «Ich habe eine Waffe!»

Der Mann lag nahe an der Wand, und ein Scharren verriet, dass er sich soeben mühsam auf die Seite wälzte. Tia fing einen unverwechselbaren Geruch ein: Blut, gemischt mit adrenalinhaltigem Schweiß.

«Seien Sie vernünftig! Wir wollen Ihnen nur helfen! Sind Sie verletzt?»

«Das geht Sie einen Dreck an!»

«Beruhigen Sie sich! Das ist besser für Sie, denn Ihre Stimme klingt, als hätten Sie eine Gehirnerschütterung. Ist Ihnen übel?»

Diesmal dauerte das Schweigen nur einen Moment. Dann kam eine Antwort, schwach, resigniert.

«Nein ... nur ... mein Arm ...»

«Legen Sie sich wieder hin! Und lassen Sie mich zu Ihnen kommen, damit ich Sie untersuchen kann.»

Tia wartete einen Moment. Dann vernahm sie das Scharren von grobem Jeansstoff auf Stein.

«Ist okay», sagte Leon hinter ihr. «Er hat die Waffe weggelegt.»

Tia kroch hinüber und bekam den Arm des Mannes zu fassen. Er zuckte leicht bei der Berührung, wehrte sich aber nicht.

«Nichts gebrochen», stellte Tia fest, die lediglich eine kleine blutende Fleischwunde ertasten konnte. «Sonst irgendwo Schmerzen?»

Der Mann schüttelte stumm den Kopf. Rasch prüfte Tia Arme und Beine, drückte leicht im Bereich des Brustbeins und der Rippen, der Leber und der Milz ... nirgends Abwehrspannung, die auf innere Verletzungen hingewiesen hätte. Es kam einem Wunder nahe: Beide, der Mann wie die Frau, hatten nur leichte Blessuren davongetragen. Wahrscheinlich waren sie durch die Druckwelle rückwärts und dadurch aus der Reichweite der niederprasselnden Gesteinsfragmente geschleudert worden.

«Alles in Ordnung», sagte Tia zu dem Verletzten, der noch immer krampfhaft atmete. «Sie haben eine blutende Wunde am Arm, aber sonst nichts Ernstes.»

«Ich kriege schlecht Luft ...»

«Das dürfte am Staub liegen. Am besten setzen Sie sich auf, das ist günstiger für die Atemmuskulatur.»

Tia schob einen Arm unter seinen Nacken. Mühsam kam er in die Höhe, zog die Knie an und schlang beide Arme darum. Währenddessen tastete Tia unauffällig mit der freien Hand am Boden. Sie fand, was sie suchte: den kühlen, glatten Kunststoffkörper einer kurzläufigen Pistole. Erst als sie die Waffe mit den Fingerspitzen heranzog, fuhr der junge Mann auf.

«Ganz ruhig!», mahnte Tia. «Es ist besser, wenn Sie nicht mit diesem Ding herumfuchteln – schon gar nicht, bevor Sie wieder einen klaren Kopf haben.»

Der Angesprochene seufzte und ließ die Schultern hängen. Offenbar schien er einzusehen, dass er die Kontrolle über die Situation unwiderruflich verloren hatte.

Tia steckte die Waffe in ihren Gürtel und wandte sich zu Leon um. «Kannst du Jan irgendwo sehen?»

«Leider nicht.»

«Ich suche ihn. Bleib du bei den anderen!»

Tia ging den Raum ab, wobei sie sich eng an der Wand hielt. Dabei lauschte sie auf jedes Geräusch, sog intensiv die Luft ein, suchte nach einem menschlichen Geruch. Sie passierte eben die Öffnung zum Durchstieg in den Nebenraum, als sie innehielt. Wenn sie ganz still stand, glaubte sie das schwache Geräusch eines Atems zu hören. So nahe bei der Stelle, wo sie den Raum betreten hatten – wie konnte ihr das entgangen sein?

Sie ließ sich auf die Knie nieder und suchte am Boden. Ihre Finger glitten über loses Geröll, zerbrochene Stalaktiten, Splitter aus zermahlenem Kalkstein. Ganz in der Nähe bewegte sich etwas. Tia wischte Staub und Steine beiseite, von denen zum Glück keiner größer war als eine Faust. Unter dieser Lawine aus Schutt fand sie Jan – und er lebte.

Hätte Tia an Gott geglaubt, wäre ihr in diesem Augenblick vielleicht ein Dankesgebet über die Lippen gekommen. Es war nahezu unglaublich: Eine Explosion hatte den Raum erschüttert, Gesteinsbrocken waren von der Decke gefallen – doch niemand war tödlich getroffen worden.

«Jan?» Tia ertastete ein Ohr, eine Schläfe, Haare. «Hörst du mich?»

Ein undeutliches Stöhnen war die Antwort.

Tia befreite seinen Körper, der mit angezogenen Beinen auf der Seite lag, vorsichtig vom Schutt. An einigen Stellen war die Kleidung des Polizisten aufgerissen, und es gab ein rundes Dutzend oberflächlicher Schürfwunden, doch kaum Blut. Nur am Hinterkopf konnte Tia eine Platzwunde erfühlen, umgeben von blutverklebtem Haar.

«Wie geht es ihm?», rief Leon zu ihr herüber.

«Könnte schlimmer sein!», gab Tia zurück. «Ich glaube, da war mehr als ein Schutzengel im Spiel.»

Jan öffnete die Augen und hustete.

«Wie schlimm ist es?», brachte er mühsam hervor und streckte eine Hand nach seinem Kopf aus.

«Keine Sorge!», tröstete Tia. «Nur eine Platzwunde.»

«Kann ich aufstehen?»

«Ich denke schon – aber vorsichtig! Dir wird schwindlig sein.»

Jan stützte sich hoch und würgte trocken.

«Schön langsam!», bremste Tia, eine Hand auf seinem Rücken. «Es kann sein, dass dir schlecht wird. In dem Fall: Sofort wieder hinlegen, verstanden?»

«Ja, Frau Doktor.» Unglaublicherweise brachte der Polizist ein schwaches Lächeln zustande. «Es geht schon ... war nur ein Anflug.»

Er zog die Beine an und setzte sich auf. Tia nutzte die Gelegenheit, seine Wirbelsäule vom Nacken bis hinab zum Gürtel abzutasten.

«Was ist passiert? Wo kommt das ganze Geröll her?»

«Ein Teil der Decke ist eingestürzt», sagte Tia. «Hast du nichts davon mitbekommen?»

Jan sah sich verwirrt um und schüttelte den Kopf. «Das Letzte, woran ich mich erinnern kann, ist, dass mich etwas von hinten am Kopf traf. Mann, brummt mir der Schädel ...» Er tastete nach der Wunde und zuckte zusammen, als er die Stelle berührte. «Dieser Irre muss mich niedergeschlagen haben ... Wo ist der Kerl?»

«Da drüben. Es geht ihm relativ gut, und seiner Begleiterin auch. Übrigens hatte er deine Pistole bei sich.» Tia zog die Waffe aus dem Gürtel und gab sie ihm. «Er muss sie an sich genommen haben, als du bewusstlos warst.»

«Den Kerl kauf ich mir ...»

Mühsam kam Jan auf die Beine, schwankte einen Moment und hielt sich eine Hand vor die Augen.

«Immer mit der Ruhe!», mahnte Tia und stützte ihn. «Kannst du gehen?»

Jan antwortete nicht. Immerhin ließ er zu, dass sie an seiner Seite ging, während sie sich den anderen näherten. Wenige Schritte vor dem jungen Mann, der immer noch am Boden kauerte, blieb er stehen.

«Das war eine ziemliche Dummheit», sagte er mit erstaunlich fester Stimme. «Einen Polizisten k. o. zu schlagen und seine Waffe zu stehlen, reicht für ein Jahr in der Vollzugsanstalt.»

«Sie sind doch überhaupt kein Polizist!», gab der junge Mann angewidert zurück. «Das können Sie mir nicht weismachen. Was tun Sie hier mit diesen Leuten?»

«Diese *Leute* sind Wissenschaftler aus Berlin», erklärte Jan. «Darf ich vorstellen: Das ist Tia Traveen, eine bekannte Höhlenexpertin.»

«Ach! Ich denke, sie ist blind?»

«Das bin ich auch», bestätigte Tia. «Aber bei meiner Arbeit kann ich diesen Mangel vernachlässigen. Unerforschte Höhlen pflegen nicht besonders gut beleuchtet zu sein.»

«Und ich bin Jan Möller, von der Schutzpolizei Lochberg», fuhr Jan fort. «Meinen Ausweis habe ich Ihnen ja schon gezeigt. Möchten Sie ihn vielleicht noch einmal sehen?»

Der junge Mann am Boden blieb stumm. Offenbar begann er zu begreifen, dass Jan die Wahrheit sagte.

«Und jetzt?», fragte er nach einer Pause kleinlaut. «Werden Sie uns verhaften oder so was?»

«Davon kann keine Rede sein», antwortete Tia. «Im Moment haben wir ganz andere Probleme. Wir sind hier drinnen nämlich eingeschlossen.»

«Was?» Jan wandte sich so plötzlich zu ihr um, dass Tia seinen Atem im Gesicht spürte.

«Der Gang ist eingestürzt», erklärte sie. «Auf dem Weg, der uns hierhergebracht hat, kommen wir nicht mehr hinaus.»

Einen Augenblick herrschte erschrockenes Schweigen.

«Eingestürzt?», flüsterte schließlich die junge Frau neben Leon. «Sie meinen ... wir sind verschüttet?»

«Das darf doch nicht wahr sein ...» Jan schwankte, und Tia bemerkte es eben rechtzeitig, um ihn aufzufangen, bevor er zu Boden sank.

«Schön langsam hinsetzen!»

Für einige Zeit sprach niemand mehr.

Tia tastete nach der Notfallausrüstung, öffnete den Kasten und zog Desinfektionsmittel, Wattebäusche und Verbandszeug hervor. Jan schonte sie vorläufig. Seine Wunde musste gereinigt werden, was längere Zeit in Anspruch nehmen würde. Die Armverletzung des jungen Mannes war dringlicher, denn sie blutete noch. Mürrisch ließ er zu, dass sie die Stelle abtupfte und einen Druckverband anlegte. Seine Begleiterin war inzwischen auf die Beine gekommen und kam, von Leon gestützt, zu ihnen herüber.

«Phil!», sagte sie erschrocken und ließ sich an seiner Seite nieder. «Du blutest ja ... geht's dir gut?»

«Sag meinen Namen nicht!», fuhr der Angeredete auf.

«Warum nicht?», fragte Leon, der sich neben Tia setzte. «Es sieht ganz so aus, als wären wir aufeinander angewiesen, also sollten wir uns zumindest vorstellen. Ich bin Leon.»

Phil, der vermutlich mit vollem Namen Philipp hieß, schwieg verbissen. Seine Freundin jedoch schien keinen Sinn mehr in dem Versteckspiel zu sehen.

«Kim», sagte sie schlicht.

«Na dann ... Kim, Phil ... verratet ihr uns, warum ihr hier seid?»

Beide schwiegen.

«Na gut», sagte Leon, «dann erklärt uns wenigstens, was eben passiert ist.»

«Erklären *Sie* uns doch, was es war!», gab Philipp zurück. «Ich denke, Sie sind Experten.»

«Da gibt es verschiedene Möglichkeiten», sagte Tia, die bereits darüber nachgedacht hatte. «Beschreibt mir, was ihr gesehen habt! Wir waren im Nebenraum und haben nur den Knall gehört, bevor die Druckwelle uns erreichte.»

«Es war wie eine Stichflamme», sagte Kim. «Sie schoss bis an die Decke.» Sie verstummte, und Tia glaubte zu erspüren, dass der jungen Frau ein Schauder über den Rücken lief. «War das ... ein Vulkan?»

Tia schüttelte den Kopf. «Es gibt keine aktiven Vulkane in Mitteldeutschland. Davon abgesehen, wäre von diesem Raum – und von euch – nichts übriggeblieben, wenn es sich um eine vulkanische Eruption gehandelt hätte. Allein die Glutwolke hätte alles in weitem Umkreis zu Asche verbrannt.»

«Aber was war es dann?»

Tia spürte, dass Leon ihr das Gesicht zuwandte. Auch er war studierter Geologe, und offenbar hatte er die gleiche Vermutung wie sie.

«Gas?», fragte er leise.

Tia nickte. «Ich finde keine andere Erklärung. Aus diesem Schacht muss entzündliches Gas aufsteigen, wahrscheinlich Methangas.»

«Wodurch könnte es sich entzündet haben?»

«Gute Frage.» Tia überlegte. «Hat jemand ein elektrisches Gerät benutzt? Oder Funken erzeugt? Ein Aufschlag von Metall auf Metall hätte genügt.»

«Oder hat einer von euch die Pistole abgefeuert?», fragte Leon. «Das hätte mehr als genug Zündenergie geliefert.»

«Nein!», beteuerte Kim augenblicklich.

Endlich schien ihr Freund sich einen Ruck zu geben.

«Also gut», sagte er. «Ich hab eine Leuchtfackel in den Schacht geworfen. Zufrieden?»

«Eine Magnesium-Fackel?», hakte Tia nach.

«Ja, so ein Ding mit einem Anreiß-Zünder. Aber es ist nichts passiert, als sie brannte. Erst als sie den Schacht hinunterfiel.»

«Gut möglich. Methangas explodiert nur dann, wenn sein Anteil in der Luft zwischen fünf und fünfzehn Prozent liegt. Möglicherweise war die Konzentration hier oben zu niedrig, aber weiter unten im Schacht wurde ein kritischer Punkt überschritten. Diese Tatsache hat wahrscheinlich euer Leben gerettet, denn wenn die Explosion hier oben stattgefunden hätte, wärt ihr von der Druckwelle erschlagen worden.»

«Aber wo kommt dieses Gas her?», fragte Jan.

«Es entsteht unter Luftabschluss bei der Zersetzung bestimmter Kohlenstoffverbindungen», erklärte Tia, «typischerweise tief unter der Erde. Aber manchmal bahnt es sich seinen Weg durch irgendwelche Spalten nach oben – oder Menschen helfen nach, indem sie zu tief graben. Im Bergbau sind Methanexplosionen, sogenannte Schlagwetter, leider Gottes nicht selten. Mein Vater könnte einige Geschichten darüber erzählen; er hat in einem Kohlebergwerk gearbeitet.»

«Dann ist das also Erdgas?», fragte Jan. «Dasselbe Zeug, mit dem man Gasheizungen betreibt?»

«Genau. Unter kontrollierten Bedingungen gefördert, ist es ein wertvoller Brennstoff. Gefährlich ist es trotzdem: Ein Leck in der Gasleitung kann dazu führen, dass ein ganzes Haus in die Luft fliegt, nur weil man einen Lichtschalter betätigt.»

«Und es kommt aus dem Schacht dort?», fragte Kim beklommen. «Es ist also hier überall in der Luft?»

«Vermutlich.»

«Aber ich rieche gar nichts!»

Tia lächelte schwach. Sie selbst besaß eine außerordentlich feine Nase, und wenn es möglich gewesen wäre, das Gas zu riechen, hätte sie schon beim ersten Betreten der Höhle Alarm geschlagen.

«Methan ist geruchlos», erklärte sie.

«Aber wenn bei einer Heizung Gas austritt, riecht man es doch auch!», beharrte Kim. «Das hab ich zumindest mal gehört.»

«Ja, weil die Gasfirmen es extra mit Duftstoffen mischen, damit man rechtzeitig bemerkt, wenn die Heizung leckt. Natürliches Erdgas kann man nicht riechen.»

«Ist es ... giftig?»

«An sich nicht», sagte Tia. «Allerdings verdrängt es den Sauerstoff – und das könnte ein Problem werden, falls wir gezwungen sind, längere Zeit hierzubleiben.»

«Einmal abgesehen davon, dass es hochentzündlich ist», fügte Leon hinzu. «Wir sind hier eingeschlossen, und das Gas kann nicht mehr nach draußen entweichen. Das heißt: Es reichert die Luft an. Beim kleinsten Funken kann es erneut explodieren, und dann wird jeder Kubikzentimeter Luft in diesem Raum brennen.»

Tia nickte. «Und das heißt: Wir müssen so schnell wie möglich hier raus.»

Rasch versicherte sie sich, dass Philipps Verband fest genug war, dann stand sie ohne weitere Erklärung auf, wandte den Kopf in alle Richtungen und sandte eine rhythmische Kaskade von Zungenlauten ins Leere. Stück für Stück entstand ein dreidimensionales Modell des Raums in ihrem Kopf. Angespannt hoffte sie auf eine Entdeckung, auf irgendetwas, das ihr bei der ersten Sondierung entgangen war, einen Durchgang zu einem anderen Teil der Höhle. Doch alles, was sie wahrnehmen konnte, war der Tunnel zum Nebenraum – und ein noch viel schmalerer Spalt an der Wand gegenüber.

«Da drüben ...» Sie deutete mit dem Finger. «Das scheint der einzige Ausweg zu sein.»

«Zu klein», meinte Leon. «Da passen wir nie durch.»

«Wir müssen es versuchen. Eine andere Möglichkeit sehe ich nicht.»

Leon

Zielstrebig ging Tia auf die Öffnung zu, die nackten Arme leicht zur Seite gespreizt, um jede Luftschwingung aufzufangen. Die anderen folgten ihr.

«Achtung!», rief Kim. «Direkt vor Ihnen!»

Die Warnung war unnötig. Tia war bereits stehengeblieben, drei Schritte vor dem Abgrund in der Mitte des Raums. Leon trat an ihre Seite und leuchtete in die Tiefe.

«Was meinst du, wie tief es da hinuntergeht?», fragte er.

Tia ging in die Knie, stützte beide Hände auf den Rand des Schachtes und schnalzte mit der Zunge.

«Die Echos sind schwer zu interpretieren», sagte sie. «Aber ich schätze mal: hundert bis hundertzwanzig Meter.»

Aus dem Augenwinkel bemerkte Leon, dass Kim und Philipp einander erschrockene Blicke zuwarfen.

«Ihr habt versucht, hinunterzuklettern, nicht wahr?», fragte er und deutete auf das Seil, das noch immer in den Schacht hinabhing. Seine Ummantelung aus Kunststoff war in der Hitze der Explosion stellenweise geschmolzen und schwarz verfärbt.

«Was habt ihr nur da unten gesucht?», fragte Jan kopfschüttelnd.

Philipp schwieg trotzig, während Kim betreten die Augen niederschlug.

«Ich glaube, darauf werden wir wohl keine Antwort bekommen», meinte Tia und erhob sich. «Jedenfalls nicht, bevor wir draußen sind und in Ruhe reden können.»

Sie umrundete den Schacht und wandte sich der Öffnung in der seitlichen Wand zu.

«Tatsächlich verdammt eng», bemerkte Jan entmutigt. «Ich glaube nicht, dass wir ...»

Er verstummte, denn Tia hatte den Felsspalt bereits ertastet und augenblicklich begonnen, sich hineinzuwinden.

Leon sah zu, für Sekunden von der bedrohlichen Lage abgelenkt durch die Geschmeidigkeit ihrer Bewegungen. Es war unglaublich, wie sie sich verdrehen konnte, als wäre ihre Wirbelsäule aus Gummi. Oft genug hatte er sie beim Training begleitet und mit eigenen Augen gesehen, dass sie einen perfekten Spagat zustande brachte, die durchgestreckten Knie mit der Nase berühren und sich in Sekundenschnelle ohne Armeinsatz durch eine zusammengerollte Sportmatte schlängeln konnte. Wenn es überhaupt jemandem gelang, sich durch diesen Felsspalt zu zwängen, dann ihr.

«Ich bin durch!», rief sie nach kurzer Zeit von der anderen Seite herüber. «Aber das wird uns leider nicht weiterhelfen.»

«Warum nicht?», wollte Jan wissen.

«Ich schätze mal, weil außer Tia niemand von uns durch diese Öffnung passt», sagte Leon.

«Nicht nur deshalb ...»

Tia war bereits auf dem Rückweg und glitt wenige Sekunden später wieder aus der Öffnung.

«Da drüben wäre zwar ein begehbarer Weg», sagte sie resigniert, als sie sich aufrichtete, «aber er bringt uns nicht ins Freie.»

«Woher weißt du das?»

«Keine Konvektion. Ich kann da drüben nicht die geringste Luftströmung wahrnehmen. Wenn dieser Gang nach draußen führen würde, und sei es in hundert Metern Entfernung, könnte ich es spüren.»

«Bist du *sicher*?», fragte Jan.

«Ich fürchte, ja. Ich möchte wirklich nicht anmaßend klingen, aber ich glaube behaupten zu dürfen, dass ich mich in solchen Dingen noch nie geirrt habe.»

Leon nickte ernst.

«Das heißt ... wir kommen hier nicht raus?», fragte Kim, der die Angst ins Gesicht geschrieben stand.

«Können wir Hilfe rufen?» Jan tastete nach seinem Handy.

Tia schüttelte den Kopf. «Vergiss es. Hier unten kriegst du kein Netz rein. Kurzwellen dringen nicht durch meterdickes Gestein.»

«Der Sender!», fiel Leon plötzlich ein. «Tia, du hast doch diesen Notrufsender von deinem Vater!»

Tia nickte und griff nach dem kleinen Gerät, das sie an einem Lederband um den Hals trug. Nun wurde es wohl Zeit, zu sehen, was das Ding taugte. Sie drückte den Knopf. Ein rotes Licht begann zu pulsieren, aufleuchtend und wieder verlöschend im Sekundentakt.

«Und das kann man draußen empfangen?», fragte Jan.

Tia zögerte einen Moment mit der Antwort, und Leon konnte sich den Grund denken. Er wusste, dass sie an der Zuverlässigkeit des Geräts zweifelte. Es war jedoch nicht ratsam, die anderen zu beunruhigen, und so entschied sie sich offenbar für einen Mittelweg.

«Ich denke schon», sagte sie vorsichtig. «Ich habe es noch nie in der Praxis getestet ... aber wir müssen uns wohl darauf verlassen.»

«Wie lange wird es dauern, bis man uns hier rausholt?», wollte Jan wissen.

Tia zuckte die Achseln. «Kommt drauf an. Wahrscheinlich wird Herr Dahms ein Bergungsteam rufen lassen. Es wird schweres Gerät nötig sein, um den verschütteten Gang freizuräumen, und das könnte einige Zeit in Anspruch nehmen.»

«Können wir uns nicht selber durchgraben?», schlug Jan vor.

«Unmöglich. Einige der Gesteinsblöcke wiegen vermutlich mehrere Tonnen.»

«Ihr habt nicht zufällig eine Spitzhacke im Gepäck?»

«Selbst wenn wir eine hätten, dürften wir sie nicht benutzen.»

«Wieso?»

Tia ließ sich einen Moment Zeit mit Antwort. Als sie schließlich sprach, merkte Leon deutlich, dass es ihr nicht leichtfiel.

«Ich wiederhole es nur ungern, aber – aus dem Schacht dort

drüben steigt mit größter Wahrscheinlichkeit hochentzündliches Methan auf. Wenn wir mit einer Spitzhacke oder etwas Ähnlichem herumfuhrwerken, könnte ein einziger Funke genügen, um alles in die Luft fliegen zu lassen.»

Alle schwiegen betreten, auch Leon. Er ahnte, wovon Tia sprach: Wenn tatsächlich Gas in die Höhle aufstieg und nicht mehr nach draußen entweichen konnte, würde eine weitere Explosion viel verheerender sein als die vorige. Dass Steine aus der Decke brachen oder Teile des Raums einstürzten, war in einem solchen Fall noch das geringste Übel. Die Luft selbst würde brennen. Sie würden von Feuer umgeben sein, das in Sekunden ihre Kleidung zerfallen ließ, in ihre Augen, ihre Lungen und jede Pore ihrer Haut drang. Keiner von ihnen würde überleben – und wenn irgendwann tatsächlich ein Rettungsteam anrückte und sich bis zu ihnen durchgrub, würde die Identifizierung ihrer verkohlten Körper nur noch mit einer DNA-Analyse möglich sein.

«Was tun wir jetzt?», fragte Jan.

Tia nagte an ihrer Unterlippe, wie stets in den seltenen Momenten, wenn sie nicht weiterwusste.

«Am besten gehen wir in den Nebenraum zurück», entschied sie schließlich. «Methan ist leichter als Luft; es wird sich hier unter der Decke sammeln, und nur wenig davon wird durch den Tunnel nach nebenan gelangen. Das verschafft uns Zeit. Wir treffen jede erdenkliche Sicherheitsmaßnahme. Das heißt: Keine Steine aufeinanderschlagen, extreme Vorsicht mit Gegenständen aus Metall, keine Feuerzeuge, keine Glühbirnen, kein Gaskocher – egal, wie lange wir bleiben müssen. Falls die Luft dünn wird, benutzen wir das Sauerstoffgerät. Du hast es doch eingepackt, oder?», wandte sie sich besorgt an Leon.

Leon nickte. «Natürlich.»

Nacheinander krochen sie durch den Tunnel in den Nebenraum und schlugen ihr Lager auf.

Leon rollte die beiden Isomatten aus, die er und Tia stets mit sich führten. Eine Matte teilten sich Philipp und Kim, die andere, notgedrungen, er selbst und Jan. Tia bestand erwartungsgemäß darauf, vom einen zum anderen zu gehen und die Verletzungen zu begutachten. Philipp ertrug stoisch, dass sie nochmals seine Armwunde untersuchte, sich vom Stillstand der Blutung überzeugte und einen frischen Verband auflegte. Kim hatte nur einige Abschürfungen und wehrte murmelnd ab, es gehe ihr gut. Länger dauerte die Arbeit bei Jan, dessen Platzwunde sorgfältig gereinigt werden musste. Tia nahm sich Zeit und hantierte vorsichtig mit einem getränkten Wattebausch, während der Polizist mit gesenktem Kopf dasaß.

«Das müsste eigentlich genäht werden», sagte sie, während sie mit den Fingerspitzen über die Wundränder strich. «Tut's sehr weh?»

«Ach, es geht schon», meinte Jan. «Du hast übrigens sehr sanfte Hände, weißt du das?»

Tia schmunzelte flüchtig – während Leon, der keinen halben Meter daneben saß, angewidert den Mund verzog. Selbst die Todesgefahr hielt den Polizisten offenbar nicht davon ab, bei jeder Gelegenheit zu flirten. Um sich abzulenken, kramte Leon in seinem Gepäck nach dem Proviant. Er war knapp bemessen, da sie nicht mit einem längeren Aufenthalt gerechnet hatten, doch es machte wenig Sinn, damit zu haushalten.

«Möchte jemand was essen?»

«Was gibt's denn Schönes?», witzelte Jan.

«Nicht gerade fünf Sterne ... auf die Tütensuppen müssen wir verzichten, weil der Gaskocher tabu ist. Aber ich habe ein paar Schokoriegel und isotonischen Durstlöscher.»

«Ja, trinken sollten wir alle», stimmte Tia zu.

Leon reichte die Flasche herum, zuerst an sie und Jan, dann hinüber zu Philipp. Der junge Mann nahm sie zögernd entgegen, trank einen Schluck und blickte seine Freundin an. Sie schüttelte stumm den Kopf.

«Was ist los?», fragte Leon, der den angespannten Ausdruck auf ihrem Gesicht bemerkte.

Kims Blick flackerte scheu zu ihm herüber.

«Mir ist ... ein bisschen schlecht», murmelte sie.

«Trink trotzdem!», riet Tia. «Davon könnte es besser werden.» Sie rutschte zu Kim hinüber und tastete nach ihrem Arm.

«Was machen Sie da?», fragte Kim verunsichert.

«Nur den Puls messen», erwiderte Tia und drückte zwei Finger auf die Arterie an ihrem Handgelenk. «Und sag ruhig Tia zu mir.» Sie runzelte die Stirn, während sie die Schläge zählte. «Hm ... etwas beschleunigt. Hat sonst noch jemand Herzklopfen oder Übelkeit?»

Alle anderen verneinten.

«Sagt bitte Bescheid, wenn ihr so etwas bemerkt!», bat Tia ernst. «Das Gas ist nicht giftig, aber wenn es sich in der Luft anreichert, verdrängt es den Sauerstoff. Das kann dazu führen, dass man schneller atmet, Kopfschmerzen kriegt und sich benommen fühlt. Vor allem möchte ich wissen, wenn jemand ein Kribbeln oder Taubheit in Armen und Beinen spürt.»

«Und dann?», fragte Jan.

«Dann sollten wir das Sauerstoffgerät einschalten. Aber ich hoffe, dass es nicht dazu kommen wird.»

Unauffällig überprüfte Leon das Gerät, das in seinem Rucksack verstaut war. Er wusste, dass Tia die Gefahr ein wenig herabspielte, um die anderen nicht zu beunruhigen. Es war nicht zweckdienlich, wenn sie sich aufregten, denn dann atmeten sie schneller und verbrauchten noch mehr Sauerstoff. Die Kapazität des Gerätes war begrenzt, zumal, wenn fünf Personen es sich teilen mussten. Sie durften es nicht zu früh anschalten.

Der Sender gab noch immer sein pulsierendes Rotlicht von sich.

Ob das Signal tatsächlich draußen ankam? Ob Carolin überhaupt auf den Empfänger achtete, den sie wahrscheinlich in ihrer Handtasche verstaut hatte? Falls nicht, würde es lange Zeit dauern, bis sie vermisst wurden. Leon erinnerte sich, dass Tia mit Carolin eine sehr großzügig bemessene Deadline ausgemacht hatte: Zwanzig Uhr abends. Er sah auf seine Uhr – erst kurz nach eins. Wenn ihr Notsignal nicht empfangen wurde, dauerte es noch sieben Stunden, bis auffiel, dass sie nicht zurückgekehrt waren – und mit Sicherheit viele weitere Stunden, bis ein Bergungsteam vor Ort war und damit beginnen konnte, den verschütteten Schacht freizulegen.

Er sah zu Tia hinüber, bemerkte ihr angespanntes Gesicht und ahnte, dass sie dasselbe dachte. Offen sprechen konnten sie vor den anderen nicht – und Leon bedauerte mehr denn je, dass sie sich nicht einmal mit Blicken verständigen konnten. Vorläufig würde ihnen nichts anderes übrigbleiben, als abzuwarten und zu hoffen.

Carolin

Die Nachmittagssonne schien warm und vergoldete die Wipfel der Platanen. Weinpflanzungen zogen sich an der Straße einen Hügel hinauf.

«Wo geht's denn hin?», fragte Carolin.

Dahms, der eben den Wagen abgestellt hatte, lächelte geheimnisvoll. «Lassen Sie sich überraschen.»

Carolin war mehr als bereit dazu. Schon im Vorfeld hatte sie durchblicken lassen, dass Altstadthäuser und verfallene Stadtmauern sie nicht übermäßig interessierten. Meistens sah man doch nicht mehr als Steine, zur Hälfte unter Moos verschwunden, und irgendeine Tafel zur Historie. Außerdem traten sich in der Stadt die Touristen gegenseitig auf die Füße; man war ständig von Menschen umgeben. Carolin bevorzugte Ruhe, frische Luft und einen weiten Ausblick. Dahms hatte sich sofort darauf eingelassen. Die Aussicht auf einen Spaziergang zu zweit schien auch für ihn reizvoll zu sein.

«Hier entlang!»

Er lotste sie zu einem schmalen Weg, der den Weinberg hinaufführte. Am Wegrand zog sich eine kurze Häuserzeile hin. Eines der Häuser sah besonders malerisch aus, wie ein Hexenhaus: einstöckig, mit grobem Fachwerk und Reetdach. Der überwucherte Garten stand voller seltsamer Skulpturen, die aussahen, als wären sie aus Eisenschrott zusammengesetzt.

«Was ist das?», fragte Carolin, die vor dem Gartenzaun stehenblieb und ihr Handy für einen Schnappschuss hob.

«Ach, das ist das Haus von Karl Edinger», sagte Dahms. «Ich kenne ihn durch unsere Vereinsarbeit ... seltsamer Mensch. Im Grunde haben wir aber manches gemeinsam. Wir haben beide unser Handwerk an den Nagel gehängt, um uns anderen Dingen zu widmen – ich der Stadtverwaltung, er der Kunst.»

«Er ist Künstler?»

«Oh ja. Ursprünglich war er Schmied, aber seine Werkstatt hat er schon vor Jahren dichtgemacht. Heute verschweißt er nur noch Eisenteile, um diese Skulpturen herzustellen.»

«Soll das etwas Bestimmtes darstellen?», fragte Carolin, die wenig mehr als verzweigte Gerüste erkennen konnte.

«Sicher. Er nennt es den Nibelungen-Garten. Das da drüben ist Siegfried.»

«Wo?»

«Dieses mannshohe Ding dort mit der Stahlkugel als Kopf.»

Carolin folgte seinem Blick. Tatsächlich konnte man sich mit einiger Phantasie vorstellen, dass die metallene Vogelscheuche eine menschliche Gestalt darstellte.

«Die Stange an der Seite ist sein Schwert», erläuterte Dahms. «Es zeigt auf Alberich, den Zwerg – das ist die kleine Skulptur dort zwischen den Büschen. Und das Gerüst dahinter stellt den Drachen dar.»

Carolin schoss ein paar weitere Fotos. Wenn man sich einmal an diese merkwürdigen Kunstobjekte gewöhnt hatte, konnte man ihnen einen gewissen Reiz nicht absprechen. Sie waren abstrakt, aber einfallsreich komponiert. Der Zwerg zum Beispiel bestand aus wenig mehr als einer Eisentonne, in die Löcher gebohrt und gebogene Stangen als Arme gesteckt worden waren, die sich abwehrend – oder flehend – zu dem Mann mit dem Schwert erhoben. Den Drachen hätte man für ein simples Klettergerüst halten können, wäre da nicht der Kopf gewesen: ein mächtiger Eisenkegel mit runden Nieten als Augen und Hörnern, die aussahen, als seien sie in einem früheren Leben Türgriffe gewesen.

Dahms grinste. «Apart, nicht wahr?»

Carolin nickte. Unter anderen Umständen hätte sie gern die Pforte geöffnet, den verwilderten Garten durchquert und an der Haustür geklingelt, um dem exzentrischen Künstler ein kleines Interview abzugewinnen. Im Augenblick jedoch lockte sie mehr der Spaziergang mit Dahms.

So schlenderte sie am Zaun vorbei und den Weinberg hinauf. Die dunklen Reben glänzten bereits in voller Pracht. Carolin meinte sich zu erinnern, dass der September traditionell der Monat der Weinlese war. Wahrscheinlich wurde hier in Kürze geerntet.

«Bis heute Morgen wusste ich gar nicht, dass in dieser Gegend Wein angebaut wird», bemerkte sie. «Man kommt sich ja vor wie in der Toskana.»

«Tja, das ist das milde Klima», sagte Dahms. «Im Winter haben wir hier Durchschnittstemperaturen über dem Gefrierpunkt. Echter Frost ist selten. Das wussten schon die alten Römer zu schätzen. Sie waren es, die den Weinbau hierherbrachten. Diese Gegend war Grenzland zwischen dem römischen Imperium und den germanischen Stämmen im Norden.»

«Apropos Germanen.» Carolin lächelte verlegen. «Um ehrlich zu sein: Ich kenne mich nicht besonders gut in Geschichte aus, und in der Sagenwelt erst recht nicht. Was habe ich da eigentlich vorhin im Garten dieses Künstlers gesehen? Siegfried und der Drache sind mir ein Begriff, aber nur ganz vage ...»

Dahms schien ihre Unwissenheit nichts auszumachen – im Gegenteil. Carolin lächelte still in sich hinein. Sie konnte manipulativ sein, wenn sie wollte – und es gab keine bessere Methode, Vertrauen und Sympathie eines Mannes zu gewinnen, als ihn über sein Lieblingsthema sprechen zu lassen.

«Also, ich bin natürlich auch kein Experte», schickte er bescheiden voraus, «aber da unser Verein diese Geschichte für den Tourismus aufbereitet, habe ich mich recht intensiv damit befasst. Leider muss ich ein wenig ausholen. Das Nibelungenlied, das im 13. Jahrhundert verfasst wurde, handelt von einem germanischen Königssohn namens Siegfried. Er reiste in der Welt herum und erlebte allerhand Abenteuer. Unter anderem erschlug er einen Drachen, badete in dessen Blut und wurde dadurch unverwundbar.»

«Ja, das kommt mir noch bekannt vor», erinnerte sich Carolin. «Und was hat es mit diesem Zwerg auf sich?»

«Das war Alberich, einer der Nibelungen.»

«Es ist mir ja peinlich, aber ... wer waren denn die Nibelungen?»

«Ein Volk von Zwergen in der germanischen Mythologie. Man stellte sich vor, dass sie in tiefen Höhlen unter der Erde lebten, wo sie nach Edelsteinen gruben und sagenhafte Reichtümer anhäuften. Man nannte sie auch Schwarz- oder Nachtalben. Sehr freundliche Wesen waren sie nicht, eher bösartig und verschlagen. Es hieß, dass sie die Menschen nicht liebten und eifersüchtig ihre Schätze hüteten. Eines Tages starb der König der Nibelungen, und seine Söhne stritten sich um das Erbe. Zufällig traf Siegfried auf sie, und sie verlangten von ihm, er solle den Schatz für sie teilen. Aber er konnte es keinem von ihnen rechtmachen, und am Ende gingen sie gemeinsam auf ihn los. Das bekam ihnen aber schlecht, denn Siegfried geriet in Wut und tötete sie. Dann drang er in die Höhle ein, aus der sie gekommen waren, und fand den legendären Schatz der Nibelungen. Bewacht wurde er von einem besonders bösartigen Zwerg namens Alberich, der sich mit Hilfe einer Tarnkappe unsichtbar machen konnte. Aber Siegfried überwand auch diesen Gegner und nahm den Schatz in Besitz. Das bekam ihm allerdings schlecht. Auf dem Schatz lag nämlich ein Fluch, der jedem, der ihn besitzen wollte, einen gewaltsamen Tod einbrachte.»

Carolin hatte erst höflich, dann aber mit wachsendem Interesse gelauscht.

«Es ging also um einen Schatz!», fasste sie zusammen. «Einen Schatz, der in einer Höhle versteckt war.»

Dahms sah sie mit gerunzelten Brauen an. Erst allmählich schien er zu begreifen, worauf sie anspielte, und schmunzelte amüsiert.

«Sie sind wirklich hartnäckig», bemerkte er. «Die Geschichte mit dem blauen Licht geht Ihnen nicht aus dem Kopf, oder?»

«Na ja, es ist doch interessant! Ein Haufen Leute scheint sich für diese neu entdeckte Höhle zu interessieren, weil alle glauben, dort sei ein Schatz versteckt – und Sie sagten schon vorhin beim Essen, dass in dieser Gegend Schauplätze der Nibelungensage vermutet werden. Könnte da nicht ein Zusammenhang bestehen?»

«Wohl kaum. Den Nibelungenschatz sucht sicher niemand ausgerechnet in Lochberg. Der Sage nach wurde er im Rhein versenkt.»

«Wie kam es denn dazu?»

«Im Nibelungenlied heißt es, dass Siegfried sich mit den falschen Leuten einließ. Er kam nach Worms und heiratete die Schwester des Burgunderkönigs Gunther – aber Gunther und seine Brüder verschworen sich zu einem Attentat, angestiftet von einem älteren Verwandten, Hagen von Tronje. Er war es, der Siegfried von hinten mit einem Speerwurf tötete, weil er seine einzige verwundbare Stelle zwischen den Schulterblättern traf. Irgendwo hier im

Odenwald soll das passiert sein, angeblich bei einer Quelle. Den Nibelungenschatz versenkte Hagen im Rhein, damit Siegfrieds Witwe ihn nicht beanspruchen konnte. Sie rächte sich später, indem sie ihre gesamte Verwandtschaft in eine Falle lockte und Mann für Mann abschlachten ließ. So erfüllte sich der Fluch, dass jeder Besitzer des Schatzes durch Mörderhand sterben musste.»

«Ziemlich blutrünstige Geschichte», fand Carolin. «Aber das schreckt offenbar keineswegs jeden davon ab, nach dem Schatz zu suchen.»

«Natürlich nicht. Seit Jahrhunderten hat der Nibelungenhort die Phantasie der Menschen beschäftigt, und es gibt bis heute Abenteurer, die im Rhein herumtauchen und nach ihm Ausschau halten. Aber das Ganze ist eben nur eine Sage. Wissenschaftler nehmen an, dass es sich einfach um den Reichsschatz von Worms gehandelt hat – und davon dürfte nichts übriggeblieben sein, nachdem das Königreich im fünften Jahrhundert von den Hunnen geplündert wurde.»

«... was ja nicht ausschließt, dass weniger seriöse Kreise anders denken», gab Carolin zu bedenken. «Schatzsucher haben nicht unbedingt einen Professorentitel in Geschichte, erst recht nicht diejenigen, die an Geisterlichter glauben.»

«Mag sein. Aber auf die Idee, in dieser Gegend nach dem Nibelungenschatz zu suchen, ist noch niemand gekommen. Wir sind hier fünfzwanzig Kilometer vom Rheinufer entfernt, und von Worms mehr als fünfzig.»

«Schade ... *Schatzsucher auf der Jagd nach dem legendären Nibelungenhort*, das wäre eine hübsche Schlagzeile gewesen.» Carolin grinste Dahms verschwörerisch zu. «Und es hätte bestimmt den Tourismus in Lochberg kräftig angekurbelt.»

Dahms lachte. «Na vielen Dank! Publicity ist das Letzte, was wir jetzt noch brauchen können. Schlimm genug, dass die Geschichte von diesem Schatzlicht schon im Internet verbreitet wird.»

«Was hat eigentlich der Bürgermeister zu der Sache gesagt?», fragte Carolin. Dahms hatte ihn noch vor ihrem Aufbruch angerufen, sich jedoch in eine ruhige Ecke der Hotellobby zurückgezogen, sodass sie kein Wort verstanden hatte.

«Ach ...» Dahms winkte ab. «Er hält das Ganze für Hysterie. Gerade heute hat er mit einem guten Bekannten gesprochen, dem Leiter der Psychiatrischen Klinik. Sie liegt draußen vor der Stadt, nicht weit vom alten Steinbruch. Auch dort wurde das blaue Licht gesehen, und zwar von mehreren Patienten. Das Betreuungspersonal dachte erst, die Leute hätten Halluzinationen – aber sie berichteten alle exakt dasselbe.»

«Dann scheint ja wirklich etwas dran zu sein.»

«Ich schätze, es ist irgendein atmosphärisches Phänomen», vermutete Dahms, «so etwas wie Wetterleuchten. Der Bürgermeister will einen Meteorologen anrufen, um die Sache zu klären. Vielleicht legt sich die Aufregung dann endlich.»

Inzwischen hatten sie den höchsten Punkt des Weinbergs erreicht, und Carolin bemerkte zu ihrem Erstaunen einen runden Holzpavillon, der sich wie ein kleiner Aussichtsturm über die Landschaft erhob.

«Von hier aus hat man einen herrlichen Rundblick», sagte Dahms. «Kommen Sie!»

Sie betraten den Pavillon, in dem eine Bank und mehrere Stühle standen. Die umlaufende Wand war hüfthoch, sodass man sich darauf stützen und in jeder Richtung weit in die Ferne schauen konnte. Geschwungene Höhenzüge säumten den Horizont, einer hinter dem anderen, blasser und undeutlicher werdend. In den Tälern waren kleine Ortschaften zu erkennen, deren Dächer in der Nachmittagssonne leuchteten.

«Das da drüben ist das Angelbachtal», erläuterte Dahms. «Und in dieser Richtung kann man bis zu den nördlichsten Ausläufern des Schwarzwalds hinübersehen.»

«Wunderschön», kommentierte Carolin die Aussicht und nahm

ihre Brille ab. «Es entspannt die Augen, so weit in die Ferne zu blicken.»

«Oh ja», bestätigte Dahms, «und die Seele auch. Ein perfekter Platz für einen Aussichtspunkt. In der Stadt nennt man es den Schnackselturm.»

«Schnackselturm?»

«Ach, das ist nur so ein volkstümlicher Name.» Dahms wirkte plötzlich verlegen. «Das Häuschen wird gern von Liebespaaren aufgesucht, weil es romantisch ist, gemeinsam in die Landschaft hinauszublicken. Schnackseln bezeichnet im Dialekt ... na ja ... was Liebespaare eben tun.»

«Verstehe», sagte Carolin.

Süß, fand sie, wie verlegen er plötzlich wieder wirkte. Hatte er etwa Angst, sie würde ihm irgendwelche Absichten unterstellen, weil er sie hierhergeführt hatte?

Er stand direkt neben ihr. Carolin hatte den Oberkörper vorgebeugt und sich mit verschränkten Ellbogen auf das Geländer gestützt. Dahms dagegen stand aufrecht und hatte nur eine Hand auf das Geländer gelegt – eine schöne Hand, wie ihr aus der Nähe auffiel: kräftig, aber schmal und langgliedrig. Kein Ehering.

Er sagte, er sei Junggeselle, erinnerte sie sich. *Ziemlich erstaunlich bei einem so attraktiven Mann ... geschieden vielleicht?*

Einen Moment lang träumte sie, wie es sich anfühlen würde, wenn er diese schmale, elegante Hand ausstrecken und die ihre ergreifen würde. Sie würde nicht erkennbar reagieren, sich nicht zu ihm umwenden – aber ein wohliger Schauer würde ihr über den Rücken laufen. Woran er wohl gerade dachte? Blickte er wirklich zu den Bergen hinüber, die er doch sicher schon Hunderte Male betrachtet hatte? Oder schossen ihm womöglich ähnliche Gedanken durch den Kopf wie ihr?

Der magische Moment fand ein jähes Ende, als ein Handy fiepte. Dahms' Hand verschwand vom Geländer und fuhr in die Brusttasche seines Sakkos. Er meldete sich mit neutraler Stimme, lauschte, sagte ein paarmal «ja» und «nein», dann «ich komme». Als er auflegte, seufzte er.

«Arbeit?», mutmaßte Carolin.

«Ich fürchte ja.» Er mied ihren Blick. «Es tut mir leid, aber wir müssen unseren Ausflug erst einmal abbrechen. Ich werde wohl ein bis zwei Stunden beschäftigt sein. Am besten setze ich Sie beim Hotel wieder ab.»

«Schade», sagte Carolin – und entschloss sich zu einem direkten Vorstoß. «Aber der Tag ist ja noch lang! Vielleicht mögen Sie mich anrufen, wenn Sie fertig sind?»

Sein Gesicht war ein einziges Fragezeichen.

Ja!, signalisierte Carolin stumm. *Du hast schon richtig verstanden: Ich frage, ob du den Abend mit mir verbringen willst.*

«Ähm ... kann ich gerne tun», antwortete Dahms mit einiger Verspätung. «Wenn Sie mir Ihre Handynummer geben ...?»

Carolin seufzte innerlich. Sie hatte schon befürchtet, er würde nie danach fragen.

Kim

«Bilde ich mir das nur ein, oder werden die Lampen schwächer?», fragte der Polizist, den die anderen Jan nannten.

Es war das erste Mal seit Minuten, dass jemand sprach. Kim, die unter Kopfschmerzen litt und an Philipps Schulter gelehnt vor sich hin gedöst hatte, öffnete die Augen. Erschrocken bemerkte sie, dass die Lampen tatsächlich an Leuchtkraft verloren hatten, zumindest ihre und Philipps. Die eingeschrumpften Schlaglichter ließen den zerklüfteten Raum noch bedrohlicher erscheinen, denn sie erhellten zwar die Wände, sorgten aber auch für tiefe Schatten in den Ecken. Das kuppelförmige Gewölbe, von dem einzelne Tropfsteine herabhingen, lag mittlerweile fast vollständig im Dunkeln. Den beklemmendsten Anblick bildete der Durchgang zu dem verschütteten Tunnel: Kim konnte deutlich die schräge Wand aus Geröll und tonnenschweren Steinblöcken erkennen, die sich vom Boden bis zur Decke türmte.

«Nur die unserer beiden Abenteurer», sagte Leon und wandte sich ihr zu. «Ihr seid wohl schon sehr lange hier, oder?»

Kim wusste nicht recht, ob sie ohne Philipps Einverständnis antworten durfte.

«Ziemlich lange», gab sie schließlich zu.

«Mehr als acht Stunden?»

Wieder zögerte Kim. Es fiel ihr schwer, Leon zu belügen. Sie hatte nicht vergessen, dass er es gewesen war, der sie nach der Explosion im Staub liegend gefunden hatte. Er war die ganze Zeit bei ihr geblieben, hatte sie aufgerichtet und gestützt. Seine offene Art und seine ernsten, hellgrauen Augen wirkten eigentümlich vertrauenerweckend.

«Ja», bestätigte sie nach einer Pause.

Leon nickte. «Das sind konventionelle LED-Lampen. Ihre Leuchtkraft wird mit der Zeit schwächer. Sicher sind sie nicht für die Erkundung von Höhlen gedacht.»

Sicher nicht, dachte Kim mit einem Blick auf die Lampen, die Philipp vermutlich in irgendeinem Baumarkt gekauft hatte.

«Aber unsere werden nicht ausgehen», fügte Leon tröstend hinzu. «Sie halten mehr als zwanzig Stunden, und wir haben Reserve-Akkus dabei.»

«Ich hab noch eine Taschenlampe», erinnerte sich Kim und griff nach ihrem Rucksack.

«Nein!» Das kam von Tia, die erschrocken auffuhr. «Keine Taschenlampen! LED-Leuchten geben nur wenig Wärme ab, aber eine Glühbirne könnte leicht die Zündtemperatur für das Gas überschreiten.»

«Okay …» Eingeschüchtert schob Kim die Taschenlampe in den Rucksack zurück. «Glauben Sie denn, dass hier schon alles voller Gas ist?»

Sie spürte, wie Philipp sie leicht mit dem Ellbogen anstieß, und biss sich auf die Lippen. Es war klar, was er ihr signalisieren wollte: *Red nicht so viel.*

«Ich weiß nicht, wie viel aus dem Nebenraum zu uns herüberdringt», antwortete Tia. «Aber wir müssen vorsichtshalber damit rechnen, dass der Anteil in der Luft ausreicht, um ein explosionsfähiges Gemisch zu bilden. Übrigens kannst du ruhig Tia zu mir sagen.»

Ein erneuter Puff von Philipp: *Bloß nicht! Keine Annäherung an diese Leute!*

Kim verstummte. Eigentlich, dachte sie plötzlich, hatte sie keine Lust mehr, sich von ihm Vorschriften machen zu lassen. Sicher: Sein Plan war auch ihr Plan gewesen; sie hatten ihn gemeinsam ausgeheckt. Doch welche Rolle spielte er jetzt noch? Was bedeuteten alle Reichtümer der Welt, wenn es ums nackte Überleben ging? Der Schatz lag irgendwo am Boden dieses hundert Meter tiefen Schachtes im Nebenraum, außerhalb ihrer Reichweite – und womöglich war es kein Zufall, dass explosives Gas wie Höllenfeuer aus diesem Schacht heraufschoss, sobald man eine offene Flamme darüberhielt.

Bereits in den vergangenen Stunden hatte Kim viel darüber nachgedacht. Vielleicht hatte ihre Mutter recht gehabt, vielleicht war es falsch, nach diesem Schatz zu suchen – eine Sünde, die grausam bestraft wurde. Womöglich hatten diejenigen, die den Schatz hier versteckt hatten, es genau so geplant. Zu ihrer Zeit hatte es kein elektrisches Licht gegeben. Sie hatten damit gerechnet, dass ein Abenteurer eine brennende Fackel dabeihaben würde, die unweigerlich seinen Tod bedeuten musste, sobald sie mit dem Gas in Berührung kam. War das eine absichtlich angelegte Falle?

Nein, das ist Unsinn, sagte sich Kim, und versuchte den Gedanken von sich zu schieben. *Sie können nichts von dem Gas gewusst haben. Dass so etwas überhaupt existiert, weiß man bestimmt erst seit hundert Jahren oder so.*

Dennoch ging der Fluch ihr nicht aus dem Kopf. Sie hatte gelesen, dass jeder, der den Schatz besitzen wollte, eines gewaltsamen Todes starb. Wenn man der Sage glaubte, waren die früheren Besitzer allesamt erschlagen worden, wenn auch mit dem Schwert und nicht durch die Druckwelle einer Explosion. Aber wer konnte schon sagen, ob ein Fluch überhaupt einen bewussten Plan erforderte, oder ob er einfach – wie ihre Mutter vielleicht formuliert hätte – eine Aufladung mit «negativer Energie» bedeutete. Auf welche Weise diese Energie zutage trat, war vielleicht nicht einmal für denjenigen voraussehbar, der den Fluch aussprach. Kim musste an die ägyptischen Königsgräber denken, die Philipp so oft erwähnte. Auch dort war ein Fluch verhängt worden, und zwar über Grabräuber, die es wagten, in die unterirdischen Anlagen einzudringen. Bestimmt hatten die alten Ägypter nichts von Schimmelsporen gewusst, die in den luftdicht verschlossenen Sarkophagen wucherten – und dennoch waren zahlreiche Mitglieder der Forschungsexpedition, die das Grab Tutanchamuns öffnete, an Infektionen gestorben. Womöglich, dachte Kim, führte ein Fluch eine Art Eigenleben und suchte sich selbst die Möglichkeiten zu seiner Vollstreckung.

Der Gedanke war absurd und dennoch unheimlich. Kim schwankte von Minute zu Minute – und empfand das wachsende Bedürfnis, mit jemandem zu reden, der eine wissenschaftliche Erklärung anbieten könnte.

«Kannst du mir erklären, woher dieses Gas kommt?», fragte sie, an Tia gewandt.

«Erdgas ist organischen Ursprungs», erklärte Tia bereitwillig. «Es entsteht aus den Überresten von Meerestieren, die sich vor Millionen Jahren im Boden abgelagert haben. Bakterien zersetzen diese Überreste, und eines der Produkte bei diesem Vorgang ist Methan. Da das Ganze tief in der Erde stattfindet, kann das Gas nicht entweichen und bleibt im Gestein eingeschlossen, manchmal in Tausenden winziger Bläschen, manchmal kompakt in größeren Hohlräumen.»

«Und wie kommt es dann dazu, dass es an die Oberfläche aufsteigt?», fragte Kim weiter und ignorierte Philipps Ellbogen, der sie schon wieder zum Schweigen mahnte.

«Methangas ist leichter als Luft», sagte Tia. «Sobald es irgendeinen Weg nach oben findet, steigt es auf. Der Schacht da drüben ist vermutlich mit einer Gasblase verbunden, die irgendwo tief im Boden liegt.»

«Aber wenn dieses Gas schon seit Ewigkeiten dort unten ist, warum steigt es dann gerade jetzt auf? Ich meine: Kann eine Gasblase so riesig sein, dass sie zigtausend Jahre lang Gas abgibt? Ist die nicht irgendwann mal leer?» Kim unterbrach sich. «Bestimmt 'ne ziemlich blöde Frage ...»

«Absolut nicht!», widersprach Tia. «Genau das frage ich mich nämlich auch. Ich kann mir die Sache nur so erklären, dass die Verbindung zwischen der Gasblase und dem Schacht vielleicht erst kürzlich entstanden ist.»

«Aber wie?»

«Das könnte alle möglichen Ursachen haben, zum Beispiel ein Erdbeben oder eine Verschiebung von Gesteinsschichten.»

Unbehaglich blickte Kim zu dem schmalen Durchgang hinüber, der in den Nebenraum führte. Schon seit längerem bemerkte sie, dass ihr das Atmen schwererfiel als gewöhnlich; außerdem hatte sie Kopfschmerzen.

«Man kann es nicht sehen, oder?»

Tia schüttelte den Kopf. «Erdgas ist für menschliche Augen genauso unsichtbar wie Luft. Nur, wenn es verbrennt, leuchtet es blau.»

Kim spürte, dass Philipp neben ihr zusammenzuckte ... und auch ihr selbst stand für einen Moment der Mund offen.

«Blau?», wiederholte sie flüsternd.

«Ja, es absorbiert rotes Licht», erklärte Tia, «und bewirkt deshalb eine Lichtverschiebung ins Blaue. In früheren Zeiten, als Bergleute noch mit offenen Lampen unter die Erde gingen, haben sie diese Tatsache genutzt, um Methangas zu erkennen: Sobald sich über der Lampenflamme eine bläuliche Aura bildete, wussten sie, dass Methan in der Luft war, und konnten sich rechtzeitig davonmachen.»

«Meine Großmutter hatte einen Gasherd», warf überraschend Jan ein, der bisher still zugehört hatte. «Wenn man da das Gas andrehte, gab es so blaue Flämmchen rund um die Herdplatte.»

«Ja, das ist charakteristisch für Methan. Es brennt mit blauer Flamme.» Tia seufzte. «Was gäbe ich darum, einmal wieder etwas Blaues zu sehen ... Ich kann mich nur noch ziemlich schwach an Farben erinnern.»

Alle schwiegen einen Augenblick, und in der Stille wechselte Kim einen Blick mit Philipp. Sie ahnte, dass er dasselbe dachte wie sie: Das blaue Licht, das über dem Höhleneingang geleuchtet hatte – war es nichts anderes gewesen als das Gas, das aus der Tiefe aufstieg, die Räume und Gänge der Höhle erfüllte und sich seinen Weg nach draußen bahnte? Konnte es auch leuchten, wenn es nicht verbrannte?

«Und wir sitzen hier herum und atmen dieses Zeug seit Stunden ein», sagte Jan resigniert. «Wie spät ist es?»

Leon sah auf seine Uhr. «Halb vier.»

«Das Notsignal müsste doch längst angekommen sein! Ob sie schon dabei sind, den verschütteten Gang freizuräumen?» Jan lauschte. «Ich höre jedenfalls nicht das Geringste ... keine Bohrer, keine Presslufthämmer, nichts. Seid ihr wirklich sicher, dass man das Signal draußen empfangen kann?»

Tias blinde Augen waren zu Boden gerichtet. Ihr Gesicht zeigte keine Bewegung; nur ihre Brauen waren leicht zusammengezogen. Sie holte tief Luft.

«Ich bin *nicht* sicher», gab sie schließlich zu. «Dieses Gerät habe ich mir nicht selbst besorgt. Es war ein Geschenk von ... jemandem, der kein Experte in diesen Dingen ist. Er hat es im Internet bestellt. Eigentlich gibt es keine sichere Methode für Funkverbindungen unter Tage.»

Jan starrte sie entgeistert an. «Das heißt, dieses Ding ist möglicherweise völlig nutzlos?»

«Möglicherweise.»

«Und was machen wir dann hier?», fuhr Jan auf. «Warten wir auf Retter, die womöglich gar nicht kommen?»

«Wir haben keine andere Wahl!», gab Tia angespannt zurück. Ihre gewöhnlich so ruhige Stimme war etwas lauter geworden. Kim bemerkte, dass Leon, der neben ihr saß, sie besorgt von der Seite anblickte.

Kopfschüttelnd starrte Jan ins Leere. «Das darf doch nicht wahr sein ...»

«Ich gebe zu: Ich weiß nicht, was wir tun sollen», sagte Tia. «... was *ich* tun soll ...» Leon legte beschwichtigend eine Hand auf ihren Arm. «... es sei denn, ich ziehe auch die unwahrscheinlichsten Chancen in Betracht.»

«Zum Beispiel?», fragte Jan.

«Dieser Felsspalt, durch den ich vorhin gekrochen bin ...» Tia nickte zum Nebenraum hinüber. «Eigentlich bin ich sicher, dass er nicht ins Freie führen kann, weil es dort keine Luftströmung gibt ...»

«Aber?»

Tia seufzte. «Theoretisch wäre es trotzdem möglich. Die Luftströmung könnte durch thermische Effekte im Zusammenhang mit dem Gas abgeschwächt sein, oder durch eine sehr große Distanz zwischen Ein- und Ausstieg. Vielleicht habe ich mich ja geirrt, und meine Wahrnehmung ist weniger zuverlässig, als ich dachte.»

«Tia», wandte Leon leise ein, «das ist doch reine Spekulation, oder? Es passt ohnehin niemand durch diesen Spalt außer dir. Auf diesem Weg kommen wir bestimmt nicht ins Freie – selbst wenn deine Vermutung zutreffen würde, was ein Wunder wäre.»

«Vielleicht ist es langsam an der Zeit, auf Wunder zu hoffen», meinte Tia. «Immerhin könnte ich mich dort drüben einmal umsehen. Wenn ich tatsächlich einen Weg nach draußen finde, werde ich Hilfe holen ... wenn nicht, komme ich zurück.»

«Du allein? Was ist, wenn dir irgendetwas passiert? Ohne dich sind wir hier unten vollkommen hilflos.»

«Ich bin keine Hilfe, solange ich untätig herumsitze. Ich sollte es versuchen, auch wenn es noch so aussichtslos erscheint.»

«Tia ...»

Leon verstummte, als sie ihr Gepäck aufnahm. Es war offensichtlich, dass sie sich bereits entschieden hatte.

«Vielleicht ist das keine schlechte Idee», meinte Jan und stand gleichfalls auf. «Ich komme mit nach nebenan.»

«Ich auch», entschied Leon und wandte sich Kim und Philipp zu. «Bleibt hier! Wir sind gleich zurück.»

Sie krochen durch den Tunnel zum Nebenraum, Tia voran, dann Jan und Leon als Letzter.

Kim blieb mit Philipp zurück. Sein Gesicht wirkte verschlossen. Seit fast einer Stunde hatte er kein Wort mehr gesagt. Auf seiner Stirn standen Schweißperlen. Offenbar fiel ihm, ebenso wie ihr, das Atmen zunehmend schwer.

«Du redest zu viel mit diesen Leuten», flüsterte er.

«Diese Leute können vielleicht unser Leben retten!», verteidigte sich Kim. «Das ist das Einzige, was jetzt noch zählt.»

«Und was ist mit unserem Plan?»

«Vergiss den Plan!», zischte Kim. «Du hast doch gesehen, was passiert ist! Wir können von Glück sagen, wenn wir hier lebend herauskommen!» Sie seufzte schwer. «Wahrscheinlich war das Ganze von Anfang an keine gute Idee.»

«Natürlich war es das!», widersprach Philipp. «Es gibt Dinge, für die sich jedes Risiko lohnt. Noch weiß keiner, was *wir* wissen! Wenn wir hier raus sind, müssen wir es irgendwie schaffen, diese Forscher abzuhängen und zurückzukommen, so schnell es geht.» Er verstummte kurz. «Hast du die Waffe noch?»

Kim musste sich einen Augenblick besinnen, um zu begreifen, wovon er sprach.

«Den Revolver!», drängte Philipp. «Aus meinem Gepäck.»

«Du bist ja verrückt!», platzte Kim heraus. «Das Ding hab ich bei der Explosion verloren. Wahrscheinlich liegt es irgendwo unter einem Haufen Schutt. Wie kannst du jetzt daran denken?»

«Schon gut!», lenkte Philipp ein. «Ich wollte nur wissen, ob er weg ist. Keine Angst, ich gehe ihn nicht suchen!»

Kim musterte ihn misstrauisch.

«Maus ...» Er legte eine Hand auf ihren Arm. «Ich hab ja eingesehen, dass es blöd war, mich mit dem Polizisten anzulegen! Mit Geduld und ruhiger Überlegung kommen wir viel weiter ... Wir müssen nur auf den richtigen Moment warten.»

«Den richtigen Moment für *was?*»

«Weiß ich selbst noch nicht, aber ich lasse mir etwas einfallen.»

Kim schüttelte den Kopf. «Du spinnst ja ...»

«*Ich* spinne?» Philipps Hand drückte unwillkürlich schmerzhaft ihren Arm. «Weil ich das Beste für uns will? Dich von allen Sorgen befreien? Dir ein Sommerhaus in Norwegen schenken?»

«Hör bitte auf!», bat Kim verzweifelt. «Daraus wird doch ohnehin nichts! Wir wissen nicht einmal, ob der Schatz wirklich hier ist.»

«Er *muss* hier sein!», flüsterte Philipp. «Denk an den Brief!»

«Aber du hast doch gehört, was Tia über das blaue Licht gesagt hat! Es hat nichts mit irgendwelchen Schätzen zu tun. Es ist nur ein Gas.»

«Na gut, dann ist es eben nur ein Gas! Ich hab sowieso nie geglaubt, dass irgendetwas Übernatürliches dahintersteckt. Vielleicht ist das ja der Grund für all die Geschichten über Schatzlichter: Das Gas kommt aus dem Innern der Erde, und deshalb erscheint das blaue Licht an Orten, wo es tiefe Höhlen gibt. Seit Jahrhunderten sind Leute diesen Lichtern gefolgt, und was haben sie gefunden? Hohlräume unter der Erde – und in manchen davon Gold und Edelsteine!»

Kim verstummte. Es war möglich, dass er recht hatte. Dennoch wurde sie das Unbehagen nicht mehr los, dieses warnende Gefühl, das sich seit der Explosion eingestellt hatte. Sie wollte nur noch eines: Fort von hier. Alle Reichtümer der Welt konnten ihr gestohlen bleiben, wenn ihr nur die Gnade zuteilwurde, wieder die Sonne zu sehen und frische Luft zu atmen. Der Gedanke ließ Tränen in ihr aufsteigen, und unwillkürlich legte sie eine Hand auf ihr viel zu schnell klopfendes Herz.

«Ich kriege so schlecht Luft», flüsterte sie. «Du auch?»

Philipp antwortete nicht, obwohl auch er mit offenem Mund atmete.

Enttäuscht wandte Kim sich ab. Insgeheim hatte sie gehofft, er würde sie trösten, ihr Mut zusprechen. Doch für ihn schien es nichts Wichtigeres zu geben als diesen verfluchten Schatz. Seit das blaue Leuchten aufgetaucht war, hatte er nichts anderes mehr im Kopf. Manchmal fragte sich Kim sogar, ob all die teuren Geschenke, die er ihr versprochen hatte, nur eine Ausrede dafür waren.

Ein Sommerhaus in Norwegen ...

Sie war mehr als bereit, darauf zu verzichten. In diesem Moment hätte es ihr viel mehr bedeutet, wenn er sie einfach in die Arme genommen hätte.

Leon

«Tia, ich halte das *wirklich* für keine gute Idee», sagte Leon.

Sie standen am Rand der Halle. Tia umrundete den Abgrund und ging zielstrebig zu der Stelle hinüber, wo sich der schmale Spalt in der Wand öffnete.

«Ich muss es versuchen», erwiderte sie.

Leon seufzte. Normalerweise war es nicht an ihm, ihre Entscheidungen zu kritisieren. Diesmal jedoch hatte er ein ungutes Gefühl, das er weder ihr noch sich selbst erklären konnte. Vielleicht lag es daran, dass sie noch nie ohne ihn aufgebrochen war und dass die Aussicht, allein mit den anderen zurückzubleiben, ihn beklommen machte. Angestrengt suchte er nach sachlichen Argumenten.

«Wir brauchen dich hier! Spätestens dann, wenn die Gaskonzentration kritisch wird. Deine medizinischen Kenntnisse sind viel umfassender als meine.»

«Ich komme so bald wie möglich zurück», versprach Tia, «ob ich einen Weg finde oder nicht. Aber versuchen *muss* ich es. Wenn auch nur die allergeringste Chance besteht, dass dieser Durchschlupf nach draußen führt ...»

«Ich find's mutig, was du tust!», warf Jan ein.

Ärgerlich schüttelte Leon den Kopf. Jan konnte nun wirklich am allerwenigsten beurteilen, ob Tias Alleingang sich lohnte. Dass er überhaupt mit herübergekommen war, statt bei Philipp und Kim zu bleiben, empfand Leon bereits als aufdringlich.

«Mit Mut hat das nichts zu tun», wehrte Tia ab. «Aber ich könnte es mir nicht verzeihen, wenn ich eine Chance vertue.»

Sie senkte die Stimme.

«Die Lage ist verdammt ernst. Um ehrlich zu sein: Ich glaube nicht, dass dieser Notrufsender funktioniert, und das bedeutet, dass man uns womöglich erst heute Nacht vermisst. Vielleicht müssen wir einen ganzen Tag hier unten durchhalten, bis man uns befreit –

und die Luft ist jetzt schon schlecht. Ich weiß ja nicht, wie es euch geht, aber ich merke langsam, dass mir das Atmen schwerfällt.»

Leon konnte nicht widersprechen. In den vergangenen Stunden hatte auch er einen zunehmenden Druck auf der Brust verspürt – nicht wirklich Schmerz, aber eine Anspannung, die vermutlich irgendwann in Schmerz übergehen würde. Zweifellos handelte es sich um erste Symptome des Sauerstoffmangels. Wie lange mochte es dauern, bis erste Bewusstseinstrübungen auftraten?

«Ich muss das tun, solange ich noch Kraft habe», schloss Tia und wandte sich ihm zu. «Kannst du dich bitte um die anderen kümmern? Sobald jemand über Taubheitsgefühle in Armen und Beinen klagt, sollte das Sauerstoffgerät zum Einsatz kommen – nicht vorher.»

«Und was ist mit dir?», fragte Leon. «Wer wird für dich sorgen, wenn du irgendwo unterwegs bewusstlos wirst?» Er blickte zu dem Spalt am Fuß der Wand. «Wenn ich nur mitkommen könnte ... aber ich fürchte, ich passe da einfach nicht durch.»

«Vielleicht könnte *ich* mitgehen», schlug Jan überraschend vor.

«Du?» Leon glaubte seinen Ohren nicht zu trauen.

«Ja, warum nicht?»

Darauf wären Leon eine Menge Antworten eingefallen: Jan war Polizist und kein Höhlensteiger. Er besaß nicht die geringste Erfahrung und würde Tia eher behindern, als ihr eine Hilfe zu sein. Darüber hinaus passte er vermutlich genauso wenig wie Leon durch den engen Felsspalt.

«Das ist wirklich gut gemeint», begann Tia diplomatisch, «aber ...»

«Ich versuch's!», verkündete Jan spontan, ging in die Knie und steckte den Kopf in die Öffnung.

«Jan, nicht!», warnte Tia – doch der Polizist hatte bereits begonnen, sich mit ausgestreckten Armen voranzuwinden.

Leon erwartete, dass er steckenbleiben würde. Der Spalt war so eng, dass sogar Tia kaum hindurchgepasst hatte, und für ihn selbst hätte sich nicht einmal der Versuch gelohnt. Doch Jan hatte einen Vorteil: Seine Schultern waren schmaler als die von Leon. Als er bis zur Hüfte in dem Tunnel verschwunden war, hielt er einen Moment inne und trat hilflos mit den Beinen aus. Seine Hose war verrutscht, und der Gürtel klemmte unter einer Felszacke. Leon hörte das Reißen von Stoff und war bereits drauf und dran, zuzupacken und ihn zurückzuziehen. Dann aber wälzte sich Jan schnaufend auf die Seite, und Sekunden später glitt sein Körper mit einem Ruck außer Sicht.

«Bin drüben!», hallte seine Stimme dumpf herüber.

«Erstaunlich», sagte Tia, offenbar wider Willen beeindruckt. «Unser Sportkletterer ist beweglicher, als ich dachte.»

«Na, was für ein Glück», bemerkte Leon sarkastisch.

«Vielleicht ist das gar nicht so schlecht. Im Grunde hast du recht: Es ist sicherer, wenn ich nicht allein gehe.» Tia nahm ihren Rucksack ab, hielt inne und drehte sich noch einmal zu ihm um. «Kommst du klar?»

«Ich denke schon», gab Leon mit einer gewissen Kälte zurück, die eigentlich nicht in seiner Absicht lag.

«Sicher?»

Normalerweise war Tia nicht sehr hellhörig für verschwiegene Gefühle. Diesmal jedoch schien sie zu bemerken, dass etwas nicht stimmte. Als Leon noch immer hartnäckig schwieg, tat sie etwas, das sie bisher noch nie getan hatte: Spontan drängte sie sich an ihn und schlang die Arme um seinen Hals.

Leon war so überrascht, dass er sich unwillkürlich versteifte. Nur mit einiger Überwindung gelang es ihm, eine Hand auf ihren Rücken zu legen.

«Pass auf dich auf!», flüsterte sie nah an seinem Ohr. Dann ließ sie sich rasch am Boden nieder und kroch in den Felsspalt.

Aufgewühlt kehrte Leon zu den anderen zurück. Philipp zeigte keine Regung. Kim jedoch musterte Leon aufmerksam, fast neugierig, als er sich im Schneidersitz auf der Isomatte niederließ. Es ging ihr nicht besonders gut, das sah man deutlich: Sie atmete schwer und mit leicht geöffnetem Mund. Dennoch schien sie sich in diesem Moment mehr für Leon zu interessieren als für ihr eigenes Unwohlsein.

«Ist Tia losgegangen?», fragte sie.

Leon nickte. «Herr Möller begleitet sie.»

«Oh.» Kim schwieg einen Moment. «Na ja ... vielleicht finden die beiden ja wirklich einen Weg.»

Das klang beinahe tröstend und berührte Leon eigenartig. Offenbar war ihm anzusehen, dass er mit Tias Entscheidung nicht besonders glücklich war.

«Sie ist gut in so was, oder?», fragte Kim. «Ich meine: Wege zu finden.»

«Allerdings», bestätigte Leon. «Sie orientiert sich an den Echos. Wie sie das macht, ist mir selbst ein Rätsel.»

«Ist sie von Geburt an blind?»

Leon schüttelte den Kopf. «Autounfall.»

Kim wirkte betroffen, aber auch beeindruckt.

Ihre nächste Frage konnte Leon schon beinahe hören, bevor sie sie ausgesprochen hatte. Er war es gewohnt, dass Tia viel Interesse erregte, und irgendwann kam unausweichlich auch seine Rolle zur Sprache. Deutlich spürte er Kims neugierigen Blick.

«Ist sie ... ich meine ... seid ihr ...» Sie schien nach den richtigen Worten zu suchen. «Seid ihr beide ... zusammen?»

«Wir wohnen zusammen, und wir arbeiten zusammen», gab Leon die einstudierte Formel wieder.

Er rechnete bereits mit weiteren Fragen, doch ein krampfartiger Husten ließ Kim verstummen.

«Alles okay?», fragte Leon und zog die Flasche mit dem isotonischen Durstlöscher aus seinem Gepäck. «Möchtest du einen Schluck trinken?»

Kim wehrte kopfschüttelnd ab, eine Hand vor dem Mund. «Es geht schon. Es ist nur die schlechte Luft.»

Besorgt betrachtete Leon ihr Gesicht: Es war nicht gerötet, wie es bei gewöhnlichem Husten der Fall gewesen wäre, sondern blass, und ihre Wangen schimmerten bläulich. Nicht jeder Mensch war für Sauerstoffmangel gleichermaßen empfindlich, das wusste Leon. Er selbst hatte bisher nur Kopfschmerzen und einen leichten Druck auf der Brust bemerkt. Wie schnell sich die Symptome bemerkbar machten, hing von vielem ab, unter anderem von der Leistungskraft des Herzmuskels und der Menge von Hämoglobin im Blut.

«Sag mir, wenn es zu schlimm wird», bat er. «Dann schalte ich das Sauerstoffgerät an. Wir sollten den Moment allerdings so weit wie möglich hinauszögern.»

Kim nickte tapfer und schlug die Augen nieder. Offenbar war ihr die Lust am Reden vergangen.

Besser so, dachte Leon. *Sprechen verbraucht nur zusätzlichen Sauerstoff.*

Dennoch empfand er die Stille als bedrückend. Mehr noch: Er fühlte sich plötzlich sehr einsam. Kim hatte den Kopf auf Philipps Schulter sinken lassen. Leon hatte niemanden, an den er sich anlehnen konnte. Er war allein.

Verstohlen betrachtete er das ungleiche Paar. Im Grunde hatten die beiden wenig gemeinsam. Philipp wirkte düster und verschlossen, geradezu abweisend. Dass er fähig gewesen war, mit einer Pistole herumzufuchteln und Jan niederzuschlagen, sagte mehr als genug über seinen Charakter aus. Was immer die beiden hier gesucht hatten; Leon zweifelte nicht daran, dass es Philipps Idee gewesen war. Betrachtete man Kim, die sich an seine Seite lehnte, kam man unweigerlich ins Sinnieren über die berühmten Gegensätze, die einander anzogen. Kim war ganz anders als ihr Freund: vertrauensvoll, sympathisch ... sogar attraktiv.

Unwillkürlich ertappte sich Leon bei der Frage, wie ein Mann von Philipps Schlag zu einer solchen Freundin kam. Er schämte sich ein wenig für diesen Gedanken, denn er spürte etwas wie Neid und sogar Bitterkeit darin. Vielleicht lag es daran, dass er seit mehr als drei Jahren Single war und mit der Tatsache fertigwerden musste, dass Tia ihn nicht als Mann zur Kenntnis nahm. Stattdessen schien sie im Begriff, auf einen Schleimer wie Jan hereinzufallen – was Leon über alle Maßen kränkte. Zwar war er nicht sicher, ob sie seine Annäherungsversuche überhaupt begriff, doch allein die Tatsache, dass sie diesen Kerl nicht mit der angemessenen Härte zurückwies, verletzte ihn.

Erneut hustete Kim, diesmal leise, als versuchte sie es zu unterdrücken.

Schluss jetzt!, befahl Leon sich selbst und würgte seine Gedanken ab. Im Moment gab es ernstere Probleme zu bewältigen als seine verletzten Gefühle. Schuldbewusst packte er das Sauerstoffgerät aus, das er noch nie benutzt hatte, und überflog im Schein seiner Lampe die Bedienungsanleitung.

Tia

Hinter dem Felsspalt lag, wie Tia bereits bei ihrer ersten Erkundung festgestellt hatte, ein Tunnel von ovalem Querschnitt. Wie sich herausstellte, führte er über eine längere Strecke mit mäßigem Gefälle abwärts. Tia betastete ausgiebig Boden und Wände, fand Strömungslinien und schloss, dass er Teil jenes unterirdischen Flusssystems gewesen sein musste, das sich vor langer Zeit seinen Weg durch den Kalkstein gebahnt hatte. Vielleicht war ihre Hoffnung doch nicht unbegründet, dass sie am Ende einen Weg ins Freie fand. Schließlich musste das Wasser irgendwohin abgeflossen sein, womöglich zu einer Quelle im Tal.

«Ich hoffe, es ist okay, dass ich dir Gesellschaft leiste», sagte Jan, der ihr in drei Schritten Abstand folgte.

«Ach, ich fühle mich doch ganz wohl, nicht allein zu sein», gab Tia zu. «Eigentlich gilt unter Tage dasselbe Prinzip wie bei euch Polizisten auf Streife: Jeder sollte einen Buddy haben.»

Jan lachte. «Gut, ich bin gern dein Buddy! Auch wenn du sicher lieber deinen Freund bei dir hättest.»

«Nein, das ist schon in Ordnung. Es ist besser, wenn Leon bei den anderen bleibt, damit er sie notfalls versorgen kann.»

Tia tastete sich ein Stück weiter und schnalzte mit der Zunge, um die Länge des Gangs zu ermessen. Das Echo ließ auf einen größeren Hohlraum in einiger Entfernung schließen.

«Ist dein Freund denn medizinisch ausgebildet?», nahm Jan das Gespräch wieder auf.

«Wir machen beide jedes Jahr einen Erste-Hilfe-Kurs», erklärte Tia. «Unerlässlich, wenn man in Höhlen unterwegs ist. Das Unfallrisiko ist nun einmal sehr hoch.»

«Verstehe», sagte Jan, scheinbar befriedigt. Dann aber setzte er nach: «Er ist doch dein Freund, oder?»

«Der beste Freund, den ich habe», bestätigte Tia – auch wenn sie ahnte, dass es nicht das war, was Jan wissen wollte. Tia war durchaus bewusst, dass ihre Beziehung zu Leon den meisten Menschen ungewöhnlich erscheinen musste. Warum Jan sich so sehr dafür interessierte, war ihr allerdings ein Rätsel; schließlich hatten sie im Moment ganz andere Probleme.

«Vorsicht, hier geht's abwärts!», warnte sie. Sie ließ sich auf die Knie nieder, kroch auf allen vieren weiter und ertastete eine Felskante. Offensichtlich war sie Teil einer Reihe natürlicher Stufen, die wie eine Treppe abwärtsführten, jedoch in unregelmäßigen Abständen und glitschig von der Luftfeuchtigkeit. Der Abstieg konnte heikel werden.

«Rückwärts, mit den Füßen zuerst!», ordnete sie an.

Sie kletterte voraus und hielt immer wieder inne, um auf Jan zu lauschen – seine Bewegungen, seinen Atem, das Rascheln seiner Kleidung. Wenn er abrutschte, würde er auf sie stürzen und sie wahrscheinlich beide in die Tiefe reißen. Zum Glück schien es, dass er seine Sache gut machte; nur sein Atem war leicht beschleunigt von der Anstrengung.

«Nicht mehr weit», ermutigte sie ihn, während sie mit den Fußspitzen nach der nächsten Stufe tastete.

«Wie kannst du das bloß wissen?», staunte Jan. «Ich fasse es immer noch nicht, dass du mit diesen Zungen-Klicks weiter siehst als ich mit meiner Lampe.»

«Das kann man lernen, auch wenn es lange dauert.»

Tia erreichte den Boden und richtete sich auf.

«Wie lange hast du dafür gebraucht?», fragte Jan, während er vorsichtig nachkam.

«Fünf oder sechs Jahre. Ich weiß noch: Mit achtzehn konnte ich zum ersten Mal das Echo eines Maschendrahtzauns erkennen. Bei Objekten ohne geschlossene Oberfläche ist die Sache weit schwerer als bei festen Wänden.»

«Daraus schließe ich, dass du noch sehr jung warst, als du blind geworden bist?»

«Zwölf», bestätigte Tia und griff nach Jans Arm, als er sich über die letzte Stufe herabließ.

«Das war damals bestimmt schwer für dich», sagte er mitfühlend.

Tia nickte nur und begann sofort, sich weiter den Gang hinabzutasten.

«Für deine Eltern sicher auch.»

Tia sah ein, dass er sich unbedingt mit ihr unterhalten wollte, und beschloss, ihm den Gefallen zu tun. Normalerweise sprach sie nur selten über ihre Vergangenheit, und auch nur mit vertrauten Personen. Aber vielleicht, sagte sie sich, suchte Jan einfach Ablenkung von der verzweifelten Lage, in der sie sich befanden.

«Es war schwierig, ja», begann sie. «Als ich aus der Klinik kam, konnte ich ohne Hilfe kaum ins Bad finden, mich nicht alleine anziehen, mir nicht die Schuhe zubinden. Es war schlimm, bei jeder Kleinigkeit meinen Vater rufen zu müssen.»

«Was war mit deiner Mutter?»

«Sie starb bei dem Unfall. Mein Vater trauerte sehr um sie – und ich versuchte, ihn zu schonen und ihm möglichst wenig zur Last zu fallen. Aber als ihm die Ärzte empfahlen, mich in ein Blindenheim zu geben, habe ich mich mit Händen und Füßen gewehrt. Ich sagte ihm: Bevor du mich in so ein Heim steckst, sorge ich lieber dafür, dass ich allein zurechtkomme. Und das habe ich getan.»

«Wie?»

«Mit täglichem Training. Ich habe mich allein durch die Wohnung getastet und ihm verboten, mir zu helfen, selbst wenn ich mir den hundertsten blauen Fleck dabei holte. Oft habe ich heimlich in der Nacht geübt, damit er es nicht merkte. Nach zwei Monaten konnte ich mich im Haus einigermaßen sicher bewegen und wollte nach draußen. Mein Vater bat Nachbarn und Freunde, mich zu begleiten, aber ich bin ihnen immer entwischt und allein herumgestreunt. Im Grunde tut er mir leid ... Ich habe ihn damals sicher einiges an Nerven gekostet.»

«Und wie kam es, dass du dann später studieren konntest?»

«Ach, ich weiß auch nicht ... Als Kind war ich in der Schule eher mittelmäßig, aber nach dem Unfall dachte ich: Jetzt musst du so schnell und so viel wie möglich lernen, um dich wieder in der Welt zurechtzufinden. Ich lernte die Blindenschrift, las ein Buch nach dem anderen, und nach einem Jahr war ich plötzlich Klassenbeste.» Tia lachte verlegen. «Ich weiß bis heute nicht, wie ich das geschafft habe. Aber ein netter Nebeneffekt der Sache war, dass ich anderen Schülern Nachhilfeunterricht geben konnte – und der finanzierte mir dann eine Punktschriftmaschine und Texterkennungs-Software für den Computer. Mein Vater hätte das Geld dafür nicht gehabt.»

«Toll!», meinte Jan mit ehrlicher Bewunderung. «Eindrucksvoll, was man aus sich machen kann, wenn man nur den Willen dazu hat.»

«Ich hatte aber auch viel Unterstützung», stellte Tia klar. «Mein Vater war immer für mich da, und auch einigen Lehrern verdanke ich viel. Ich war auf der Carl-Strehl-Schule – das ist das einzige Gymnasium für blinde Menschen in Deutschland.»

«Echt beeindruckend ... Ich wag's ja kaum zu sagen, aber ich hab bloß mittlere Reife. Mehr braucht man nicht bei der Schutzpolizei.»

«Ach ...» Tia winkte ab. «Was bedeutet schon ein Schulabschluss? Es gibt Wichtigeres.»

«Zum Beispiel?»

«Zum Beispiel die Bereitschaft, Menschen zu helfen, auch wenn man dabei die eigene Sicherheit aufs Spiel setzt. Und das tust du doch als Polizist.»

«Ich denke schon, ja ... aber du tust es auch», gab Jan das Kompliment zurück. «Immerhin versuchst du gerade, vier Verschüttete aus einer Höhle zu retten.»

«Ich muss es zumindest versuchen», sagte Tia.

Beide schwiegen, während sie weitergingen. Jans Neugier schien fürs Erste befriedigt – und was Tia betraf, so hing sie ihren eigenen Gedanken nach.

Im Kopf wiederholte sie ihren letzten Satz: *Ich muss es zumindest versuchen*. Das musste sie in der Tat, denn mit der bloßen Vorstellung, dass sie irgendeine Möglichkeit zur Rettung außer Acht gelassen hatte, hätte Tia nicht leben können. Zwar trug sie nicht die geringste Schuld an den Ereignissen: Sowohl Jan als auch Philipp und Kim waren aus eigenem Antrieb in die Höhle eingedrungen; von dem gefährlichen Gas hatte niemand etwas ahnen können, und die Explosion hatte Philipp mit seiner Leuchtfackel ausgelöst. Dennoch fühlte Tia sich verantwortlich. Sie hätte nicht erklären können, warum. Sicher lag es zum Teil daran, dass sie sich besser als die anderen orientieren konnte, womit ihr automatisch die Rolle der Pfadfinderin zufiel – doch das war es nicht allein.

Seit ihrem Unfall zog sich das Bedürfnis, Menschen aus Gefahren zu retten, wie ein roter Faden durch ihr Leben. Die Gelegenheiten ergaben sich von selbst, denn es herrschte nie Mangel an leichtsinnigen Amateuren, die Höhlen als eine Art Abenteuerspielplatz betrachteten. Einmal hatte Tia bei einem Forschungsurlaub auf Malta eine Touristin gerettet, die vom Hochwasser in einer Felshöhle eingeschlossen worden war. Bei einer anderen Gelegenheit hatte sie aus einer slowenischen Höhle ein verirrtes Pärchen ins Freie zurückgebracht, das dem Erfrieren nahe gewesen war. Und als sie vom Grubenunglück in der Schachtanlage Biedersheim gehört hatte, war sie ohne Zögern angereist und hatte der Werksleitung ihre Hilfe angeboten. Vier Bergleute waren verschüttet worden, und man hatte nicht gewusst, ob sie noch am Leben waren. Tia war es gelungen, dank ihres feinen Gehörs die Klopfzeichen der Verschütteten zu orten und ihre Bergung zu ermöglichen. Die Geschichte hatte sie über Nacht berühmt gemacht, denn das Grubenunglück war durch alle Fernsehnachrichten gegangen, und selbst große Tageszeitungen hatten sie als «Engel von Biedersheim» betitelt.

«Frau Traveen, Sie sind doch eigentlich Wissenschaftlerin. Warum retten Sie Leben?», hatte ein Journalist sie einmal gefragt.

Tia konnte diese Frage nicht schlüssig beantworten. Vielleicht, dachte sie manchmal, hing es mit dem Unfall zusammen. Natürlich trug das Kind, das sie damals gewesen war, objektiv nicht die geringste Verantwortung – dennoch konnte Tia nie vergessen, dass sie sich mit ihrer Mutter gestritten hatte, kurz bevor ein rücksichtsloser Raser auf der Überholspur sie zum Ausscheren genötigt hatte. Irgendein schwer erklärbares Gefühl war davon zurückgeblieben, ein Bewusstsein von Ohnmacht, Reue und verpasster Gelegenheit, das sich nie ganz verdrängen ließ. Tia hatte ihre Mutter nicht retten können ... nun rettete sie andere, wann immer sich eine Gelegenheit dazu bot. Die Tatsache, dass sie überlebt und gerade durch ihre Behinderung außergewöhnliche Fähigkeiten entwickelt hatte, musste schließlich irgendeinen Sinn haben. An diesem Glauben, dem Gefühl einer Art Berufung, hing Tia mit ähnlicher Leidenschaft wie manche anderen Menschen an Gott.

«Da vorne liegt ein größerer Raum», bemerkte Jan.

Tia nickte. Langsam tastete sie sich voran, wobei sie den Kopf von einer Seite zur anderen wandte und leise mit der Zunge schnalzte, in der Hoffnung, weitere Durchgänge auszumachen. Doch das Einzige, was sie deutlich wahrnehmen konnte, war eine glatte Struktur am tiefsten Punkt des Raums, deren leicht vibrierendes Echo auf eine flexible Oberfläche schließen ließ – stehendes Wasser.

«Oh», machte Jan, der es offenbar im gleichen Moment bemerkt hatte.

Tia ließ sich auf die Knie nieder, kroch bis zum Rand der Wasserfläche und tauchte eine Hand hinein. Der Boden darunter war glatt wie der Rand einer Badewanne und fiel in steilem Winkel ab.

«Nicht gut, oder?», mutmaßte Jan.

Tia setzte sich nachdenklich auf. «Kommt drauf an.»

«Auf was?»

«Ob das einfach nur ein See ist – oder ein Siphon, der eine besonders tiefe Stelle des Höhlensystems bedeckt. Dahinter könnte es wieder nach oben gehen.»

«Du meinst, unter Wasser könnte ein Durchgang zu einem weiteren Raum sein?»

«Ausgeschlossen ist es nicht – und es könnte die fehlende Luftströmung erklären. Das Wasser würde sie blockieren.»

Sie fühlte, wie ihr Herz beim Gedanken an die unvermeidliche Konsequenz schneller schlug. Wenn auch nur die geringste Chance bestand, dass ihre Vermutung zutraf, würde ihr nichts anderes übrigbleiben, als es herauszufinden.

«Sag bloß, du hast eine Taucherausrüstung dabei?», fragte Jan mit wenig Hoffnung.

Tia seufzte. Nein, sie hatte keine Taucherausrüstung im Gepäck, lediglich einen speziellen Neoprenanzug mit langen Ärmeln und Beinen, den sie sonst nur bei Kälte oder hoher Luftfeuchtigkeit überstreifte. Mit einer Situation wie dieser hatte sie nicht im Mindesten gerechnet. Beim Aufbruch war sie davon ausgegangen, dass es sich nur um eine Routinetour handelte, und nie wäre sie auf die Idee gekommen, die schweren Sauerstoffflaschen mitzuschleppen. Tia war eine exzellente Schwimmerin, und Tauchen gehörte zu ihren Hobbys – ein Siphon aber war etwas anderes als ein künstliches Schwimmbecken: Er konnte metertief sein und von Riffen durchsetzt, an denen man sich Schnittverletzungen oder Knochenbrüche zuziehen konnte.

«Tja, dann können wir nichts machen, oder?», unterbrach Jan ihre Gedanken. «Wir müssen umkehren.»

Gern hätte Tia ihm zugestimmt. Sie war nicht gerade scharf darauf, sich dem Wasser auszusetzen, dessen Temperatur vermutlich nahe dem Gefrierpunkt lag. Schwer atmend richtete sie sich auf, streifte ihren Rucksack ab und zog den Neoprenanzug hervor.

«Was hast du vor?» Jans Stimme klang ungläubig, fast erschrocken.

«Ich werde tauchen», sagte sie. «Mein Atem müsste für etwa dreißig Sekunden unter Wasser ausreichen. Der Anzug hier ist leider nur ein Notbehelf, aber er sollte mich zumindest vor dem Erfrieren schützen.»

«Das ist nicht dein Ernst, oder?»

«Nach schlechten Witzen ist mir ganz bestimmt nicht zumute», versicherte Tia. «Hilfst du mir mal kurz? Auf der Rückseite meines Cave-Suits ist ein Reißverschluss; da komme ich nicht ran.»

Jan blieb einen Moment reglos. Dann aber hörte Tia, wie er hinter sie trat. Der Reißverschluss schnarrte leise.

«In meinem Rucksack ist eine Decke», fuhr sie fort. «Du musst sie bereithalten, wenn ich zurückkomme. Das Wasser wird verflucht kalt sein.»

Sie streifte den Cave-Suit ab, Helm und Stiefel, schließlich Unterhemd und Slip. Kein Teil ihrer Kleidung durfte nass werden, denn wenn sie zurückkehrte, würde ihr Leben davon abhängen, dass die Sachen trocken waren.

Jan war ein paar Schritte zurückgetreten. Vage wurde Tia bewusst, dass sie nackt vor ihm stand, und sie beeilte sich, den Neoprenanzug überzustreifen. Er war sehr eng, und sie musste ihn mühsam an ihrem Körper hochrollen. Es war kein richtiger Taucheranzug mit wasserdichten Doppelmanschetten an Armen und Beinen. Das Wasser würde in ihn eindringen, und die Isolationsleistung war gering. Zudem bedeckte der flexible Kunststoff nur Rumpf und Extremitäten; Hände und Füße blieben frei.

Das Schweigen war bedrückend. Gern hätte Tia irgendetwas gesagt, doch ihr fiel nichts ein. Instruktionen erübrigten sich, denn jede hätte mit der Einleitung «Falls ich nicht zurückkomme» begonnen, und sie scheute sich, diese Worte auszusprechen. Wenn irgendetwas schiefging, musste sie sich darauf verlassen, dass Jan den Weg zu den anderen zurückfand.

«Na dann ... bis gleich.»

Sie gab sich Mühe, zuversichtlich zu klingen. Vorsichtig ließ sie sich am Ufer nieder und setzte die nackten Füße ins Wasser. Die Kälte bewirkte, dass sie unwillkürlich krampfhaft einatmete und eine Gänsehaut über ihre Brust lief. Ihr Herz flatterte wie eine aufgescheuchte Taube – es war gesund und gut trainiert, doch der Vorgeschmack auf das, was gleich von ihm erwartet wurde, ließ es heftiger schlagen als bei einem Dauerlauf.

Maximal dreißig Sekunden!, schärfte Tia sich ein. *Keine Zeit zum Zögern, oder auch nur, um zwischendurch aufzutauchen.*

Sie atmete einige Male tief, um ihre Lungen zu dehnen, ging in die Hocke – wobei sie das Eiswasser an Bauch und Hüften durch den Anzug hindurch spürte – und tauchte ab.

Carolin

Zurück im Hotel hatte Carolin einige Zeit in der Lobby verbracht, Kaffee getrunken und nachgedacht. Am Ende aber hatte sie einen Entschluss gefasst und ein Taxi gerufen, um sich bei der Psychiatrischen Klinik absetzen zu lassen. Dahms' beiläufige Bemerkung über Patienten, die das blaue Licht gesehen hatten, ging ihr nicht mehr aus dem Kopf. Natürlich würde sie ihm nichts von diesem Ausflug erzählen, zumal es wohl unvermeidlich war, dass sie ihren Beruf verheimlichte und sich als Besucherin ausgab.

Die Klinik, eine parkartige Anlage mit weit verstreuten Gebäuden zwischen üppigen Grünflächen, war angelegt wie ein kleines Dorf. Einige der Häuser waren im Stil der Region bunt angestrichen, zumeist in freundlichem Blau und Weiß.

Carolin folgte einem Rundweg und sah sich um. Noch hatte sie keinen Plan, verließ sich jedoch auf ihre Intuition für die richtige Gelegenheit. Gedankenverloren betrachtete sie die wenigen Menschen, die sich im Freien aufhielten. Sie saßen zumeist auf Bänken im Schatten der Bäume, manche ins Gespräch vertieft, andere still vor sich hin dösend. Hier und dort verriet ein wehender Kittel einen Mitarbeiter des Pflegepersonals.

Carolin blieb vor einem Gebäude stehen, von dem man einen guten Blick auf die Berglandschaft im Norden hatte. Irgendwo dort drüben, in wenigen Kilometern Entfernung, musste der Hang mit der Höhle liegen.

«Suchen Sie etwas?», fragte ein älterer Mann, der auf einer Bank saß und eine Zigarette rauchte.

Carolin blickte rasch zu dem Gebäude hinüber, um die Nummer abzulesen. «Haus 5 ... danke, hab's grad gefunden.»

Der Mann nickte befriedigt. Carolin musterte ihn aus dem Augenwinkel. Er gehörte offensichtlich nicht zum Personal, sondern war ein Patient, wirkte aber ruhig und vernünftig. Sie beschloss, ihre Chance zu nutzen.

«Darf ich Sie etwas fragen? Meine Schwester war bis vor kurzem hier untergebracht», improvisierte Carolin. «Sie hat mir so komische Geschichten erzählt ... von einem blauen Licht, das da drüben in den Bergen leuchten soll. Ich bin sicher, dass sie es sich nur eingebildet hat, und wollte mich selbst überzeugen.»

Sie beschattete die Augen mit der Hand und spähte zu den Höhenzügen hinüber.

Der Mann lächelte. «Ach, das Irrlicht! Ja, davon sprechen viele im Moment. Angeblich soll es von hier aus besonders gut zu sehen sein, aber nur bei Nacht.»

«Haben Sie es auch schon gesehen?»

«Nein. Aber fragen Sie mal unsere Frau Holle.» Er nickte zu einem Rasenstück an der Westseite des Hauses hinüber, wo eine weitere Bank stand. «Verzeihung, wir nennen sie so – ihren richtigen Namen kenne ich nicht.»

«Vielen Dank.»

«Aber passen Sie auf! Die Gute ist ein wenig seltsam.»

Carolin verbarg ein Schmunzeln. Dass die Insassen einer psychiatrischen Klinik mitunter ein wenig «seltsam» seien, fand sie kaum überraschend. Sie schlenderte zu der Bank hinüber, auf der eine Frau mittleren Alters im roten Sommerkleid saß.

«Guten Tag», grüßte sie freundlich und setzte sich umstandslos. «Das ist aber schön hier.»

Die Dame nahm ihre Anwesenheit zunächst nicht zur Kenntnis. Erst mit einigen Sekunden Verspätung flackerten ihre Augen in Carolins Richtung.

«Sind Sie der neue Doktor?», fragte sie mit einer seltsam verlangsamten Stimme.

Carolin überlegte kurz, ob sie es sich leisten konnte, diesen Irrtum auszunutzen. Doch der Gedanke, sich einen Titel anzumaßen, erweckte einige Skrupel. Sie beschloss, bei der Geschichte zu bleiben, die ihr bereits vor zwei Minuten eingefallen war.

«Nein, ich sehe mich nur ein bisschen um», sagte sie. «Meine Schwester war bis letzte Woche hier und hat mir so merkwürdige Geschichten erzählt … über ein Licht, das da drüben in den Bergen leuchten soll.»

Frau Holle wandte ihr langsam das Gesicht zu. Carolin erwiderte den Blick, auch wenn die Frau ihr etwas unheimlich vorkam. Das lag vermutlich an den verschleierten Augen hinter der Brille und der Nachmittagssonne, die eine Hälfte ihres Gesichts wie mit glühendem Feuer überzog.

«Haben Sie es auch gesehen?», fragte Frau Holle.

«Nicht ich, aber meine Schwester», wiederholte Carolin.

«Kenne ich sie?», wollte Frau Holle wissen.

«Wahrscheinlich nicht. Sie war nur kurz hier und hat die meiste Zeit auf ihrem Zimmer verbracht. Aber von diesem blauen Licht redet sie ständig.»

Frau Holle wandte den Blick wieder in die Ferne. Eine Weile saßen sie stumm nebeneinander, und Carolin hatte bereits das Gefühl, dass die Frau sie vergessen hatte. Plötzlich aber begann sie zu sprechen.

«Es leuchtet nur nachts … nicht in jeder Nacht, und nie lange. Aber ich habe es schon oft gesehen. Sogar von meinem Zimmerfenster aus.»

«Wissen Sie, was es ist?», fragte Carolin.

«Es ist nichts Gutes. Das sagen zumindest die Devas.»

«Wer?»

«Die Devas.» Frau Holle wirkte enttäuscht. «Sehen Sie nie Devas?»

«Ich glaube nicht», erwiderte Carolin vorsichtig. «Wo könnte ich sie denn sehen?»

«Überall dort, wo Licht ist. Devas sind Geister des Lichts, Emanationen positiver Energie. Sie halten sich an Kraftorten auf, in freier Natur, in Wäldern, in Büschen und Blumen.»

Aha, dachte Carolin – und fragte sich, ob solche Vorstellungen gewöhnliche Esoterik waren oder etwas mit den Gründen zu tun hatten, warum die Frau in diese Anstalt eingewiesen worden war.

«Und die Devas sagen Ihnen, dass dieses Licht nicht gut ist?»

Frau Holle schüttelte langsam den Kopf. «Überhaupt nicht gut. Es heißt, wo ein solches Licht brennt, gäbe es Schätze. Aber mit solchen Dingen locken die Devas nicht. Sie verleihen den Menschen nur Weisheit und Liebe, keine Reichtümer. Es sind ihre dunklen Vettern, unreine Geister, die das Böse im Menschen ansprechen – das Ego, das von materiellen Begierden beherrscht wird. Dieses blaue Licht ist eine Verlockung aus dem Reich der Finsternis.»

Carolin lauschte verwirrt, wagte jedoch nicht, den seltsamen Vortrag durch Fragen zu unterbrechen.

«Auch hier im Haus sagen einige, dass das Licht auf einen Schatz hindeutet», fuhr Frau Holle fort, «und dass man nur hingehen und ihn sich holen müsse. Einer hat es schon versucht. Sie haben ihn mitten in der Nacht aufgegriffen und zurückgebracht, als er im Wald umherirrte.» Sie senkte den Kopf. «Ich glaube, dass selbst meine Tochter ... meine eigene Tochter ... nach diesem Licht sucht. Ich habe davon geträumt.»

«Das bereitet Ihnen sicher große Sorgen», mutmaßte Carolin.

Frau Holle seufzte schwer. «Hätten Sie nicht auch Angst, wenn Sie wüssten, dass Ihr eigenes Kind einen falschen Weg geht?»

Carolin nickte ernst.

«Haben Sie Kinder?»

«Leider nein», gab Carolin zu.

«Sie sind sehr freundlich. Sie lachen nicht über mich, so wie alle anderen.» Frau Holle schien etwas eingefallen zu sein. Sie öffnete ihre Handtasche, kramte umständlich eine Brieftasche hervor und zog ein Foto heraus. «Hier! Das ist meine Kim.»

Sie zeigte Carolin das Foto, auf dem eine hübsche junge Frau mit etwas unsicherem Lächeln in die Kamera blickte.

«Ist sie nicht ein Lichtwesen? So gut? So rein?»

Carolin nickte erneut.

«Aber auf Abwegen», murmelte ihre Gesprächspartnerin düster. «Sie kommt mich höchstens einmal im Monat besuchen ... und sie teilt ihr Leben mit einem merkwürdigen jungen Mann, der überhaupt keine spirituelle Aura hat. Einem Mann, der materiellen Dingen verfallen ist. Verstehen Sie, was ich meine?»

«Kann ich Ihnen irgendwie helfen?», fragte Carolin.

Frau Holle blickte ihr einige Zeit tief in die Augen.

«Vielleicht können Sie das», meinte sie schließlich. «Wollen Sie so gut sein und nachsehen, wie es meiner Kim geht?»

«Könnte ich das denn?»

«Sie wohnt im Moment bei mir und kümmert sich um das Haus.» Frau Holle kramte in ihrer Handtasche und zog einen Kugelschreiber hervor, um in zittriger Handschrift etwas auf die Rückseite des Fotos zu schreiben. «Hier ...»

Carolin nahm das Foto entgegen und entzifferte die Adresse. Eine Straße in Lochberg, dazu der Name «Dora Werninger».

«Würden Sie hinfahren und nach Kim sehen?» Dora Werninger flehte beinahe.

«Ja, natürlich», versprach Carolin. «Wenn ich dort war, kann ich Sie dann hier erreichen?»

«Die Ärzte haben mir mein Handy abgenommen ... aber vielleicht könnten Sie wiederkommen?»

«Klar. Kein Problem.»

«Wirklich?»

«Vielleicht nicht gleich heute», schränkte Carolin vorsorglich ein. «Aber sobald ich es einrichten kann.»

Frau Werninger seufzte.

«Die Devas müssen Sie geschickt haben ... ich wusste, sie würden mich nicht im Stich lassen. Man trifft oft genau die Menschen, die man braucht – wussten Sie das?»

Carolin nickte zum ungefähr zehnten Mal und kam sich ein wenig wie eine Puppe vor, deren Kopf an Schnüren hing.

«Sie können sich auf mich verlassen», sagte sie, steckte das Foto ein und erhob sich. Ein Abschiedswort war angebracht, irgendetwas, womit sich das Gespräch für den Augenblick beenden ließ. Carolin grübelte noch, doch Frau Werninger nahm ihr die Mühe ab.

«Gehen Sie im Licht!»

«Auf Wiedersehen», erwiderte Carolin etwas förmlich, wandte sich um und ging langsam zu dem Rundweg zurück, auf dem sie gekommen war.

Und jetzt?, fragte sie sich. Eigentlich hatte sie nur auf ein paar Informationen gehofft, und nun hatte sie sich einen Auftrag aufgehalst, der nicht im Mindesten zu ihren Plänen passte. Allerdings war es nicht besonders edel gewesen, die offensichtliche Verwirrtheit dieser Person auszunutzen, und Carolin fühlte sich nicht gut dabei. Die mindeste Wiedergutmachung bestand darin, dass sie tatsächlich einmal bei Frau Werninger zu Hause vorbeischaute – auch wenn die Tochter wahrscheinlich nur die Augen verdrehen würde, sobald Carolin ihr Anliegen vorbrachte.

Sie wollte eben die Nummer des Taxi-Unternehmens eingeben, als das Telefon in ihrer Hand vibrierte. Erstaunt nahm sie den Anruf an.

«Frey?»

«Dahms hier.»

«Oh! Nett, dass Sie anrufen», freute sich Carolin. «Fertig mit der Arbeit?»

«Nicht ganz, fürchte ich. Es hat länger gedauert, als ich dachte, und nun muss ich eigentlich gleich zu einem weiteren Termin aufbrechen. Ich wollte fragen, ob es Ihnen etwas ausmacht, wenn ich noch ein Stündchen beschäftigt bin.»

«Kein Problem. Vielleicht kann ich Sie ja nachher zu einem Glas Wein in der Hotelbar überreden.»

«Leider kann ich noch nicht mit Sicherheit sagen, wie lange es dauert. Ich muss eine Bohrstelle für Erdgas inspizieren.»

«Klingt interessant! Warum nehmen Sie mich nicht einfach mit?», schlug Carolin vor.

«*Sie* mitnehmen?»

«Vielleicht gibt es ja etwas zu berichten.»

«Sie werden sich langweilen ...»

«Mit Ihnen bestimmt nicht!», sagte Carolin forsch.

Dahms schwieg verlegen.

«Tja ... soll ich Sie dann wieder beim Hotel abholen?», fragte er schließlich.

«Perfekt wäre: An der Eberbacher Straße, bei der Psychiatrischen Klinik.»

«Nanu, was machen Sie denn dort?»

«Ich bin ein bisschen spazieren gegangen.»

«Gut, dann komme ich dorthin.»

«Vielen Dank.»

Carolin schmunzelte, als sie auflegte. Sie freute sich auf den Ausflug und hatte schon fast vergessen, was sie eben vorgehabt hatte. Frau Werningers Anliegen konnte warten, wenn die Alternative darin bestand, mit Dahms zusammen zu sein.

Kim

Kim träumte.

Eigentlich waren es keine richtigen Träume, eher Visionen von der Art, wie sie sich manchmal im Halbschlaf einstellen, wenn der Geist sich noch nicht gänzlich ins Innere des Körpers zurückgezogen hatte. Zeitweise war Kim wach – oder glaubte zumindest, es zu sein –, driftete aber immer wieder davon. Es fühlte sich nicht wie Einschlafen an, eher wie eine Säule schwarzen Wassers, das aus der Tiefe aufstieg und sie zu verschlingen drohte. In dem Wasser waren Bilder – unheimliche, erschreckende Bilder – und sobald Kim die Kontrolle verlor und unter die Oberfläche sank, überspülten diese Bilder ihr Bewusstsein.

Kim taumelte zwischen zwei Welten. Immer wieder schreckte sie hoch, tauchte prustend aus dem Wasser auf, versuchte sich wach zu halten. Sie wusste, dass sie zu schnell atmete, konnte aber nicht anders. Die Muskeln in ihren Lungen flatterten wie verletzte Vögel. Zeitweise kam es ihr vor, als würde dieses Flattern in einen Krampf, eine Lähmung, einen Stillstand übergehen ... Und in solchen Momenten stieg das schwarze Wasser besonders schnell, während die Bilder darin blitzten und flammten wie geisterhafte Lichter.

Die Devas haben mich gewarnt, sagte ihre Mutter.

Kim saß neben ihr auf einer Bank in der Abenddämmerung und hörte ihre langsame, leicht verwaschene Stimme.

Das blaue Licht ist gefährlich. Die Nachtalben lassen es leuchten, um die Menschen zu verführen.

Mama, es gibt keine Nachtalben!, hörte Kim sich antworten. Diesmal konnte sie nicht ruhig bleiben, sondern packte ihre Mutter am Arm und schüttelte sie. Sie sollte aufhören, zu den bewaldeten Hängen hinüberzustarren. Sie sollte sich endlich ihrer Tochter zuwenden. *Es gibt sie nicht, hörst du?*

Ihre Mutter reagierte nicht. Erst als Kim sich resigniert von ihr zurückzog, wandte sie ganz langsam den Kopf und sah ihr ins Gesicht. Grauen erfasste Kim – denn das Gesicht ihrer Mutter war schwarz. Nur ihre Augen leuchteten: Ein *blaues* Leuchten, als wäre ihr Kopf nichts anderes als eine durchlöcherte Hohlkugel, mit brennendem Gas gefüllt.

Kim schreckte hoch, durchbrach das schwarze Wasser, das für einen Augenblick über ihrem Gesicht zusammengeschlagen war, schnappte nach Luft. Vage erinnerte sie sich, wo sie war, blinzelte, erkannte nacktes Gestein im grellen Lichtkreis der Lampe. Irgendwo an ihrer Seite war Philipp, doch sie spürte ihn nicht mehr. Teile ihres Körpers waren taub geworden, vor allem Arme und Beine; ihre Hände kribbelten und waren gekrümmt wie Katzenpfoten. Irgendwo in der Tiefe ihrer Lungen empfand sie einen dumpfen Schmerz, der sich zu unerträglichem Druck aufbaute und ein trockenes Husten durch ihre Kehle jagte.

«Ich schalte jetzt das Sauerstoffgerät ein», sagte eine ferne Stimme.

Kim wusste nicht mehr, wem sie gehörte: Kein Name war in ihrem Kopf, dafür eine vage Empfindung von Wärme, fast von Dankbarkeit. Dieser Stimme konnte man vertrauen. Allein ihr Klang bewirkte, dass Kim ruhiger wurde – wobei ihr die Lider zufielen und sie unmerklich wieder dem schwarzen Wasser entgegensank.

Ein warnendes Gefühl flammte auf, verlosch jedoch, als ihr Bewusstsein davontrieb. Erneut überspülte das Wasser Kims Gesicht – und diesmal sah sie Philipp, der im Garten ihrer Mutter stand. Er hatte direkt neben dem Komposthaufen ein tiefes Loch ausgehoben. Der Spaten steckte daneben in der Erde.

Sieh doch!, raunte er und streckte ihr eine Hand entgegen. *Gold!*

Aber was auf seiner Handfläche lag, war nichts als ein schwärzlicher Klumpen. *Katzengold*, dachte Kim, und fragte sich, was dieses Wort eigentlich bedeutete. Meinte es den Kot einer Katze? Was Philipp in der Hand hielt, sah jedenfalls ganz danach aus.

Das ist Scheiße!, gab sie zurück. *Nur Scheiße, weiter nichts. Kannst du aus Scheiße Gold machen?*

Philipp trat einen Schritt auf sie zu, den dunklen Klumpen in der ausgestreckten Hand. Angewidert fuhr Kim herum und flüchtete ins Haus. Doch dieses Haus war nicht mehr das ihrer Mutter, wie sie es kannte: Zwar waren es die gewohnten Räume und Flure, doch alle Wände waren aus nacktem Stein und die Böden von Spalten und Furchen durchschnitten. Kuppelförmige Decken wölbten sich meterhoch über Kim, während sie von einem Zimmer ins andere floh. Sie erreichte ihr ehemaliges Kinderzimmer – doch auch das war nun ganz aus Stein, kalt und unheimlich. Nur das Bett stand noch an seinem Platz, alle anderen Möbel waren verschwunden. Kim warf sich auf die Matratze und blickte zur Decke, in der Erwartung, das alte Mobile mit den hölzernen Delphinen zu sehen. Doch es war verschwunden. Stattdessen sah sie etwas, das ihren ganzen Körper mit einer prickelnden Gänsehaut überzog.

«Nein!», stöhnte sie, vom Schrecken überwältigt.

Hoch in der finsteren Glocke des Gewölbes huschten tuschelnde Schatten umher. Sie breiteten sich aus, wurden deutlicher, schwärmten wie wimmelnde Ameisen an den Wänden herab. In einem stetigen Strom ergossen sie sich über das Bett, griffen mit gierigen Fingern nach Kim, zogen und zerrten, wuselten und wisperten.

Du bist gekommen, um uns zu berauben!, flüsterten sie. *Wir kennen dich! Wir wissen, warum du hier bist.*

«Nein!», flehte Kim voller Angst und Abscheu. «Ich wollte es nicht! Ich schwöre es!»

In ihrer Not schrie sie, nach Philipp, nach ihrer Mutter, nach irgendjemandem.

Und jemand kam.

Die wimmelnden Schatten verschwanden. Kim fand sich auf ihrem Bett wieder, in die hinterste Ecke gekauert, beide Arme schützend um die Knie geschlungen. Etwas war geschehen: Ein Mann war ins Zimmer getreten und hatte die Nachtalben verscheucht. Er war blond und schlank, hatte ein markantes Gesicht und vertrauenerweckende graue Augen. Flüchtig musste Kim an den Märchenprinzen denken, der ins Schlafgemach der verwunschenen Prinzessin trat, um sie wachzuküssen.

Kam er, um genau das zu tun? Sie stellte plötzlich fest, dass sie es sich wünschte, dass all ihre Sinne, ihr Schmerz und ihre Sehnsucht ihm entgegenflogen. Er kam auf sie zu – und sie öffnete die Arme, öffnete auch die angezogenen Knie, zog ihn zu sich, drängte sich ihm entgegen. Etwas berührte ihre Lippen, und es war süßes Glück, Wonne und Wärme, die ihre Brust durchfluteten und bis in ihren Unterleib hinabrannen.

«Ruhig einatmen!», sagte eine Stimme.

Erneut tauchte Kim aus dem schwarzen Wasser auf, durchbrach die Oberfläche, öffnete die Augen. Ein verspäteter Schreck sagte ihr, dass sie beinahe erstickt war, und ließ sie keuchend einatmen.

«Ruhig!», wiederholte die Stimme. «Gleich wird's dir bessergehen. Du brauchst dich nicht anzustrengen.»

Es stimmte: Plötzlich hatte Kim keine Mühe mehr, ihre Lungen zu dehnen. Frische, köstliche Luft strömte über ihren Gaumen, vertrieb die Taubheit ihrer Glieder und blies die Nebel auseinander, die ihren Kopf erfüllt hatten. Erst nach einiger Zeit begriff sie, dass tatsächlich etwas ihre Lippen berührte. Doch es war kein Kuss, wie in ihrem Traum, sondern eine flexible Maske aus durchsichtigem Kunststoff.

Leon war bei ihr. Er kniete an ihrer Seite, hielt mit einer Hand ihren Hinterkopf und drückte ihr mit der anderen die Maske aufs Gesicht.

«Besser?»

Kim nickte schwach. Allmählich erkannte sie wieder, wo sie war. Noch immer kauerte sie auf der Isomatte in jenem kalten, düsteren Raum, wo der verschüttete Gang mündete. Ihre eigene Lampe und auch die von Philipp waren inzwischen erloschen. Nur Leons LED-Strahler warf noch immer sein grelles Schlaglicht über die Wände.

Kim hob eine Hand und stellte fest, dass ihre Finger noch immer verkrampft waren. Der Handrücken kribbelte heftig.

«Meine Hände ...» Ihre Stimme blieb unter der Maske fast unhörbar. Leon schien sie dennoch verstanden zu haben, denn er nickte.

«Hyperventilation. Wir atmen alle zu schnell; das kann zu Krämpfen in Händen und Füßen führen. Keine Angst, es ist harmlos – und bald vorbei.»

Beruhigt schloss Kim die Augen. Eine Zeitlang gab sie sich einfach dem herrlichen Gefühl hin, wieder frische Luft zu atmen. Ihre Muskeln entspannten sich, und das bleierne Gefühl der Betäubung machte einer angenehmen Erschöpfung Platz. Alles fühlte sich gut an: die Luft in ihren Lungen, Leons warme Hand in ihrem Nacken, seine ruhige, tröstende Stimme. Kim blickte zu ihm auf.

Was für ein schöner Mann, dachte sie plötzlich, auch wenn diese Feststellung nicht im mindesten zur Situation passte.

«Ich muss mich jetzt um deinen Freund kümmern. Hältst du es eine Minute ohne die Maske aus?»

Kim nickte ergeben. Zu ihrer Erleichterung stellte sich keine Atemnot mehr ein, als er die Maske von ihrem Gesicht nahm. Offenbar hatte ihr Körper sich einigermaßen erholt. Sie spürte lediglich, dass sie wieder ihre Muskeln anstrengen musste, um die Lungen zu dehnen.

Leon nahm selbst zwei Atemzüge aus dem Sauerstoffgerät, dann kniete er sich neben Philipp und drückte ihm die Maske aufs Gesicht.

Philipp ... Kim hatte irgendwann kaum noch wahrgenommen, dass sie sich an seine Seite lehnte. Schuldbewusst wandte sie sich zu ihm um. Seine Augen waren offen. Er hatte Schweiß auf der Stirn, und seine Wangen schimmerten bläulich, doch er wirkte hellwach. Während er gierig die Luft aus der Maske einsaugte, fanden sich ihre Blicke.

Das fiebrige, beinahe fanatische Glühen in Philipps Augen war keineswegs erloschen, allenfalls geschwächt. Kim begriff, dass der Luftmangel ihm zwar genauso zu schaffen machte wie ihr, aber nicht im mindesten seinen Willen gebrochen hatte. Er beobachtete sie genau, fast kritisch, als versuchte er einzuschätzen, ob er sich noch auf sie verlassen konnte. Dieser kühle, taxierende Blick war unangenehm, und Kim senkte betreten die Augen.

«Das Wichtigste ist, dass wir ruhig bleiben», erklärte Leon leise. «Die Symptome bilden sich vollständig zurück, wenn wir wieder frische Luft atmen. Das Gerät hier versorgt uns für mindestens acht Stunden.»

Kim blickte auf ihre Armbanduhr ... Viertel vor fünf. War tatsächlich so viel Zeit vergangen? Sie hatte das Gefühl, dass ihr Gedächtnis leicht getrübt war, erinnerte sich jedoch an Tias Aufbruch und überschlug, dass seitdem mehr als eine Stunde verstrichen sein musste. Vielleicht war das ein gutes Zeichen, und sie hatte tatsächlich einen Weg nach draußen gefunden.

Und wenn nicht? Was würde geschehen, wenn keine Hilfe kam, oder womöglich erst am folgenden Tag? Gegen Mitternacht würde das Sauerstoffgerät leer sein. Dann würde sie immer noch hier auf der Isomatte hocken, langsam wegdämmern und am Ende ersticken. Wieder würde das schwarze Wasser aus der Tiefe heraufsteigen und endgültig über Kim zusammenschlagen. Ein Auftauchen würde es nicht mehr geben.

Eigenartigerweise löste dieser Gedanke keine Panik aus, eher ein vages Gefühl des Aufbegehrens. Der Tod war Kim nicht fremd. Bei ihrem Großvater hatte sie erlebt, wie ein Mensch in wenigen Wochen verfallen und zu einem hilflosen Häuflein in einem viel zu großen Krankenhausbett zusammenschrumpfen konnte. Doch er war weit über achtzig gewesen und konnte auf ein langes, bewegtes Leben zurückblicken. Kim dagegen war gerade erst vierundzwanzig. Sie ahnte, wie leidenschaftlich sich ein junger, gesunder Körper gegen das Unvermeidliche aufbäumen würde. Doch nicht der Gedanke an Schmerzen beunruhigte sie, nicht einmal an den Kampf im Augenblick des Erstickens. Sie hatte einfach noch zu wenig gelebt: *Das* war es. Wenn sie hier unten starb, würde keiner ihrer Träume sich erfüllen, weder der von einer eigenen Familie noch von dem Sommerhaus in Norwegen. Sie würde keine Kinder haben, keine kleine Tochter vom Kindergarten abholen und keinen Sohn vom Fußballplatz; kein Mann würde von der Arbeit nach Hause kommen und ihr mit einem erschöpften Lächeln die Wange küssen.

Kim hatte diese Träume stets in sich verschlossen und sich sogar ein wenig dafür geschämt. Philipp davon zu erzählen, wäre nicht sehr taktvoll gewesen, denn nicht er war es, der ihr im Traum die Wange küsste. Der Mann, den sie nur wie eine ferne Vision erblickt hatte, war ihm nicht einmal ähnlich gewesen. Im Grunde – dachte sie plötzlich – ähnelte er Leon.

«Teilt euch die Maske eine Weile!», bat Leon. «Immer abwechselnd. Wenn ihr euch einigermaßen gut fühlt, drückt auf den blauen Knopf und schaltet das Gerät ab. Wir können es uns nicht leisten, den Sauerstoff zu verschwenden.»

«Und du?», fragte Kim. «Was ist mit dir?»

«Ach, ich komme noch ganz gut klar», wehrte Leon ab und ließ sich an der Wand nieder. «Ich bin nur erschöpft. Am liebsten würde ich ein bisschen die Augen zumachen.»

«Dann tu das doch!»

«Das ist nicht ungefährlich. Wenn wir alle drei einschlafen, könnten wir ersticken, ohne es zu merken.»

«Aber mir geht es jetzt viel besser», sagte Kim. «Ich werde wach bleiben und aufpassen.»

Leon musterte sie prüfend. «Sicher?»

«*Ganz* sicher.»

«Weckst du mich bitte in spätestens zwanzig Minuten?»

«Geht klar.» Kim tippte auf ihre Armbanduhr.

Ein Stich durchzuckte sie, als sie Philipps Blick spürte. Doch er schien nichts dagegen zu haben, dass sie sich so vertraut mit Leon unterhielt. Im Gegenteil: Er zwinkerte.

Einige Minuten lang herrschte Stille. Leon hatte die Augen geschlossen und den Kopf gegen die Wand gelehnt. Seine Brust hob und senkte sich rasch, aber regelmäßig. Irgendwann wurde sein Atem tiefer, und Kim nahm an, dass er eingeschlafen war. Im gleichen Moment zog Philipp die Atemmaske vom Gesicht und schaltete das Sauerstoffgerät ab.

«Gut gemacht, Maus!»

Kim starrte ihn verständnislos an. Es waren die ersten Worte, die Philipp seit Stunden gesprochen hatte – als hätte er die ganze Zeit auf diesen Augenblick gewartet.

«Das ist unsere Chance!», flüsterte er. «Wenn du jetzt eine Weile die Nerven behältst, haben wir gewonnen.»

«Wovon sprichst du?»

«Ich muss in diesen Schacht steigen.» Philipp nickte zum Nebenraum hinüber.

«Was?» Kim glaubte ihren Ohren nicht zu trauen. «Phil, wir sind hier eingeschlossen und werden sterben, wenn uns niemand zu Hilfe kommt! Es geht jetzt nicht mehr um irgendwelche Schätze, sondern um unser Leben!»

«Wir wussten von Anfang an, dass es gefährlich werden könnte», raunte Philipp. «Aber wenn wir gerettet werden – wenn uns irgendjemand hier herausholt –, dann haben wir gewonnen! Ich muss nur mit eigenen Augen sehen, ob der Schatz wirklich dort unten ist. Wie wir an ihn herankommen, überlege ich mir später.»

Kim blieb einen Moment sprachlos. Philipp schien dies als

Zustimmung zu deuten. Leise zog er Leons Rucksack zu sich heran und begann, jeden Gegenstand darin durchzumustern: Ein aufgerolltes Kletterseil, mehrere Lampen, Handschuhe, metallene Haken.

«Du musst ihn ablenken!», flüsterte er und nickte zu Leon hinüber. «Halte ihn hier fest.»

«Aber ...»

«Tu, was ich sage, Maus! Wenn er aufwacht, dann rede mit ihm. Sorg dafür, dass er nicht in den anderen Raum geht. Von mir aus mach ihn an! Das wird funktionieren.»

Er war eben damit beschäftigt, eine Handvoll Klemmkeile in seine Taschen zu schieben; daher entging ihm der entsetzte Ausdruck auf Kims Gesicht.

«Und was soll ich sagen, wo du bist?», stammelte sie.

Philipp zuckte die Achseln.

«Sag einfach, ich musste scheißen und wollte nicht, dass hier alles stinkt.» Er schulterte das Seil und griff nach einer der Lampen. «Ich brauch 'ne halbe Stunde, schätze ich. Ich muss ja nicht ganz hinunterklettern – nur so weit, dass ich etwas sehen kann.»

Noch immer fand Kim keine Worte. Sie war einfach zu geschockt. Eigentlich hätte sie Philipp um jeden Preis von diesem selbstmörderischen Unternehmen abhalten müssen. Er war ebenso geschwächt wie sie, auch wenn er es gut überspielte, und sie zweifelte, ob er es fertigbringen würde, einen hundert Meter tiefen Schacht hinabzuklettern. Alles Mögliche konnte passieren. Er konnte abrutschen und in die Tiefe stürzen; das aufsteigende Gas konnte ihm das Bewusstsein rauben – was ihr jedoch die Sprache verschlug, war etwas ganz anderes: nämlich die Rolle, die er ihr in diesem aberwitzigen Plan zugedacht hatte.

Von mir aus mach ihn an!, echote es in ihrem Kopf. *Das wird funktionieren.*

War das wirklich sein Ernst? Bedeutete sie ihm so wenig, dass er von ihr verlangen konnte, sich einem anderen Mann an den Hals zu werfen? War Kim so wertlos verglichen mit dem, was am Grund dieses Schachtes lag?

«Gib dir Mühe!», sagte er, als er sich dem Tunnel zum Nebenraum zuwandte. «Ich beeil mich auch.»

Tia

Siebenundzwanzig ... achtundzwanzig ...

Tia zählte die Sekunden, während der Luftvorrat in ihren Lungen sich verbrauchte. Das eisige Wasser hatte ihre Haut längst gefühllos werden lassen. Dennoch zwang sie sich, ein letztes Gewölbe unter der Oberfläche abzutasten und sich zu vergewissern, dass es allseitig geschlossen war. Ihr Herz schlug so heftig, als pumpte es statt flüssigem Blut halbfestes Gelee durch ihre Adern.

Neunundzwanzig ... So, das war's! Raus hier.

Zum Glück hatte sie ihren Richtungssinn noch nicht verloren und wusste in etwa, wo der Rand des Sees lag. Zu einigen Schwimmzügen war sie noch in der Lage. Die Beine zog sie ohne Bewegung nach – es war zu gefährlich, mit ihnen auszutreten, denn allzu leicht konnten sie auf irgendwelche Felszacken treffen. Der natürliche Auftrieb des Wassers musste genügen.

Dreißig ...

Tia durchbrach die Oberfläche. Keuchend stieß sie die verbrauchte Luft aus und kämpfte einen Moment darum, ihre vom Wasserdruck zusammengepressten Lungen zu dehnen. Ihr Kopf schwirrte, und sie schüttelte ihn heftig, um die Ohren freizubekommen.

«Tia!» Das Erste, was sie hörte, war Jans Stimme, keine zwei Meter rechts von ihr. «Alles in Ordnung?»

Sie konnte nicht sprechen, denn sie brauchte allen Atem, um ihren Körper mit Sauerstoff zu versorgen. Statt zu antworten, machte sie einen letzten fahrigen Schwimmzug. Sie fühlte, wie Jans Hand die ihre packte, und besaß eben noch genug Geistesgegenwart, um sich mit der anderen abzustützen.

«Oh mein Gott», stöhnte Jan. «Du bist ja ganz blau ... Komm! Langsam ...»

Tia ließ sich ziehen, fand mit der freien Hand die Uferklippe und wälzte sich keuchend an Land. Einen Augenblick lag sie schweratmend auf dem Rücken, beide Arme ausgestreckt, während Jan neben ihr kniete.

«Du musst das nasse Zeug ausziehen!»

Tia nickte und mühte sich, den Neoprenanzug von ihrem Körper zu streifen. Es ging nur mühsam, da ihre Arme und Beine immer noch gefühllos waren. Ihr Körper hatte alles Blut in den Rumpf zurückgezogen, um eine kritische Auskühlung der inneren Organe zu verhindern. Auf keinen Fall durfte sie den Cave-Suit wieder anziehen, solange ihre Haut noch nass war. Er musste um jeden Preis trocken bleiben.

«Decke ...», war das erste Wort, das sie heiser flüsternd hervorbrachte.

Jan half ihr, sich aufzusetzen, und schlug den weichen Stoff um ihre Schultern.

«Wird gleich besser.»

Er schloss sie in die Arme. Dankbar drückte Tia sich an ihn. Er war so warm ... Am liebsten hätte sie sich ganz in ihm vergraben.

«Verdammt, ich hatte eine Scheißangst», sagte er. «Du warst so lange weg, dass ich schon dachte ...»

Er beendete den Satz nicht. Stattdessen schob er eine Hand unter die Decke und legte sie auf ihre eiskalte Haut.

«Ist es in Ordnung, wenn ich ...?»

Sie nickte.

Er begann, ihren nackten Rücken zu reiben. Tia schloss die Augen. Die Wärme war unendlich angenehm. Langsam kam ihr stockendes Blut wieder in Bewegung, und sie verharrte eine Weile reglos, um das Gefühl zurückkehrenden Lebens zu genießen.

«Das war wirklich sehr mutig von dir», sagte Jan.

Tia seufzte. «Aber leider umsonst.»

«Umsonst?»

«Der Siphon ist geschlossen ... keine Öffnung zu irgendeinem benachbarten Raum.»

«Hm.» Jans Enttäuschung schien sich in Grenzen zu halten. «Dann bleibt uns wohl nichts anderes übrig, als zu den anderen zurückzukehren. Aber wärm dich erst mal wieder auf.»

«Nichts lieber als das.»

Noch immer strich er über ihren Rücken. Auch seine andere Hand war auf irgendeine Weise unter die Decke geraten; Tia spürte sie auf ihrem Oberschenkel. Die Wärme fühlte sich immer noch gut an – dennoch empfand sie plötzlich eine leichte Irritation. Ihr sensibler Geruchssinn regte sich. Eigentlich roch Jan Möller nicht anders als die meisten Männer: eine Mischung aus Schweiß und Rasierwasser. Unvertraut jedoch war die Note, die sich nun dazumischte: etwas Fremdes, Strenges, Würziges.

Was ist das?, fragte sie sich. *Androstenon?*

Sie konnte zahllose chemische Substanzen am Geruch erkennen; diese jedoch hatte sie bisher nur äußerst selten wahrgenommen. Androstenon war ein Steroidhormon. Und zwar ein spezifisch männliches.

«Du fühlst dich übrigens toll an», raunte Jan nah an ihrem Ohr.

Tia spürte, wie eine Gänsehaut ihren Nacken hinaufkroch – und konnte sich einen Moment lang nicht entscheiden, ob diese Empfindung unangenehm war. Eines war sie auf jeden Fall: zutiefst verwirrend.

«Ich glaube, ich bin jetzt warm genug», sagte sie und rückte ein Stück von ihm ab. Irgendwo am Boden, ganz in der Nähe, musste ihre Kleidung liegen. Einen Augenblick suchte sie vergeblich.

Verdammt ... wo hab ich sie nur hingelegt?

Endlich bekam sie ihre Unterwäsche zu fassen. Um sie anzuziehen, musste Tia aufstehen – und empfand ihre Nacktheit plötzlich in beklemmender Deutlichkeit. Sie glaubte, Jans Blick zu spüren, als sie notgedrungen die Decke von ihrem Körper gleiten ließ, um ihr Hemd überzustreifen.

Wenn er doch nur irgendetwas sagen würde ...

Am liebsten wäre ihr etwas Sachliches, Unverfängliches gewesen, das die Situation entschärfte. Doch Jan schwieg, und auch Tia fiel nichts zu sagen ein. Als sie den Cave-Suit anzog, zitterten ihre Finger – nun nicht mehr vor Kälte. Sie hätte nicht benennen können, was sie eigentlich beunruhigte. Vor Männern hatte sie keine Angst, schließlich lebte sie seit Jahren mit Leon zusammen.

Es war dieser eigenartige Geruch, der sie nervös machte. Ein einziges Mal hatte auch Leon diesen Geruch ausgeströmt, sie erinnerte sich genau: Vor vielen Monaten, als er einmal versucht hatte, sie zu küssen. Natürlich hatte er es letztlich nicht getan und auch nie wieder versucht, doch seitdem hatte Tia den Geruch zusammen mit bestimmten Gefühlen abgespeichert: Angst, Verwirrung, plötzliche Fremdheit.

Ein Scharren verriet, dass Jan sich vom Boden erhob. Tia registrierte es beklommen. Er näherte sich wortlos, trat hinter sie und schloss den Reißverschluss am Rücken ihres Cave-Suits.

«Dann gehen wir also zurück?», fragte er.

Tia verharrte stocksteif. Sie fühlte seinen Atem im Nacken, und auch der Geruch war immer noch da ... jener Geruch nach Erregung.

«Ja», sagte sie so fest wie möglich, entschlossen, ihre Wahrnehmung zu verleugnen. «Ich sehe keine Alternative.»

Sie atmete auf, als Jan sich ein paar Schritte entfernte und den Rucksack vom Boden aufhob.

Philipp

Philipp biss die Zähne zusammen, als er sich mit den Füßen voran in den Schacht gleiten ließ. Nach wie vor war er fest entschlossen, seinen Plan auszuführen. Dennoch kostete es einige Überwindung, den festen Boden hinter sich zu lassen. Nun hing er mit beiden Händen an dem Seil, das er und Kim bereits vor Stunden um die Basis eines dicken Stalagmiten geschlungen hatten. Leons Seil trug Philipp aufgerollt über der Schulter. Er würde es erst später brauchen – für die zweite Etappe seiner Expedition.

Der spröde Kalkstein knirschte unter seinen Sohlen, als er die Füße gegen die senkrechte Wand stemmte. Zum Glück war sie stark zerklüftet, voller Stufen und Vorsprünge, an denen seine Stiefel leicht Halt fanden. Dennoch war es ein beklemmendes Gefühl, dass sich in absehbarer Entfernung kein Boden unter ihm befand. Einmal begonnen, war die Kletterpartie nicht mehr zu unterbrechen: Wenn seine Arme erlahmten und er das Seil losließ, würde er mindestens hundert Meter in die Tiefe stürzen – und was immer sich am Boden dieses Schachtes befand, ob es nun nackter Fels oder ein Berg aus Gold war; er würde es nicht mehr lebend erblicken.

Philipp versuchte, nicht daran zu denken. Im Klettern war er zwar ungeübt, doch an Kraft mangelte es ihm nicht. Seine einzige regelmäßige Freizeitbeschäftigung war, seit Jahren schon, der Gang ins Fitnessstudio. Er würde es schaffen – zumindest bis zu jenem halbkreisförmigen Vorsprung, der sich schätzungsweise dreißig Meter unter ihm befand. Wie es dann weitergehen würde, wusste er noch nicht. Möglich, dass man von dort aus bis zum Boden des Schachtes hinableuchten konnte – dann würde er wissen, was er wissen musste. Für den Fall, dass die Tiefe noch nicht ausreichte, hatte er das zweite Kletterseil dabei.

Philipp war bewusst, dass er wenig Zeit hatte. Wahrscheinlich würde er nicht den kompletten Abstieg samt Rückweg bewältigen, bevor sein tollkühnes Unternehmen entdeckt wurde. Doch er hatte bereits beschlossen, dass es ihm egal war. Was konnte dieser Leon schon tun? Wahrscheinlich würde er ihn heraufziehen und ihm damit die Mühe abnehmen, sich Meter für Meter aus eigener Kraft wieder nach oben zu hangeln. Dann würde er eine Szene machen, schimpfen, vielleicht sogar ausrasten – doch was ging Philipp das an? Er würde schweigen wie bisher. Wichtig war allein eines: Dass Leon weder mit eigenen Augen sah noch erfuhr, was sich auf dem Grund des Schachtes verbarg – er nicht und auch sonst niemand. Philipp würde der Einzige sein, der es wusste, und er würde sein Wissen in sich verschließen, entweder bis zur glücklichen Rettung aus dieser Höhle oder bis in den Tod. Am besten verriet er nicht einmal Kim, was er gesehen hatte. Ihre Begeisterung für den Plan hatte in den vergangenen Stunden merklich nachgelassen, und er war sich nicht mehr sicher, ob er sich auf sie verlassen konnte. Für seinen Geschmack hatte sie erheblich zu viel Verbrüderung mit diesen beiden Forschern betrieben, vor allem mit Leon.

Es ging rasch abwärts: Nachdem Philipp bemerkt hatte, dass die Kletterhandschuhe ein Abrutschen am Seil verhinderten, wurde er mutiger und wagte größere Sprünge. Von dem Gas, das aus dem Schacht aufstieg, spürte er nichts, nicht einmal einen Luftzug. Anfangs hatte er befürchtet, es könnte ihm Übelkeit verursachen oder gar sein Bewusstsein trüben. Doch das Zeug schien im Moment weder seine Wachheit noch seine Muskelkraft zu beeinträchtigen. Vielleicht hing es damit zusammen, dass er eine Viertelstunde lang am Sauerstoffgerät gehangen und Frischluft getankt hatte – oder es lag schlicht an seiner guten körperlichen Verfassung. Philipp war fit und stolz darauf. Man mochte ihm nachsagen, dass er nicht mit überdurchschnittlicher Intelligenz gesegnet war; um seine Muskeln jedoch beneideten ihn viele Männer. Es hatte eine Zeit gegeben, als auch Kim ihn bewundernd angeblickt hatte, wenn er seinen breiten Oberkörper entblößte.

Alles wird wieder gut, wenn wir das Gold haben, sagte sich Philipp. So waren die Frauen eben: Körperliche Anziehungskraft genügte ihnen nicht; sie suchten materielle Sicherheit. Und genau die würde er Kim bieten können, wenn es so weit war – mehr Luxus, als sie sich vorstellen konnte.

Der Gedanke hielt Philipp bei Laune, bis er den Felsvorsprung erreicht hatte. Es war ein gutes Gefühl, die Füße endlich wieder auf ebenen Boden zu setzen, das Seil loszulassen und die Schultern zu entspannen. Groß war seine Aussichtsplattform allerdings nicht: keine drei Quadratmeter, eben groß genug, um aufrecht zu stehen und sich mit dem Rücken an die Wand zu drücken.

Nun kam der Moment der Wahrheit. Philipp zog die Lampe aus dem Gürtel und leuchtete in die Tiefe. Nichts. Noch immer verlor sich der Lichtkegel in bodenloser Finsternis.

Okay. Damit war zu rechnen, sagte er sich. *Nicht aufgeben – nächsten Zwischenstopp anpeilen!*

Er konnte eine weitere, terrassenförmige Felsstufe in der Tiefe ausmachen. Das Seil allerdings reichte nicht weit genug hinab, sein Ende baumelte irgendwo auf halbem Weg. Es war also Zeit für das zweite Seil. Nur ein fester Punkt war nötig, um es zu verankern. Dunkel erinnerte sich Philipp an Szenen in Filmen, wo Bergsteiger stets an doppelten Seilen kletterten und alle paar Meter mit dem Hammer irgendwelche Haken in den Fels trieben. Einen Moment lang musterte er die Ausrüstungsgegenstände, die er Leon entwendet hatte: Mehrere Klemmkeile von unterschiedlicher Form und Größe waren dabei, doch Philipp hatte keine Erfahrung mit solchen Geräten und fürchtete, etwas falsch zu machen.

Was soll's, sagte er sich. *Bis jetzt ging es auch ohne solche Tricks.*

Kurzentschlossen wand er das Seil um eine Felszacke und knüpfte einen straffen Knoten. Das musste genügen. Blieb nur zu hoffen, dass er vom nächsten Beobachtungspunkt aus den Boden des Schachtes erkennen konnte.

Carolin

Carolin freute sich, als sie den dunkelblauen Mercedes sah. Dahms stoppte und öffnete die Beifahrertür. Er lächelte.

«Danke, dass Sie extra rumgekommen sind», sagte Carolin, als sie einstieg.

«Ist doch klar», erwiderte Dahms und startete. «Ich hoffe nur, dass Sie sich nicht langweilen. Die Inspektion einer Bohrstelle ist nicht besonders unterhaltsam.»

«Ach, unterschätzen Sie mich nur nicht!», warnte Carolin. «Ich interessiere mich keineswegs nur für Schätze und geheimnisvolle blaue Lichter.»

Dahms schmunzelte. «Immerhin geht es auch hier um einen Schatz – und der ist heutzutage mehr wert als Gold und Silber.»

«Lassen Sie mich raten: Erdöl?»

«Nicht ganz – Erdgas. Dass es in dieser Gegend überhaupt Vorkommen gibt, wurde erst letztes Jahr bei einer Sondierung festgestellt. Wir hatten heiße Diskussionen über das Thema im Stadtrat. Natürlich waren viele Kollegen um den Tourismus besorgt und wollten die Landschaft nicht mit Bohrtürmen verschandelt sehen. Am Ende ist die Genehmigung aber erteilt worden.»

«Klingt, als wären Sie nicht besonders glücklich darüber.»

«Doch, ich habe mich selbst zur Zustimmung durchgerungen», erklärte Dahms. «Immerhin ist Erdgas eine bedeutende Energiequelle. Der Kohlebergbau ist längst unrentabel und kostet den Staat viel Geld, von der Umweltbelastung ganz zu schweigen.»

«Und das Bohren nach Erdgas belastet die Umwelt nicht?»

«Davon will ich mich ja überzeugen. Die Firma benutzt ein neuartiges Förderungsverfahren. Angeblich reicht eine einzige Bohrstelle aus, um die gesamte Lagerstätte weiträumig zu erschließen. Wie das im Einzelnen vor sich geht, habe ich auch noch nicht begriffen, aber sicher werden wir es gleich erfahren.»

«Interessant! Ich glaube, ich werde mich ganz bestimmt nicht langweilen», versicherte Carolin.

Sie bogen auf eine Seitenstraße ab, die zwischen Hügelkämmen nach Norden führte. Schon nach wenigen Minuten konnte Carolin den Bohrturm erkennen, eine schlanke Konstruktion aus Stahlstreben, die wie ein Pfeiler in der Landschaft aufragte. Dahms lenkte den Wagen zu einer Auffahrt, an der ein Schild mit der Aufschrift *ONFOX Gas* stand. Das Gelände war erstaunlich klein, rund hundert Meter im Quadrat. Darauf verstreut waren zylinderförmige Tanks, eine Reihe großer Pumpen und mehrere Containerbaracken, zwischen denen Lastwagen standen. Einige Männer warteten im Freien, als Dahms anhielt. Keiner von ihnen trug einen Helm oder verschmierte Arbeitskittel; alle waren sauber gekleidet und sahen eher wie Geschäftsleute aus.

«Herr Dahms!» Ein Mann um die dreißig begrüßte den Stadtrat mit Handschlag. «Schön, dass Sie da sind. Nun können Sie unsere kleine Anlage einmal in Aktion erleben.»

Er musterte Carolin.

«Das ist Carolin Frey», stellte Dahms sie vor. «Freie Journalistin. Ich hoffe, es macht Ihnen nichts aus, wenn sie sich uns anschließt. – Das ist Markus Dittrich, der Geschäftsführer.»

Carolin grüßte freundlich. Dittrich blickte sie mit einem aufgesetzten Lächeln an. Offenbar war die Anwesenheit der Presse eine wenig willkommene Überraschung.

«Da drüben ist der Kontrollraum.» Er wies auf eine der Baracken. «Sozusagen das Herz unseres kleinen Unternehmens. Treten Sie doch näher!»

Dahms und Carolin folgten ihm in das niedrige Gebäude, dessen Inneres wie die Kommandobrücke eines Raumschiffs aussah: Bildschirme an sämtlichen Wänden, Schaltbretter, blinkende Kontrolllichter. Vor einem der Bildschirme saß ein Mann, der aufmerksam eine Grafik betrachtete.

«Eindrucksvoll», fand Carolin. «Ich muss gestehen: Ich habe so gut wie keine Ahnung von dem, was Sie hier tun. Herr Dahms sagte, Sie fördern Erdgas mit einem neuartigen Verfahren?»

«Oh, so neu ist es gar nicht», erklärte Dittrich. «In den USA ist es längst gang und gäbe; nur Deutschland hinkt ein wenig hinterher. Aber das werden wir bald ändern – nicht wahr, Herr Schulz?»

Der Mann am Bildschirm nickte, ohne von seiner Grafik aufzusehen.

«Erklären Sie es bitte noch einmal», bat Dahms. «Ich habe die Pläne auf dem Tisch gehabt, aber nicht alle Einzelheiten verstanden.»

«Also», begann Dittrich, «als Erstes müssen Sie wissen, dass Erdgas in unterschiedlichen Formen vorkommt. Meistens ist es in unterirdischen Blasen eingeschlossen, die man einfach nur anbohren muss. Diese Vorkommen werden allerdings in einigen Jahrzehnten weltweit ausgeschöpft sein. Daher nutzen wir eine andere Quelle.»

«Und die wäre?», fragte Carolin.

«Manchmal liegt Erdgas nicht in größeren Hohlräumen vor, sondern in Millionen winziger Bläschen, die in Schichten aus Tonschiefer eingeschlossen sind. Man muss tief bohren, um an solche Schichten heranzukommen, tausend Meter und mehr. Das Reservoir, das wir hier anzapfen, befindet sich etwa siebenhundert Meter unter der Erdoberfläche. Bis vor kurzem war es sehr schwierig, solche Lagerstätten zu erschließen – aber das neue ‹Hydraulic Fracturing›, kurz ‹Fracking› genannt, ermöglicht uns genau das.»

«Wie funktioniert es?»

«Wir bohren zunächst einen einzelnen Schacht bis zur Lagerstätte hinab. Wenn wir unten angekommen sind, werden waagerechte Schächte in verschiedene Richtungen angelegt, um die Tonschicht möglichst großräumig zu erschließen. Auf diese Weise können wir von einer einzigen Bohrstelle aus ein Areal von mehreren Quadratkilometern erfassen – sparsam und umweltschonend.»

«Verzeihung, aber für mich ist das völliges Neuland», sagte Carolin entschuldigend. «Wie machen Sie das, in solcher Tiefe Tunnel zu bohren? Schicken Sie Arbeiter hinunter?»

«Aber nein!» Dittrich lachte. «Das geht heutzutage alles maschinell. Wir haben ferngesteuerte Tunnelbohrmaschinen und lenken den gesamten Prozess von hier aus.»

«Das heißt: Es war nie jemand dort unten?»

«Nein, das ist nicht nötig. Wir benutzen Sonden und elektronische Messgeräte, um uns alle nötigen Daten zu verschaffen. Die eigentliche Arbeit findet am Computer statt.»

«Und wenn Sie die Tunnel angelegt haben, strömt das Gas aus?»

«So einfach ist es leider nicht», sagte Dittrich. «Wie gesagt: Das Gas ist in winzigen Bläschen überall im Gestein verteilt. Daher muss man den Tonschiefer aufbrechen, damit das Gas entweichen kann.»

«Aufbrechen? Sie meinen: sprengen?»

«Oh nein, da gibt es eine viel elegantere Methode: eben das Hydraulic Fracturing. Die Tunnel werden mit Rohren ausgekleidet, die in regelmäßigen Abständen durchlöchert sind. Dann pumpen wir Wasser hinein und setzen es unter hohen Druck. Das Wasser dringt durch die Löcher ins Gestein und bricht es auf, sodass Risse entstehen – und wenn es wieder abgepumpt wird, kann durch diese Risse das Gas austreten.»

«Interessant ...» Carolin betrachtete ein Schaubild an der Wand, das die Methode bildlich darstellte. «Ich hätte nicht gedacht, dass man mit bloßem Wasserdruck Stein sprengen kann.»

«Der Druck muss natürlich entsprechend groß sein. Dazu haben wir Hochleistungspumpen.»

«Und diese Risse im Gestein – wie groß sind die?»

«Nur Zentimeter breit.»

«Und wie lang?»

«Je nachdem. Wenn man hohen Druck anlegt, können es ein paar hundert Meter sein.»

«Ein *paar hundert* Meter?», staunte Carolin. «Können Sie denn voraussehen, in welche Richtung die Risse verlaufen?»

«Nicht exakt, aber das ist auch nicht notwendig. Das Fracking findet so tief unter der Oberfläche statt, dass es keine Rolle spielt.»

«Sicher?», fragte Carolin skeptisch. «Ich meine: Lösen Sie da unten keine Erdbeben aus oder so etwas?»

Der Mann vor dem Computerbildschirm lachte. «Keine Sorge! Wir haben bereits vorige Woche einen ersten Fracking-Durchgang gestartet, und ich versichere Ihnen, dass hier oben nicht einmal die Tauben aufgeflattert sind. Den zweiten Durchgang starten wir in wenigen Minuten. Sie können es also live miterleben und sich selbst überzeugen.»

«Na, dann bin ich mal gespannt», sagte Dahms.

«Nehmen Sie doch Platz!», bat Dittrich und wies auf freie Stühle neben der Konsole seines Kollegen.

Leon

«Leon?»

Er tauchte aus wirren Träumen auf. Jemand berührte ihn leicht an der Schulter. Da war eine Stimme, die ihn ansprach ... eine sanfte Stimme.

Tia?

Erst allmählich wurde ihm bewusst, wo er sich befand, dass Tia fort war – und dass sie ihn noch nie so sanft geweckt hatte, wie es gerade geschah. Er blinzelte und erkannte Kim, die neben ihm kniete.

«Alles okay?»

Leon nickte zerstreut und setzte sich auf. Er hatte Kopfschmerzen, doch trotzdem hatte das Abschalten ihm gutgetan. Die halbe Stunde Entspannung war dringend nötig gewesen. Es war aufreibend, immer den Optimisten zu spielen, damit die anderen nicht die Hoffnung aufgaben – vor allem, wenn man selbst wenig Hoffnung hatte.

«Danke fürs Wecken», sagte er. «Irgendein Zeichen von Tia?»

Kim schüttelte den Kopf.

«Wo ist dein Freund?»

«Er ist nach nebenan gegangen», sagte Kim verschämt. «Er ... musste mal.»

Leon runzelte die Stirn. «Keine gute Idee! Da drüben dürfte noch mehr Gas in der Luft sein als hier. Er könnte ohnmächtig werden.»

«Ach, es geht ihm gut», behauptete Kim. «Er hat eine volle halbe Stunde am Sauerstoffgerät gehangen und ist hellwach. Jedenfalls hat er gesagt, wir sollen auf keinen Fall rüberkommen.»

«Na schön.» Leon blickte auf seine Uhr. «Aber wenn er nicht bald zurück ist, werde ich nachsehen.»

Ein trockenes Husten unterbrach seine Worte.

«Möchtest du?», fragte Kim und hielt ihm die Sauerstoffmaske hin. «Du könntest bestimmt ein paar Züge vertragen.»

Leon seufzte. Eigentlich hatte er sich geschworen, so wenig wie möglich von dem Sauerstoff zu verbrauchen. Doch der Gedanke an frische Luft war verlockend.

«Na gut. Ein paar Minuten.»

Kim schaltete das Gerät ein und reichte ihm die Maske. Die Luft schmeckte herrlich. Leon genoss sie in tiefen Zügen und fühlte schon nach kurzer Zeit, wie die Kopfschmerzen nachließen.

Kim wich nicht von seiner Seite.

«Tut gut, oder?»

Wie mitfühlend sie klang, dachte Leon erstaunt. Offenbar hatte sie sich erholt, denn sie sah deutlich besser aus als noch vor einer Stunde. Sie hatte den Sauerstoff wohl am nötigsten gebraucht. Leon erinnerte sich noch, wie elend sie gewirkt hatte, nachdem Jan und Tia aufgebrochen waren: Immer wieder war sie eingenickt und plötzlich wieder hochgeschreckt, hatte gekeucht, gehustet, Schweiß auf der Stirn gehabt. Sie war ihm so hilflos, so schutzbedürftig vorgekommen. Nun wirkte sie vollkommen wach, hatte eine gesündere Gesichtsfarbe und atmete ruhiger.

Leon nahm die Maske ab und reichte sie ihr. «Schichtwechsel.»

Sie lächelte dankbar. «Aber nur kurz! Dann bist du wieder dran.»

Wie es wohl Tia gehen mochte? Sie war nun bereits mehrere Stunden fort. Leon wagte nicht zu entscheiden, ob das ein gutes oder schlechtes Zeichen war. Es konnte bedeuten, dass sie tatsächlich einen Weg ins Freie gefunden hatte – aber auch, dass sie und Jan in Schwierigkeiten steckten. Leon bemühte sich, nicht über mögliche Gründe nachzudenken. Es war nicht auszuschließen, dass die beiden in irgendeinen Teil der Höhle geraten waren, wo die Gaskonzentration noch höher war als hier. Das Methan konnte ihnen das Bewusstsein rauben. Darüber hinaus drohten andere Gefahren, mit denen man in unerforschten Höhlen rechnen musste: Stürze, Verletzungen, Knochenbrüche. Tia hatte sich auf ihren Touren noch nie ernsthaft verletzt, aber vielleicht war ihrem übereifrigen Begleiter etwas zugestoßen. Es hätte Leon nicht gewundert. Warum Tia überhaupt geduldet hatte, dass Jan sie begleitete, verstand er noch immer nicht.

Sie mag ihn, sagte eine ungebetene Stimme in seinem Kopf.

Na schön, dann mochte sie ihn eben. Vielleicht änderte sie ja ihre Meinung, wenn er wie ein Klotz an ihrem Bein hing – oder wenn er sie pausenlos mit seinen peinlichen Schmeicheleien nervte.

«Du bist wieder dran», sagte Kim und gab ihm die Maske zurück. Sie lächelte noch immer.

Leon nahm die Maske – und atmete einen Moment lang Kims Geruch ein, bevor er von der nachdrängenden Frischluft vertrieben wurde.

Warum ist sie eigentlich so nett zu mir?, fragte er sich. Bisher hatte Kim wenig gesprochen und stets scheu gewirkt – wenn auch nicht so misstrauisch wie ihr Freund. Dass sie plötzlich auftaute, schien mit Philipps Abwesenheit zusammenzuhängen. Schon die ganze Zeit über hatte Leon den Eindruck gehabt, dass Philipp sie unter Druck setzte und zum Schweigen zwang. Fürchtete er, sie könnte den Grund ausplaudern, warum die beiden hier waren? Worin bestand dieses große Geheimnis, das offenbar um jeden Preis geschützt werden musste?

Leon setzte die Maske ab. Er war bereits drauf und dran, Kim zu fragen, und suchte nach einer Formulierung. Doch sie kam ihm zuvor.

«Und? Geht's dir besser?»

Leon nickte – und plötzlich nahm ihr warmer Tonfall ihm jede Lust auf ein Verhör.

«Dir auch, wie es scheint», sagte er stattdessen. «Du hast wieder ein bisschen Farbe bekommen. Noch Atembeschwerden?»

«Ein bisschen», gab Kim zu. «Aber die Kopfschmerzen sind weg.»

«Vielleicht hätte ich das Gerät schon früher einschalten sollen ...»

«Nein! Es war okay. Wer weiß, wie lange wir noch hier unten festsitzen.» Kim blickte zu der Wand aus Schutt und Geröll hinüber, die den Tunnel verschloss. «Es kann dauern, bis sie zu uns durchdringen, oder? Selbst wenn sie schon auf dem Weg sind.»

Leon entschloss sich, nichts mehr zu beschönigen.

«Ich befürchte es auch. Es wird wohl kaum möglich sein, sich mit Hacke und Spaten zu uns durchzugraben. Man wird Räumgeräte brauchen. Die müssen erst einmal angefordert und wahrscheinlich per Hubschrauber eingeflogen werden – und das nächste Problem wird darin bestehen, sie durch den engen Eingang in die Höhle zu schaffen.» Er seufzte. «All das setzt natürlich voraus, dass unser Notruf überhaupt gehört wurde.»

Kim nickte. Sie wirkte aber erstaunlich gefasst – keine Spur von Panik. *Eine bemerkenswerte Frau*, dachte Leon unwillkürlich. Er hatte sie wohl unterschätzt.

«Glaubst du, dass deine Freundin es nach draußen geschafft hat?»

Leon verzog den Mund. Einen Moment lang mühte er sich, eine diplomatische Antwort zu finden, um sie nicht zu entmutigen, doch es wollte ihm einfach nicht gelingen.

«Sie ist nicht meine Freundin», war alles, was er schließlich hervorbrachte.

Kim

Kim senkte den Blick. Sie spürte, dass Leon ihrer Frage auswich, verstand jedoch, was er sagen wollte: Ja, es war möglich, dass sie alle hier unten sterben würden.

Dennoch empfand sie keine Angst. Stattdessen jagten seltsame Gedanken durch ihren Kopf, teils wild und verzweifelt, teils kalt und klar. Angenommen, keiner von ihnen sah jemals das Tageslicht wieder – welche Rolle spielte es dann, wenn Philipp sich in seiner Besessenheit den Hals brach? Sollte er doch in diesen Schacht hinabklettern und nach dem Schatz suchen. Das war ja offensichtlich alles, was ihn interessierte. Kim interessierte ihn nur noch insoweit, als sie ihm den Rücken freihielt. Er hatte sie zu Leon geschickt ... Warum eigentlich tat sie nicht, was er ihr aufgetragen hatte? Sie brauchte es ja nicht für ihn zu tun – nein, sie konnte einfach genauso egoistisch sein wie er. Vielleicht war es für sie beide an der Zeit, ihren Leidenschaften zu folgen und sich letzte Wünsche zu erfüllen.

Unter gewöhnlichen Umständen hätte Kim nie den Mut für das gefunden, was sie jetzt tat. Einen Augenblick zögerte sie noch und fragte sich, ob es wirklich der Gedanke an den Tod war, der ihre Hemmungen niederriss. Vielleicht war auch das Gas im Spiel, das sie noch immer einatmete. Es machte sie leicht benommen, und sie hatte das Gefühl, dass es Teile ihres Gehirns einfach abschaltete. Doch sie kam zu dem Schluss, dass das keine Rolle spielte.

Sie setzte sich neben Leon, ihre Schulter keine Handbreit von seiner entfernt.

«Mir ist so kalt ...»

Leon schwieg betreten.

«Kannst du mich mal festhalten?», bat Kim und drängte sich an ihn.

Er war verkrampft, das spürte sie. Ihr plötzlicher Ausbruch von Hilfsbedürftigkeit überforderte ihn. Immerhin brachte er es fertig, eine Hand auf ihren Rücken zu legen und ein tröstendes Streicheln anzudeuten. Schade, dass er einen wasserdichten Anzug aus Kunststoff trug; das ließ nicht viel Wärme zu. Kim entschädigte sich dafür, indem sie die Arme um seine Schultern schlang und ihr Gesicht an seinen Hals drückte.

«Danke», flüsterte sie so nahe an seiner Haut, dass er die Vibrationen ihrer Stimme spüren musste. Ein Hauch von fast verflogenem Rasierwasser drang in ihre Nase, und sie sog ihn gierig ein. Der Geruch gefiel ihr. Langsam drehte sie den Kopf, um mit den Lippen die empfindliche Stelle unter seinem Ohr erreichen zu können.

«Hey!» Leon erschrak spürbar. «Was machst du denn da?»

Eine Antwort erübrigte sich. Kim küsste seinen Hals, arbeitete sich ein paar Zentimeter nach oben, erreichte seine Wange. Dieser Dreitagebart ... eigentlich hasste sie so etwas, aber im Moment fand sie die raue Haut unwiderstehlich anziehend.

«Kim!»

Er packte ihre Schultern und schob sie ein Stück von sich.

«Was?», fragte sie, seinem verwirrten Blick trotzig standhaltend.

Leon räusperte sich nervös. «Hör mal ... ich weiß, wir sind alle ziemlich mit den Nerven fertig. Dieses verdammte Gas macht einen ganz wirr im Kopf ...»

«Ich bin ganz und gar nicht wirr im Kopf!», versicherte Kim.

«Und was soll dein Freund denken, wenn er zurückkommt?»

«Wir hören es doch, wenn er durch den Tunnel kriecht. Übrigens: Woher weißt du eigentlich, dass er mein Freund ist? Tia ist ja auch nicht deine Freundin. Das hast du selbst gesagt.»

«Kim, jetzt hör mir bitte mal zu ...»

«Nein!» Sie schüttelte energisch den Kopf. «Ich weiß was Besseres.»

Erneut schlang sie die Arme um ihn und rutschte auf seinen Schoß. Ausweichen konnte er nicht, denn er saß mit dem Rücken zur Wand. Stattdessen machte er sich steif, um sie auf Abstand zu halten – doch Kim spürte, dass seine Abwehr bröckelte. Ermutigt legte sie eine Hand auf seine Wange und drehte seinen Kopf zu sich herum.

Warum eigentlich, dachte sie flüchtig, hatte sie nicht früher im Leben entdeckt, wozu sie fähig war? Schade, dass sie erst jetzt dahinterkam, womöglich wenige Stunden vor dem Ersticken.

Sie küsste ihn.

Leon blieb passiv. Doch die Tatsache, dass er sich nicht wehrte, verriet seinen Zwiespalt. Wenn er gewollt hätte, wäre er leicht in der Lage gewesen, sie von sich fernzuhalten. Immerhin war er ein großer, starker Mann ... und *wie* groß, *wie* stark, dachte Kim erregt, während sie sich an ihn drängte. Es musste ihr nur noch gelingen, ihn ein wenig zu entspannen. Sie tat ihr Bestes, ließ ihre Hände mithelfen, strich über jeden Teil seines Körpers, den sie erreichen konnte. Sie saugte. Sie knabberte. Endlich spürte sie, wie er erschauerte und seine Lippen sich öffneten.

Na bitte. Geht doch.

Kims Herz klopfte heftig. Ein abwegiger und dennoch verführerischer Gedanke streifte sie: Hieß es nicht, dass Sauerstoffmangel Euphorie auslösen konnte? Sie erinnerte sich vage, etwas darüber gelesen zu haben, wahrscheinlich in einer Frauenzeitschrift.

Mal sehen, was an diesen Geschichten dran ist, dachte sie – seltsam kaltblütig, obwohl ihr Körper voller Hitze war. Entschlossen richtete sie sich auf und öffnete ihre Jeans. Leon starrte sie an, ungläubig, fast entsetzt, doch wider Willen fasziniert.

Kim hielt sich nicht lange auf. Es war ohnehin zu kalt, um sich völlig zu entkleiden; also schob sie die Hose nur bis zu den Waden hinab – weit genug, um sich mit gespreizten Schenkeln auf seinen Schoß setzen zu können. Bei der Regenjacke genügte es, den Reißverschluss zu öffnen und das darunterliegende Sweatshirt hochzuraffen, um Bauch und Brüste zu entblößen. Schwieriger war es bei ihm. Der kalte Steinboden sollte auf keinen Fall mit seiner Haut in Berührung kommen. Also begnügte Kim sich damit, seine Hose zu öffnen, eine Hand hineinzuschieben und zu tasten. Sie sah nicht hin, doch was sie fand, fühlte sich einladend an, warm und kräftig. Alles Weitere war zwar unbequem und mit suchendem Hin- und Herrutschen verbunden, doch technisch machbar, wie sich herausstellte.

Leon tat nichts. Es schien, als hätte ihre Entschlossenheit ihn gelähmt, ähnlich, wie ein Beutetier in Schreckstarre verfiel, wenn ein übermächtiger Gegner es zwischen den Pranken hielt. Doch Kim war es gleichgültig. Sie nahm sich, was sie wollte. Sachte wiegte sie sich auf ihm, eine Wange an seiner, spürte seinen raschen Atem, die Wärme seiner Wangen und die Hitze in ihrem Unterleib.

Ich glaube, ich bin verrückt geworden, dachte sie mit einem wachen Teil ihres Verstandes. Vielleicht war es so – doch es fühlte sich gut an.

Philipp

Philipp blickte nach unten und schätzte die Entfernung zu dem Felsvorsprung, den er als nächsten Zwischenstopp auserkoren hatte. Vorsichtig ließ er ein weiteres Stück des Seils durch seine Hände gleiten, die in Leons Kletterhandschuhen steckten. Noch immer war die Wand zerklüftet und voller Stufen. Da sich der Schacht nach unten hin verjüngte, glich sie stellenweise beinahe einer steilen Treppe, sodass es ihm keine Schwierigkeiten bereitete, Halt für seine Füße zu finden.

Keine zehn Meter mehr …

Er wollte eben die Füße auf den nächsten Sims setzen, als er eine Erschütterung spürte. Ein Stoß ließ die Felswand unter seinen Füßen erzittern, und aus der Tiefe drang ein dumpfes Grollen herauf.

Philipp erstarrte, beide Hände um das Seil geklammert.

Was war das?

Ein weiterer Stoß lief durch die Wand und pflanzte sich bis in seine angespannten Beine fort.

Ein Erdbeben?

Sein Herz schlug heftig. Erneut glaubte er ein Geräusch zu hören, diesmal schwächer, dafür anhaltend: ein fernes Mahlen und Stampfen wie von einem riesigen Mühlrad, das sich langsam in Bewegung setzte. Einen Moment lauschte er reglos. Dann wagte er es, mit einer Hand das Seil loszulassen und nach der Lampe in seinem Gürtel zu greifen. Der Lichtkegel geisterte über die unregelmäßigen Wände des Schachtes, ließ jedoch nichts erkennen als den bodenlosen Abgrund.

Weiter!, sagte sich Philipp. Was auch immer dort unten geschah; es durfte ihn nicht davon abhalten, seinen Weg fortzusetzen. Im Gegenteil: Wenn es tatsächlich ein Erdbeben war, stand er besser auf dem festen Felsvorsprung, der nicht mehr weit unter ihm lag, statt irgendwo auf halbem Weg an der Wand zu hängen. Rasch steckte er die Lampe zurück in den Gürtel und ließ sich weiter hinab.

Ein dritter Stoß durchzitterte die Wand. Winzige Felssplitter regneten herab und prasselten auf Philipps durchgestreckte Unterschenkel.

«Scheiße», flüsterte er.

Bisher hatte er geglaubt, das Gas sei die einzige Gefahr auf seinem Weg – und nun plötzlich bebte die Erde. Hatten denn alle Naturgewalten sich verschworen, ihn am Erreichen seines Ziels zu hindern?

Habe ich etwas … erweckt?, fragte eine Stimme ganz am äußersten Rand seines Bewusstseins. *Etwas, das mich fernhalten will?*

Der Gedanke war absurd und dennoch erschreckend. Nervös blickte Philipp hinauf zu der Felszacke, an der er das Seil befestigt hatte. Sie lag bereits nahezu zwanzig Meter über ihm und war kaum noch zu erkennen. Waren die Steine von dort herabgerieselt? Bestand die Gefahr, dass sein Sicherungspunkt einfach wegbrach?

Er beschloss, nicht zu warten, bis er es herausfand. Weiter abwärts – noch eine Armlänge Seil – neuer Halt für die Füße. Fünf Meter bis zum Ziel, vielleicht viereinhalb. Sein Puls jagte.

Ein erneuter Stoß kam aus der Tiefe. Diesmal glaubte Philipp förmlich zu spüren, wie die Erschütterung wellenförmig an der Wand hinauflief, ähnlich wie ein Schauder vom Kreuzbein in den Nacken hochkroch. Gestein knirschte. Einige Sekunden noch hing Philipp in der Schwebe – dann gab die Felszacke nach und zerbarst in einem Hagelschauer faustgroßer Fragmente. Mit einem Ruck löste sich das Seil, und Philipp stürzte in die Tiefe.

Für einen Moment schien sein Körper schwerelos. Dann schlug er auf unnachgiebigen Boden, und ein schneidender Schmerz durchbebte ihn von der Schulter bis zu den Fersen. Sein Schrei kam verspätet, heiser und gellend.

Tränen verschleierten seinen Blick, doch als er den Kopf zur Seite wandte, erkannte er die zerklüftete Felswand. Vage begriff er, dass er nicht bis zum Boden des Schachtes gestürzt war – in diesem Fall wäre sein Schädel zersprungen wie eine tönerne Vase. Stattdessen war er auf dem Felsvorsprung aufgeschlagen, den er als Etappenziel anvisiert hatte. Vier Meter freier Fall: noch immer genug für ein paar gebrochene Knochen – und genau danach fühlte sich sein linkes Bein an, das in einem unnatürlichen Winkel verdreht war. Philipp tastete danach, versuchte es durchzustrecken ... und schrie erneut vor Schmerz.

Der enge Schacht vervielfältigte seinen Schrei zu einem unheimlichen Echo. Es war noch nicht verklungen, als er das Rauschen hörte ... ein Rauschen in der Tiefe, das rasch lauter wurde. Es klang wie das Tosen einer gewaltigen Flut.

Was ist das?

Philipp schob sich ein Stück zur Seite. Das gebrochene Bein protestierte so heftig, als stünden sämtliche Nervenenden in Flammen, doch er ignorierte es. Er musste sehen, was dort unten vor sich ging. Seine Finger ertasteten den Rand des Felsvorsprungs. Es gelang ihm sogar, sich auf einem Ellbogen hochzustützen und die Lampe in seinem Gürtel zu erreichen. Mit geweiteten Augen lugte er über den Rand der Klippe und leuchtete in die Tiefe.

Eine Wassersäule kroch den Schacht herauf, schäumend und brodelnd wie ein Geysir. Noch befand sie sich ganz am äußersten Ende des Lichtkegels, mindestens dreißig Meter unter der Klippe. Doch das Wasser stieg rasch, wie von einer unsichtbaren Macht aufwärtsgetrieben, und überspülte Meter um Meter der zerklüfteten Felswände.

Philipp starrte hinab, unfähig, den Blick abzuwenden. Eine fast abergläubische Furcht hatte ihn ergriffen. Er dachte nicht daran, dass er mit gebrochenem Bein auf dem Felsvorsprung lag und sich kaum rühren, geschweige denn aufstehen konnte. Er dachte nicht daran, dass das Wasser in einigen Minuten bis zu ihm heraufsteigen und die Klippe überfluten würde. Stattdessen dachte er plötzlich an etwas, das er nie ernstgenommen und mit verächtlichem Lachen von sich gewiesen hatte, wenn Kim es erwähnte: den Fluch.

Es kommt mich holen, sagte eine zitternde, beinahe kindliche Stimme in seinem Kopf. *Was immer es ist – es kommt mich holen.*

Dritter Teil

Das Wasser

Carolin

«So, es geht los», sagte der junge Mann vor dem Bildschirm.

«Das ist übrigens Herr Schulz, unser Fracking Controller», stellte Dittrich ihn vor. «Herr Schulz, vielleicht sind Sie so nett, unseren Gästen zu erklären, was Sie da tun?»

«Das Wichtigste haben Sie ja schon gehört», wandte sich Schulz an Carolin und Dahms. «Wir pumpen Wasser in das unterirdische Rohrsystem, und zwar unter hohem Druck. Das Wasser füllt die Rohre, die an verschiedenen Stellen durchlöchert sind, drückt nach außen auf die umliegende Gesteinsschicht und sprengt sie auf.»

«Dazu muss aber eine Menge Druck nötig sein», mutmaßte Carolin. «Und eine Menge Wasser.»

«Um die zweitausend Kubikmeter», bestätigte Schulz. «Also rund zwei Millionen Liter.»

«Wow», sagte Carolin beeindruckt. «Und wenn Sie das Gestein aufgesprengt haben ...»

«... dann pumpen wir das Wasser wieder heraus. Die Sprengungsrisse verbleiben im Gestein, und durch diese Risse kann dann das Gas ausströmen, das wir über den Bohrschacht absaugen.»

«Schwer zu glauben, dass diese Sprengungen nicht gefährlich sind», meinte Carolin.

Dittrich lächelte. «Ich weiß, woran Sie denken – Journalisten sind eben immer auf der Suche nach drohenden Katastrophen.

Aber ich versichere Ihnen: Fracking löst keine Erdbeben aus. Das ist so eine Horror-Vorstellung, die sich hartnäckig in den Medien hält. In den USA hat es manchmal Risse an Gebäuden gegeben ... aber dort war man auch unvorsichtig und hat in viel zu geringen Tiefen gefrackt, manchmal nur zweihundert Meter unter dem Boden. Hier in Deutschland sind die Bestimmungen viel strenger, da ist jede Gefahr ausgeschlossen.»

«Wenn Sie es sagen ...»

«Überzeugen Sie sich selbst!», sagte Schulz, der sich wieder dem Bildschirm zugewandt hatte.

Carolin betrachtete die dreidimensionale Simulation, die zeigte, wie ein Netz unterirdischer Tunnel sich mit blauen Balken füllte. Irgendeine Erschütterung konnte sie tatsächlich nicht spüren, nicht einmal ein Vibrieren des Bodens.

«Der Druck sollte ausreichen», meinte Schulz und drückte einige Tasten. «Zwei MPa im Augenblick.»

«MPa ...?»

«Mega-Pascal. Entspricht zwei Newton pro Kubikmillimeter.»

«Hört sich nach einer ganzen Menge an.»

«Muss es auch sein, denn wir wollen Gesteinsrisse von bis zu zweihundert Metern Länge erzeugen. Da – schauen Sie!»

Er wies auf eine Stelle der Simulation, an der sich gezackte Linien rund um eines der Rohre ausbreiteten. «Das ist direkt unter uns! – Und? Spüren Sie irgendetwas?»

«Nein», gab Carolin zu.

«Der Vorgang setzt sich jetzt über die gesamte Länge des Rohrsystems fort. Wir haben die Tonschicht bis in mehrere Kilometer Umkreis erschlossen.»

«Die Risse gehen ja kreuz und quer durch den Boden», stellte Carolin fest, die beobachtete, wie die Linien sich in alle möglichen Richtungen fortpflanzten.

«Ja, der Riss öffnet sich immer dort, wo der Widerstand des

Gesteins am geringsten ist», erläuterte Schulz. «In welche Richtung er verläuft, lässt sich nicht vorhersagen. Aber das macht auch nichts, denn wir wollen die Lagerstätte ja möglichst großräumig erfassen.» Er hielt kurz inne und öffnete ein Bildschirmfenster mit einem bunten Diagramm. «Komisch ... der Druck fällt ab.»

«Nanu?», wunderte sich Dittrich. «Wie kommt das?»

Schulz überflog die Daten. «Könnte alle möglichen Gründe haben. Vielleicht haben wir irgendeinen natürlichen Hohlraum angebohrt, den wir erst füllen müssen, um den Druck wiederaufzubauen. Ich leite noch etwas Wasser nach. Sagen wir: weitere hunderttausend Liter.»

«Woher nehmen Sie eigentlich all das Wasser?», wollte Carolin wissen.

«Das ist Grundwasser, das wir hier in der Umgebung aus dem Boden ziehen. Der Bedarf ist übrigens zu vernachlässigen: Es ist weniger, als eine Kleinstadt wie Lochberg pro Tag an Trinkwasser verbraucht.» Schulz beobachtete mit gerunzelter Stirn sein Diagramm. «Unter zwei MPa ... könnte mehr sein.»

«Erhöhen Sie die Pumpleistung!», riet Dittrich. «Die Dinger laufen noch nicht mal auf vollen Touren.»

«Okay.»

Tia

«Nanu, was ist denn hier los?»

Jan war stehengeblieben. Tia, die eben hinter ihm durch den Felsspalt gekrochen war, richtete sich auf. Bereits aus einiger Entfernung hatte ihr sensibles Gehör ein Rauschen wahrgenommen, das sie nicht einordnen konnte. Hier, in der kuppelförmigen Halle mit dem senkrechten Abgrund, schien es ganz nah.

«Das kommt von unten!», rief Jan aufgeregt.

Tia hörte, wie er einige Schritte vorwärts machte. Nervös schnalzte sie mit der Zunge, um den Abstand zur Schachtöffnung zu sondieren, und folgte ihm. Eine warnende Beklemmung befiel sie, als das Rauschen lauter und lauter wurde.

«Kannst du irgendetwas sehen?», fragte sie.

Jan hatte sich am Rand des Schachtes niedergelassen und leuchtete in die Tiefe.

«Da ist ein Licht!», gab er erregt zurück. «Es flackert ... irgendjemand ist da unten.»

Tias Herz machte einen Sprung. *Leon*, war ihr erster Gedanke. Doch warum um alles in der Welt hätte er in diesen Schacht hinabsteigen sollen? Und was hatte das Rauschen zu bedeuten, das sich anhörte wie schäumendes Wasser?

«Leon?»

Tia fuhr herum und suchte den Eingang des Tunnels zum Nebenraum, wo sie ihr Lager aufgeschlagen hatten. Sie stolperte über herumliegende Steine, prallte mit der Hüfte gegen einen Stalagmiten, fand endlich die Wand und tastete nach der Öffnung.

«Leon!», rief sie mit wachsender Angst.

Leon

Leon erstarrte, als er die Stimme hörte.

Oh mein Gott!, durchzuckte es ihn.

In den vergangenen Minuten war er weit fortgedriftet, fort aus der Höhle, fort von sich selbst, als wäre er in einen anderen Körper geschlüpft. Und diesem Körper war nur eines wichtig gewesen: die Nähe einer Frau, die ihn nicht zurückstieß, sondern sich vollkommen hingab. Nun war es, als erwachte er aus einem Traum, oder eher aus dem Rausch einer seltsamen Droge.

Auch Kim war erstarrt. In ihren Augen flackerte nackte Panik.

Leons Hände glitten kraftlos von ihren Hüften, als sie von seinem Schoß rutschte. Ihre Beine zitterten, während sie eilig ihre Hose hochraffte. Ihr Gesicht war kalkweiß.

«Leon?»

Diesmal klang es, als sei Tia bereits dabei, durch den Tunnel herüberzukriechen.

Was habe ich getan?, schoss es Leon wie in einem verspäteten Reflex durchs Gehirn. Endlich löste sich seine Erstarrung. Mit einem Ruck zwang er sich auf die Beine, ordnete in fliegender Hast seine Kleidung.

«Ich bin hier!», rief er zurück.

«Gott sei Dank ... Bitte komm schnell rüber!», schrie Tia. «Irgendetwas stimmt nicht! Wer fehlt bei euch?»

Leon starrte auf den Felsspalt, aus dem ihre Stimme herüberdrang, dann in Kims erschrockenes Gesicht – und schließlich auf die Isomatte, wo Philipp gesessen hatte.

Leon hatte ihn völlig vergessen, ebenso, wie er Tia vergessen hatte. Was war geschehen?

Philipp

Philipp hörte die fernen Rufe, und plötzlich machte seine abergläubische Furcht einem anderen Gefühl Platz: dem simplen Willen zu überleben.

«Hey!», brüllte er aus Leibeskräften den Schacht hinauf. «Hilfe! Ich bin hier!»

Er wusste nicht, ob man ihn hörte, denn das Rauschen war lauter geworden und vervielfältigte sich an den Wänden des Schachtes zu einem infernalischen Echo. Erneut leuchtete Philipp in die Tiefe. Das Wasser stieg rasch. Die brodelnde Oberfläche lag nur noch etwa zehn Meter unter dem Felsvorsprung. Es war kein kochendes

Wasser, begriff Philipp: Der Eindruck eines siedenden Geysirs wurde lediglich durch die Geschwindigkeit hervorgerufen, mit der es den Schacht heraufschäumte. Wäre es heiß gewesen, hätten Schwaden von Dampf aufsteigen müssen.

Doch das spielte keine Rolle. Das Wasser mochte heiß oder kalt sein; in jedem Fall würde es seinen Körper überspülen, in seinen Mund und seine Nase dringen, ihm den Atem nehmen. Philipp erinnerte sich an etwas, das er einmal gelesen und eigentlich längst vergessen hatte: Wenn ein Mensch ertrank, verkrampfte sich sein Kehlkopf und verschloss die Stimmritzen – ein letzter, verzweifelter Versuch des Körpers, die Flüssigkeit von den Lungen fernzuhalten. Schon damals beim Lesen hatte die Vorstellung ihn schaudern lassen, und irgendwie war sie in seinem Unterbewusstsein lebendig geblieben. Musste sie ihm ausgerechnet jetzt wieder einfallen?

«Hilfe!», brüllte er zum zweiten Mal.

Ob man ihn überhaupt hörte? Und selbst wenn es so war – genügte die Zeit, damit die anderen irgendetwas zu seiner Rettung unternehmen konnten? Er selbst hatte mindestens zwanzig Minuten gebraucht, um sich bis hierher abzuseilen.

Mit wachsender Panik ließ Philipp die Lampe kreisen, auf der Suche nach einem Ausweg. Sein Herz machte einen Satz, als er entdeckte, dass der Vorsprung, auf dem er lag, nicht einfach nur ein schmaler Felsensims war. Unmittelbar dahinter öffnete sich ein Spalt in der Wand, der steil nach oben führte. Beim Abseilen hatte Philipp ihn nicht bemerkt, denn die Öffnung hatte im Schatten gelegen. Ob er es schaffen konnte, dort hineinzukriechen und dem Wasser zu entkommen?

«Philipp?»

Die weibliche Stimme drang aus großer Entfernung zu ihm herab, beinahe verschluckt vom Rauschen der Flut. Dennoch erkannte Philipp, dass es nicht Kims Stimme war. Die Forscherin musste zurückgekehrt sein – Tia.

«Ich bin hier!», brüllte er zurück und dehnte die letzte Silbe zu einem schrillen Schrei.

Es kam eine Antwort, doch Philipp konnte sie nicht verstehen. Immerhin war er nun sicher, gehört worden zu sein – doch was nützte ihm das? Wenn das Wasser mit unverminderter Geschwindigkeit weiterstieg, hatte er keine zehn Minuten mehr.

Die Erkenntnis verlieh ihm die Kraft der Verzweiflung. Er wusste nicht, ob es Sinn machte, was er tat – nur, dass ihm keine andere Wahl blieb. Philipp kroch auf den Spalt in der Wand zu. Dafür musste er sich auf der Stelle drehen, wodurch das gebrochene Bein über den Boden schleifte. Der Schmerz war eine gleißende Flamme – und Philipp verdrängte nur mit Mühe die Vorstellung, wie sich einzelne Splitter des geborstenen Knochens in sein Fleisch bohrten.

Ich muss da rein ... da rein ...

Mit zusammengebissenen Zähnen schob er sich auf den Ellbogen vorwärts, die Lampe in der rechten Faust. Der Felsspalt war eben groß genug, damit ein Mensch hineinkriechen konnte – die Frage blieb nur, wie tief er war. Der Boden jedenfalls führte aufwärts, möglicherweise zu einem Hohlraum hinter der Wand. War es denkbar, dass dieser Raum wie eine Taucherglocke von Luft erfüllt blieb, wenn das Wasser den Zugang überspülte?

Bitte, flehte Philipp innerlich. *Bitte ...*

Der ansteigende Boden war glatt, wie poliert. Seine Ellbogen rutschten ab, und da er nur eines seiner Beine gebrauchen konnte, gelang es ihm auch nicht, sich mit den Füßen voranzuschieben. So blieb ihm nur, die Lampe abzulegen und die Fingerspitzen in jede sich bietende Ritze zu krallen.

Das Wasser rauschte und schäumte unter ihm. Wie weit mochte es noch von dem Felsvorsprung entfernt sein – acht Meter? Sechs? Jedenfalls schien es nicht zum Stillstand zu kommen. Woher auch immer die Kraft rührte, die es in die Höhe trieb; sie schien unerschöpflich zu sein.

Von Philipps Kraft konnte man das leider nicht behaupten. Es gelang ihm einfach nicht, das Gewicht seines Körpers in die Höhe zu ziehen. Als er endlich einen schmalen Spalt fand, klammerte er sich so verzweifelt fest, dass einer seiner Fingernägel einriss und ein schneidender Schmerz seine Hand durchzuckte. Reflexhaft riss er den Arm an sich – und traf mit dem Ellbogen die Lampe. Der Stoß ließ sie quer über den Felsensims kreiseln.

«Nein!», schrie Philipp und verdrehte sich hektisch, um den Arm nach ihr auszustrecken – doch es war bereits zu spät. Die Lampe rollte über den Rand der Klippe und stürzte in die Tiefe. Einen Moment noch flackerte der Lichtkegel über die Wände des Schachts, dann wurde er von der brodelnden Flut verschlungen.

Vollkommene Finsternis hüllte Philipp ein – und in dieser Finsternis war nichts als das chaotische Rauschen und Schäumen, der Schmerz des gebrochenen Beins und der Gedanke an Wasser, das sich den Weg in seine Lungen bahnte.

Das ist das Ende, dachte er mit plötzlicher Klarheit. *Das Ende ...*

Tia

«Ich kann nichts mehr sehen!», rief Jan, der neben Tia am Rand des Schachtes kniete. «Das Licht ist weg ... aber es war ziemlich weit unten.»

«Wie tief?»

«Keine Ahnung. Fünfzig Meter? Sechzig? Es sah so aus, als läge er auf einem Felsvorsprung.»

Tia hörte, wie Leon aus dem Tunnel vom Nebenraum herübergekrochen kam. Er eilte an ihre Seite.

«Leon! Ist Kim in Sicherheit?»

«Ja, sie ist noch drüben. Was ist passiert?»

Tia zögerte einen Moment. Leon roch seltsam ... anders als

gewöhnlich. Es irritierte sie so sehr, dass sie sich zwingen musste, an die Erfordernisse des Augenblicks zu denken.

«Philipp ist in den Schacht geklettert.»

«Was?»

«Ich konnte ihn schreien hören.»

«Ist der Kerl denn wahnsinnig?»

«Ob wahnsinnig oder nicht», sagte Tia, «wir müssen ihn heraufholen! Hörst du das Rauschen? Klingt wie aufsteigendes Wasser.»

«Wasser? Wo kommt das plötzlich her?»

«Keine Ahnung. Jedenfalls ist er in ernsthaften Schwierigkeiten.»

«Ich klettere hinunter», erbot sich Leon.

«Nein! Ich mache das», entschied Tia, öffnete eilig ihren Rucksack und zog ihr Kletterseil heraus. «Du musst mich sichern! Kannst du das Seil irgendwo an der Wand festmachen, möglichst hoch? Dem Seil von Kim und Philipp traue ich nicht. Es ist zu dünn und scheuert im rechten Winkel über die Klippe.»

«Ich tu mein Bestes ...»

Sie war Leon dankbar, dass er keine Einwände erhob. Er war ein guter Kletterer, doch nicht so geübt wie sie – und der Abstieg würde gefahrvoll werden, denn sie hatten keine Zeit für die üblichen Sicherungsmaßnahmen. Abseilen war eine komplexe Technik, bei der das Seil gewöhnlich im Doppelstrang gelegt wurde. Das war in diesem Fall unmöglich, denn wenn Philipp sich tatsächlich fünfzig Meter unterhalb der Schachtöffnung befand, würde das halbe Seil auf keinen Fall ausreichen. Tia musste also am «Einfachseil» klettern, wie man es unter Fachleuten nannte.

«Kann ich irgendetwas tun?», fragte Jan, während sie in ihren Klettergurt stieg.

«Eigentlich nicht», gab sie knapp zurück. «Hilf Leon beim Ziehen, wenn ich unten bin.»

Sie hakte den Abseilachter in den Gurt. Das primitive Gerät besaß zwei unterschiedlich große Ösen: Durch diese wurde das

Kletterseil geführt, und zwar in mehreren Windungen, sodass die Reibung für die nötige Bremswirkung sorgte und ein unkontrolliertes Abrutschen verhinderte. Das Ende des Seils hielt man in der rechten Hand und ließ es langsam durch den Achter hindurchgleiten. Diese Methode kostete viel Kraft, doch Tia verließ sich auf ihre Kondition und jahrelange Erfahrung.

«Fertig!», rief Leon und reichte ihr das Seilende.

«Wie ist es befestigt?»

«Es läuft über zwei Klemmkeile an der Wand. Höher geht's leider nicht; direkt über dem Schacht wölbt sich die Decke zu hoch.»

Tia nickte, während sie das Seil mit geübtem Griff durch den Achter zog. «Wird schon gehen. Wenn ich Philipp gefunden habe, lege ich ihm den Gurt an. Das übliche Signal: dreimal rucken! Dann zieht ihr ihn hoch.»

«Und du?»

«Ich werde Philipps Seil benutzen, um nachzukommen. Das Risiko muss ich wohl eingehen.»

«Okay.»

Tia stutzte. Leons Geruch ... War es nicht der gleiche, den Jan vorhin verströmt hatte? Dieser herbe, würzige Männergeruch?

«Was ist passiert?», rief Kim, die eben dazukam, in heller Aufregung.

«Dein Freund ist da unten», informierte sie Jan. «Meinte wohl, er müsste unbedingt den Helden spielen. Jetzt muss Tia ihn zurückholen.»

Kim schwieg, offenbar stumm vor Schreck. Sie stand nicht weit entfernt, und Tia erwartete, dass der unvermeidliche Angstgeruch zu ihr herüberwehte: adrenalinhaltiger Schweiß. Doch nein – erneut roch sie einen Cocktail aus Pheromonen und Körpersäften, der ihr fremd und unheimlich war ... der Geruch von Sex.

«Pass auf dich auf!», sagte Leon.

Tia bezwang sich, nickte und trat zum Rand des Schachtes.

Als sie sich in die Leere hinabließ, war sie froh, eine Aufgabe zu haben, die all ihre Konzentration band. Der Achter war auf Hüfthöhe vor ihrem Bauch eingehakt, sodass sie in einer leicht nach hinten geneigten Sitzposition schwebte und die Füße gegen die Wand stemmen konnte. Die eigentliche Kunst bestand darin, das Tempo zu regulieren. Tia hatte die linke Hand um das Seil gelegt, an dem das Gewicht ihres Körpers hing, die rechte um das Seilende, das nach unten aus dem Achter herauslief. Man musste mit beiden Händen abwechselnd umgreifen, und zwar in einem bestimmten Rhythmus; nicht zu ruckhaft, nicht zu schnell. Die Koordination dieses Bewegungsablaufs – zugleich mit den Füßen, die langsam an der Wand hinabschritten – erforderte einige Körperbeherrschung.

Abstiege dieser Art hatte Tia zum Glück schon Hunderte Male gemacht. Sie fragte sich, wie es Philipp gelungen war, die gleiche Strecke ohne Abseilgerät zu überwinden. Wahrscheinlich hatte es eine halbe Stunde gedauert. Das war, zugegebenermaßen, eine beachtliche Leistung, wenn auch nach professionellen Maßstäben nahe am Selbstmord. Was mochte geschehen sein? Wahrscheinlich war er gestürzt – und konnte von Glück sagen, dass er auf irgendeinem Vorsprung an der Wand gelandet war.

Aber was hat er dort unten gesucht? Wozu dieses unglaubliche Risiko?

Die Frage wurde von einer anderen verdrängt. Je weiter Tia sich hinabließ, desto deutlicher hörte sie das Rauschen von Wasser. Es klang, als ob eine Säule aus Millionen von Litern den Schacht heraufkletterte. Doch wie war das möglich? Wenn Wasser aus der Erde aufstieg, waren meist thermische Kräfte im Spiel. Von Hitze jedoch war nichts zu spüren; jedenfalls stiegen keine Dampfschwaden auf, und auch der typische Schwefelgeruch fehlte. Welche natürliche Kraft war in der Lage, eine solche Masse kalten Wassers mit derartigem Druck in die Höhe zu treiben?

Keine natürliche vielleicht, schoss es Tia durch den Kopf.

«Hilfe!»

Der Schrei drang vom Tosen des Wassers gedämpft zu ihr herauf. Tia suchte festen Halt für ihre Füße, hielt inne und wandte das Gesicht nach unten.

«Philipp?»

«Ich bin hier!», schallte es zurück.

Tia schnalzte mit der Zunge. Vor der Geräuschkulisse war das Echo schwach und undeutlich, doch glaubte sie, etwa zwanzig Meter unter sich einen Felsensims ausmachen zu können. Entschlossen stieß sie sich von der Wand ab und ließ eine gute Armlänge Seil durch die Bremshand laufen. Sie musste sich beeilen. Wenn sie das Echo richtig interpretiert hatte, befand sich der Wasserspiegel nur noch wenige Meter unter dem Sims.

«Philipp? Rede mit mir, damit ich deine Stimme anpeilen kann!»

«Ein Stück weiter rechts, glaube ich!», schrie Philipp mit gepresster Stimme zurück. «Ich kann nichts sehen! Meine Lampe ist weg.»

Tia korrigierte ihre Lage, indem sie sich mit den Füßen in die gewiesene Richtung schob. «Bist du verletzt?»

Es dauerte einen Moment, bis eine Antwort kam. «Mein Bein ...»

«Bleib, wo du bist! Nicht bewegen!»

«Aber ... das Wasser ...»

«Ich weiß.»

Tia ließ sich weiter hinab und suchte nach dem Felsvorsprung. Sie hörte jetzt deutlich Philipps keuchenden Atem und fühlte seine Körperwärme aufsteigen. Endlich fanden ihre Füße Halt auf einer waagerechten Oberfläche. Rasch sicherte sie ihre Umgebung, nahm eine Hand vom Seil und tastete über den Rand der Klippe – kaum drei Quadratmeter Platz. Sie stieß auf einen Fuß, der bei der Berührung zuckte.

«Hilfe», stöhnte Philipp, der offenbar keine Kraft mehr zum Schreien hatte.

Tia ging in die Knie, streifte die Handschuhe ab und untersuchte ihn eilig. Der junge Mann lag auf dem Bauch, ein Bein seitlich angezogen, das andere – offenbar gebrochen – in schrägem Winkel abgespreizt. Rasch stieg sie aus ihrem Klettergurt.

«Philipp? Ich muss dir das hier anlegen. Dazu muss ich dich auf den Rücken drehen. Es wird weh tun.»

Tia hörte das Rauschen des Wassers bereits einen knappen Meter unter dem Felsvorsprung – keine Zeit für schonende Vorbereitung. Sie schob einen Arm unter Philipps Brust, den anderen unter seine Hüfte und wälzte ihn auf die Seite. Er schrie so entsetzlich, dass sie unwillkürlich die Zähne zusammenbiss.

«So ... stillhalten!»

Ihr Mitleid verdrängend, zwängte sie ihm die Riemen des Klettergurts um die Taille. Auf die Hüftschlaufen verzichtete sie; es wäre unnötige Folter gewesen, sie über seine Beine zu streifen. Philipp stöhnte und wand sich, was ihre Aufgabe nicht erleichterte. Mehrmals glitten ihre Finger ab, als sie versuchte, den Gürtel zu schließen.

Komm schon, komm schon ... schnell!

Carolin

«Sieht wirklich eindrucksvoll aus», sagte Carolin, die noch immer die Simulation auf dem Bildschirm betrachtete.

«Ja, es ist eine geniale Methode», stimmte Schulz zu. «Schauen Sie sich die Gesteinsschicht an: von Rissen durchsetzt wie ein Spinnennetz.»

Carolin nickte. Die unterirdischen Rohrleitungen sahen mittlerweile aus wie zerzauste Bürsten mit kreuz und quer abstehenden Borsten.

«Später pumpen wir ab und prüfen, ob genügend Gas ausströmt», erklärte Schulz. «Wenn das nicht der Fall ist, fracken wir ein weiteres Mal, um die bestehenden Risse zu vergrößern. Bei unserem ersten Fracking vorige Woche war das Ergebnis noch nicht berauschend, aber diesmal sieht es wirklich vielversprechend aus.»

«Was geschieht eigentlich mit dem abgepumpten Wasser?»

«Das wird in Tanks gespeichert und fachgerecht entsorgt.»

«Entsorgt?», wunderte sich Carolin. «Es ist doch nur Wasser.»

«Ähm ... mit ein paar Zusätzen.»

«Die sind nötig, um die Rohrsysteme zu schonen», erklärte Dittrich, «und zu verhindern, dass eingeschwemmte Sedimente die Löcher verstopfen.»

«Aha. Was verwenden Sie denn da für Zusätze?», fragte Carolin.

«Nur ein paar Hilfsstoffe, die die Fließfähigkeit des Wassers erhöhen.»

«Wir hatten seinerzeit ein wenig Sorge deswegen», schaltete sich Dahms ein, der längere Zeit geschwiegen hatte. «Als wir die Genehmigung für diese Bohrung im Stadtrat diskutierten, gab es Bedenken wegen einer möglichen Verunreinigung des Grundwassers.»

«Ausgeschlossen.» Der Geschäftsführer schüttelte den Kopf. «Wir verwenden nur harmlose, biologisch abbaubare Substanzen, die keine Gefahr für das Grundwasser darstellen. Außerdem fracken wir in siebenhundert Metern Tiefe, und die tiefsten Trinkwasserbrunnen reichen gerade mal zweihundert Meter hinab.»

«Aber Sie leiten Ihr Fracking-Wasser doch durch den Bohrschacht nach unten, oder?», fragte Carolin.

«Ja, aber der ist sauber verrohrt und rundherum mit Beton ausgekleidet. Da dringt nichts durch.»

«So – maximaler Druck», meldete Schulz und lehnte sich zurück. «Vier MPa.»

«Na, das läuft doch wie im Bilderbuch», meinte Dittrich zufrieden.

«Abgesehen davon, dass wir rund hunderttausend Liter mehr verbrauchen als beim letzten Mal», murmelte Schulz.

«Ach, das wird nichts zu bedeuten haben», meinte der Geschäftsführer. «Wahrscheinlich gibt es irgendwo einen natürlichen Riss in der Erdkruste, den wir mit aufgefüllt haben.»

«Kann man das feststellen?», fragte Carolin.

«Nicht, solange das Wasser in den Tunneln ist. Aber wir werden später eine Sonde hinunterschicken und uns ein paar Messdaten besorgen.»

«Später? Wie lange bleibt das Wasser denn dort unten?»

«Ein bis zwei Stunden. Das ist notwendig, damit die Risse offengehalten werden.»

«Schade! Ich hätte gern noch gesehen, ob Ihre Bemühungen zum Erfolg geführt haben.»

«Das haben sie ganz bestimmt», versicherte Dittrich. «Sobald das Wasser wieder abgepumpt ist, werden ein paar tausend Liter bestes, umweltfreundliches Heizgas in unsere Tanks strömen.»

«So lange werden wir allerdings nicht bleiben können», sagte Dahms und erhob sich. «Ich wollte mir nur einen Eindruck von Ihrer Methode verschaffen – und ich glaube, ich habe alles Nötige gesehen, um dem Stadtrat bei der nächsten Sitzung Bericht zu erstatten.»

Dittrich lächelte. «Wunderbar! Besuchen Sie uns gern jederzeit wieder.»

Tia

Philipp keuchte erschrocken. Diesmal konnte Tia den Anlass nicht sofort erkennen – bis sie plötzlich fühlte, wie kaltes Wasser ihr nacktes Knie berührte, das sie auf den Boden gestützt hatte.

«Oh Gott …», stöhnte Philipp.

«Gleich geschafft!», versprach Tia, brachte es endlich fertig, den Gürtel zu schließen, und hakte das Seil ein. Sie ahnte, wie Philipp sich fühlen musste. Was auch immer ihn bewogen hatte, diese selbstmörderische Dummheit zu begehen; im Augenblick war er nur noch ein Mensch, der Hilfe brauchte und der ihr Mitgefühl verdiente.

Tia ruckte dreimal kräftig am Seil. Es dauerte einige Sekunden, dann hob sich Philipps Körper langsam vom Boden. Sie versuchte ihn zu stützen, konnte jedoch nicht verhindern, dass sein gebrochenes Bein über den Fels schleifte und er einen weiteren Schrei ausstieß. Dann schwebten seine Füße endlich in der Luft.

Okay ... erledigt. Tia fühlte, wie das Wasser ihre Stiefel umspülte, und drückte sich mit dem Rücken an die Felswand. *Nichts wie weg hier!*

Sie tastete nach dem Seil, mit dem Philipp herabgeklettert war. Wo war es? Eigentlich musste es irgendwo in Griffweite an der Felswand hängen. Tia suchte vergeblich und mit wachsender Beklemmung – doch sie fand kein Seil. Ob es gerissen war? Oder hatte Philipp es an irgendeinem Felsvorsprung befestigt, der seinem Gewicht nicht standgehalten hatte?

Tias Herz machte einen Sprung. Damit hatte sie nicht gerechnet. Freihändig zu klettern, war an der steilen Wand nahezu unmöglich. Sie versuchte es, krallte beide Hände um einen Felsvorsprung auf Schulterhöhe und zog sich eine Handbreit hinauf. Doch ihre Finger glitten ab. Als sie zurückfiel, rutschte sie aus und fiel auf Hände und Knie, denn das Wasser hatte den Boden schlüpfrig gemacht.

Was jetzt?

Sie konnte schwimmen und versuchen, sich an der Oberfläche zu halten – allerdings würde es einige Zeit dauern, bis die anderen Philipp geborgen hatten und den Hüftgurt wieder herunterlassen konnten. Das Wasser, das bereits ihre Stiefelschäfte erreicht hatte und von oben hineinzurinnen begann, war eiskalt, wenige Grad über null. Wahrscheinlich würde ihr Körper erstarren, wenn sie länger als fünf Minuten bis zum Hals darin steckte. Sie erinnerte sich noch allzu gut an ihren Tauchgang kaum eine Stunde zuvor.

«Leon!», rief sie den Schacht hinauf. Keine Antwort. Das war auch kein Wunder; ihre Stimme ging im Tosen des aufsteigenden Wassers unter.

Tia gab sich einige Sekunden, um ihre Möglichkeiten zu sondieren. Noch einmal tastete sie die Wand ab – und entdeckte einen Felsspalt. Er war gerade breit genug für einen Menschen, und der Boden dahinter führte steil aufwärts. Doch wie sollte sie hineinkommen? Die Wände fühlten sich so glatt an wie das Innere einer Badewanne.

Es ist die einzige Chance ... los!

Tia versuchte es. Auf allen vieren schob sie sich voran, immer bemüht, ihren Körper hoch genug zu halten, damit ihr Cave-Suit nicht durchnässt wurde. Das Wasser schäumte bereits bis zur Mitte ihrer Oberschenkel herauf. Abwesend registrierte sie, dass es seltsam roch, nicht wie gewöhnliches Wasser, sondern schärfer, saurer. Ihre Haut prickelte unter der eisigen Berührung.

Verdammt ...

Ihre Finger glitten ab, und sie rutschte eine Handbreit rückwärts. Sie fand einfach keinen Halt, nicht die kleinste Ritze oder Unebenheit. Zweifellos war dieser Hohlraum einst von fließendem Wasser geformt worden, das den Boden glattgeschliffen hatte.

Den Boden ... aber sicher nicht die Decke.

Tia tastete an der Decke – und fand ihre Hoffnung bestätigt: Genau wie die äußere Felswand war sie von zahlreichen Spalten durchschnitten. Entschlossen krallte sie die Hände hinein, drehte sich auf den Rücken und zog sich aufwärts. Es kostete ungeheure Kraft, denn für Augenblicke hing ihr ganzes Gewicht an ihren Fingerknöcheln. Dennoch gelang es ihr, mit den Händen umzugreifen, die nächste Spalte zu finden und sich weiter vorzuarbeiten.

Das Tosen des Wassers hörte schlagartig auf und ging in ein dunkles Gluckern über. Tia begriff, dass die Öffnung überflutet worden war, wodurch die Geräuschkulisse gedämpft wurde. Sie nutzte die Gelegenheit, um den Kopf nach oben zu recken und mit der Zunge zu schnalzen. Soweit sie erkennen konnte, steckte sie in einem schmalen Tunnel, der sich mit einer Steigung von mindestens fünfundvierzig Grad aufwärtswand. Er war nicht sehr lang, und an seinem oberen Ende schien sich ein größerer Hohlraum zu befinden. Wenn dieser Raum geschlossen war, bildete er einen idealen Zufluchtsort, denn die Luft darin würde eine Blase bilden und das Wasser fernhalten.

Eilig zog Tia sich aufwärts – doch auch das Wasser stieg weiter. Es schien sich beinahe ebenso schnell zu bewegen wie sie selbst und umspülte ihre nackten Beine. Ihre Füße waren bereits gefühllos vor Kälte, doch das spielte keine Rolle. Sie musste ihren Rumpf vor dem Wasser schützen, Bauch, Brust und innere Organe. Eine Auskühlung der Extremitäten war hinnehmbar; nur ihre Körpermitte musste trocken bleiben. Unter dieser Bedingung konnte ihr Kreislauf die Kerntemperatur aufrechterhalten.

Nicht mehr weit …

Sie spürte, dass sie sich dem Hohlraum näherte. Das Echo deutete auf ein glockenförmiges Gewölbe mit etwa zehn Kubikmetern Luft hin. Die Steigung nahm ab. Tia nutzte es aus, indem sie sich auf den Bauch drehte und auf den Ellbogen voranrobbte. Als sie eben spürte, wie ihre Kräfte zu erlahmen drohten, stoppte das Wasser.

Einen Moment blieb Tia liegen, atmete keuchend und konzentrierte sich darauf, ihre Wahrnehmung zu überprüfen. Doch, sie täuschte sich nicht: Das Wasser hatte aufgehört zu steigen. Erleichtert zog sie die Beine aufs Trockene, ertastete eine Wand, kauerte sich daran zusammen.

Für den Augenblick war sie gerettet – aber eingeschlossen wie in einer Gefängniszelle. Noch immer hatte sie keine Vorstellung, welche Kräfte das Wasser bewegten, folglich auch keine Ahnung, wie weit es noch steigen und ob es irgendwann zurückgehen würde. Was sollte sie tun, wenn das nicht der Fall war? Durch den engen Tunnel zurück in den Schacht zu tauchen, war ausgeschlossen. Erst jetzt wurde Tia bewusst, dass sie ihr Gepäck nicht dabeihatte. Ihr Rucksack war oben bei den anderen zurückgeblieben. Das bedeutete: keine Notfallausrüstung, keine warme Decke, kein Proviant.

Sie beschloss, sich vorläufig keine Gedanken darüber zu machen. Dass sie hier ausharren musste, war ohnehin nicht zu ändern, und es wurde nicht besser, wenn sie sich einen Anfall von Panik gestattete. Stattdessen zog sie ihre nassen Stiefel aus, drückte die angewinkelten Knie eng an den Körper und umschlang sie mit beiden Armen.

Nicht auskühlen ... das war jetzt das Wichtigste.

Leon

«Tia!», schrie Leon. Er kniete am Rand des Schachtes, die Lampe in die Tiefe gerichtet, konnte jedoch nichts erkennen außer dem zur Ruhe gekommenen Wasserspiegel. Sein Herz hämmerte.

Ich muss da runter, war alles, was er denken konnte. *Sofort ...*

Mit fliegenden Fingern kramte er in Tias Rucksack, zog einen weiteren Abseilachter hervor und griff nach dem Seil.

Niemand versuchte ihn aufzuhalten. Jan stand stumm an der Wand, bleich und geschockt. Philipp lag am Boden und stöhnte leise; Kim kniete an seiner Seite und hielt seine Hand. Ihre Augen, die vor Tränen schimmerten, waren auf Leon gerichtet.

Leon stieg in den Hüftgurt und hakte den Achter in den Gürtel.

«Ich gebe Blinkzeichen», instruierte er Jan. «Dreimal heißt: Hochziehen!»

Jan nickte nur.

«Da war ein Loch in der Wand!», keuchte Philipp. «Vielleicht ist sie da hineingekrochen.»

Leon nahm den Hoffnungsschimmer zur Kenntnis, gab jedoch nicht allzu viel darauf. Er ahnte, dass Philipp sich an dem Unglück schuldig fühlte und ihm Mut zusprechen wollte. Doch im Moment half ihm das wenig – denn niemand konnte sich schuldiger fühlen als Leon selbst.

Ohne Zögern ließ er sich in den Schacht hinab. Mit einer Regulierung des Tempos hielt er sich nicht auf, sondern gab dem Achter so viel Leine, dass das Seil zwischen den Stahlbügeln hörbar sirrte. Die zerklüfteten Wände verschwammen vor seinen Augen, so schnell glitten sie vorbei.

«Tia!», rief er zum ungefähr zwanzigsten Mal und richtete die Lampe nach unten.

Keine Antwort. Auch sehen konnte er nichts, nur die blanke, reflektierende Fläche des stehenden Wassers. Kein Wirbel, keine Welle deutete auf irgendeine Bewegung hin.

Sie ist eine phantastische Schwimmerin, versuchte sich Leon zu beruhigen. Er selbst besaß das Rettungsschwimmerabzeichen, kam sich jedoch nicht selten wie ein Anfänger vor, wenn er Tia in ihr bevorzugtes Hallenbad begleitete. Sie schwamm und tauchte wie ein Otter, mit einer Eleganz und Wendigkeit, die angesichts ihrer Behinderung ans Unglaubliche grenzte. Unter Wasser musste ihre Echo-Ortung zwangsläufig versagen, doch ihr untrügliches Gefühl für Richtung und Entfernung bewahrte sie stets davor, an eine der Beckenwände zu prallen. Selbst vom Fünf-Meter-Brett sprang sie – eine außerordentliche Mutprobe für einen blinden Menschen, sich ins Nichts fallen zu lassen.

Sie muss es einfach geschafft haben ... Sie könnte sich doch ohne Mühe oben halten ... oder?

Er verdrängte den Gedanken an das eiskalte Wasser, das binnen weniger Minuten alle Glieder lähmte.

Die dunkle Fläche näherte sich rasch. Leon zwang sich zum Bremsen und musste einiges an Kraft aufwenden, denn sein Tempo war viel zu hoch. Mühsam fing er sich, indem er die Beine ausstreckte und mit den Füßen Halt an der Wand suchte.

«Tia?»

Der Lichtkegel seiner Lampe wanderte über das unbewegte Wasser ... keine Spur.

Leon hatte keine Taucherkleidung, nur den Kunststoffanzug, den er wie üblich bei seinen Höhlentouren trug. Der Stoff war zwar wasserdicht, lag aber nicht eng genug an, um ein Eindringen des Wassers an Nähten, Kragen und Aufschlägen zu verhindern. Wenn er untertauchte, würde er selbst den Kältetod riskieren.

Was spielt das für eine Rolle?

Er gab dem Achter einen weiteren Meter Leine – und durchstieß die Oberfläche wie ein fallengelassener Stein. Eisige Kälte drang in jede Pore seines Körpers und ließ sein Herz heftig schlagen. Wasser schwappte über sein Gesicht, gluckerte in seinen Ohren und schlug über seinem Kopf zusammen.

Leon öffnete die Augen, richtete die wasserdichte Lampe hierhin und dorthin, versuchte etwas zu erkennen. Doch der LED-Strahler war in den vergangenen Stunden schwächer geworden, und Leon hatte den Akku noch nicht ausgetauscht, sondern versucht, diesen Moment so lange wie möglich hinauszuzögern. Nun sah er kaum weiter als einen Meter, zumal das Wasser seltsam trüb war. Auch brannte es schon nach wenigen Sekunden in seinen Augen, und zwar so heftig, dass er sich beherrschen musste, um sie nicht zuzukneifen.

Was ist das für Wasser?

Höhlengewässer waren zumeist kristallklar; dieses dagegen fühlte sich an wie Säure. Immerhin war es aus großer Tiefe heraufgestiegen. Womöglich war es mit Mineralien gesättigt, vielleicht sogar mit Spuren von Schwefelsäure. Leon versuchte nicht daran zu denken, was dies möglicherweise mit Tias Verschwinden zu tun hatte. Schwimmen konnte sie – doch in einem eiskalten Bassin voller Schwefelwasser?

Sie ist nicht tot, sagte sich Leon immer wieder, wie ein Mantra.

Doch nach unendlicher Wiederholung verlor selbst das innigste Gebet an Überzeugungskraft.

Trotz des zunehmenden Brennens ließ er sich weiter hinab und zwang sich, die Augen offenzuhalten. Philipp hatte ein Loch in der Wand erwähnt – Leons letzte Hoffnung. Er suchte danach und fand den Spalt, einen seitlichen Durchbruch unmittelbar über einem Felsensims. Doch er war so eng und sein Boden so glatt, dass es Leon nicht gelang, sich hineinzuzwängen. Überdies ging ihm der Atem aus, und er sah sich vorerst zum Auftauchen gezwungen.

Als sein Kopf durch die Wasseroberfläche brach, schnappte er keuchend nach Luft. Sein Herz hämmerte in dem verzweifelten Versuch, sein Blut nicht auskühlen zu lassen. Seine Beine waren bereits taub, und seine Augen brannten, als hätte man Essig hineingeträufelt. Von weit oben drang undeutlich eine Stimme zu ihm herab. Leon verstand nur «... raufziehen?» – und schüttelte den Kopf, obwohl es natürlich niemand sehen konnte. Er gab sich einige Sekunden zum Durchatmen, dann tauchte er erneut ab.

Noch einmal versuchte er, den Spalt in der Wand zu durchqueren – und scheiterte abermals. Die Verwerfung war zu eng, und seine Kraft reichte nicht mehr aus, zumal er mittlerweile das Gefühl in den Händen verloren hatte und sich nicht sicher festklammern konnte. Wenn er nicht rasch umkehrte, das wusste er, würde er erfrieren.

Und wennschon ...

Der Gedanke war eiskalt wie das brennende Wasser. Solange er irgendetwas tun konnte, um Tia zu retten, musste er es versuchen – und wenn er dabei starb, war es das, was er verdiente. Er war schuld, er allein. Philipp hätte seinen selbstmörderischen Alleingang nie angetreten, wenn Leon wachsam gewesen wäre. Tia wäre nicht in den Schacht gestiegen und nicht von dem aufsteigenden Wasser erfasst worden. All dies war nur passiert, weil er, Leon, sich aus lauter Verzweiflung in die Arme einer Frau geworfen hatte, die er nicht liebte. Eigentlich glaubte er nicht an ausgleichende Gerechtigkeit, doch in diesem Moment schien ihm seine Strafe angemessen – eine Strafe, die entweder seinen Tod bedeutete oder, noch schlimmer, ein Leben ohne Tia.

Leon gab auf. Er konnte nicht anders: Seine Muskeln erschlafften einfach, nicht länger fähig, seinen Körper zu bewegen. Es war nur noch der natürliche Auftrieb des Wassers, der ihn an die Oberfläche zurückbrachte. Die Kälte trübte bereits sein Bewusstsein, und zugleich mit der Hoffnung verließ ihn seine Kraft. Er bemerkte kaum, dass die Lampe seinen tauben Fingern entglitt und in die Tiefe sank. Wahrscheinlich hätte er es ohnehin nicht mehr fertiggebracht, den Arm zu heben und das vereinbarte Blinkzeichen zu geben.

Ferne Stimmen hallten zu ihm herab, doch die Worte hatten keine Bedeutung mehr.

«Zieh ihn rauf!», gellte eine Frauenstimme. «Nun mach schon!»

«Er hat gesagt: Dreimal blinken!»

«Aber er gibt keine Antwort! Zieh ihn rauf, bevor er da unten ertrinkt!»

Leon spürte kaum noch, wie das Seil anzog und sein Körper sich langsam aus dem Wasser hob.

Kim

Kim packte selbst mit an. Es war schwerer als erwartet, und bald keuchte sie ebenso wie Jan. Das Gewicht eines ausgewachsenen Mannes in die Höhe zu hieven, verlangte ihnen das Äußerste ab. Vorhin, als Philipp gerettet worden war, hatten Jan und Leon gemeinsam gezogen – nun war Leon dort unten und hing wie ein lebloser Klotz am Seil.

«Langsam jetzt!», keuchte Jan zwischen zusammengebissenen Zähnen. «Noch ein Stück!»

Endlich tauchte Leons Körper über dem Rand des Abgrundes auf. Er hing schlaff in seinem Gurt, schien jedoch nicht bewusstlos, denn seine Augen standen offen.

«Zieh ihn rüber!», rief Jan. «Ich halte das Seil fest!»

Kim bekam Leons Gürtel zu fassen und zog ihn auf festen Boden, wo Jan ihn vorsichtig herabließ. Leon sackte kraftlos am Boden zusammen, und Kim konnte eben noch verhindern, dass er mit dem Hinterkopf auf nackten Fels schlug.

«Oh Gott ...», flüsterte sie, als Jan mit der Lampe dazukam. Leon war von Kopf bis Fuß durchnässt. Seine Lippen waren blau, die Haut dagegen krebsrot, ebenso wie die geschwollenen Augenlider. Er versuchte etwas zu sagen, doch seine Lippen bewegten sich nur stumm.

«Wir müssen ihn aufwärmen.» Jan zog eine der Isomatten heran. «Zuerst müssen die nassen Sachen runter.»

Kim nickte. Gemeinsam mühten sie sich eine Weile, Leon zu entkleiden, was schwierig war, da sie ihn mehrmals anheben mussten. Immerhin schien er ihre Absicht zu begreifen und half, so gut er konnte, indem er sich in den richtigen Momenten mühsam von einer Seite auf die andere wälzte.

«Und zuuu-*gleich!*», kommandierte Jan.

Sie zogen den Körper, der sich eiskalt anfühlte, auf die Isomatte. Jan brachte eine Decke herbei, die sie über ihn breiteten, und Kim knäulte einen der ausgeleerten Rucksäcke zusammen und schob ihn unter Leons Nacken.

«Sein Puls ist stabil, oder?»

Jan klang hektisch. Offenbar war er mit der Situation überfordert. Als Polizist hatte er sicher einmal einen Kurs in Erster Hilfe absolviert, doch schien nicht viel davon hängengeblieben zu sein. Auch Kim fühlte sich hilflos. Mit zwei Fingern versuchte sie, Leons Puls zu messen, fand aber nicht die richtige Stelle. Immerhin war deutlich zu erkennen, dass er atmete, wenn auch krampfhaft und unregelmäßig.

«Das Sauerstoffgerät!», fiel ihr plötzlich ein.

Jan brachte das Gerät herbei, offenbar froh, dass er etwas tun konnte. Kim schaltete es ein und drückte Leon die Maske aufs Gesicht. Er blickte sie an.

Unvermittelt fühlte Kim Tränen in sich aufsteigen.

«Es tut mir so leid», flüsterte sie. «So leid ...»

Sie hoffte, dass er verstand, was sie meinte – und dass Jan und Philipp nichts verstanden, sondern ihr Bedauern auf seinen geschwächten Zustand bezogen.

Eine längere Zeit verging, vielleicht zehn Minuten, ohne dass jemand etwas sagte. Nur Philipp stöhnte gelegentlich leise. Jan hatte sich im Schneidersitz neben der Isomatte niedergelassen, die Lampe in den Händen, und starrte ins Leere.

Leon atmete zunehmend ruhiger, und es schien, dass er sich allmählich erholte. Irgendwann hob er aus eigener Kraft die Hand, um die Maske vom Gesicht zu nehmen.

«Es ... geht schon», brachte er schwach hervor. «Schalt das Gerät ab! Wir brauchen es noch.»

Kim gehorchte. Es fiel ihr unendlich schwer, Leon in die Augen zu blicken – dennoch tat sie es, obwohl sie sofort wieder mit Tränen kämpfen musste. Was sie sah, schreckte und schmerzte sie mehr als der Anblick seiner entzündeten Lider: die vollkommene Hoffnungslosigkeit in seinem Blick. Er sah aus wie ein Mensch, der das Wichtigste in seinem Leben verloren hatte und keinen Sinn mehr sah.

Ich bin an allem schuld, dachte sie. *Ich habe ihn verführt, damit Phil seinen idiotischen Plan durchziehen konnte ... und nun hat er die Frau verloren, die er liebt. Ich hätte nicht mitspielen dürfen, von Anfang an nicht. Es ist alles meine Schuld ...*

Der Gedanke zog ihre Kehle schmerzhaft zusammen. Im Übermaß der Gefühle vergaß sie alle Zurückhaltung, beugte sich vor und legte eine Hand auf Leons Wange.

Ich könnte dich lieben, sagte sie stumm zu ihm. *Ich weiß, ich könnte es ... aber dein Herz gehört einer anderen. Selbst, wenn sie nicht mehr da ist.*

Eine Träne rann über ihr Kinn und fiel auf sein Gesicht. Leon blinzelte reflexhaft, hielt aber ihren Blick fest. Ob er sie verstanden hatte?

Carolin

«Das war wirklich interessant», sagte Carolin, als sie wieder neben Dahms im Wagen saß. «So viel zum Thema Bodenschätze ... da kann man über die Phantasten, die einen Schatz in einer Höhle suchen, eigentlich nur grinsen.»

Dahms lachte, während er den Mercedes über die Landstraße Richtung Stadt lenkte. «Da bin ich ganz Ihrer Meinung. Übrigens ist es schon kurz nach sechs! Gut möglich, dass Frau Traveen mit ihrer Erkundung fertig ist und uns bereits erwartet.»

«Sie sagte, wir sollten ihr Zeit bis um acht geben. Also können wir sicher noch ein Glas Wein in der Hotelbar genießen.»

«Gern. Allerdings möchte ich kurz nach Hause und mich ein wenig frisch machen. Es kommt nicht alle Tage vor, dass ich mit einer so bezaubernden Frau in einer Hotelbar sitze.»

Carolin schwieg und blickte nach draußen in die Landschaft. Innerlich jedoch glühte sie vor Glück.

Ich glaube, ich bin ein bisschen verliebt, gestand sie sich ein. *Ob ich es wagen kann, ihn nachher auf mein Hotelzimmer zu bitten?*

Der Gedanke hatte etwas herrlich Verwegenes, beinahe Verruchtes. Wie lange hatte sie so etwas schon nicht mehr getan? Es musste Jahre her sein. Die Vorstellung war prickelnd und überzog ihre Unterarme mit einer Gänsehaut.

Frau Werninger, fiel ihr plötzlich ein. Der Gedanke kam ungebeten und definitiv im falschen Moment. Doch er ließ sich nicht wieder vertreiben. Noch immer hatte Carolin ein schlechtes Gewissen, die arme Frau in der Psychiatrie so hemmungslos ausgehorcht zu haben. Es ließ sich wohl nicht vermeiden, dass sie ihr den erbetenen Gefallen tat – und je eher sie das erledigte, umso besser. Unauffällig zog sie das Foto aus der Jackentasche, auf dessen Rückseite die Adresse stand.

«Ach ... ich hätte auch noch etwas zu erledigen», sagte sie beiläufig. «Könnten Sie mich an der Hockenheimer Straße absetzen?»

Dahms warf ihr einen Seitenblick zu. «Nanu, warum dort?»

«Ich muss etwas überprüfen», wich Carolin aus, die um jeden Preis vermeiden wollte, ihn durch eine Beichte über ihren Besuch in der Klinik zu schockieren. «Wäre schwierig, es auf die Schnelle zu erklären. Jedenfalls wird es nicht lange dauern. Ich gehe danach zu Fuß ins Hotel zurück und warte auf Sie.»

Dahms zuckte die Achseln. «Wie Sie wollen.»

Eine Viertelstunde später setzte Dahms sie ab und verabschiedete sich mit dem Versprechen, in spätestens einer halben Stunde beim Hotel zu sein. Carolin winkte ihm lächelnd nach und genoss die Vorfreude, als sie ihn davonfahren sah. Sie ertappte sich sogar bei dem Gedanken, dass es ihr ganz recht war, wenn Tia sich noch ein bisschen Zeit ließ und nicht vor acht Uhr auftauchte.

Die Straße, in der das Haus der Werningers lag, befand sich am westlichen Stadtrand. Einige der Häuser waren bunt angestrichen, manche, im Stil der Region, von Walmdächern bedeckt. Demgegenüber stach das Haus der Werningers durch seine funktionelle Schlichtheit hervor: ein Bungalow, erbaut wahrscheinlich in den siebziger Jahren. In der Auffahrt stand kein Wagen. Carolin ging über einen Plattenweg zum Haus, versicherte sich per Türschild, dass sie am richtigen Ort war, und drückte die Klingel. Dreimal klingelte sie, lauschte, hörte jedoch nichts.

Okay, das war's ... Prinzesschen ist nicht zu Hause.

Sie hatte ihr Versprechen erfüllt und konnte sich wichtigeren Dingen zuwenden. Vielleicht würde sie morgen die Zeit finden, in die Klinik zurückzukehren und der armen Frau Werninger Bericht zu erstatten – auch wenn dieser vermutlich nicht zu ihrer Beruhigung ausfiel.

Carolin wandte sich bereits zum Gehen, als sie ein seltsames Geräusch hörte: Ein Klappern, das von der Rückseite des Hauses kam. Neugierig ging sie ums Haus in den Garten. Hier war immerhin der Stil der Bewohnerin zu erkennen, zu deren esoterischen Neigungen der schmucklose Bungalow nicht recht passen wollte. Frau Werninger hatte die Beete mit allen möglichen Tonfigürchen dekoriert, hauptsächlich kleinen Engeln und Feen, die am Wegrand saßen oder aus Büschen hervorlugten. Da waren sie also, die «Devas»: Jene Naturgeister, die offenbar eines Tages begonnen hatten, zu ihrer Besitzerin zu sprechen – woraufhin sie Haus und Garten mit dem Platz in einer psychiatrischen Anstalt vertauscht hatte.

Carolin stutzte, als sie die Quelle des Geräuschs erkannte: ein offenstehendes Fenster. Es hing nur an einer einzigen Angel und schlug bei jedem Windstoß gegen den Rahmen, dessen Holz an mehreren Stellen gesplittert war. Carolin trat näher – und erschrak, als sie feststellte, dass die gesplitterten Stellen nicht nach Verwitterung aussahen, eher nach den Spuren eines mit erheblicher Gewalt angesetzten Werkzeugs. Vorsichtig lugte sie in den Raum dahinter und erkannte schmutzige Fußspuren, die quer über den Parkettboden verliefen. Die Schubladen eines Schranks waren aufgezogen, der Inhalt über den Boden verstreut.

Ein Einbruch …

Carolins Herz klopfte. Eigentlich hätte sie die Polizei rufen müssen, doch der merkwürdige Zufall steigerte ihre Neugier noch. Was hatte Frau Werninger noch gesagt – dass ihre Tochter womöglich in Schwierigkeiten sei, weil sie dem blauen Licht folgte? Das Fenster lag niedrig, kaum einen halben Meter hoch. Sie ertappte sich bei dem Gedanken, wie leicht es wäre, hineinzusteigen und sich umzusehen.

Das ist nicht dein Ernst, oder?, rief sie sich selbst zur Ordnung.

Unschlüssig trat sie näher und spähte in den Raum. Es handelte sich um ein kleines Zimmer von knapp zehn Quadratmetern mit altmodischen Wandtapeten in ausgeblichenem Rosa. An der Decke über dem Bett hing ein Mobile aus hölzernen Delphinen. Es war eindeutig ein Kinderzimmer. Auf dem Bett lag eine Reisetasche. Ebenso wie die Schränke war sie durchwühlt und ihr Inhalt quer übers Bett ausgeleert worden: Karten, Papiere, ein Laptop, mehrere Bücher, eine Brieftasche, ein Tablet-PC. Die Einbrecher hatten offenbar nichts mitgenommen – oder sich zumindest nicht für Computer oder Kreditkarten interessiert. Wofür dann?

Carolin kam zu dem Schluss, dass sie vor Neugier platzen würde, wenn sie sich nicht eine kleine Übertretung des Gesetzes erlaubte. Kurzentschlossen schwang sie ein Bein über den Fenstersims, kletterte ins Zimmer und sah sich um.

Bloß nichts anfassen!, ermahnte sie sich noch – wurde diesem Vorsatz jedoch sofort untreu, als sie die Papiere musterte, die auf dem Bett verstreut lagen. Es waren Ausdrucke von Internetseiten, und zwar aus dem Forum «Treasure Hunters», das Carolin bereits bei ihren Recherchen entdeckt hatte. Sie erkannte das Logo der Seite und sogar einige Posts wieder. Mehrere Stellen waren mit schwarzem Filzstift angestrichen. Erst recht die Titel der Bücher erregten Carolins Aufmerksamkeit: «Verschollene Schätze», «Auf Schatzjagd in Deutschland», «Historische Stätten im Odenwald», «Geschichte des Kraichgaus» – und schließlich, mit dem Stempel der Stadtbibliothek versehen, ein Exemplar mit dem Titel «Der Bergbau im Rhein-Neckar-Kreis», Autor: Hans-Eckard Dahms. Dass diese Sammlung tatsächlich Kim Werninger gehörte, legte die Brieftasche nahe, die auf dem Bett lag und sowohl ihren Personalausweis als auch eine EC-Karte enthielt.

Carolin vergaß jeden Gedanken an die Polizei. Stattdessen vertiefte sie sich in die Bücher, blätterte, suchte nach Anstreichungen, Notizen, Lesezeichen. Als Erstes nahm sie das Buch von Dahms zur Hand, das sich jedoch als Enttäuschung erwies: Es handelte sich um ein schmucklos aufgemachtes Bändchen von knapp zweihundert Seiten, das viele Schwarzweißfotos und bildliche Wiedergaben historischer Dokumente, aber nur wenig Text enthielt. Carolin überflog hier und dort einen Absatz, prüfte Inhalts- und Quellenverzeichnis, fand jedoch nichts, das ihr Interesse erregt hätte.

Die anderen Bücher erwiesen sich als aufschlussreicher. Hier gab es zahlreiche Anstreichungen. Rasch begriff Carolin, um was es ging, denn aus jeder der gekennzeichneten Textstellen sprang ihr der Name «Nibelungen» entgegen. In «Verschollene Schätze» las sie:

> Um keinen Schatz im deutschen Sprachraum sind so viele Mythen entstanden wie um den legendären Hort der Nibelungen. Im 13. Jahrhundert verfasste ein unbekannter Dichter das «Nibelungenlied», jenes Heldenepos um den unverwundbaren Siegfried und die verräterischen Könige von Burgund. Nach Siegfrieds Tod nahm sein Mörder, Hagen von Tronje, den Schatz an sich und versenkte ihn, wie es im mittelhochdeutschen Originaltext heißt, *«dâ ze Lôche allen in den Rîn»* («gänzlich beim Loch in den Rhein»).
>
> Zur Bedeutung dieser kryptischen Textstelle wurden alle möglichen Interpretationen aufgeboten. Es wird allgemein angenommen, dass mit «Rîn» der Rhein gemeint ist, und mit «Lôche» irgendeine Ortschaft an diesem Fluss, wahrscheinlich im weiteren Umkreis von Worms, dem historischen Königssitz. So bildete sich die Auffassung heraus, Hagen habe den Schatz im Rhein versenkt, wovon noch heute das Hagendenkmal im Wormser Stadtpark zeugt, wo man ihn

Krone, Schwert und andere Kostbarkeiten von einem Boot aus ins Wasser werfen sieht.

Verschiedene Theorien wurden aufgestellt, wo der Ort liegen könne, der mit «dâ ze Lôche» gemeint ist. Manche Historiker brachten die Sage mit einem Ort namens «Lochheim» in Verbindung, der etwa 20 Kilometer nördlich von Worms liegt; andere verweisen auf Rheinbach bei Bonn, wo es eine alte Flurbezeichnung «In dem Loche» gab. Bis heute ist jedoch nicht die geringste Spur des sagenumwobenen Schatzes gefunden worden – falls er jemals existiert hat.

Carolin suchte weiter, wühlte auch zwischen den losen Blättern und fand Ausdrucke von Internetseiten, die sich allesamt mit dem Nibelungenschatz beschäftigten. Offenbar gab es bis zum heutigen Tag Hobbyforscher und Abenteurer, die ihre ganz eigenen Theorien über das «Loch» aufstellten, wo der Schatz versenkt worden war. Die verschiedensten Örtlichkeiten wurden diskutiert, vom Odenwald bis hin zu weit entfernten Gegenden wie Xanten am Niederrhein oder Hohenems in Österreich. Alle Theorien hatten eines gemeinsam: Sie waren derart abenteuerlich, dass Carolin kaum glauben konnte, wie ein halbwegs vernünftiger Mensch auf solche Ideen verfiel. Es gab auch kritische Blogs, die darauf abzielten, all diese Spekulationen aus den Angeln zu heben und ihre Haltlosigkeit nachzuweisen. Auf einem davon hatte jemand die absurdesten Theorien als Kuriositäten zusammengestellt. Carolin las mit größtem Interesse, denn der unterste Abschnitt war dick angestrichen und mit einem Ausrufungszeichen markiert.

Zu den verrücktesten Theorien über den Nibelungenhort gehört ein Aufsatz des Gymnasiallehrers Adolf Schriebel von 1929, posthum veröffentlicht in der Zeitschrift «Deutsche Heimat». Schriebel stand der nationalen Bewegung nahe, aus der auch die Nazis ihre Anhänger rekrutierten. Für ihn – wie für viele andere – war die Beschäftigung mit der Nibelungensage eine Art Rückbesinnung auf traditionelle Werte germanischer «Herrenmenschen». Seine Theorie ist heute zu Recht vergessen. Machen Sie sich selbst ein Bild – ich zitiere:

> ... meines Erachtens machen alle bisherigen Interpretationen des Nibelungenliedes einen entscheidenden Fehler: Sie nehmen die Textstelle über das «Loch am Rhein» allzu wörtlich. Dass «Loch» ein Eigenname sei, scheint mir keineswegs sicher. Beschäftigt man sich nämlich eingehender mit der mittelhochdeutschen Sprache, so findet man rasch heraus, dass «Loch» auch «Öffnung», «Grube» oder «Höhle» bedeuten konnte. «Dâ ze Lôche» könnte also heißen: «bei einer Höhle» oder gar «in einer Höhle».
>
> Auch glaube ich nicht, dass mit «Rîn» der Rhein gemeint ist. Einen Schatz in einem Fluss zu versenken, wäre ziemlich sinnlos, da er im Schlick versinken würde und eine spätere Bergung unnötig schwierig wäre. Bei den Worten «in den Rîn» dürfte es sich schlicht um ein Missverständnis handeln, das bereits der Schreiber des Nibelungenliedes nicht mehr durchschaute, weil er mündliche Überlieferungen zu Papier brachte. «Rin» oder «Rein» bezeichnet nämlich im alten Deutsch auch eine Grenze, ursprünglich den Streifen Brachland zwischen zwei Feldern, der noch heute mancherorts «Feldrain» genannt wird. Im übertragenen Sinne kann «Rîn» für ein Grenzland stehen, das nicht Getreidefelder, sondern Herrschaftsbereiche trennte. Nun vergegenwärtige man sich einmal, wie völlig anders die Zeile des Nibelungenliedes klingt, wenn man dieses Verständnis zugrunde legt: «dâ ze Lôche in den Rîn», also «bei einer Höhle im Grenzland».

Doch wo liegt dieses Grenzland? Ein simpler Blick auf die Landkarte hilft. Wir wissen, welche berühmte Grenzbefestigung seinerzeit mitten durch Germanien verlief: der römische Limes. Das «Grenzland», in dem sich Römer und Germanen gegenüberstanden, dürfte in etwa dem heutigen Kraichgau entsprechen. Das ist immer noch ein ziemlich großes Stück Land. Doch gibt es nicht in dieser Region, keine dreißig Kilometer von Heidelberg entfernt, ein Städtchen namens Lochberg? Die Herkunft des Ortsnamens ist ungeklärt. Meines Erachtens könnte er sich unmittelbar auf die Nibelungensage beziehen, auch wenn dies schon seit Jahrhunderten nicht mehr verstanden wird: «Lochberg» bedeutet «Höhlen-Berg» und meint womöglich nichts anderes als das «Loch» der Nibelungensage. Es wundert mich, dass noch kein Gelehrter diesen einfachen Zusammenhang entdeckt hat. Zwar ist bis heute keine Höhle in der Nähe des Ortes bekannt, doch das scheint mir wenig erstaunlich, denn gewiss wurde das Versteck des Schatzes an einem schwer zugänglichen Ort angelegt und gut getarnt. Wenn daher der Hort der Nibelungen jemals gefunden wird, so wage ich die Voraussage, dass dies in einer Höhle nahe Lochberg geschehen wird.

[Adolf Schriebel, 1929]

Carolin las den Text zweimal, von der Einleitung bis zum letzten Absatz, in dem der Name «Lochberg» mit schwarzem Stift umkringelt war. Daneben war in einer schrägen, eindeutig männlichen Handschrift hingekritzelt: *«Sieh dir das an, Maus!»*

Carolins Herz klopfte. Endlich eine Spur. Von Anfang an hatte sie geahnt, dass es um einen Schatz ging, und nun, nach so vielen Irrwegen, sah sie sich bestätigt. «Maus» war vermutlich Kim Werninger. Derjenige, der die Internetseite entdeckt hatte, konnte nur ihr Freund sein – jener so «materialistisch» gesinnte junge Mann, von dem Kims Mutter ein wenig anziehendes Bild gezeichnet hatte. Bei ihnen hatte der Blog offenbar seine Absicht verfehlt, die uralte Theorie jenes Herrn Schriebel als bizarren historischen Unfug darzustellen.

Carolin erinnerte sich, dass im Forum nirgends von den Nibelungen die Rede gewesen war. Die Schatzjäger, die sich in Lochberg versammelt hatten, waren lediglich dem blauen Licht gefolgt. Dass es um den Nibelungenhort ging, vermuteten offenbar nur Kim und ihr Freund. Doch wie konnten sie diesen Schriebel ernst nehmen? Trotz mangelnder Sachkenntnis konnte selbst Carolin erkennen, dass seine Ausführungen eher spekulativ als wissenschaftlich klangen. Wenn Kim tatsächlich glaubte, was dieser Mensch vor über achtzig Jahren geschrieben hatte, musste sie fast so verrückt sein wie ihre Mutter.

Es sei denn, sie hat einen besonderen Grund, ihm zu glauben, ahnte Carolin plötzlich.

Rasch sichtete sie die übrigen losen Blätter. Ganz zuunterst entdeckte sie einige Seiten, die von Hand und mit Tinte beschrieben waren. Das Papier war vergilbt und sah uralt aus. Bereits nach dem Überfliegen der ersten Zeilen begriff Carolin, dass sie auf den entscheidenden Hinweis gestoßen war. Was sie in den Händen hielt, war ein Brief, geschrieben in einer altmodischen, schräg nach rechts gekippten Handschrift, die nach Eile oder Erregung aussah. «Lochberg, 9. September 1937», lautete die Datierung.

Ergriffen hockte sich Carolin neben das Bett, entfaltete die vergilbten Blätter und las.

Tia

Tia hatte die Knie eng an den Körper gezogen und mit beiden Armen umschlungen. Sie fror bitterlich. Ihr steinernes Gefängnis war nur wenige Kubikmeter groß und sehr feucht. Die Decke des Raums war zu niedrig zum Stehen. Sie hatte nasse Füße und konnte ihren Kreislauf nicht durch Bewegung in Gang halten. Noch konnte sie die Kälte ertragen, doch wenn sie stundenlang so dasaß, würde es gefährlich werden.

Zudem brannte ihre Haut. Sie spürte es deutlich an Händen und Füßen, überall, wo sie mit dem Wasser in Berührung gekommen war. Anfangs hatte sie an eine Verunreinigung durch Schwefelsäure gedacht, die manchmal durch geothermische Aktivitäten entstand – doch der Geruch passte nicht dazu. Wieder und wieder roch sie an ihren durchnässten Stiefeln, versuchte das fremdartige Aroma zu analysieren, in seine Bestandteile zu zerlegen. Sie glaubte, Dutzende verschiedener Komponenten wahrzunehmen, von denen sie nicht einmal die Hälfte einordnen konnte.

Nicht Schwefelsäure ... Essigsäure, vermutete sie schließlich. *Und Peroxide, wenn ich mich nicht sehr irre.*

Eigentlich war sie ihrer Wahrnehmung ziemlich sicher, doch die Einschränkung hatte einen simplen Grund: Es *konnte* nicht sein. Peroxide waren Lösungs- und Desinfektionsmittel; sie kamen in der Natur nicht vor. Diese Ausdünstungen gehörten zum typischen Geruch von Arztpraxen und Krankenhäusern, nicht ins Innere der Erde. Doch konnte sich ihr Geruchssinn so sehr täuschen? Unbehaglich rieb sie die entzündete Haut an ihren Fußknöcheln.

Woher kommt dieses Wasser?

Die Erkenntnis traf sie wie ein Schlag. Sie erinnerte sich an einen wissenschaftlichen Bericht, den sie einmal gelesen hatte – wobei «gelesen» eigentlich nicht das richtige Wort war, denn sie hatte sich die Datei wie üblich von ihrem Texterkennungsprogramm vorlesen lassen. Das Thema war aktuell und hochinteressant gewesen: die Förderung von tiefliegendem Erdgas aus Tonschiefer. An verschiedenen Orten in Deutschland wurden Probebohrungen vorgenommen. Da das Gas nicht in größeren Blasen, sondern gebunden in Tonschichten vorlag, musste man künstliche Gesteinsrisse erzeugen, damit es ausströmen konnte. Das tat man, indem man unter hohem Druck Wasser in die Bohrung presste – Wasser, das mit Chemikalien versetzt war. Sie dienten dazu, eine Verstopfung der Risse mit Sedimenten und Bakterienkulturen zu verhindern. Verschiedene Lösungsmittel wurden benutzt, anorganische Salze, Säuren, Alkohole. Viele dieser Stoffe waren giftig, einige sogar krebserregend.

Angenommen, irgendjemand fördert hier in der Umgebung Erdgas, überlegte Tia. Soweit sie wusste, lag Tonschiefer meist in großen Tiefen, tiefer als jede Höhle. Doch die Gesteinsrisse, die durch das Aufsprengen entstanden, konnten mehrere hundert Meter lang sein, und es war nicht berechenbar, in welcher Richtung sie verliefen. Angenommen, ein solcher künstlicher Riss traf auf eine natürliche Verwerfung in der Erdkruste – einen tiefen Schacht, einen senkrechten Bruch, von dessen Existenz niemand etwas wusste. War es möglich, dass auf diese Weise eine Verbindung zwischen der gasführenden Erdschicht und einer natürlichen Höhle hergestellt wurde? Was wären die Folgen?

Dass das Gas in die Höhle aufsteigt – natürlich! Und ebenso das Wasser, das unter ungeheurem Druck in das Rohrsystem gepresst wird. Viel Wasser. Millionen von Litern ... genug, um senkrechte Schächte von Hunderten Metern Länge aufzufüllen.

Die Vorstellung war erschreckend. Von einem derartigen Vorkommnis hatte Tia noch nie gehört, doch aus welchem Blickwinkel sie die Fakten auch betrachtete, ihr fiel keine andere Erklärung ein. Sie versuchte sich das Geschehen bildlich zu vergegenwärtigen, maß im Geist die möglichen Entfernungen, kalkulierte, prüfte ihre

Theorie auf Schwachstellen. Immerhin enthielt sie einen Hoffnungsschimmer: Wenn das Wasser maschinell in den Untergrund geleitet wurde, musste es irgendwann auch wieder abgesaugt werden. Irgendwo, vielleicht nur wenige Kilometer entfernt, würden sich mächtige Pumpen in Betrieb setzen, um es zurück an die Oberfläche zu befördern. Der Wasserspiegel in der Höhle würde sinken – und dann konnte sie endlich zurück in den Schacht gelangen und den anderen signalisieren, dass sie am Leben und unverletzt war. Leon machte sich bestimmt entsetzliche Sorgen.

Leon ... Der Gedanke an ihn störte ihre Überlegungen. Tia versuchte ihn zu verdrängen.

Angenommen, das Wasser wird tatsächlich abgepumpt, spekulierte sie. *Das bedeutet aber auch, dass danach weiteres Erdgas in die Höhle aufsteigt. Die Explosionsgefahr wird größer und größer werden, und die Luft immer dünner. Wir müssen einen Weg nach draußen finden, bevor uns der Sauerstoff ausgeht ...*

Wie mochte es Leon in diesem Augenblick gehen? Tia ahnte, dass er sie für tot halten musste. Ob er verzweifelt nach ihr suchte? Oder saß er irgendwo dort oben, an eine Wand gelehnt, stumm und resigniert? Vielleicht weinte er sogar. Tia konnte sich zwar nicht erinnern, dass Leon jemals geweint hatte. Er war eher der stoische Typ, der Schicksalsschläge mit unbewegter Miene ertrug. Dies allerdings musste ein heftiger Schlag gewesen sein, denn Tia bedeutete ihm viel ... oder etwa nicht?

Sie rief sich zur Ordnung. Dies war nicht der Zeitpunkt, um über Leon nachzudenken. Sie musste ihre Theorie weiterspinnen und vor allem prüfen, ob sich daraus irgendeine Möglichkeit zur Rettung ableiten ließ.

Konzentrier dich! Also: Wenn eine Verbindung zwischen dieser Höhle und einer Erdgasbohrung besteht – bedeutet das, dass wir uns irgendwie draußen bemerkbar machen können?

Ob sie ihm wirklich so viel bedeutete? Tia erinnerte sich an den

Geruch, den Leon verströmt hatte, als er aus dem benachbarten Raum herübergekommen war. In ihrer Aufregung hatte sie es zuerst nicht wahrhaben wollen.

Nein, unmöglich. Die Bohrung könnte mehrere hundert Meter tief sein und der Bohrturm Kilometer weit weg. Die Entfernung ist zu groß …

Dieser Geruch nach Sex – Tia hatte ihn stets als verstörend empfunden. Nur selten hatte sie ihn wahrgenommen, fast immer an Fremden, zum Beispiel als flüchtige Note an Studenten in ihren Vorlesungen. Selbst eine heiße Dusche am Morgen konnte die Pheromone nicht gänzlich neutralisieren.

Angenommen, wir werfen irgendetwas in das Wasser, bevor es wieder abgepumpt wird … eine Flaschenpost, irgendeine Art von Nachricht …

Ein einziges Mal, im vergangenen Jahr, hatte auch Leon diesen Geruch verströmt. Er hatte versucht, sie zu küssen. Tia war derart erschrocken gewesen, dass sie vor ihm zurückgewichen war. Es hatte sich angefühlt, als wäre er plötzlich jemand anders gewesen – nicht mehr ihr Leon, auf den sie sich stets verlassen konnte und den sie durch und durch zu kennen glaubte.

Nein … unsere «Flaschenpost» würde niemals ankommen. Hydraulisch erzeugte Gesteinsrisse sind oft nur wenige Zentimeter breit. Da passt nichts durch, das größer wäre als ein Kugelschreiber …

Sie wusste, dass Leon ein gutaussehender Mann war. Das sagten jedenfalls die Studentinnen an der Uni, und auch Adele, Tias beste Freundin, wurde nie müde, darauf hinzuweisen. Eigentlich war es erstaunlich, dass er nie Frauengeschichten hatte – aber Tia hatte sich an diese Tatsache gewöhnt, die für sie so angenehm war. Leon lebte mit ihr und für ihre Bedürfnisse. Das war mit den Jahren selbstverständlich geworden … allzu selbstverständlich vielleicht.

Konzentrier dich … es geht um Menschenleben! Wie kommen wir hier heraus? Denk nach …

Stets war Tia dankbar gewesen, dass Leon nicht so war wie andere Männer. Aber war es wirklich so? Was hatte sie eigentlich erwartet? Dass er sein ganzes Leben lang bei ihr bleiben und ihr zuliebe auf alles andere verzichten würde? Auf eine richtige Beziehung mit allem Drum und Dran? Auf Sex?

Denk nach ...

Tia gab auf. Sie konnte sich einfach nicht mehr konzentrieren. Bohrtürme, Schächte, Wasseradern und unterirdische Tunnel verschwanden aus ihrem Kopf. Alle ihre Gedanken kreisten um Leon.

Natürlich wusste sie nicht genau, was geschehen war. Tatsache blieb, dass Kim kurz nach ihm aus dem Nebenraum gekommen war – beide mit dem gleichen Geruch an sich, einer Mischung aus natürlichen Lockstoffen und Körpersäften. Konnte es wirklich das bedeuten, was Tia vermutete? Leon, der korrekte, treue, stets bedürfnislose Leon, hätte sich doch nie im Leben mit irgendeinem jungen Mädchen eingelassen, das er kaum kannte? Noch dazu in einer lebensbedrohlichen Lage?

Vielleicht gerade deshalb, dachte Tia. *Der Gedanke, dass wir in wenigen Stunden alle tot sein könnten ... und das Gas. Sauerstoffmangel setzt die Funktion des Großhirns herab und kann wie eine Droge wirken.*

Seltsamerweise war dieser Gedanke kein Trost. Im Gegenteil, er machte Tias Vorstellung nur noch plastischer: Leon, berauscht vom Gas ... und berauscht von dieser jungen Frau. Sie besaß keinerlei Erfahrung in solchen Dingen, und ihr optisches Vorstellungsvermögen war begrenzt. Dennoch streifte sie etwas wie eine Vision von eng aneinandergeschmiegten Körpern, tastenden Fingern und schwerem Atem.

Bestimmt war sie es, die angefangen hat ... berechnendes kleines Biest.

Zum ersten Mal in ihrem Leben empfand Tia Eifersucht – ein saures, bohrendes Gefühl, ebenso erregend wie bedrückend. Es verstörte sie zutiefst, wie alles, was sich der Kontrolle ihres Verstandes entzog.

Etwas Kühles, Feuchtes streifte ihren nackten Fuß.

Tia erschrak. Die Berührung vertrieb augenblicklich alle Visionen und Gedanken. Da war etwas Kleines, Lebendiges.

Sie streckte eine Hand aus. Ihre Fingerspitzen berührten einen glatten Körper, der augenblicklich in Schreckstarre verfiel. Vorsichtig griff Tia zu und hob das Wesen vom Boden.

«Na, mein Kleiner? Was hat dich denn hierher verschlagen?»

Sie legte das Tier auf ihre Hand und fuhr mit einem Finger darüber, um seine Umrisse zu erforschen. Es hatte einen schlangenförmigen Leib, seitlich abgespreizte Beine und einen klobigen Kopf mit Wülsten über den Augen. Die kühle, glatte Haut verriet eindeutig, dass es sich um einen Vertreter aus der Familie der Lurche handelte. Tia konnte es nicht sehen, doch sie ahnte, dass sich helle Flecken über den Rücken des Tieres zogen. Wahrscheinlich waren sie leuchtend gelb.

«Du bist ein Feuersalamander. Habe ich recht?»

Andere Menschen mochten sich vor Amphibien ekeln, Tia dagegen war fasziniert. Dass sie ihr enges Gefängnis mit jemandem teilte, hatte sie nicht erwartet. Die Biologin in ihr erwachte, und sie rief sich alles ins Gedächtnis, was sie je über die Lebensgewohnheiten dieser Gattung gelernt hatte. Feuersalamander bewohnten Laubwälder, wo sie ihre bevorzugte Beute vorfanden, die aus Schnecken und Regenwürmern bestand. Sie jagten ausschließlich bei Nacht; tagsüber suchten sie sich ein ruhiges Versteck. Das konnte ein ausgehöhlter Baumstumpf sein, eine Felsspalte – oder auch eine Höhle.

Ein Gedankenblitz streifte Tia.

«Kennst du einen Weg nach draußen?», raunte sie dem Geschöpf zu.

Der Salamander war aus seiner Erstarrung erwacht. Offenbar hatte er begriffen, dass ihm keine Gefahr drohte. Seine dreizehigen Füßchen tapsten über Tias Handfläche.

Tia folgte ihrer Eingebung. Sie griff nach dem Notrufsender, den sie noch immer um den Hals trug, und streifte das Lederband über den Kopf.

«Das wird dir jetzt nicht gefallen, ich weiß ...»

Sie wand das Band um den Leib des Salamanders, sodass der Sender auf seinem Rücken lag, und verknotete es – fest, aber locker genug, um das Tier nicht zu behindern.

«Das Ding funktioniert hier drinnen nicht», erklärte sie leise. «Wir sind zu tief unter der Erde. Kannst du es mit nach draußen nehmen?»

Behutsam setzte sie den Salamander wieder auf den Boden. Das Tier verharrte kurz, dann setzte es sich in Bewegung und kroch auf die Wand zu. Tia lauschte auf das leise Scharren seines Körpers, folgte ihm mit der Hand – und fand einen winzigen Felsspalt, kaum größer als ein Mauseloch. Sie konnte eben noch fühlen, wie der Schwanz des Salamanders darin verschwand.

Er kennt tatsächlich einen Weg, dachte sie. Zwar konnte sie keine Luftströmung wahrnehmen, doch das war angesichts der Winzigkeit des Spalts und der Entfernung zur Oberfläche kein Wunder. Wahrscheinlich handelte es sich um einen schräg nach oben führenden Kanal, der von abfließendem Sickerwasser in den Kalkstein gegraben worden war. Der Weg in die Tagwelt mochte lang sein, sechzig Meter vielleicht, achtzig, hundert. Wo mochte das Tier ins Freie gelangen? Vielleicht irgendwo am Fuß des Hangs, in dem der Höhleneingang lag?

Der Gedanke, dass ihr Gefängnis eine direkte Verbindung zur Erdoberfläche hatte, ermutigte Tia noch aus einem anderen Grund: Es musste zumindest ein schwacher Luftaustausch stattfinden, auch wenn sie ihn nicht spüren konnte. Schon seit einiger Zeit fiel ihr auf, dass sie ruhiger atmete und keine Kopfschmerzen mehr hatte.

Was auch immer geschieht; ersticken werde ich hier jedenfalls nicht, sagte sie sich und zog die Beine wieder an den Körper. *Wenn ich nur diese verflixte Kälte überstehe ...*

Carolin

Carolin saß auf Kim Werningers Bettkante, die vergilbten Blätter in der Hand, und las.

Liebste Eva,

der Tag ist gekommen. In wenigen Stunden wird Untersturmführer Maurer mich aufsuchen. Ich kann mich der Situation nicht entziehen: Wenn er mich nicht zu Hause anträfe, würde er nach mir fahnden lassen. Die skandalöse Verbindung der SS mit der Staatspolizei gäbe ihm alle notwendigen Mittel an die Hand. Vermutlich wird man mich in irgendein schalldichtes Verhörzimmer bringen und mich zwingen, die genaue Lage der Höhle anzugeben, von der ich dir in meinem letzten Brief berichtet habe – und was danach mit mir geschehen wird, ist nicht schwer zu erraten. Gewiss wird man meine Entdeckung, die von größter Bedeutung für die germanische Urgeschichte sein könnte, einem Juden nicht gönnen. Wenn aber andere sie für sich in Anspruch nehmen wollen, bin ich ein unbequemer Zeuge, und vermutlich hat man längst beschlossen, sich meiner zu entledigen.
Was bleibt mir also übrig? Ich werde diesen Brief nicht absenden, sondern in jenem Versteck verbergen, das nur wir beide kennen. Ich hoffe aus tiefstem Herzen, das der Wahnsinn, der Deutschland ergriffen hat, bald zu Ende sein wird und du in dieses Haus zurückkehren kannst. Dann wirst du diesen Brief finden und verstehen, was geschehen ist.
Letztlich ist alles meine Schuld. Du erinnerst dich, mit welcher Trauer im Herzen ich dich bat, das Land zu verlassen und zu deiner Tante nach Paris zu fahren. Ich hätte mit dir gehen sollen – doch ich war entschlossen, auszuharren, denn ich hielt es nicht für richtig, das Land den Schindknechten in Uniform zu überlassen.

Nun ist es zu spät; alle Grenzen sind geschlossen. Ich tröste mich mit dem Gedanken, dass wenigstens du in Sicherheit bist. Höre nicht auf das, was sie in der Presse oder im Rundfunk sagen; es ist nur die halbe Wahrheit. Eher ist den abwegigsten, den schlimmsten Gerüchten zu glauben – und diese wissen, dass man sich nicht damit begnügen wird, uns Berufe zu verbieten, die Benutzung öffentlicher Verkehrsmittel, das Sitzen auf einer Bank mit der Aufschrift «Nur für Deutsche». Sie wollen uns vernichten, Eva – uns ausmerzen wie eine schädliche Tierart.
Wie Untersturmführer Maurer auf mich aufmerksam wurde, kann ich nur vermuten. Du erinnerst dich an den Hergang, den ich dir bereits berichtete: Nachdem ich zufällig jene Höhle im Osten der Stadt entdeckt und unter großen Mühen einen goldenen Becher aus ihren Tiefen geborgen hatte, vertraute ich mich Herrn Buchholz an, meinem Dekan. Ich hoffte, er würde mir bei der Altersbestimmung behilflich sein, verschwieg jedoch vorsichtshalber den genauen Fundort und sagte nur, der Becher stamme aus einer Höhle. Das war offensichtlich ein Fehler. Ich wusste, dass Buchholz nur aus Gründen der Opportunität in die Partei eingetreten war, und verließ mich darauf, dass er meine Entdeckung mit jener Diskretion behandeln würde, die ihm seine Profession als Forscher abverlangte. Doch ich irrte mich. Buchholz muss umgehend seine Parteikollegen informiert haben, denn schon am nächsten Tag suchte Maurer mich auf und verlangte die Herausgabe des Bechers. Ich war zutiefst erschrocken, doch ich willigte ein. Was blieb mir anderes übrig?
Gestern Abend erschien Maurer erneut. Er habe die Echtheit prüfen lassen, sagte er, denn er habe ausschließen müssen, dass ein kleiner jüdischer Wichtigtuer die Öffentlichkeit betrügen wolle. Das Alter des Bechers sei von arischen Experten untersucht und auf das vierte Jahrhundert n. Chr. datiert worden. Der Fund sei von allergrößter Bedeutung, und ich solle ihm die genaue Lage der

Höhle angeben. Ich weigerte mich, denn ich ahnte, dass man mich aus dem Weg schaffen würde, wenn die Partei erst im Besitz meines Geheimnisses wäre. «Ganz wie du willst», sagte Maurer mit einem spöttischen Lächeln. «Du hast Bedenkzeit bis fünf Uhr morgens. Dann komme ich wieder.»
Fünf Uhr morgens – ich habe genug Gerüchte gehört, um zu wissen, dass dies stets die Zeit ist, zu der die Gestapo an die Tür klopft. Und ich glaube auch zu wissen, welche Bedeutung die Parteikader meiner Entdeckung beimessen. Sie mögen alles andere als Gelehrte sein, doch wahrscheinlich hat Buchholz sie auf die Fährte jenes exzentrischen Privatgelehrten namens Schriebel gebracht, der nahe Lochberg nichts Geringeres als den Nibelungenhort vermutet. Die Schriften dieses Menschen habe ich eigentlich nie ernst genommen; sie erscheinen mir absurd und phantastisch – doch den Nazis traue ich zu, dass sie daran glauben. Ich ahne, was geschehen wird. Wenn ich den Fundort dessen preisgebe, was in ihren Augen die größte Entdeckung der germanischen Urgeschichte sein könnte, werden sie nicht zögern, mir danach für immer den Mund zu verschließen. Fliehen kann ich nicht – nicht mit dem gelben Stern. So bleibt mir nur, meine letzten Stunden zu nutzen und dir diesen Brief zu schreiben, während ich auf ihren Besuch warte.
Liebste Eva, dies sind wahrscheinlich meine letzten Zeilen an dich. Ich weiß nicht, was geschehen wird, doch ich wage nicht zu hoffen, dass ich dich wiedersehe oder dass es mir noch einmal möglich sein wird, dir zu schreiben.
Der Wahnsinn wird ein Ende haben; davon bin ich überzeugt. Es wird nicht heute oder morgen geschehen, und ich bedaure zutiefst, dass ich es aller Voraussicht nach nicht mehr erleben werde. Du aber, meine Liebste, sollst und wirst es erleben. Eines Tages werden die Banner der marodierenden Rotten sich senken; die Vernunft wird in Herzen und Köpfe zurückkehren – und du in dieses Haus,

das eben sowohl deines wie meines ist. Du allein kennst das Versteck, in dem ich diesen Brief zurücklasse. Du wirst ihn finden und lesen, und vielleicht wirst du dann verstehen, warum ich handelte, wie ich nun handeln muss.
Ich blicke auf die Uhr: Nur Minuten bleiben. Gleich wird es an der Tür pochen. Darum muss ich dir Ade sagen – und es schmerzt mich, es in solcher Kürze zu tun. Vieles muss ungesagt bleiben, liebste Eva. Eines aber sollst du wissen: Siebenundvierzig Jahre habe ich gelebt, manche Wohltat und manchen Segen genossen, selbst Ruf und Rang unter meinen Kollegen, bescheidenen Wohlstand, öffentliche Anerkennung – das Beste aber und Wertvollste, das es in meinem Leben gab, bist du, und so wird es immer bleiben. Sollten wir uns nicht wiedersehen, wird mein letzter Gedanke dir gelten. Ich sehe uns stehen auf jener Brücke in Worms, der alten Königsstadt, deine Hände in meinen, überglänzt vom strahlenden Himmel, der sich in deinen Augen spiegelt. Dieses Bild wird mich begleiten, wo immer ich auch hingehe. Der glücklichste Augenblick meines Lebens – er wird bei mir sein. Du wirst bei mir sein.

In treuer Liebe,
dein Curd

Carolin ließ die Hand mit den vergilbten Blättern sinken. Einen Augenblick saß sie still da und blickte ins Leere. Dann zog sie ihr iPhone hervor und suchte nach «Curd Heiding». Es gab nur einen einzigen kurzen Eintrag, und zwar in einem Lexikon für Archäologie:

> **Heiding, Curd.** Deutscher Archäologe, geb. 1889 in Stuttgart, ab 1921 tätig am Institut für Vor- und Frühgeschichte der Universität Heidelberg. Mehrere Arbeiten zu germanischen Begräbnisstätten und Kunsterzeugnissen der Völkerwanderungszeit. 1937 in seinem Wohnort Lochberg verschollen; mutmaßlich Opfer der nationalsozialistischen Judenverfolgung.

Carolins Herz klopfte. Erneut sagte sie sich, dass sie die Polizei rufen musste, ahnte jedoch, wie es aussehen würde, wenn man sie in diesem Zimmer antraf. Natürlich konnte sie wieder hinausklettern, doch sie würde trotzdem eine Menge Fragen beantworten müssen. Man würde sie festhalten und verhören, und dann hätte ihre Verabredung mit Dahms sich in jedem Fall erledigt.

Dahms ... wahrscheinlich wartete er bereits im Hotel auf sie. Vielleicht war es an der Zeit, dass er erfuhr, was sie entdeckt hatte. Sicher würde er nicht begeistert sein, dass sie bei ihren Nachforschungen sowohl die Grenzen des Anstandes als auch die des Gesetzes überschritten hatte – doch es würde immer noch leichter sein, all dies ihm zu erklären als der Polizei. Vielleicht, auch wenn diese Hoffnung ihr verwegen erschien, konnte er sie sogar beschützen. Immerhin war er Stadtrat und eine einflussreiche Persönlichkeit im Ort.

Carolin fiel ein, dass sie seine Handynummer gar nicht hatte. Doch hatte er nicht gesagt, er würde nach Hause fahren, um sich ein wenig frisch zu machen? Sicher stand er im Telefonbuch.

Leon

«Ihr habt nicht zufällig irgendwas gegen Schmerzen dabei?», keuchte Philipp. «'ne Spritze oder so?»

Leon, der eben damit beschäftigt war, die Vakuumschiene um Philipps gebrochenes Bein zu legen, schüttelte stumm den Kopf.

Die Verneinung entsprach nicht ganz der Wahrheit: Die Notfallausrüstung, die er und Tia stets mit sich führten, enthielt tatsächlich eine Einwegspritze mit einem starken Analgetikum. Doch das Zeug war auf Opioid-Basis hergestellt, und Leon wusste, dass es zu Atemlähmung führen konnte – eine Nebenwirkung, die er unter den gegebenen Umständen nicht riskieren durfte, da der Sauerstoffmangel sie verstärken würde.

«Scheiße», zischte Philipp leise.

«Tut mir leid.»

Es fiel Leon schwer, echtes Mitgefühl zu zeigen. Auch seine Hände arbeiteten mechanisch: Er tat das Notwendige, technisch einwandfrei, doch ohne Anteilnahme. Es lag keineswegs daran, dass Philipp, wenn man es nüchtern betrachtete, sein Unglück selbst verschuldet hatte. Der Grund war vielmehr, dass Leons Gefühle wie abgestorben waren. Körperlich hatte er sich von seinem Tauchgang einigermaßen erholt; er hatte sich aufgewärmt, seine Kleidung wieder angezogen und Jan zugehört, der von seiner erfolglosen Expedition mit Tia berichtet hatte. Dass es ihnen nicht gelungen war, einen Ausgang aus der Höhle zu finden, hatte Leon eigentümlich kalt gelassen. Um nicht herumzusitzen und sich in fruchtlosem Grübeln zu verlieren, hatte er begonnen, sich um Philipp zu kümmern.

«Das könnte jetzt weh tun», kündigte er an, als er die Vakuumschiene schloss.

Philipp verdrehte nur die Augen, als wollte er sagen: *Oh, ganz was Neues.*

Leon betätigte die Pumpe. Die Vakuumschiene, eine faltbare Matte aus weichem Kunststoff, war mit Tausenden kleiner Kügelchen gefüllt, die sich beim Absaugen der Luft aneinanderballten und hart wie Holz wurden. Es war die beste Methode für die Ruhigstellung von Knochenbrüchen, wenn keine sofortige Operation möglich war.

Philipp stöhnte zwischen zusammengebissenen Zähnen, als die Matte sich zusammenzog. Kim, die seinen Kopf auf ihre Knie gebettet hatte, streichelte abwesend seine Schulter. Sie wirkte völlig verzweifelt. Schon die ganze Zeit über hatte sie leise vor sich hin geweint, wobei ihr Blick zwischen Philipp und Leon hin- und hergeflackert war. Keinem von beiden schien sie in die Augen sehen zu können.

Leon ahnte, dass sie den Schmerz nicht ertrug, der sich auf ihren

Gesichtern abzeichnete. Philipps Schmerzen waren offensichtlich; doch Kim schien zu wissen, dass auch Leon litt. Philipps Knochen konnten heilen. Leons Herz konnte das nicht.

«Kann ich wirklich nichts tun?», fragte Jan zum dritten Mal.

Leon schüttelte den Kopf und überprüfte den Sitz der Schiene. Er fürchtete sich beinahe davor, dass alles in Ordnung und Philipp versorgt war, denn in diesem Fall gab es für ihn nichts mehr zu tun. Dann konnte er, wie alle anderen, nur noch dasitzen, abwarten und sich den Gedanken überlassen, die längst hinter der Schwelle seines Bewusstseins lauerten. Leon fürchtete diesen Moment. Er fühlte deutlich, dass seine Seele sich in zwei Hälften gespalten hatte: Eine, die wie betäubt war und sich weigerte, die Geschehnisse der letzten Stunde zur Kenntnis zu nehmen, und eine andere, in der Schmerz und Verzweiflung brannten.

Er beherrschte sich, setzte sich ruhig hin und lehnte sich mit dem Rücken gegen die Wand. Niemand durfte erkennen, wie es in ihm aussah. Das hätte die anderen nur zusätzlich belastet, die von ihm erwarteten, dass er die Führung übernahm und einen klaren Kopf behielt. Dabei hatte er das Gefühl, sich im Augenblick weniger denn je als Führer zu eignen. Leon war alles andere als ein fatalistischer Typ und gewohnt, Probleme anzupacken. An Mut fehlte es ihm nicht, und Angst kannte er nur als vage Anwandlung, etwa vor Prüfungen, vor einem Besuch beim Zahnarzt oder bei der Vorstellung, sein Arbeitgeber könnte pleitegehen. Was er hingegen nur schwer ertragen konnte, war das Gefühl der Hilflosigkeit, wenn er den Lauf der Dinge nicht beeinflussen konnte. Die Vorstellung, dass sie alle vier in dieser Höhle ersticken würden, schreckte ihn weit weniger als die Tatsache, dass er nichts dagegen unternehmen konnte. In der Vergangenheit hatte er schon einige lebensgefährliche Situationen gemeistert und dabei beinahe traumwandlerisch stets das Richtige getan. Diesmal gab es nichts, was er tun konnte – weder für die drei Menschen, die mit ihm eingeschlossen waren, noch für Tia, die verschwunden war. In Gedanken vermied er zwanghaft das schreckliche Wort «ertrunken».

Leon spürte, dass Kim ihn beobachtete. Er wandte sich ab und schloss die Augen. Die Folge war, dass Bilder in seinem Kopf aufblitzten, ohne dass er es verhindern konnte: Schnappschüsse, die er nur scheinbar vergessen hatte. Nun stiegen sie aus den Tiefen seines Unterbewusstseins herauf wie jene seltsamen Tiefseefische, die nur bei Nacht an die Meeresoberfläche kamen. Er sah Tia bei der Verleihung ihres Diploms, auf dem Podium des Festsaals stehend, die blinden Augen verlegen gesenkt, während die Menge ringsum Beifall klatschte ... Leon hatte selten so intensiv wie in diesem Moment ihre Gefühle gespürt: die Verwirrung über die vielen unsichtbaren Zuschauer, die Rührung, den Anflug von verschämtem Stolz. Es war einer jener Augenblicke gewesen, in denen er es kaum ertragen hatte, nicht einfach loszustürzen und sie in die Arme zu schließen.

Ein anderes Bild schob sich davor, erst wenige Wochen alt: Tia, wie sie morgens in die Küche gekommen war, während er bereits beim Frühstück gesessen hatte. Ihr verschlafenes Gesicht, umrahmt von wirren Strähnen ihres dunklen Haars ... es war so unbeschreiblich süß gewesen, dass ihm die Kaffeetasse in der Hand erstarrt war. Gewöhnlich wirkte Tia sehr reif, sehr erwachsen. In jenem Augenblick jedoch, im hüftlangen, zerknitterten Schlaf-Shirt und mit von der Bettwärme glühenden Wangen, war sie ihm wie ein junges Mädchen erschienen, zart, schutzbedürftig und beinahe unerträglich anziehend.

«Ich glaube, das Wasser geht zurück!», unterbrach Jan seine Gedanken. In Ermangelung einer sinnvollen Aufgabe hatte der Polizist sich am Rand des Schachtes niedergelassen und leuchtete in die Tiefe. Tatsächlich war ein fernes Rauschen und Gurgeln zu hören, nicht unähnlich dem Geräusch ablaufenden Wassers in einer Badewanne.

Leon kümmerte die Neuigkeit wenig. Sie hatte lediglich zur

Folge, dass sich ein drittes Bild vor das zweite schob: Tia, reglos auf nacktem Felsboden liegend, die schlaffen Glieder ausgebreitet, das Gesicht von einem Vorhang aus nassem Haar verdeckt. Sie, die Mutige und Unverwüstliche – besiegt, gescheitert. Der Atem, der ihre dunkle Stimme hervorgebracht hatte, war erloschen, und das mutige Herz schlug nicht mehr. Nächstes Jahr wäre sie neunundzwanzig geworden. Leon musste an ihren Vater denken, der daheim in Dortmund auf Nachricht von ihr wartete – und seltsamerweise war es erst dieser Gedanke, der seine Tränen fließen ließ, als hätte er die Vorstellung vom Schmerz eines anderen gebraucht, um seinen eigenen zu fühlen.

«Scheiße», stöhnte Philipp. «Habt ihr wirklich kein Schmerzmittel?»

Widerstrebend öffnete Leon die Augen. Zu seiner Überraschung war es Jan, der antwortete. Er klang wütend.

«Nun beschwer dich noch! Hat dich irgendjemand gezwungen, in diesen Schacht zu steigen? Weiß der Himmel, was du da unten gesucht hast ...»

«Tun Sie doch nicht so!», blaffte Philipp zurück. «Sie wissen so gut wie ich, was da unten ist! Sie sind genauso dahinterher wie wir. Geben Sie's doch zu, Sie falscher Bulle!»

«Ich bin kein falscher Bulle!», erwiderte Jan nicht weniger heftig. «Und statt andere zu verdächtigen, solltest du vielleicht endlich mit der Wahrheit herausrücken! Deiner Geheimniskrämerei wegen bist du da unten verunglückt, und deinetwegen musste eine junge Frau hinterherklettern und ... und ...»

Jan verstummte – und Leon war dankbar dafür. Das Wort «ertrinken» wäre mehr gewesen, als er ertragen konnte.

Auch Philipp war offenbar einstweilen zum Schweigen gebracht. In der Stille hörte man nur noch Kims leises Schniefen und, in ferner Tiefe, das langsam verebbende Rauschen des abfließenden Wassers.

Carolin

«Das ist nicht Ihr Ernst, oder?», fragte Dahms.

Carolin, das Telefon am Ohr, glaubte förmlich zu sehen, wie er fassungslos den Kopf schüttelte.

«Sie sind in ein Haus eingestiegen, in dem eingebrochen wurde?»

«Das war sicher nicht besonders ehrenhaft», gab Carolin zu. «Aber diese Dokumente klären alles auf! Ich habe Ihnen doch erzählt, was in dem Brief stand. Der Zusammenhang scheint mir eindeutig.»

«Erklären Sie es mir bitte noch mal.»

«Also: Damals, vor fast achtzig Jahren, hat dieser jüdische Archäologe namens Heiding zufällig die Höhle entdeckt und einen goldenen Becher daraus geborgen. Dummerweise war er so unvorsichtig, einem Kollegen von der Entdeckung zu berichten, und der hat seine Nazi-Freunde informiert. Zu der Zeit zirkulierte gerade diese verrückte Theorie von Schriebel, dass der Nibelungenschatz irgendwo bei Lochberg zu finden sei. Die Nazis haben Heiding gezwungen, ihnen die Höhle zu zeigen, und ihn dann vermutlich umgebracht. Vorher gelang es Heiding aber noch, einen Brief an seine Frau zu schreiben, den er nicht mehr absenden konnte, sondern irgendwo versteckte. So weit klar?»

Dahms schwieg abwartend.

«Auf irgendeine Weise muss dieser Brief Kim Werninger in die Hände gefallen sein», fuhr Carolin fort. «Vielleicht hat sie ihn zufällig gefunden. Und nun plötzlich taucht beim alten Steinbruch dieses blaue Leuchten auf. Im Internet reden die Leute sich die Köpfe heiß und meinen, dort müsse ein Schatz versteckt sein. Auch Kim und ihr Freund erfahren davon – und stellen eine Verbindung zu Heidings Brief und der Theorie von Schriebel her. Nun sind sie überzeugt, dass das blaue Licht zu der Höhle führt, die Heiding damals entdeckt hat. Und wahrscheinlich glauben sie auch, dass dort tatsächlich der Schatz der Nibelungen liegt.»

«Das klingt verrückt», meinte Dahms skeptisch.

«Mag sein. Aber wir wissen doch inzwischen, wie abergläubisch Menschen sein können, wenn es um sagenhafte Schätze geht!»

«Und wer, glauben Sie, hat bei den Werningers eingebrochen?»

«Ist doch klar: Irgendwelche Leute, die auch hinter dem Schatz her sind. Offenbar hatten sie aus irgendwelchen Gründen den Verdacht, dass Kim mehr darüber weiß, und wollten sich Informationen verschaffen. Meines Erachtens ist Kim Werninger in ernster Gefahr. Zuerst dachte ich sogar, die Einbrecher hätten sie vielleicht entführt ...»

«Aber dann hätten sie doch nicht all diese Dokumente zurückgelassen.»

«Stimmt. Trotzdem sollte man die Polizei informieren.»

«Hm.» Dahms klang noch immer skeptisch. «Die Frage ist nur: Wie erklären wir dann, dass nicht nur die Einbrecher, sondern auch Sie in dieses Haus eingestiegen sind?»

Carolin ließ die Schultern hängen. «Ich weiß, ich war sehr unvernünftig. Vielleicht nehmen sie mich sogar vorläufig in Haft. Tja ... aus unserem Weinabend in der Hotelbar wird wohl nichts.»

Dahms schwieg eine Weile. Carolin wartete mit klopfendem Herzen. Sie rechnete mit allem Möglichen. Vielleicht würde er sagen, dass sie bei ihren Recherchen zu weit gegangen war und ihm gar nichts anderes übrigbleibe, als sie der Polizei zu übergeben. Vielleicht würde er durchblicken lassen, wie enttäuscht er war, nachdem er – offensichtlich – gerade begonnen hatte, sie zu mögen. Innerlich wappnete sich Carolin gegen die unvermeidliche Kälte, die seine Stimme gleich ausstrahlen musste.

Doch sie irrte sich.

«Passen Sie auf», sagte er, «wir machen Folgendes. Sie verschwinden aus diesem Haus, und zwar sofort! Am Ende der Straße liegt ein Friedhof. Gehen Sie dorthin!»

Carolin war einen Moment sprachlos. «In Ordnung.»

«Ich komme und hole Sie ab. In der Zwischenzeit werde ich die Polizei alarmieren.»

«Und was werden Sie denen sagen?»

«Dass ich einen anonymen Hinweis auf diesen Einbruch bekommen habe. Das ist glaubwürdig, denn ich bin in der ganzen Stadt bekannt und für viele Leute eine Vertrauensperson. Der Polizeichef ist ein Duzfreund von mir; er wird keine weiteren Schwierigkeiten machen.»

«*Das* würden Sie tun?», fragte Carolin, die kaum ihren Ohren traute.

«Ich sehe keine andere Möglichkeit», sagte Dahms. «Jedenfalls scheint es mir das Beste, wenn wir Sie aus der Sache heraushalten.»

«Ich weiß einfach nicht, was ich sagen soll», stammelte Carolin.

«Sagen Sie nichts – sondern verschwinden Sie dort, und zwar schnell! Ich bin in spätestens einer halben Stunde bei Ihnen.»

Wenig später saß Carolin in seinem Wagen. Nur eine kleine Übertretung hatte sie sich noch zuschulden kommen lassen, bevor sie aufgebrochen war: Sie hatte Heidings Brief und alle anderen wichtigen Dokumente mit ihrem iPhone abfotografiert. Doch davon musste Dahms nichts wissen.

Er schien ohnehin mit seinen eigenen Gedanken beschäftigt, als sie zum Hotel zurückfuhren, und sagte kein Wort. Erst als er anhielt, wagte Carolin zu fragen, ob alles wie geplant verlaufen war.

«Ist es», erwiderte er knapp. «Die Polizei ist unterwegs.»

«Gut», murmelte Carolin. «Wie kann ich Ihnen jemals danken?»

«Indem Sie Ihren Vorsatz wahrmachen und mich in die Hotelbar einladen», sagte Dahms mit einem schwachen Lächeln. «Nach all der Aufregung könnte ich einen Drink vertragen.»

Sie stiegen aus und gingen in die Bar, die um diese Zeit gut besucht war. Carolin war es nur recht. Die geräuschvolle Atmosphäre und die Betriebsamkeit des Personals entspannten sie und machten es leichter, das betretene Schweigen zu durchbrechen. Auch Dahms taute ein wenig auf, nachdem sie sich an einen abseitigen Tisch zurückgezogen und ihre Getränke in Empfang genommen hatten. Dahms trank ein Glas Weißwein, Carolin genehmigte sich einen Pernod.

«Auf Sie! Den edlen Ritter, der eine Dame rettet, auch wenn sie es eigentlich nicht verdient hat.»

Erleichtert bemerkte sie, dass er schmunzelte.

«Ach, mit dem edlen Ritter ist es nicht weit her», wehrte er ab. «Reiner Egoismus. Auf Sie, Frau Frey!»

«Carolin», korrigierte sie kühn.

«Eckard.»

Sie tranken.

«Inwiefern Egoismus?», fragte Carolin, durch seine Vertraulichkeit ermutigt.

Dahms wirkte verlegen. «Um die Wahrheit zu sagen: Ich sah unsere Verabredung platzen. Und ich wollte nicht, dass statt mir irgendein Polizeikommissar für den Rest des Abends deine Gesellschaft genießt.»

Carolin senkte den Blick in ihr Glas. Nach der Hitze zu urteilen, die sich auf ihrem Gesicht ausbreitete, war sie gerade knallrot geworden und wollte vermeiden, dass er es allzu deutlich sah.

«Die hätten dich ewig festgehalten», vermutete Dahms. «Wahrscheinlich hätte es Stunden gedauert, ihnen die ganze Geschichte begreiflich zu machen. Ich begreife sie ja selbst noch kaum. Dabei dachte ich immer, ich kenne mich in Heimatgeschichte aus ...» Er schüttelte den Kopf. «Aber von diesem Archäologen habe ich noch nie etwas gehört.»

«Na ja, er war wohl auch nicht sehr bekannt», gab Carolin zu bedenken. «Ich frage mich nur, was damals geschehen ist. Wenn die Nazis ihn tatsächlich beseitigt haben, hätten sie den Schatz doch sicher gehoben. Warum hätten sie das geheimhalten sollen? Die Nazi-Führung hätte sich bestimmt damit gebrüstet, den berühmtesten Schatz der Germanen gefunden zu haben. Hitler war doch ganz versessen auf solche Dinge und hätte sich wahrscheinlich höchstpersönlich die Nibelungenkrone aufgesetzt.»

Dahms zuckte die Achseln. «Vermutlich war es nicht der Nibelungenschatz. Nach dem, was du erzählt hast, war dieser Schriebel doch ein ausgemachter Spinner.»

«Aber irgendetwas muss in der Höhle sein», beharrte Carolin. «Immerhin hat Heiding dort einen goldenen Becher gefunden. Es scheint also zumindest eine archäologische Fundstätte zu geben. Seltsam, dass nichts darüber bekannt geworden ist. Selbst von der Existenz der Höhle scheint nach dem Krieg niemand mehr etwas gewusst zu haben.» Sie dachte nach. «Vielleicht hat der SS-Offizier, der Heiding bedrohte, auf eigene Rechnung gehandelt – ohne Wissen der Partei. Vielleicht wollte er den Schatz für sich allein und hat Heiding umgebracht, um seinen einzigen Mitwisser loszuwerden.»

«Oder umgekehrt», schlug Dahms vor. «Vielleicht hat Heiding den SS-Mann umgebracht und ist geflohen.»

«Du meinst, er könnte überlebt haben?»

«Wäre doch möglich.»

«Aber sein Brief klang, als sei er sicher, dass er sterben würde. Er hat sich von seiner Frau verabschiedet.»

«Das könnte auch eine Finte gewesen sein, damit niemand nach ihm sucht. Vielleicht hat er es darauf angelegt, dass der Brief gefunden wird und man ihn für tot hält.»

«Aber er hat ihn doch offenbar gut versteckt, an einem Ort, der nur ihm und seiner Frau bekannt war.»

«Und wie kommt er dann in die Hände dieser – wie hieß sie noch gleich?»

«Kim Werninger.»

«Werninger ...» Dahms wiederholte den Namen nachdenklich. «Vielleicht ist sie eine Verwandte der Heidings. Der Brief könnte als Erbstück in der Familie geblieben sein.»

«Wie – du meinst, Kim ist Heidings Urenkelin oder so etwas?»

«Warum nicht? Wenn Heiding überlebt hat, ist er vielleicht untergetaucht und hat seinen Namen geändert. Ist dir im Haus der Werningers irgendetwas aufgefallen, das auf jüdischen Glauben hindeutet? Gebetsriemen, Texte in hebräischer Schrift, ein siebenarmiger Leuchter vielleicht?»

Carolin schüttelte den Kopf. «Nichts dergleichen. Soweit ich Kims Mutter kennengelernt habe, glaubt sie eher an Elfen und Heinzelmännchen.»

Dahms seufzte. «Ach, was soll's ... Es wird sich schon alles aufklären. Vielleicht erfahren wir ja mehr, wenn Frau Traveen zurückkommt. Sollte es in dieser Höhle tatsächlich einen archäologischen Fundort geben, hat sie ihn sicher entdeckt. Mit allem anderen soll sich die Polizei herumschlagen. Mir geht es nur um eins: Dass die ganze Aufregung schnell vergessen wird und endlich wieder Ruhe in diese Stadt einkehrt.»

Carolin betrachtete sein sorgenvolles Gesicht und nickte mitfühlend. In der Tat hatte er mehr als genug Scherereien gehabt – und sie dachte nur ungern daran, dass sie selbst einige davon verursacht hatte.

«Das hoffe ich auch», sagte sie. «Du könntest dringend Entspannung gebrauchen. Vielleicht solltest du dir nach der ganzen Geschichte ein paar Tage freinehmen.»

Dahms lächelte resigniert. «Und was soll ich mit der Zeit anfangen?»

«Dich um andere Dinge kümmern. Deinen Verein – oder vielleicht ein neues Buch über die Geschichte von Lochberg?»

Dahms schüttelte den Kopf. «Ehrlich gesagt ist meine Motivation für so etwas nahe am Nullpunkt. Eigentlich wäre es an der Zeit, mich ein wenig um mich selbst zu kümmern ... falls es dafür noch nicht zu spät ist. Ich bin fünfundvierzig und habe im Grunde immer nur für meine öffentlichen Ämter gelebt. So etwas wie ein Privatleben hatte ich nie.»

«Keine Familie?», fragte Carolin. Auf diese Information hoffte sie schon seit längerem und ging bereitwillig darauf ein.

«Nein.»

«Du warst nie verheiratet?»

«Es hat sich nicht ergeben.»

«Kein Mensch, der dir etwas bedeutet?»

«Doch ... ein Neffe, an dem ich sehr hänge, der Sohn meiner älteren Schwester.»

«Sonst niemand?»

Dahms blickte auf – und plötzlich schien es Carolin, dass seine Augen einen seltsamen Glanz annahmen, der nichts mit dem Wein zu tun hatte.

«Bisher nicht», sagte er. «Aber vielleicht ... könnte sich das ja ändern.»

Die eigentümliche Betonung ließ es zu, den Satz als Frage aufzufassen. Carolin entschloss sich, nicht direkt darauf einzugehen. Noch nicht.

«Meinst du?», fragte sie mit neutraler Stimme.

«Ja, meine ich», bekräftigte Dahms. «Wenn ich schon damit anfange, meinen Prinzipien untreu zu werden und die Polizei zu belügen, sieht es ganz danach aus.»

Carolins Fassade brach zusammen. Es stand außer Frage, dass er von ihr sprach, und dass er ihretwegen Prinzipien geopfert hatte, bewies, wie wichtig sie ihm war. Er meinte es gut mit mir – und ernster, als sie vermutet hatte. Der tiefe, beinahe flehende Blick seiner hellen Augen verriet, dass es um mehr als die Aussicht auf ein flüchtiges Abenteuer ging.

«Kommst du noch mit auf mein Zimmer?», hörte sie sich fragen.

Dahms erschrak sichtlich. Wahrscheinlich, dachte Carolin, sah er erneut seine Prinzipien wanken – oder er hatte schlicht Angst.

«Ich ... weiß nicht, ob ich das tun sollte», stammelte er nach einer Pause.

«Aber ich.» Carolin lächelte, schob ihr Glas beiseite und stand auf. «Du solltest!»

Leon

«Hallo da oben?»

Als die ferne, vom Echo verzerrte Stimme aus dem Schacht heraufdrang, dachte Leon im ersten Moment an eine Halluzination. Erst als er in Jans erschrockenes Gesicht blickte, begriff er, dass auch der Polizist etwas gehört haben musste. Alle waren auf einen Schlag still; selbst Philipp unterdrückte sein Stöhnen.

«Hört ihr mich?»

Diesmal blickten alle vier einander an.

Leon sprang auf. Er hatte das Gefühl, sein Puls ginge plötzlich dreimal so schnell. Als er sich neben Jan am Rand des Abgrunds niederließ, um in die Tiefe zu leuchten, zitterten ihm die Knie.

«Tia?», rief Jan, der als Erster seine Stimme wiederfand.

Der Ruf vervielfältigte sich an den Wänden des Schachtes, sodass es für einen Moment unmöglich war, auf eine Antwort zu lauschen. Dann aber drang erneut die Stimme aus der Tiefe.

«Alles okay bei mir!»

Leon schloss die Augen. Sehen konnte er ohnehin nichts, denn der Lichtstrahl der Lampe reichte nicht weit genug hinab – doch die Stimme, die er hörte, ließ keinen Zweifel übrig.

Sie ist es!, begriff er. *Sie ist nicht tot! Es konnte einfach nicht sein ... durfte nicht sein ...*

Und dennoch hatte er es geglaubt – eine qualvolle Stunde lang. Der Rest seines Lebens, wenn es denn überhaupt weiterging, hatte sich bereits vor ihm gedehnt wie eine trostlose Wüste. Was der Schmerz nicht vermocht hatte, brachte nun die Erleichterung zustande: Leon schluchzte – so heftig, dass Kim spontan ihren Plat bei Philipp verließ und herbeieilte, um ihn in die Arme zu schließen.

«Alles ist gut!», flüsterte sie, ihrerseits mit Tränen in den Augen. Leon ließ sie gewähren. Er war viel zu verwirrt, um irgendwie zu reagieren.

«Und bei euch?», schallte es aus dem Schacht herauf. «Wie ist die Lage?»

«Bis auf Philipps Bein ist alles in Ordnung!», rief Jan hinab. «Tia ... Gott sei Dank ... wo hast du gesteckt?»

«In einer seitlichen Kammer, die trocken geblieben ist.» Tias Stimme klang fern, war aber deutlich zu verstehen, da kein tosendes Wasser mehr die Geräuschkulisse bildete. «Ich habe es möglicherweise geschafft, Hilfe zu rufen!»

Jan tauschte einen fassungslosen Blick mit Leon.

«Wiederhol das bitte!», rief er hinab. «Sagtest du: Hilfe?»

«Ja! Mit etwas Glück sind wir in ein paar Stunden frei.»

«Wie das?»

«Ich habe eine Möglichkeit gefunden, den Notfallsender nach draußen zu bringen! Ich erkläre es euch später.»

Leon konnte nicht glauben, was er hörte. Erwiesen sich denn alle schwarzen Gedanken plötzlich als falsch – selbst die absehbare Gewissheit, dass sie in dieser Höhle ersticken würden? Endlich fand er seine Stimme wieder, schob Kim beiseite und beugte sich weit über den Rand des Schachtes.

«Tia?»

«Leon! Bist du okay?»

Leon musste sich zu einem «Ja» überwinden, auch wenn es ihm fast absurd schien, dass sie diese Frage stellte und nicht er.

«Ich komme runter und hole dich!», rief er hinab und griff nach dem Seil, an dem noch immer der Hüftgurt hing.

«Nicht nötig!», antwortete Tia. «Mir geht es gut; ich friere nur. Lass einfach das Seil runter, ich schaffe es selbst nach oben!»

«Okay», gab Leon zurück, wohl wissend, dass sie darüber nicht diskutieren würde – schon gar nicht schreiend über sechzig Meter Entfernung. Rasch ließ er das Seil in den Schacht hinab.

«Hilfst du mir ziehen?», bat er Jan. «Keine Sorge … Fliegengewicht.»

Das Seil scharrte leise in den Ösen der Klemmkeile, während der Gurt in die Tiefe sank.

Erst mit ein paar Sekunden Verspätung wunderte sich Leon darüber, dass Jan weder antwortete noch mit anpackte. Der Polizist war ein paar Schritte zurückgetreten und stand schräg hinter ihm. Mehr unbewusst registrierte Leon ein Schaben, ein Klicken, dann einen entsetzten Laut, der offenbar von Kim stammte.

Leon hielt inne und drehte sich um.

Was er sah, ließ seine Hand am Seil erstarren. Jan Möller hatte das Holster an seinem Gürtel geöffnet und seine Dienstwaffe hervorgezogen. Sie lag locker in seiner Hand, nur halb erhoben, doch die Mündung zielte in Leons Richtung. Sein Gesicht, gewöhnlich von jungenhafter Offenheit, wirkte plötzlich undurchdringlich.

«Das tut mir jetzt wirklich leid», sagte er mit eigentümlich neutraler Betonung. «Aber du lässt den Gurt *nicht* hinunter. Klar?»

Leon starrte ihn an. Irgendetwas Merkwürdiges ging hier vor, etwas, das er nicht im Mindesten verstand.

«Zieh ihn wieder rauf!», verlangte Jan und wies mit der Pistolenmündung in Richtung des Seils.

Leon blinzelte. War es möglich, dass er träumte? Dass das Gas ihm das Bewusstsein geraubt hatte und alle Geschehnisse der letzten Minuten, Tias Wiederauftauchen eingeschlossen, nur eine wirre

Vision seines sterbenden Hirns waren? Nein, sagte er sich, das war definitiv ausgeschlossen. Er spürte deutlich die Kopfschmerzen, die das Gas verursachte, was einen Traum ausschloss.

«Aber ... Tia ist da unten!», stammelte er.

«Ich weiß», sagte Jan. «Und vorläufig wird sie dort bleiben. Ich muss selbst zu ihr hinunter und sie um einen kleinen Dienst bitten.»

Leon fühlte sich wie in einem surrealistischen Film, wo plötzlich Hände aus den Wänden wuchsen und Bilder zu sprechen begannen, ohne dass man den Sinn des Geschehens verstand. Er suchte noch nach der dringlichsten der tausend Fragen, die ihm durch den Kopf schossen, kam jedoch nicht dazu, sie laut zu stellen. Es war Philipp, der seine Gedanken unterbrach.

«Ich hab's doch gleich gesagt!», zischte er.

Jan reagierte augenblicklich und schwenkte die Waffe zu Philipp herum. Dieser wirkte nicht annähernd so schockiert wie Kim, die den Polizisten mit schreckgeweiteten Augen anstarrte.

«Schieß doch!», platzte Philipp heraus. «Falscher Scheißbulle!»

«Zum letzten Mal ...» Leon hörte deutlich das Klicken, als Jan die Waffe entsicherte. «Ich *bin* kein falscher Scheißbulle, verstanden?»

«Na, dann von mir aus ein echter!», gab Philipp wütend zurück, «aber trotzdem scharf auf das Gold, oder etwa nicht?»

«Hey!», drang Tias Stimme aus der Tiefe. «Was ist da oben los?»

Leon wollte antworten, doch Jan schwenkte die Waffe abermals zu ihm herum.

«Kein Wort!», befahl er. «Ihr drei geht jetzt zurück nach nebenan.»

Niemand rührte sich.

«Jan, was soll das?», fragte Leon ungläubig. «Ich verstehe überhaupt nichts ... was für Gold?»

«Du fragst zu viel», beschied Jan ungeduldig. «Rüber in den Nebenraum, sofort!»

Leon überlegte einen Moment ernsthaft, ob er sich weigern sollte. Die Situation war einfach absurd: Noch nie war er mit einer Waffe bedroht worden, schon gar nicht von einem Kerl wie Jan, der eher wie ein zu groß geratener Schuljunge wirkte, nicht wie ein Polizist und schon gar nicht wie ein Verbrecher. Leon hatte ihn von Anfang an nicht gemocht, weil er Tia anbaggerte, ihn aber auch nicht wirklich ernst genommen. Seine naive Begeisterung beim Aufbruch hatte den Eindruck eines Menschen hervorgerufen, der sich nicht übermäßig viele Gedanken machte und schon gar keine Geheimnisse hatte. Nun aber stand derselbe Mann mit einer entsicherten Pistole vor Leon.

«Mach schon!», drängte er.

Selbst seine Stimme hatte sich verändert: Sie war schneidend und überzeugte Leon mehr als die erhobene Waffe, dass sein Gegner es ernst meinte. Notgedrungen ließ er sich zu dem Tunnel dirigieren, der in den Nebenraum führte.

«Da durch!»

Leon gehorchte und kroch in den Raum hinüber, wo sie ihr Lager aufgeschlagen hatten. Kim folgte in kurzem Abstand, und als er ihr aufhalf, schlang sie schutzsuchend die Arme um ihn.

Dann ertönten Schreie auf der anderen Seite. Leon glaubte nicht recht zu hören, als er Philipps Stimme erkannte.

«Oh Gott ...» Kim zitterte in seinen Armen.

Die Geräusche verrieten, was geschah: Offenbar schleifte Jan den Verletzten wie einen nassen Sack über den Boden und schob ihn mit dem Kopf voran in den Tunnel.

«Zieht ihn rüber!»

«Jan, er hat ein gebrochenes Bein!», gab Leon schockiert zurück.

«Das wird er schon aushalten.»

Leon sah keine Alternative. Erneut kroch er ein Stück in den Tunnel, weit genug, um Philipps ausgestreckte Arme zu ergreifen.

«Ist okay», keuchte Philipp resigniert. «Nur bitte ... langsam ...»

Leon zog so vorsichtig er konnte. Philipp stöhnte, beherrschte sich aber. Kaum war er angekommen, tauchte Jan hinter ihm auf, die Hand mit der Pistole vorgestreckt. Eine Sekunde lang erwog Leon, ob er die Gelegenheit ergreifen und sich auf ihn stürzen sollte, solange er noch im Tunnel steckte – doch dann war es zu spät. Mit erstaunlicher Geschicklichkeit wand Jan sich aus der Öffnung und kam auf die Beine.

«Habt ihr noch ein Seil übrig?», fragte er ohne Umschweife.

Leon verneinte stumm.

«Auch gut. Dann nehme ich meins.» Jan klopfte auf seinen Rucksack. «Allerdings könnte ich Klemmkeile gebrauchen.»

Leon, der stets einen Satz Klemmkeile am Gürtel trug, zog sie hervor und reichte sie ihm.

«Was hast du vor?», wagte er zu fragen. «Wozu noch ein Seil? Unseres reicht sechzig Meter hinab.»

«Ich muss noch weiter hinunter», versetzte Jan. «Bis auf den Boden des Schachts.»

Er blickte sich einen Moment um, als suchte er etwas. Sein Blick fiel auf die Grube in der Ecke – jene trichterförmige Verwerfung von nahezu drei Metern Tiefe.

«Ich kann es nicht riskieren, dass ihr Dummheiten macht, während ich weg bin», sagte er. Ohne die Waffe zu senken, streifte er seinen Rucksack ab, zog ein Seil heraus und schlang es um die Basis eines dicken Stalagmiten. Dann warf er Leon das Ende zu und nickte zu der Grube hinüber. «Steig da runter!»

Erneut empfand Leon den Impuls, sich schlicht zu weigern – doch Jans steinerner Gesichtsausdruck brachte ihn zur Räson. Zögernd ergriff er das Seil, trat zum Rand der Grube und ließ sich hinab. Wenn Jan sich versichern wollte, dass niemand ihm in die Quere kommen würde, hatte er zweifellos die richtige Wahl getroffen: Die Felsen, die die Grube umschlossen, waren so glatt wie Porzellan.

«Jetzt du!», wandte sich Jan an Kim.

«Bitte ... nein!», bat sie erschrocken. «Ich hab Platzangst.»

«Nimm das Seil, oder ich schmeiß dich einfach runter! Ganz wie du willst.»

Das klang so erschreckend glaubwürdig, dass Kims Widerstand zusammenbrach. Mit zittrigen Händen ergriff sie das Seil und ließ sich ungeschickt mit den Beinen voran über den Rand der Grube gleiten.

Ein dumpfes, scharrendes Geräusch folgte, dann ein Schmerzenslaut von Philipp. Entsetzt begriff Leon, dass der Polizist offenbar das gleiche Verlies für sie alle drei vorgesehen hatte. Das allein war eine Grausamkeit, denn der Boden der Grube war kaum so groß wie ein Kanaldeckel – ganz zu schweigen von Philipps gebrochenem Bein.

Philipp schrie kläglich, als er die schräge Wand hinabrutschte. Leon gelang es nur mit Mühe, ihn aufzufangen, ohne dass sein Bein, das steif in der Vakuumschiene steckte, mit voller Wucht auf den Boden stieß.

«So, ihr bleibt schön da unten!», verkündete Jan und holte das Seil wieder ein.

«Unmenschliches Schwein!», zischte Leon, außerstande, sich zu beherrschen. «Und du willst Polizist sein?»

Jan quittierte die Beleidigung mit einem Achselzucken.

«Von Wollen war nie die Rede», sagte er, während er das Seil säuberlich aufrollte und über seine Schulter legte. «Glaubst du, es macht Spaß, sich Führerscheine zeigen zu lassen oder sich mit besoffenen Hooligans zu prügeln? Aber ich werde den Drecksjob zum Glück nicht mehr lange machen müssen.»

«Glauben Sie bloß nicht, dass Sie so einfach an den Schatz herankommen!», fauchte Philipp, dem der Schmerz Tränen in die Augen getrieben hatte. «Sie haben doch gesehen, was passiert, wenn man es versucht!»

«Oh ja.» Jan nickte. «Dank deiner Tour als Versuchskaninchen bin ich gewarnt. Ich werde schon auf mich aufpassen.»

Er wandte sich um und verschwand wortlos aus ihrem Blickfeld. Das Licht seiner Lampe entfernte sich, und ein Scharren verriet, dass er durch den Tunnel in den Nebenraum zurückkroch.

«Hoffentlich ersäuft der Kerl», raunte Philipp gedämpft. «Ich wusste von Anfang an, dass er hinter dem Schatz her ist.»

«Was für ein Schatz?», fragte Leon. «Meinst du nicht, es ist an der Zeit, dass du endlich redest? Worum geht es bei der ganzen Sache?»

Philipp zögerte, doch Kim nickte ernst und drückte seinen Arm.

«Sag's ihm!», bat sie leise.

Tia

Tia wartete nervös. Es schien irgendwelche Schwierigkeiten zu geben, denn niemand antwortete mehr auf ihre Rufe. Sie hörte ferne Stimmen, aber viel zu leise, um einzelne Worte zu verstehen.

«Hallo?», rief sie zum wiederholten Mal den Schacht hinauf. «Alles klar bei euch?»

Endlich kam eine Antwort – Jans Stimme.

«Geht gleich los!»

Beeilung!, drängte Tia in Gedanken und rieb sich die frierenden Arme. Fast eine Stunde lang war sie in der Nebenhöhle eingeschlossen gewesen, bis das Wasser endlich zurückgegangen war. Mit Mühe hatte sie ihre klammen Stiefel wieder übergestreift und sich durch den engen Zugangstunnel zurück in den Schacht gezwängt. Nun stand sie auf dem schmalen Felsensims und wartete auf ihre Rettung. Kraft zum Klettern hatte sie noch genug, sie brauchte nur das Seil.

«So ... Achtung!»

Sie hörte, wie es herabkam und etwa eineinhalb Meter neben ihr gegen die Wand schlug.

«Ein Stück weiter nach links!», rief sie hinauf.

Das Seil scharrte über den Fels. Tia streckte eine Hand aus und tastete, bis sie es zu fassen bekam.

«Alles klar! Ich komme rauf.»

«Nein», rief Jan zurück. «Ich komme runter!»

«Nicht nötig, ich schaffe es schon.»

«Bleib einfach, wo du bist!»

Tia fühlte, wie das Seil ruckte und sich spannte. Offenbar hatte der Polizist einen Achter eingehängt und stieg bereits die Wand herab. Warum tat er das? Wenn überhaupt jemand ihr entgegenkam, hätte Tia mit Leon gerechnet.

Ging es Leon womöglich nicht gut? Während der letzten Stunde hatte Tia ständig an ihn gedacht. Sie ahnte, dass er sie für tot gehalten, vielleicht sogar unter Einsatz seines Lebens nach ihr gesucht hatte. Hoffentlich war er nicht verletzt. Sie hatte sich bereits ausgemalt, was sie tun würde, wenn sie ihm endlich wieder gegenüberstand. Er war *ihr* Leon ... auch wenn diese Kim eine Duftspur an ihm hinterlassen hatte, die stören und schmerzen würde. Tia war entschlossen, diese Duftspur zu tilgen. Sie würde ihn in den Arm nehmen, nicht scheu und flüchtig wie manchmal in der Vergangenheit, sondern sehr fest, und sehr lange. Sie würde ihren Körper an seinen schmiegen, von den Knien bis zu den Wangen. Vielleicht – dachte sie mit leichtem Herzklopfen – würde sie ihn sogar küssen.

Wenn ich es nicht tue, sagte sie sich, *dann tut es eine andere.* So viel hatte sie inzwischen immerhin begriffen.

«Bin gleich da!», rief Jan. «Ich kann dich sehen!»

Seine Stimme war bereits erstaunlich nah, keine fünfzehn Meter über ihr.

«Jan, warum tust du das?», rief Tia zurück. «Mir geht es gut!»

«Umso besser», gab er zurück. «Ich muss dich nämlich um etwas bitten ...»

Tia hatte keine Ahnung, was er meinte. Vorläufig konzentrierte sie sich darauf, das Seil festzuhalten, um ihm das Erreichen des Felsvorsprungs zu erleichtern.

«Ist mit Leon alles in Ordnung?»

«Ja, alles klar mit ihm.»

Jan überbrückte die letzten Meter, und Tia musste sich an die Wand zurückziehen, um ihm Platz zur Landung zu lassen. Sie spürte die leichte Erschütterung des Bodens, als seine Füße neben ihr aufsetzten. Nun roch sie ihn auch – diese Mischung aus Rasierwasser und Schweiß, die sie schon einmal aus nächster Nähe wahrgenommen hatte. Jan keuchte ein wenig, bemühte sich jedoch, es zu unterdrücken.

«Puh. Ganz schöne Strecke ... Ich gebe zu: So etwas habe ich bisher noch nie gemacht.»

«Ziemlich unnötiges Risiko», fand Tia.

«Och ... keine nettere Begrüßung? Kein ‹Schön, dich zu sehen›?»

Tia schwieg verwirrt. Ironie gehörte seit jeher zu den Dingen, mit denen sie nicht umgehen konnte – einmal abgesehen davon, dass es nicht der richtige Zeitpunkt für Späße war.

«Ach, entschuldige», bat Jan, plötzlich wieder ernst. «Manchmal vergesse ich glatt, dass du blind bist ... Ich jedenfalls freue mich, dich wiederzusehen. Ich hab mir wirklich Sorgen gemacht, weißt du? Ein Glück, dass du okay bist.»

An seiner Stimme hörte Tia, dass er den Kopf senkte – blickte er an ihr herab, um sich zu überzeugen, dass sie unverletzt war? Die Vorstellung war ihr plötzlich unangenehm.

«Jan, was ist los?», fragte sie. «Minutenlang hat keiner von euch auf meine Rufe geantwortet. Gibt es irgendwelche Probleme?»

Jan antwortete nicht sofort. Er holte tief Luft. Es klang fast wie ein Seufzen.

«Tut mir leid», sagte er schließlich. «Ich musste dafür sorgen, dass die anderen uns nicht stören. Wir haben nämlich noch etwas vor.»

«Wovon sprichst du?»

«Ich muss da runter – auf den Boden des Schachts. Und es muss schnell gehen! Wenn du es tatsächlich geschafft hast, mit deinem Sender Hilfe zu rufen, haben wir nicht mehr viel Zeit.»

«Jan, das ist doch Unsinn! Was willst du denn da unten?»

«Ich muss etwas überprüfen.»

«Überprüfen?»

Tia verstand kein Wort. War es möglich, dass das Gas ihm den Verstand vernebelte? Ausgeschlossen war das nicht. Immerhin hatte er es die ganze Zeit eingeatmet, während Tia in der Nebenhöhle zwar gefroren, aber den Luxus einer ausreichenden Belüftung genossen hatte.

«Ich verlange das wirklich nicht gern von dir», fuhr er fort. «Aber ich brauche dich da unten. Niemand kann Entfernungen abschätzen und Hindernisse orten wie du, und niemand hat so viel Erfahrung. Ich habe ein weiteres Seil mitgebracht, vierzig Meter – das sollte reichen.»

«Jan, du bist nicht bei Sinnen!»

«Ich weiß sehr genau, was ich tue.»

«Und das Wasser? Du hast doch gesehen, wie schnell es den Schacht hochgestiegen ist! Das kann jederzeit wieder passieren.»

«Wie kommst du darauf?»

«Ich habe eine Theorie. Es könnte mit einer Gasbohrung zusammenhängen, wahrscheinlich ganz in der Nähe ...»

«Ach wirklich?» Jan klang nicht sonderlich interessiert. Stattdessen tastete er die Wand ab, offenbar auf der Suche nach einem Verankerungspunkt. «Auch ich habe eine Theorie ... und ich muss sie überprüfen. Da du vorausgehen wirst, wäre es auch in deinem Interesse, wenn das Seil sicher befestigt wird.» Er klopfte auf einen Punkt an der Wand. «Fühl mal, hier! Meinst du, das wäre eine gute Stelle für einen Klemmkeil?»

Das deutliche Gefühl, dass ihre Worte an ihm abprallten, ließ

Tias Selbstbeherrschung wanken. Sie streckte eine Hand aus, nicht jedoch, um seinen Wunsch zu erfüllen, sondern um ihn am Arm zu fassen.

«Jan! Ich werde *nicht* hinunterklettern, was auch immer du dort unten suchst – verstanden?»

Seine Reaktion war erschreckend: Auch er packte zu, ergriff ihre Oberarme und drückte sie mit dem Rücken gegen die Felswand – so fest, dass sie erschrocken aufkeuchte.

«Du *wirst* mitkommen!», sagte er. «Klar?»

Tia fühlte seinen Atem im Gesicht – und eine Gänsehaut im Nacken. Mit Entsetzen begriff sie, dass dieser Mann nicht der war, den sie zu kennen geglaubt hatte. Jan war ihr stets so naiv erschienen, so aufmerksam, so ehrlich interessiert. Von Anfang an hatte sie seine Zuneigung gespürt, sogar seine Bewunderung, und es war nicht zu leugnen, dass sie beides als angenehm empfunden hatte. Wer aber war der Mann, der sie jetzt mit dem Rücken zur Wand drängte und ihre Arme wie in einem Schraubstock hielt?

«Jan», brachte sie schwach hervor. «Du tust mir weh!»

«Das will ich eigentlich nicht», versicherte er leise. «Ich würde dich gerne ganz anders berühren ... *ganz* anders.»

Tia erstarrte. Unwillkürlich musste sie an jenen Moment denken, als sie nach ihrem Tauchgang in seinen Armen gelegen hatte. Sie erinnerte sich an den Geruch, der plötzlich von ihm ausgegangen war – dieses herbe, würzige Aroma männlichen Verlangens. Dieser Geruch war auch jetzt wieder da.

«Du bist echt scharf», raunte Jan nahe an ihrem Ohr. «Das weißt du nicht mal, oder?»

Tia war unfähig zu irgendeiner Antwort. Ihr ganzer Körper verkrampfte sich in Abwehr.

«Es macht mir nichts aus, dass du blind bist! Ich würde alles mit dir teilen. Auch das, was am Grund dieses Schachtes liegt.»

Eigentlich wäre dies der Anlass gewesen, um die nächste logische Frage zu stellen – doch Tia konnte es nicht. Was auch immer Jan dort unten suchte; sein Verlangen danach war nicht im Mindesten so bedrohlich wie sein Verlangen nach ihr. Was sollte sie tun – ihn von sich stoßen? Das Knie hochreißen, um ihn in die Weichteile zu treffen? Doch das war zu gefährlich: Vielleicht würde er über den Rand des Vorsprungs taumeln, abstürzen und sie mitreißen.

«Du musst dich nicht sofort entscheiden», sagte er. «Du kannst es dir überlegen ... wenn du erst weißt, um was es geht.»

«Und wenn ich nicht will?», brachte Tia mit wenig Überzeugungskraft heraus.

«Ich lasse dich nicht allein hier oben», stellte Jan klar. «Du könntest auf dumme Gedanken kommen ... zum Beispiel, das Seil loszumachen, während ich unten bin.»

Er rückte ein Stück von ihr ab und lockerte seinen Griff.

«Du wirst mir jetzt helfen, es zu befestigen», sagte er und führte ihre Hand zu einer Stelle, wo der Fels von einer waagerechten Spalte durchschnitten war. «Ist das ein guter Punkt für einen Klemmkeil? Überleg dir die Antwort gut! Auch dein eigenes Leben hängt davon ab.»

Carolin

Ein aufdringliches rhythmisches Piepen durchbrach die Stille.

Carolin ignorierte es zunächst, denn sie war mit anderen Dingen beschäftigt. Es war noch keine halbe Stunde her, seit sie Dahms mit auf ihr Hotelzimmer genommen hatte. Inzwischen hatte sie auf dem Sofa von dem Platz neben ihm auf seinen Schoß gewechselt, hielt seinen Kopf in beiden Händen und küsste ihn. Ihr war ein wenig schwindlig. Ihre letzte Affäre war schon Jahre her, und sie hatte fast vergessen, wie es sich anfühlte: das leichte Schwirren im Kopf, der starke Herzschlag, die schwachen Beine.

Zum Glück habe ich noch nichts verlernt, dachte sie heimlich. Sie wusste, dass sie verführerisch sein konnte, wenn sie einmal beschlossen hatte, was sie wollte. Dahms hatte es ihr nicht leicht gemacht. Er war zurückhaltend gewesen, beinahe schüchtern. Doch das hatte Carolin erst recht angespornt, und sie hatte ihm wenig Zeit gelassen, sich zu zieren.

«Da piept was», stammelte er, als sie seinen Mund für Sekunden freigab.

«Ach ... und ich dachte, das wäre bloß im meinem Kopf», neckte Carolin und strich ihm mit zwei Fingern über die Wange. «Dein Handy?»

Er schüttelte den Kopf. «Deins?»

Carolin seufzte. Nein, ihr Handy war es auch nicht – aber das Geräusch nervte und musste abgestellt werden, damit sie zum Wesentlichen zurückkehren konnte. Kurz sah sie sich nach dem Wecker um, der auf dem Nachtschrank stand. Aber sie hatte ihn nicht gestellt, schon gar nicht auf acht Uhr abends. Außerdem kam das Geräusch aus einer ganz anderen Ecke des Zimmers: Von dem Tisch, wo sie ihre Handtasche abgestellt hatte.

Oh mein Gott ...

Carolins amouröse Stimmung verflog in Sekunden. Es blieb nicht einmal Zeit, um angemessen zu bedauern, dass die Störung im ungünstigsten aller denkbaren Momente kam.

«Was ist los?», fragte Dahms.

Carolin stieg von seinem Schoß, eilte zum Tisch und wühlte in der Handtasche. Es dauerte nicht lange, bis sie in der Hand hielt, was sie suchte: Den Sender, den Tia ihr anvertraut hatte. Das kleine Gerät vibrierte bei jedem Ton leicht zwischen ihren Fingern, und an seiner Spitze leuchtete ein rotes Lämpchen.

«Was ist das?», wunderte sich Dahms, der tragbare Pieper wahrscheinlich nur von Notärzten oder Feuerwehrleuten kannte.

«Ein Sender», erklärte Carolin atemlos. «Tia hat ihn mir gegeben. Sie sagte, sie würde ihn nur im absoluten Notfall benutzen.»

Dahms wurde blass.

Was nun?, fragte sich Carolin. Gewöhnlich fand Tia aus jeder Lage einen Ausweg, jedenfalls dann, wenn es sich um Expeditionen ins Innere der Erde handelte. Was mochte geschehen sein, dass sie sich nicht mehr anders zu helfen wusste, als den Alarm auszulösen?

Dahms reagierte in einer Weise, die Carolin echte Bewunderung abnötigte. In ihren Armen war er ihr seltsam schwach erschienen, passiv, beinahe benommen. Nun jedoch hatte er binnen eines Augenblicks seine Geistesgegenwart wiedergefunden.

«Nur im absoluten Notfall, sagst du?»

Carolin nickte.

Dahms griff nach seinem Sakko, das über der Sofalehne hing, und zog sein Handy hervor. Zielsicher wählte er den Notruf.

«Rettungsleitstelle? Dahms von der Stadtverwaltung Lochberg. Es handelt sich um einen Höhlenunfall; drei Personen werden vermisst ... das ist leider nicht im Einzelnen bekannt ... bitte verbinden Sie mich mit dem Landes-Höhlenrettungsverband.»

Nervös hörte Carolin zu, gebannt von seiner plötzlichen Entschlossenheit.

«Zwei Stunden? Das ist viel zu lange! Ich muss sofort jemanden hinschicken, zumindest um die Lage zu erkunden. Geben Sie mir die Bergwacht, ich habe Bekannte dort – am besten einen Herrn Friedrichs, falls er verfügbar ist. Gut ... danke ...»

Das Gespräch dauerte. Carolin ging unruhig auf und ab, bis Dahms schließlich auflegte.

«Tut mir leid», sagte er, «aber ich muss sofort zu dieser Höhle. Vielleicht finde ich irgendeinen Hinweis darauf, was passiert ist.»

«Natürlich!» Carolin hatte bereits ihre Jacke ergriffen. «Ich komme mit.»

Kim

Leon schüttelte ungläubig den Kopf. «Das kann doch nicht wahr sein.»

«Es passt aber alles zusammen», sagte Philipp. «Der Ort ... das blaue Licht ... und erst recht die Fallen.»

«Fallen?»

«Na, wenn das keine Fallgrube ist, in der wir gerade sitzen!» Philipp hieb mit der Faust gegen die Wand. «Am Eingang war auch eine, gleich hinter dem ersten Raum. Und dann noch die Sache mit dem Gas, und mit dem Wasser – als ob irgendjemand verhindern will, dass man sich dem Schatz nähert.»

«Unsinn», meinte Leon. «Dies ist eine gewöhnliche Karsthöhle, wenn auch ziemlich ausgedehnt – und das Gas ist ordinäres Methan. Mit Sicherheit ist es auch für das Leuchten über dem Höhleneingang verantwortlich. Tia hat doch erklärt, dass Erdgas mit blauer Flamme brennt.»

«Aber wieso sollte es brennen?», fragte Kim. «Ich dachte, es braucht so etwas wie einen Zündfunken? Das Licht ist schon letzte Woche zum ersten Mal gesehen worden, und seitdem immer wieder.»

Leon dachte nach. «Elektrizität könnte den Funken geliefert haben. Gab es Gewitter in letzter Zeit?»

Kim verstummte. In der Tat: Selten hatte es Anfang September so viele Gewitter gegeben wie in diesem Jahr. Nun erinnerte sie sich auch, dass über den Bergen Blitze niedergegangen waren, kurz bevor sie das blaue Leuchten mit eigenen Augen gesehen hatte.

«Ja», sagte sie leise. «Das muss es wohl gewesen sein ... Aber warum gab es dann keine Explosion wie hier drinnen? Es sah eher aus wie eine flackernde Kerzenflamme.»

«Weil das Gas aus dem Höhleneingang ungehindert ins Freie strömen konnte. Es wurde einfach abgefackelt und hat ruhig vor sich hin gebrannt. Zur Explosion kommt es nur, wenn es sich in geschlossenen Räumen staut, so wie hier.» Leon schüttelte den Kopf. «Um ehrlich zu sein: Ich hätte nicht gedacht, dass es heutzutage noch Menschen gibt, die auf solchen Aberglauben hereinfallen. Schatzlichter ... so etwas gibt es doch nur in Filmen, oder in Computerspielen.»

«Aber irgendetwas ist dort unten!», beharrte Philipp. «Wir haben schließlich den Brief dieses Forschers, der damals einen goldenen Becher in dieser Höhle gefunden hat.»

Kim nickte. Sie hatte Leon die ganze Geschichte erzählt, und Heidings Brief bewies in der Tat, dass es einen Schatz geben musste.

«Deswegen muss es noch lange nicht der Nibelungenhort sein», gab Leon zu bedenken. «Merkt ihr nicht selbst, wie verrückt das ist? Da findet jemand einen goldenen Becher, und schon glaubt die halbe Welt, es sei der Heilige Gral. Aberglaube hat schon eine Menge Leute das Leben gekostet. Manche macht er bloß leichtsinnig – und andere zu Verbrechern, so wie Jan.»

Kim und Philipp schwiegen betreten.

«Und jetzt ist dieser Kerl da unten mit Tia ...»

«Ich wusste von Anfang an, dass etwas mit ihm nicht stimmt», behauptete Philipp. «Er hat sich nur nicht allein in die Höhle getraut. Deshalb hat er sich an euch gehängt. Wahrscheinlich hat er gehofft, dass ihr den Schatz für ihn findet. Ihr solltet ihn sicher hinführen ... und dann ...»

«Und dann?», fragte Kim beklommen.

Eigentlich war sie nicht sicher, ob sie die Antwort wirklich hören wollte. Doch zu ihrem Erschrecken nickte Leon zustimmend.

«Wahrscheinlich hast du recht. Angenommen, wir hätten wirklich einen Schatz gefunden; dann würde Tia natürlich die Behörden informieren und ein Archäologenteam kommen lassen. Das will Jan mit Sicherheit verhindern.»

«Aber ...» Kim sträubte sich noch gegen die logische Folgerung. «Er war doch die ganze Zeit bei uns! Er ist mit Tia weggegangen, um nach einem Ausgang zu suchen, und er hat geholfen, dich aus diesem Schacht zu retten.»

Leon nickte. «Ich frage mich auch, warum er erst jetzt die Maske fallenlässt. Dafür kann es eigentlich nur einen Grund geben: Nämlich, dass es Tia irgendwie gelungen ist, Hilfe zu rufen. Ich habe keine Ahnung, wie sie das geschafft hat. Jedenfalls rechnet Jan wohl damit, dass bald ein Rettungsteam anrücken wird.»

«Und deshalb geht ihm der Arsch auf Grundeis», bestätigte Philipp nüchtern. «Bevor er uns alle umbringt und sich irgendeine Geschichte einfallen lässt, will er wissen, ob der Aufwand sich lohnt. Deshalb muss er feststellen, ob der Schatz wirklich da ist oder nicht.»

Alle schwiegen einen Moment, und in der Stille fühlte Kim ihr Herz schmerzhaft klopfen. Das klang alles so unfassbar, so abstrakt. Gab es denn wirklich Menschen, die so dachten und handelten?

Natürlich gibt es so etwas, antwortete eine kalte Stimme in ihrem Kopf. *Es gibt auch harmlose junge Frauen, die sich nichts weiter wünschen als ein Sommerhaus in Norwegen – und die plötzlich bereit sind, Autofenster einzuschlagen und Drohbriefe zu hinterlassen, wenn es nur um einen Riesenhaufen Geld geht.*

Ein Chaos widersprüchlicher Gefühle überfiel Kim: Angst, vermischt mit Scham und Schuldbewusstsein. Wieder hörte sie die Stimme ihrer Mutter: *«Du wirst doch nicht dem blauen Licht folgen?»* In ihrem Wahn hatte Dora Werninger klarer gesehen als ihre Tochter. Das blaue Licht, wenngleich ein physikalisches Phänomen, war in der Tat eine Falle, ein Verhängnis. Wer diesem Licht folgte, geriet auf eine abschüssige Bahn, tat Dinge, die er sich selbst nicht zugetraut hätte – und lief Gefahr, Opfer noch viel schlimmerer Taten zu werden. Denn auch andere folgten dem Licht, von denen manche so geblendet waren, dass sie, wie Jan, vor gar nichts zurückschreckten.

«Ich muss ihn aufhalten», entschloss sich Leon. «Sofort.»

Kim ahnte, welcher Gedanke ihn bewegte: Wenn Jan sich von Tia zu dem Schatz führen ließ – würde er nicht fast sicher ohne sie zurückkehren? Was wäre einfacher, um ihren Tod zu erklären, als ein Unfall, bei dem sie abgestürzt war?

«Und wie willst du hier rauskommen?», fragte Philipp. «Wir werden dir wohl kaum helfen können ... ein Mädchen und ein Krüppel mit kaputtem Bein.»

Diese Worte ärgerten Kim. Sie war kein «Mädchen». Sie war vierundzwanzig Jahre alt, besaß einigen Mut und konnte zupacken, wenn es sein musste. Kurzentschlossen wandte sie sich Leon zu, der zum Rand der Grube hinaufstarrte.

«Steig auf meine Schultern!», sagte sie, drückte sich mit dem Rücken gegen die Wand und verschränkte die Hände zu einem Steigbügel.

Leon starrte sie an. «Das geht nicht! Ich bin zu schwer.»

«Mach schon!», drängte Kim. «Philipp kann es nicht tun wegen seinem Bein. Also los!»

Leon zögerte. Doch am Ende schien seine Angst um Tia zu siegen. Er stieg mit einem Fuß in Kims Hände, suchte Halt an der Wand, zog den anderen Fuß nach und setzte den schweren Stiefel auf ihre Schulter. Kim biss die Zähne zusammen und versuchte, zu einer stählernen Säule zu erstarren. Sie war fest entschlossen, keine Schwäche zu zeigen, obwohl ihre Knochen schmerzten, als würden die Schultern jeden Augenblick aus den Gelenkpfannen springen. Dass sie nicht zusammensackte, konnte sie nur verhindern, indem sie sich gegen die schräg abfallende Wand presste und die Füße gegen den Boden stemmte.

«Ich kann die Kante erreichen!», rief Leon. «Kannst du's aushalten?»

Kim drückte die Knie durch und keuchte tapfer Zustimmung.

Mit einem Ruck stieß Leon sich ab, und das Gewicht verschwand von ihren Schultern. Als sie sich umdrehte und hinaufsah, konnte sie eben noch erkennen, wie er den Oberkörper über die Kante wuchtete und die Beine nachzog. Dann setzte er sich auf, überprüfte kurz seine Lampe, nahm seinen Helm ab und reichte ihn Kim hinunter.

«Hier! Nimm den Helm. Ihr werdet sonst kein Licht mehr haben, wenn ich weg bin.»

«Danke», murmelte Kim. Die Vorstellung, in vollkommener Dunkelheit zurückzubleiben, war in der Tat nicht sehr angenehm.

Leon verharrte, den Blick ihrer Augen festhaltend.

«Ich danke *dir*», sagte er ernst.

Kim nickte nur – und sah zu, wie er sich umwandte und aus ihrem Blickfeld verschwand.

Tia

Tia fiel es schwer, sich auf den Abstieg zu konzentrieren. Jan hatte verlangt, dass sie vorauskletterte, und nun hing sie an der senkrechten Wand des Schachtes, bereits ein gutes Stück unter dem Felsvorsprung, auf dem er sie vorgefunden hatte. Aus dem Lichtkreis seiner Lampe war sie wahrscheinlich schon verschwunden. Nervös bemühte sie sich, sicheren Halt für ihre Füße zu finden. Das war nicht einfach, denn der Schock hatte ihr zugesetzt, und ihre Beine fühlten sich schwach an. Zudem war die Wand, die noch bis vor kurzem unter Wasser gestanden hatte, feucht und glitschig.

«Weiter!», rief Jan von oben.

Tia gehorchte.

Was wird er mit mir tun, wenn er gefunden hat, was er sucht?

Sie versuchte, die Frage zu verdrängen und an nichts anderes zu denken als an die nächsten Meter ihres Weges. Die Hand, mit der sie das Seil durch den Achter gleiten ließ, war verkrampft.

Und wenn er nichts findet? Dann braucht er mich erst recht nicht mehr, oder?

«Immer schön weiter!»

Der Boden kam näher. Tia spürte es. Offenbar lag er rund dreißig Meter unter dem Felsvorsprung. Ihre Schätzung, dass der Schacht im Ganzen etwas über hundert Meter tief sein musste, hatte sich also bestätigt.

Tia wandte das Gesicht nach unten und schnalzte mit der Zunge, um sich ein Bild ihres Ziels zu machen. Ganz unten verbreiterte sich der Schacht zu einem Hohlraum mit schräg geneigtem Boden. Vermutlich war er mit Geröll übersät. In einer Ecke nahe der Wand konnte Tia einen schmalen Spalt ausmachen, kaum breiter als zwei Handspannen, der weiter in die Tiefe führte. In dem stumpfen Echo, das zu ihr heraufdrang, bildete er einen kleinen, widerhallenden Fleck. Wahrscheinlich handelte es sich um die Öffnung, aus der das Gas austrat.

Tia machte sich zur Landung bereit, nahm die Füße von der Wand und zog sich in eine aufrechte Position. Die letzten Meter bremste sie mit dem Achter, da sie erwartete, jeden Moment auf Grund zu treffen. Als ihre Stiefel auf etwas Festes stießen, erschrak sie, denn es war nicht der Boden – stattdessen rollte es scheppernd zur Seite und brachte sie für einen Moment aus dem Gleichgewicht.

«Was ist los?», rief Jan, dessen Stimme mittlerweile weit entfernt klang.

Tia fing sich, fand endlich festen Boden und ließ aufatmend das Seil los.

«Ich bin unten!», antwortete sie verspätet. «Alles okay.»

«Irgendwelche Gefahren?»

«Nur unebener Boden.»

«Kein Wasser?»

«Nein.»

«Gut! Ich komme nach.»

Tia ließ sich auf die Knie nieder und tastete. Der Boden war keineswegs nur mit Geröll bedeckt: Sie konnte glatte, kalte Oberflächen fühlen. Normalerweise bereitete es ihr wenig Schwierigkeiten, Tasteindrücke in räumliche Vorstellungen umzusetzen; die Dinge jedoch, über die ihre Finger jetzt strichen, besaßen keine Vorbilder in ihrer Erfahrung. Der große, spindelförmige Gegenstand, der unter ihren Füßen davongerollt war, erinnerte sie im ersten Moment an eine Blumenvase. Tatsächlich jedoch handelte es sich um ein Gefäß mit umlaufend gravierter Oberfläche und Henkeln an den Seiten, viel zu schwer für Keramik. Gleich daneben lag ein ringförmig gebogenes Metallstück mit kunstvoll verzierten Enden, das eindeutig kein Werkzeug, sondern ein Schmuckgegenstand war. Auch mehrere Münzen fand Tia, die an keine ihr bekannte Währung erinnerten: Sie waren viel größer als gewöhnliche Münzen, mit unregelmäßigen Rändern und grober Prägung. Ein weiterer Gegenstand war schmal, etwa so lang wie ein Unterarm, und endete in einem Griffstück mit kugelförmigem Knauf.

Mit gerunzelter Stirn befühlte Tia die Klinge – denn eine Klinge war es ohne Zweifel, wenngleich voller Scharten. Gewicht und Oberflächenstruktur des Griffs deuteten auf Edelmetall hin.

Das also suchen alle hier unten!, begriff sie. *Philipp ... Kim ... Jan.*

Doch woher wussten sie davon? Wie konnten sie ahnen, dass in dieser Höhle eine archäologische Sensation auf ihre Entdeckung wartete?

Das Seil knarrte. Tia hob den Kopf, den schartigen Dolch noch in den Händen. Jan war auf dem Weg. Sie konnte deutlich das Knirschen seiner Stiefel an der Wand und das angestrengte Zischen seines Atems hören. Schon spürte sie die suchenden Bewegungen seiner Beine in der Luft und verbarg den Dolch hinter ihrem Rücken.

Jans Füße fanden den Boden. Einige Zeit lang stand er still, ohne etwas zu sagen. Er atmete schwer, vielleicht infolge des Abstiegs – oder vor schlichter Überwältigung.

«Es ist also wahr!», flüsterte er schließlich. «Ich wusste es.»

Seine Füße traten auf der Stelle, und Tia erriet, dass er sich in alle Richtungen drehte, um die Umgebung auszuleuchten.

«Aber woher?», fragte sie. «Woher hast du gewusst, dass hier ein Schatz liegt?»

«Das ist nicht *irgendein* Schatz. Es ist der größte Schatz, der jemals auf deutschem Boden verborgen wurde.»

Sie hörte, wie er sich bückte und etwas vom Boden aufhob, das leise klirrte.

«Großartig», raunte er, offenbar in die Betrachtung des Stücks versunken. «Für eine Königin gemacht, von nordischen Schmieden. Mehr als tausend Jahre lang hat das hier im Schmutz gelegen ...»

Tia nutzte seine Andacht, um sich ein paar Schritte zurückzuziehen. Unglücklicherweise trat sie auf einen Haufen Münzen.

Jan blickte auf, sie erkannte es an der Veränderung seiner Stimme.

«Was hast du denn da hinter deinem Rücken?»

Tia erstarrte. Offenbar hatte ihre Körperhaltung sie verraten.

«Zeig her!», verlangte er und kam auf sie zu.

Es war sinnlos, sagte sich Tia. Sie war nicht in der Lage, eine Waffe gegen einen Menschen zu richten, das wusste sie. Langsam zog sie die Hand mit dem Dolch hervor.

«Sieh an!» Jan schmunzelte. «Was hattest du denn damit vor? Hast du geglaubt, du müsstest dich verteidigen?»

Er trat näher und griff nach der Klinge.

«Ich würde dir doch nichts antun.» Er neigte sich ihrem Ohr zu. «Das weißt du doch, oder?»

Klirrend landete der Dolch am Boden.

«Das hier passt viel besser zu dir.»

Tia fühlte, wie er etwas auf die nackte Haut unter ihrem Hals drückte. Etwas Hartes, Kaltes.

«Sieht wunderschön aus an dir ... Weißt du was? Ich schenke es dir. Na, was sagst du dazu?»

Tia sagte nichts. Sie spürte nur die Kälte des Schmuckstücks und roch seinen erregten Atem.

«Willst du meine Königin sein?», flüsterte Jan. «Ich teile mit dir, alles, was hier herumliegt, jedes einzelne Stück.»

Tia blieb stumm, alle Glieder vor Widerwillen verkrampft. Wäre sie noch zu sachlichem Denken fähig gewesen, hätte sie einwenden können, dass es unmöglich sein würde, eine so große Menge von Fundstücken ohne technische Hilfsmittel zu bergen. Und sie hätte einwenden können, dass ihr nichts ferner lag, als sich bei einer solchen Unterschlagung mit einem Mann zusammenzutun, dessen bloße Nähe sie schaudern ließ.

«Komm schon!», drängte Jan. «Sag mal ehrlich: Was verdienst du mit deinem Job? Stell dir vor, du hättest für den Rest deines Lebens ausgesorgt ... und stell dir vor, du hättest einen Mann, der dich auf ein Bett aus Gold legt.»

Das Bild sollte zweifellos verführerisch sein, doch es verfehlte seine Wirkung. In Tias Vorstellung, die hauptsächlich aus Tasteindrücken bestand, beschwor es nur die Härte und Kälte der Goldmünzen herauf. Dennoch begriff sie, was er ihr sagen wollte. Ihr Verstand hatte sich lange dagegen gesträubt, doch sie konnte es nicht mehr von sich weisen: Jan war verliebt. Derartige Gefühle kannte Tia nicht aus eigener Erfahrung, nur aus der Theorie, als biologische Mechanismen. Als solche waren sie interessant und sogar bis zu einem gewissen Grad faszinierend, im realen Leben dagegen verstörend und beängstigend. Was sollte sie tun? Sie hatte keine Ahnung, wie man einen Mann zurückwies – erst recht nicht, wenn dieser offenbar von ihr besessen war.

Tia entschied sich nicht bewusst; ihr Körper handelte selbständig. Überraschend holte sie aus und schlug nach Jans Hand – nicht nach derjenigen, mit der er das Collier in ihren Ausschnitt drückte, sondern nach der anderen, in der er die Lampe hielt. Die Richtung konnte sie nur ungefähr anpeilen, doch ihr Instinkt leitete sie richtig.

Jan prallte zurück und keuchte erschrocken, als die Lampe in hohem Bogen davonflog. Tia huschte rückwärts, gebückt und mit beiden Händen die Umgebung ertastend. Nur ein Gedanke war in ihrem Kopf: Sie musste versuchen, ins Dunkel zu entkommen, wo ihre Sinne schärfer waren als seine.

«Hey!»

Er kam ihr nach, schneller als erwartet. Tia hörte seine raschen Schritte, brach in eine andere Richtung aus, stolperte, schlug mit dem Knie auf einen Stein.

«Bleib hier!»

Auf Händen und Füßen kroch sie weiter, obwohl ihr schon im nächsten Moment klarwurde, dass sie nicht entkommen konnte. Der Raum bot keine Verstecke. Schon fühlte sie sich am Fuß gepackt, dann an dem Hüftgürtel, der ihren Cave-Suit umschloss. Diesmal wehrte sich Tia, trat mit den Beinen aus, schlug um sich, traf jedoch nichts außer einem metallenen Gegenstand, der ihr eine blutende Wunde am Handgelenk einbrachte. Dann packte Jan sie an den Haaren und zog ihren Kopf nach hinten.

«Kleine Wildkatze!», zischte er. «Wo willst du denn hin? Hier geht es nicht raus.»

Tia erschlaffte unter seinem Griff.

«Bleib brav hier! Ich hole die Lampe.»

Sie gehorchte und blieb sitzen, wo sie war. Abwesend registrierte sie, dass sie sich nahe der Wand befand, wo der schräge Boden des Schachtes am tiefsten lag. Eine Menge Geröll lag hier herum, das wahrscheinlich durch die Bodenneigung herabgerutscht war und sich zu einem Haufen gesammelt hatte. Einzelne Münzen, Spangen und Ringe waren dazwischen verstreut. Doch noch etwas anderes konnte Tia erfühlen, dessen Einordnung ihr im ersten Moment

Schwierigkeiten bereitete: länglich, rau und eindeutig nicht aus Metall.

Knochen, erkannte sie. Zwischen den Steinen und Schmuckstücken lag ein Oberschenkelknochen, vollständig vom Fleisch befreit. Seine Größe ließ nur einen Schluss zu: Er stammte von einem Menschen.

Tias Finger glitten in der näheren Umgebung umher. Ihr Forschergeist war erwacht. Sie fand das Fragment einer Hüfte, ein Stückchen Wirbelsäule, verstreute Rippen. Ein konvexer Gegenstand, den sie zuerst für eine Schale hielt, erwies sich als Bruchstück eines Schädels.

Sie hörte, wie Jan zurückkam und sich neben ihr auf die Knie niederließ. Doch sie bezwang ihre Angst, indem sie sich auf den Befund unter ihren Händen konzentrierte. Von diesen menschlichen Überresten ging keine Gefahr aus; sie waren beruhigend harmlos – weit harmloser als der lebende Mann an ihrer Seite.

Auf diesen allerdings schien die Entdeckung eine genau entgegengesetzte Wirkung auszuüben. Sein Geruch veränderte sich, und ein kaum wahrnehmbares Quantum Furcht durchsetzte seine Ausdünstungen.

«Fass das nicht an!», flüsterte er rau.

Tia ignorierte ihn. *Zwei Menschen*, stellte sie fest, nachdem sie einen zweiten Schädel ertastet hatte. Auch dieser war in mehrere Teile gebrochen; als unversehrt erwies sich lediglich der Oberkiefer, in dem noch die Zähne steckten. Daneben lag etwas Flaches, Rundes, das sich zunächst wie eine der uralten Münzen anfühlte. Allerdings war es viel regelmäßiger geformt und schärfer geprägt. Die Prägung bildete eine Figur; Tia erlas sie mühelos mit den Fingerspitzen.

«Finger weg!», verlangte Jan lauter.

Plötzlich ein Geräusch: ein dumpfes Grollen wie ferner Donner.

Tia zog die Hand zurück und lauschte. Das Geräusch schien aus großer Tiefe zu kommen, wahrscheinlich aus dem schmalen Spalt, dessen Echo sie schon beim Herabklettern wahrgenommen hatte.

Die Öffnung musste ganz in der Nähe sein, nur wenige Schritte entfernt an der Wand.

«Was ist das?», raunte Jan.

Tia antwortete nicht – obwohl sie zu ahnen glaubte, was sie hörte: das ferne Brausen von Wasser.

Jan war aufgestanden und wich langsam zurück. Offenbar verstand er nicht, was vor sich ging, doch in seiner Stimme flackerte Angst.

«Der Fluch ...»

Tias Herz machte einen Sprung. Im Geist sah sie es vor sich: Wasser, das unter Hochdruck in ein unterirdisches Rohrsystem gepresst wurde. Eine gewaltige Menge, Millionen von Litern. Es füllte die Tunnel, drang ins umliegende Gestein, stieg in Rissen und Klüften empor, bahnte sich seinen Weg nach oben.

Mit einem Mal war ihr gesunder Instinkt wieder da, und zugleich die Bereitschaft zum Handeln. Vielleicht lag es daran, dass von dem Wasser eine größere Gefahr ausging als von Jan – und dass diese Gefahr den Gesetzen der Physik folgte, die sie verstehen konnte.

«Weg hier!», rief sie und sprang auf.

«Du hast den Fluch geweckt!», schrie Jan, Grauen in der Stimme. «Warum hast du die Knochen angerührt? Warum?»

«Es ist nur Wasser, Jan! Aber wir müssen hier weg, und zwar schnell! Wo ist das Seil?»

Im nächsten Moment schwoll das Donnern zu ohrenbetäubender Lautstärke. Tia spürte den Boden unter ihren Füßen beben. Sie sprang eben noch rechtzeitig zur Seite, als ein Wasserstrahl aus dem Felsspalt hervorschoss, in hohem Bogen die gegenüberliegende Wand traf und wie ein Sturzbach herabregnete.

Jan schrie erschrocken auf und hastete nach rechts. Tia erinnerte sich, dass irgendwo dort das Seil hängen musste, an dem sie herabgeklettert waren. Sie peilte Jans Schritte an und stürzte ihm nach. Ihre Stiefel knirschten auf Knochen, auf Steinen und verstreutem

Schmuck; dann umspülte Wasser ihre Füße, das in Sekunden bis zu den Stiefelschäften emporstieg. Sie rutschte aus, tauchte mit Händen und Knien in die eisige Flut, rappelte sich wieder hoch, lief weiter. Gischt spritzte ihr ins Gesicht, als sie über die Wände tastete und endlich das Seil zu fassen bekam. Es ruckte heftig hin und her, woran sie ermaß, dass sich Jan bereits ein gutes Stück über ihr befand. Ob das Seil fest genug verankert war, um das Gewicht zweier Menschen gleichzeitig zu tragen?

Doch für solche Überlegungen blieb keine Zeit. Das Wasser schäumte bereits bis zu Tias Knien herauf. Sie ergriff das Seil, stemmte die Füße gegen die Wand – und kletterte um ihr Leben.

Sie zwang sich, nicht an das Wasser zu denken, nicht an die Länge des Weges, nicht an Jan, an keine Gefahr und Bedrohung. Stattdessen konzentrierte sie sich auf eine ferne Erinnerung: Sie dachte an das kleine Mädchen, das einst zum Erstaunen der ganzen Sportklasse an einem Seil bis zur Decke der Turnhalle hinaufgeklettert war. Sie hatte eine Chance. Ihre Hände griffen sicher zu; ihre Ellbogen beugten und streckten sich in gewohntem Rhythmus.

Noch mindestens fünfzehn Meter ...

Das Brausen des Wassers verschluckte alle anderen Geräusche, doch an den Bewegungen des Seils erkannte Tia, dass sie Jan zusehends einholte. Schon konnte sie den Luftzug spüren, den seine strampelnden Beine über ihr verursachten.

Zehn Meter ...

Notgedrungen hielt sie inne und zog den Kopf ein, um sich keinen Fußtritt einzufangen. Gleichzeitig fühlte sie, wie das Wasser erneut ihre Waden erreichte.

«Jan! Beeil dich!»

Sie hatte keine Ahnung, ob er in seiner Panik überhaupt noch wahrnahm, dass sie ihm folgte. Wahrscheinlich war ihr Schicksal ihm gleichgültig angesichts der Todesgefahr.

Fünf Meter ...

«Tia?»

Die Stimme kam von weit oben und drang nur schwach durch das Tosen der Flut. Dennoch war Tia nie zuvor so glücklich gewesen, sie zu hören.

«Leon!», schrie sie zurück. «Pass auf! Es ist Jan … er ist bewaffnet!»

Doch Jan hatte soeben den Felsvorsprung erreicht, wo sie ihren Abstieg begonnen hatten – Tia spürte es daran, dass ein Ruck durch das Seil ging und die Spannung nachließ. Leon schien beinahe im selben Moment einzutreffen. Offenbar war er an dem anderen Seil herabgeklettert, das von der Mündung des Schachtes bis zu dem steinernen Sims herabreichte.

«Bleib, wo du bist!», rief Jan. Tia erriet, dass er seine Pistole gezogen hatte.

Sie selbst erreichte den Felsvorsprung als Letzte, wälzte den Oberkörper über die Kante und rappelte sich auf. Sofort griffen Hände nach ihr, und zwar von zwei Seiten. Tias Instinkt entschied, erkannte einen vertrauten Geruch, warf sich in die Arme eines Mannes – und spürte, wie Leon sie fest an seine Seite drückte.

«Du nervst!», sagte Jan, der ihnen in wenigen Schritten Abstand auf dem schmalen Sims gegenüberstand. «Dein Pech, dass du gekommen bist.»

«Jan, mach keinen Unsinn!», gab Leon zurück. «Wir müssen hier weg, alle drei, und zwar schnell! Das schaffen wir nur, wenn wir zusammenarbeiten.»

«Irrtum!», versetzte Jan. «Ich und Tia, *wir* müssen hier weg. Tia? Geh zur Seite.»

Tia konnte es nicht sehen, doch sie erriet, dass er seine Waffe auf Leon richtete. Ihr Herz klopfte heftig, als sie begriff, was er im Sinn hatte. Sie sollte aus dem Weg gehen, damit er nicht versehentlich sie traf.

«Mach schon!», schrie Jan. «Das Wasser steigt, wir haben nicht viel Zeit! Geh weg von ihm!»

Tias Kopf schwirrte. Sie musste irgendetwas tun, um ihn aufzuhalten. Leons Leben mochte ihm nichts bedeuten, doch dass seine Absicht auf puren Selbstmord hinauslief, schien er nicht zu begreifen.

«Du kannst hier keine Waffe abfeuern!», versuchte sie ihm klarzumachen. «Die Luft ist voller Gas! Der kleinste Funke wird es entzünden.»

«Du versteht vielleicht etwas von Gasen, aber nicht von Schusswaffen», spottete Jan. «Das ist kein antiker Revolver, sondern eine Automatikpistole. Die erzeugt keine Funken.»

«Aber allein die Mündungshitze wird ausreichen!»

Jan schwieg einen Moment.

«Du bluffst», beschied er schließlich. «Geh beiseite!»

Tia begriff, dass sie mit vernünftigen Argumenten nichts ausrichten konnte. Jan war nicht wie sie; er war Sklave seiner Leidenschaften. Die Konsequenzen konnten den Tod bedeuten – für sie alle, ihn eingeschlossen.

«Tia ...», begann Leon leise.

Vielleicht wollte er ihr raten, beiseitezutreten, um ihr eigenes Leben zu retten. Doch Tia wollte es nicht hören. Stattdessen schlang sie beide Arme um Leon – so fest, wie sie es noch nie getan hatte – und drehte das Gesicht in Jans Richtung.

«Ich gehöre zu *ihm*», sagte sie.

Und in dem Moment, als sie es aussprach, empfand sie es erstmals wie eine Gewissheit, die schon immer da gewesen war.

«Na schön!», fauchte Jan. «Wie du willst.»

Tia spürte, wie Leons Körper sich spannte, und ahnte, dass Jan die Waffe hob. Eine Intuition streifte sie, halb Verzweiflung, halb aberwitzige Hoffnung.

«Hol tief Luft!», zischte sie Leon ins Ohr.

Ohne ihn loszulassen, warf sie sich nach hinten. Nichts weiter war nötig als ein plötzlicher Stoß, eine rasche Drehung – den Rest besorgte die Schwerkraft. Tia ließ sich rückwärts von der Klippe fallen und zog Leon mit sich.

Der Moment des freien Falls dehnte sich zu einer Ewigkeit. Irgendwo in dieser Ewigkeit fiel der Schuss und übertönte mit seinem trockenen Krachen das Brausen des Wassers. Noch während die Luft in Flammen aufging, verschluckte eisige Kälte Tias Körper und schlug über ihr zusammen wie eine undurchdringliche Decke. Ein heftiger Schlag folgte, der ihr Gehör betäubte und ihre Lungen zusammenpresste.

Dann verlor sie das Bewusstsein.

Leon

Das Erste, was Leon spürte, als er wieder zu sich kam, war der Druck auf seiner Brust. Für Sekunden hatte er keine Ahnung, wo er sich befand, was vor sich ging, wo oben und unten war. Erst der Adrenalinstoß, den der Luftmangel durch seinen Körper jagte, weckte seine Reflexe. Seine Beine zuckten, seine Arme ruderten. Im nächsten Moment durchbrach er die Wasseroberfläche, prustete, spuckte, holte keuchend Luft.

Hitze strich über sein Gesicht, und er kniff erschrocken die Augen zusammen. Was er sah, war unglaublich, fast surreal: Rund um ihn schäumte und brodelte das Wasser – und über dem Wasser tanzten bläuliche Flammen wie wabernde Gespenster, bildeten Wirbel und Spiralen, zerstoben und erloschen. Einen Moment lang kämpfte Leons Verlangen nach Luft mit der instinktiven Angst vor dem Feuer. Doch die Flammen vergingen bereits, und der Wasserfilm auf seinem Gesicht dämpfte die Hitze. Es wurde dunkel; nur eine Lichtquelle blieb: Eine Armlänge neben Leon trieb die Lampe auf dem Wasser, die ihm beim Sturz aus der Hand gefallen war. Er griff danach und zog sie an sich.

Allmählich wurde ihm klar, was geschehen sein musste. Sein erster Impuls war, nach Tia zu rufen, doch die dünne Luft reichte gerade, um sein Bewusstsein zu erhalten. Zum Schreien hatte er keinen Atem übrig. Er wandte sich suchend nach allen Seiten – und bemerkte etwas Großes, Dunkles, das nicht weit von ihm an der Oberfläche trieb.

O mein Gott ...

Er warf sich hinüber und zog das steife, längliche Ding heran, das eindeutig ein menschlicher Körper war. Noch immer stieg das Wasser und trübte seine Sicht mit sprühender Gischt, sodass er einen schrecklichen Moment lang nichts erkennen konnte außer vagen Konturen. Der Körper trieb auf dem Bauch. Leon drehte ihn herum.

Bitte nicht ... bitte ...

Erleichterung und Grauen hielten sich die Waage. Was er sah, hatte eine entfernte Ähnlichkeit mit Jan Möllers Gesicht. Haar und Augenbrauen waren weggesengt, die Haut schwarz und stellenweise aufgeplatzt. Sein Schuss hatte nicht getroffen – aber ausgereicht, um das Gas zu entzünden und ihn selbst in eine Wolke aus tödlichen Flammen zu hüllen.

Wasser spritzte unmittelbar neben Leon, als etwas wie ein losgelassener Korken die Oberfläche durchstieß. Tia warf den Kopf in den Nacken und rang mit weit geöffnetem Mund nach Luft. Ihr nasses Haar flog.

Leon packte eine ihrer Hände. Sie wandte verwirrt den Kopf, die blinden Augen weit aufgerissen.

«Hier!», brachte Leon keuchend hervor und zog sie zu sich. «Ich bin hier!»

Einen Moment lang umschlangen sie einander, ohne zu sprechen. Jans lebloser Körper trieb in dem aufgewirbelten Wasser gegen Tias Rücken. Sie wandte sich um, tastete. Als ihre Finger das verbrannte Gesicht berührten, spürte Leon, wie sie zusammenzuckte.

«Er ist tot», wollte er sagen, sparte sich jedoch die Kraftanstrengung.

Längst hatte die Flut den Felsvorsprung überstiegen und kletterte weiter. Allmählich jedoch wurde das Rauschen leiser und verebbte schließlich. Der Wasserspiegel kam zum Stillstand, etwa auf halber Höhe des Schachtes.

Vorläufig hielten sie sich an der Oberfläche, doch Leon ahnte, dass die Kälte ihre Körper bald erstarren lassen würde. Tia schien denselben Gedanken zu haben.

«Das Seil!», war das Erste, was sie sagte, als sie ihre Stimme wiederfand. «Wo ist es?»

Leon konnte es sehen: Es lief an der Wand des Schachtes herab und verschwand im Wasser, keine zwei Meter entfernt. Rasch schob er Tia einen Arm unter die Achseln und paddelte hinüber. Als er die Wand erreichte, streckte sie beide Hände aus, fand das Seil und zog sich daran hinauf. Auch Leon griff zu – und stöhnte unwillkürlich, denn bei der Bewegung schmerzte seine Brust heftig.

Tia hielt inne. «Kannst du klettern?»

«Es geht schon», keuchte Leon und steckte seine Lampe in den Gürtel, um die Hände frei zu haben. «Ich glaub, ich hab mir ein paar Rippen geprellt.»

«Wir schaffen das!», versprach sie. «Ganz sicher.»

Leon nickte nur – und bewunderte ihre Zuversicht. Tias Willenskraft war unverwüstlich, wie er nicht zum ersten Mal feststellte. Solange sie halbwegs bei Leben und Bewusstsein war, hatte sie sogar noch Mut für andere übrig. Eigentlich hätte Leon keine Ermutigung mehr gebraucht – nicht, nachdem seine Erinnerung an die letzten Momente vor dem Sturz zurückgekehrt war. Er erinnerte sich, was sie gesagt hatte, hörte es im Geist immer noch:

«Ich gehöre zu ihm.»

Das war Ansporn genug, um die allerletzten Reserven zu mobilisieren.

Carolin

Carolin staunte, wie rasch sich der abgelegene Platz am Waldrand mit Menschen füllte. Es war noch keine Stunde her, dass sie mit Dahms aufgebrochen war, und nun waren bereits zwei Dutzend Männer vor Ort: mehrere Notarztwagen, Leute von der Bergwacht in rotweißen Schutzwesten und andere in Zivil, die über den Waldweg vom Parkplatz herbeieilten und schwere Gerätschaften schleppten.

Wenn man jemals in Not geriet, dachte Carolin, war Eckard Dahms offenbar genau der Mann, den man bei sich haben musste. Er kannte nicht nur für jedes Fachgebiet irgendeinen Experten, sondern verstand es auch zu improvisieren. Als Erstes hatte er die Bergwacht anrücken lassen, die zwar nicht für Rettungen aus Höhlen zuständig war, aber am schnellsten vor Ort sein konnte. Den Einsatzleiter kannte er persönlich. Die Männer waren tief genug in die Höhle eingedrungen, um festzustellen, dass an einer bestimmten Stelle die Decke herabgekommen war und einen Gang verschüttet hatte. Das machte den Einsatz von schwerem Gerät erforderlich, über das die Bergwacht nicht verfügte. Ein Einsatzteam des Höhlenrettungsverbandes war unterwegs, musste jedoch mit dem Hubschrauber eingeflogen werden und würde frühestens in zwei Stunden ankommen. Daher hatte Dahms kurzerhand den Geschäftsführer von ONFOX-Gas angerufen, den Carolin bereits am Nachmittag kennengelernt hatte. Die Firma verfügte über neuartige Tunnelbohrmaschinen, und das Betriebsgelände lag nur wenige Kilometer entfernt. Auf Dahms' Bitte hatte Dittrich seine halbe Belegschaft aus dem Feierabend zurückgerufen, um mit einem Lastwagen voller Geräte anzurücken.

Notgedrungen stand Carolin die meiste Zeit untätig herum, während Dahms von einem zum anderen eilte, sich über die Lage unterrichten ließ und die nächsten Schritte beriet. Eigentlich hätte sie sich auf ihre Profession besinnen und die Tatsache, dass sie im Zentrum des Geschehens stand, für Fotos nutzen können. Im Moment jedoch lag ihr nichts ferner. Sie hatte nicht einmal daran gedacht, ihre Kamera mitzunehmen.

Nachdem sich herausgestellt hatte, dass es um eine Verschüttung ging, machte sie sich ernsthafte Sorgen. Tia selbst hatte ihr einmal erzählt, wie gefährlich solche Unfälle waren, und wie kompliziert und langwierig die Rettungsversuche. Die Eingeschlossenen konnten ersticken, erfrieren, manchmal sogar verdursten, denn unter ungünstigen Umständen konnte es Tage dauern, bis man an sie herankam.

Carolin musste daran denken, dass sie Tia bei der Begrüßung am Morgen umarmt hatte. Es war eine spontane Geste gewesen, ohne besondere Absicht ... Nun fragte sie sich, ob sie unbewusst geahnt hatte, dass irgendetwas schiefgehen würde. Den ganzen Tag über hatte sie keinen Gedanken an diese Möglichkeit verschwendet; im Gegenteil, fast hatte sie die Höhlenexpedition vergessen über all dem anderen, was geschehen war. Nun stand sie verloren zwischen den hin und her eilenden Helfern, den blinkenden Notfallsender in der Hand, und empfand beinahe schmerzhaft ihre Unfähigkeit, irgendetwas Sinnvolles zu tun.

«Carolin?»

Sie schreckte hoch, als Dahms mit einem der rotweiß gekleideten Helfer zu ihr herüberkam.

«Das ist Herr Friedrichs von der Bergwacht. Er hätte eine Frage an dich.»

«'n Abend», sagte Friedrichs knapp. «Können Sie mir irgendetwas über diesen Sender erzählen? Ein Gerät dieser Bauart habe ich bisher noch nie gesehen.»

«Tut mir leid», stammelte Carolin, «ich weiß selbst nicht, wie er funktioniert.»

«Hat das Ding eine Peilfunktion?»

«Wie?»

«Hat sich der Signalton beschleunigt oder sonst wie verändert?»

Carolin dachte nach – und schalt sich, dass sie nicht selbst auf diese Möglichkeit gekommen war.

«Ja! Ich glaube, das Piepen wurde etwas schneller, als wir aus der Stadt hierhergekommen sind.»

«Darf ich mal?»

Friedrichs nahm ihr das Gerät aus der Hand und begann, den Hang des Berges abzuschreiten. Dahms und Carolin folgten ihm. Als sie sich dem Wald zuwandten, war plötzlich deutlich zu hören, wie das Signal sich beschleunigte.

«Dachte ich's mir doch!», sagte der Einsatzleiter.

«Aber wir entfernen uns vom Höhleneingang», bemerkte Dahms.

«Stimmt. Merkwürdig ...»

Sie drangen in den Wald ein. Die Sonne ging eben erst unter, doch zwischen den Bäumen war es bereits dunkel, sodass Friedrichs eine Taschenlampe hervorzog. Zu dritt pirschten sie sich voran, bis der Aufruhr am Einsatzort nur noch ein undeutliches Gemurmel in der Ferne war.

«Vielleicht wird das Signal irgendwie abgelenkt», meinte Friedrichs. «Oder das Ding ist nicht so zuverlässig, wie es sein sollte. Wir sind ja schon fast beim Parkplatz.»

«Noch mal in diese Richtung!», bat Carolin und wies nach links.

Friedrichs folgte dem Wink. Das Signal steigerte sich plötzlich auf eine Frequenz von mehreren Impulsen pro Sekunde, und das rote Lämpchen flackerte wie eine Glühbirne kurz vor dem Durchbrennen.

Carolins Herz klopfte, als Friedrichs stehenblieb und den Strahl der Taschenlampe auf einen bemoosten Felsbrocken senkte.

«Nanu ...»

Er bückte sich und packte zu. Carolin sah etwas Lebendiges zwischen seinen Fingern zappeln.

«Was ist das?», fragte Dahms.

«Ein Salamander, glaube ich», sagte der Einsatzleiter.

Er reichte Dahms die Lampe, um beide Hände frei zu haben, und wand etwas vom schlauchförmigen Leib des Tieres, das wie eine Schnur aussah. Der Salamander ruderte hilflos mit den Beinen. Als Friedrichs ihn wieder auf den Teppich aus Fichtennadeln setzte, schlängelte er sich eilig davon und verschwand im Schatten des bemoosten Steins.

«Nun sehen Sie sich das an!»

Carolin trat näher – und erkannte den Sender, den Tia an einem Lederband um den Hals getragen hatte.

Dahms runzelte die Stirn. «Was hat das zu bedeuten?»

«Scheint so, als hätte der Sender unter der Erde nicht funktioniert», vermutete Friedrichs. «Also haben sie ihn nach draußen geschleust – auf dem Rücken eines Salamanders. Ziemlich clever.»

«Das war bestimmt Tias Idee», vermutete Carolin. Sie wusste, dass Tia nicht nur Geologin, sondern auch Biologin war und sich mit dem Verhalten von Tieren auskannte. «Also muss es irgendeinen Weg nach draußen geben!»

«Sieht so aus.» Friedrichs dachte nach. «Aber der Zugang könnte winzig sein, nicht größer als ein Abflussrohr.»

«Was sollen wir tun? Danach suchen?»

«Scheint mir wenig aussichtsreich. Im Moment setze ich meine Hoffnung eher auf die Leute von der Gas-Firma. Sie haben festgestellt, dass parallel zu dem verschütteten Gang ein zweiter verläuft, und versuchen, mit einer Tunnelbohrmaschine durchzustoßen.»

«Dann sollten wir zurückgehen», meinte Dahms.

«Ich glaube, ich hole meine Kamera», überlegte Carolin.

Der Fund des Senders hatte sie ermutigt, denn er bewies, dass Tia am Leben war und immer noch genug Kraft und Einfallsreichtum besaß, um etwas zu ihrer Rettung zu unternehmen. Die Idee mit der Tunnelbohrmaschine klang vielversprechend, und die Aussicht, dass die Eingeschlossenen in Kürze befreit werden könnten, erweckte nun doch die Journalistin in ihr.

«Sie ist in meiner Handtasche ... Eckard?»

Dahms nickte und zog den Autoschlüssel aus der Tasche. «Aber mach schnell, sonst verpasst du womöglich noch die Gelegenheit für einen Schnappschuss!»

Während die Männer umkehrten, eilte Carolin in der Gegenrichtung davon. Den Parkplatz zu finden war nicht schwierig, denn die Lichter der Einsatzfahrzeuge schimmerten weithin sichtbar zwischen den Bäumen. Zwei Notarztwagen standen hier, außerdem ein rotweißer Kombi der Bergwacht, mehrere Pkw und ein Lastwagen mit der Aufschrift «ONFOX». Kein Mensch war zu sehen. Offenbar hatten sich alle Helfer drüben am Hang versammelt.

Ein seltsames Gefühl beschlich Carolin, als sie zu Dahms' blauem Mercedes hinüberging. Irgendetwas bewog sie, innezuhalten und zum Himmel aufzublicken, der eben von rötlicher Dämmerung in schwarze Nacht überging. Irgendwo im Wald knackte ein Zweig, und sie glaubte, Kiefernnadeln knistern zu hören.

Du spinnst!, sagte sie sich. *Überreizte Nerven ... kein Wunder nach all der Aufregung.*

Sie schloss die Tür auf und klaubte ihre Handtasche vom Beifahrersitz.

Wieder ein Knistern, und dann, deutlich, das Geräusch von Schritten.

Carolin fuhr herum – eben noch rechtzeitig, um einen dunklen Schatten zu erblicken, der auf sie zustürzte. Etwas Weiches, Übelriechendes wurde auf ihr Gesicht gepresst und nahm ihr den Atem. Reflexhaft schlug Carolin um sich, als sie gepackt und festgehalten wurde. Der stechende Geruch drang in ihre Nase, benebelte ihren Kopf, ließ ihre Glieder erschlaffen. Vage fühlte sie noch, wie ihre Beine nachgaben. Dann wusste sie nichts mehr.

Kim

«Kim? Philipp? Alles in Ordnung?»

Kim glaubte ihren Ohren nicht zu trauen. Sie tauschte einen Blick mit Philipp, der ebenso überrascht wirkte wie sie. Fast eine Stunde lang hatten sie in der Grube ausgeharrt und in der dünnen Luft zunehmend flach geatmet. Dann hatte es einen furchtbaren Knall gegeben, der Boden und Wände ringsum erschüttert hatte. Staub und kleine Steine waren von der Decke geregnet. Kim hatte sich nichts anderes vorstellen können, als dass es zu einer erneuten Explosion gekommen war – und dass sie weder Leon noch Tia je wiedersehen würde. Nun flatterte ihr Herz vor Aufregung, als scharrende Geräusche im Tunnel anzeigten, dass jemand zu ihnen herüberkroch.

«Ich bin's!»

Licht flammte auf, als Leon herbeieilte und sich am Rand der Grube niederließ. Er war von Kopf bis Fuß durchnässt und hielt sich mit einer Hand die linke Seite, als hätte er Schmerzen.

«Alles okay?»

Kim nickte stumm, während sie mit Tränen der Erleichterung kämpfte.

«War das wieder eine Explosion?», stammelte Philipp.

Leon nickte. «Euch ist nichts passiert, oder?»

«Nein, wir haben uns nur zu Tode erschrocken.»

«Gott sei Dank.»

Leon zog ein aufgerolltes Seil von seiner Schulter und ließ das Ende zu ihnen herab. «Du zuerst, Philipp! Halt dich einfach fest.»

Kim stützte Philipp von unten, während Leon ihn hinaufzog und auf ebenen Boden wuchtete. Sie selbst kletterte eigenständig, obwohl ihre Glieder steif und schwach waren.

«Wo ist Tia?», fragte sie, als Leon ihr auf die Beine half.

«Nebenan. Es geht ihr gut. Sie hat etwas entdeckt – etwas, das Anlass zur Hoffnung gibt.»

«Und der Bulle?», fragte Philipp. «Jan?»

Leon schüttelte den Kopf. «Er hat's nicht geschafft.»

Niemand stellte weitere Fragen. Kim verstand, was Leons Worte bedeuteten, doch es ließ sie eigentümlich kalt. Sie empfand weder Schauder noch Schrecken, bloß Erleichterung. Jener Mann, der sie alle getäuscht und am Ende in diesem Loch zusammengepfercht hatte, war nicht mehr da. Die Einzelheiten wollte und musste sie nicht wissen.

«Kommt mit hinüber!», bat Leon. «Ich helfe euch.»

Sie durchquerten den Tunnel zum Nebenraum. Leon kroch voraus, ließ das Ende des Seils da und instruierte Philipp, sich auf den Rücken zu legen. Sanft und ohne eigene Anstrengung glitt er durch die Öffnung. Kim folgte aus eigener Kraft – und als sie drüben ankam, blickte sie in das Gesicht Tias, die neben dem Ausstieg wartete. Auch sie war vollkommen durchnässt. Das üppige dunkle Haar hing in wirren Strähnen über ihr Gesicht.

«Schön, dass es dir gutgeht!», flüsterte Kim. Am liebsten hätte sie Tia umarmt, wagte es aber nicht.

«Ihr seid ja beide ganz nass! Was ist passiert? Wie kam es zu der Explosion?»

«Das ist eine lange Geschichte», sagte Tia. «Jedenfalls scheint sie uns Glück gebracht zu haben.»

Kim folgte ihrem Blick – und bemerkte erst jetzt, dass der Raum sich verändert hatte: Von dem senkrechten Abgrund verlief ein Bruch zur Wand, die buchstäblich aufgeplatzt war. Ein Teil der Decke darüber hatte sich in unförmige Fragmente aufgelöst, die kreuz und quer am Boden verstreut lagen. Der Bruch hatte die Wand senkrecht gespalten und schien einige Meter tief ins umgebende Gestein hineinzuführen.

«Ich wundere mich immer noch, dass die Druckwelle uns da unten nicht erschlagen hat», sagte Leon.

Tia nickte. «Ich kann mir das eigentlich nur so erklären: Unten im Schacht hat das Gas zwar gezündet, aber zur Explosion kam es erst hier oben. Das Methan hat sich stundenlang unter der Decke gesammelt und offenbar nur dort eine explosive Konzentration erreicht. Im Schacht gab es kaum eine Sprengwirkung.»

Sie hatte sich bereits in Bewegung gesetzt und tastete sich zu dem neu entstandenen Spalt in der Wand. Dort verschwand sie in der Dunkelheit, und eine Zeitlang hörte man nichts außer dem Scharren ihrer Stiefel und den eigentümlichen Klicklauten, mit denen sie sich orientierte.

«Wie tief geht es da hinein?», rief Leon.

«Vier oder fünf Meter», hallte die Antwort zurück. «Seid bitte mal still!»

Alle schwiegen gespannt.

Als Tia kurze Zeit später zurückkehrte, wirkte sie erregt.

«Ich brauche eine Decke!», sagte sie. «Sie müsste in meinem Rucksack sein.»

«Decke?», wiederholte Leon verständnislos.

«Schnell! Keine Fragen!»

Eilig kroch Leon in den Nebenraum zurück, kehrte mit einer Wolldecke wieder und reichte sie Tia.

«Ihr könnt mitkommen», sagte sie. «Aber vorsichtig! Der Spalt ist sehr eng.»

Erneut verschwand sie in der senkrechten Spalte. Leon folgte ihr, und auch Kim empfand plötzlich das Bedürfnis, am Ort des Geschehens zu sein. Sie warf Philipp, der sich mit ausgestreckter Beinschiene an der Wand niedergelassen hatte, einen entschuldigenden Blick zu.

Der Felsspalt war tatsächlich sehr eng. Kim musste sich seitlich hineinzwängen und schrammte mit Schultern und Ellbogen über die Wände. Nach einigen Metern endete der Weg an einer Wand. Tia hatte das Ohr dagegengelegt und lauschte.

«Da drüben sind Geräusche!», sagte sie. «Nicht weit entfernt.»

«Ich höre nichts», wunderte sich Kim.

Tia lächelte. «Mein Gehör ist zum Glück etwas empfindlicher als das der meisten Menschen.»

Sie nahm einen Stein vom Umfang eines Kohlkopfs auf und wickelte ihn in die Wolldecke.

«Wozu die Decke?», fragte Leon.

«Um Funkenschlag zu verhindern», erklärte Tia.

Sie holte aus und schlug den Stein mehrmals kräftig gegen die Wand. Erneut lauschte sie mit angestrengt gerunzelten Brauen. Schließlich hellte ihr Gesicht sich auf.

«Ich glaube, sie haben uns gehört.»

«Aber wie ist das möglich?», fragte Leon. «Wir sind doch mindestens hundert Meter tief in diesem verdammten Berg!»

Auch Kim konnte es zunächst nicht fassen – dann aber erinnerte sie sich an die Gabelung des Eingangsstollens.

«Es gibt einen zweiten Gang!», fiel ihr ein. «Ich war mit Phil dort drin. Er war eine Sackgasse und viel länger als der Gang, der zu diesem Raum hier führte.»

Tia nickte. «Offenbar liegen beide Gänge annähernd parallel – und nicht allzu weit voneinander entfernt.»

Ein dumpfes, mahlendes Geräusch unterbrach ihre Worte. Es kam direkt von vorn. Kim spürte, wie Wände und Boden vibrierten.

«Ist das ein Tunnelbohrer?», fragte Leon.

«Allenfalls ein ziemlich kleiner.» Tia hatte eine Hand auf die Wand gelegt hatte, offenbar, um die Erschütterungen zu analysieren. «Keine dreißig Zentimeter Durchmesser. Mit so einem Ding bohrt man Leitungsrohre ... seltsame Ausrüstung für ein Rettungsteam.»

Kim wartete mit ungeduldig flatterndem Herzen. Noch begriff

sie nicht wirklich, was geschah. Die Vorstellung, dass es jemandem von draußen gelang, zu ihnen durchzubrechen – dass sie gerettet werden könnten –, war zu unglaublich.

Hatte der Fluch, der auf dem Schatz lag, sie freigegeben? Hatten die Nachtalben sich zurückgezogen, endlich sicher, dass niemand mehr wagte, ihr Eigentum anzutasten?

Es gibt keine Nachtalben, sagte sich Kim.

Das hatte sie sich in den vergangenen Stunden schon hundertmal vorgebetet, doch erst jetzt drang es endgültig zu ihr durch. Das blaue Leuchten war weder ein Signal noch eine Warnung gewesen, nur brennendes Gas. Die Höhle war kein planmäßig angelegtes Labyrinth voller Fallgruben, sondern eine natürliche Auswaschung im Kalkstein. Keine rachsüchtigen Unholde mit zischenden Stimmen und zuckenden Klauen bevölkerten sie. Es gab weder böse Geister noch gute; es gab auch keine Devas, keine Elfen und Feen – eine Einsicht, gegen die sich Kim stets heimlich gesträubt hatte, da sie die Welt um so vieles ärmer machte. Doch die Wesen, von denen ihre Mutter ständig sprach, existierten nicht. Dora besaß keinen Zugang zu einer höheren Sphäre der Wirklichkeit, sie war lediglich krank – und Kim hatte sich mit den Jahren, ohne es zu merken, ein wenig anstecken lassen.

Was blieb, war eine Welt aus totem Gestein, aus blinden Naturkräften und Menschen, die darin herumirrten. Aber in dieser Welt gab es auch Ambulanzen, Rettungsmannschaften, Sauerstoffgeräte und sogar Tunnelbohrer. Und es gab viel Schönes, das man oft nicht beachtete und erst zu schätzen wusste, wenn man Dunkelheit und Todesangst ausgestanden hatte. Zum Beispiel gab es frische Luft unter einem offenen Himmel. Es gab eine Mutter, die Kim liebte und auf ihren nächsten Besuch wartete. Und es gab Männer wie Leon.

«Zurück!», warnte Tia und nahm die Hand von der Wand.

Das mahlende Geräusch war lauter geworden und ließ das Gestein im Umkreis erzittern.

«Das wird Funken geben», sorgte sich Leon.

Tia nickte. «Bleibt nur zu hoffen, dass die Explosion den größten Teil des Methans abgefackelt hat.»

Etwa in Brusthöhe vor ihnen splitterte die Wand, und ein flacher Bohrkopf kam zum Vorschein, dessen Drehungen abrupt aufhörten. Es dauerte eine Weile, bis das Gerät rückwärts aus dem Bohrloch gezogen wurde.

«Hallo?», rief eine nicht weit entfernte Männerstimme.

Kim musste sich gegen die Wand lehnen, denn sie fühlte, wie ihre Beine nachgaben. Die Erleichterung ließ sie schwindlig werden.

«Wir sind hier!», rief Tia in das Bohrloch.

«Wie viele Personen?»

«Vier.»

«Verletzungen?»

«Ein gebrochenes Bein und ein paar Platzwunden, nichts Lebensbedrohliches. Vermeiden Sie bitte um jeden Preis Funkenschlag, hier strömt nämlich Gas aus!»

«Gas?», hallte es ungläubig zurück.

«Methangas, und das nicht zu knapp! Wie groß ist die Entfernung? Hört sich an, als wären es keine zwei Meter.»

«Sind es auch nicht – eins fünfundsechzig laut Bohrzähler.»

«Gut! Sehen Sie irgendeine Möglichkeit, die Öffnung ohne schweres Gerät zu erweitern?»

«Hm ... schwierig.»

«Hat der Bohrer eine Berieselungsanlage gegen Staub?»

«Ja, ist integriert.»

«Drehen Sie sie bis zum Anschlag auf, das verhindert auch Funkenbildung!», riet Tia. «Dann bohren Sie ein paar weitere Löcher in geringem Abstand und hebeln die Ortsbrust dazwischen mit einer Brechstange heraus.»

Auf der anderen Seite der Wand herrschte für einen Moment verblüfftes Schweigen.

«Sie kennen sich aus, oder?», fragte der Retter.

«Könnte man sagen», rief Tia schmunzelnd zurück. «Wie lange wird es dauern, was schätzen Sie?»

«Halbe Stunde vielleicht. Ziehen Sie sich von der Wand zurück, für den Fall, dass Splitter herumfliegen!»

Vierter Teil

Der Kerker

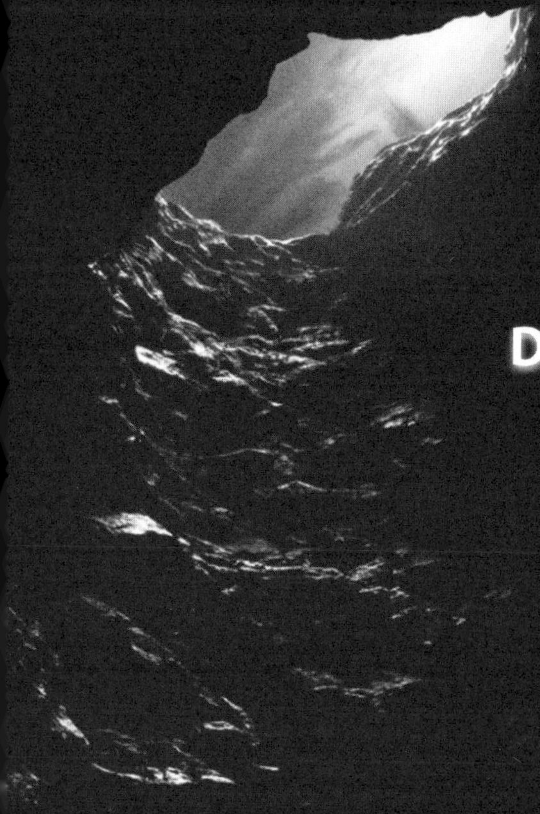

Eine Stunde später

Philipp

Der Wald am Fuß des Berges, sonst so still und dunkel, blitzte von Lichtern und wimmelte von Menschen. Philipp nahm sie kaum zur Kenntnis, all die Männer mit Taschenlampen und gezückten Handys, die umherliefen und einander Anweisungen zuriefen – ebenso wenig wie die Rettungssanitäter, die ihn auf einer Trage den Abhang hinabtrugen. Er sah nur den Nachthimmel: offen, wolkenlos, von funkelnden Sternen überzogen. Dass er ihn überhaupt wiedersah, fühlte sich wie ein Wunder an.

Der Weg nach draußen war eine Tortur gewesen. Über eine halbe Stunde hatte es gedauert, bis die Männer die Wand weit genug aufgebrochen hatten, um die Trage hindurchzuschieben. Tia hatte Philipp darauf festgeschnallt, und nur mit Leons Hilfe war es ihr gelungen, ihn hochzustemmen und in das enge Bohrloch zu bugsieren. Tapfer hatte Philipp die Schmerzen ausgeblendet und versucht, sich nicht als das zu fühlen, was er war: Ein Klotz, den man hin- und herwuchtete wie ein sperriges Möbelstück. Endlich auf der anderen Seite angekommen, hatten die Männer ihn eilig zum Höhlenausgang getragen – über die Fallgrube hinweg, die inzwischen mit Stahlplatten überbrückt war – und sich dann noch einmal minutenlang gemüht, ihn durch den Eingangstunnel ins Freie zu ziehen.

Nun strich kühle Nachtluft über sein Gesicht. Ein Notarzt ging neben der Trage her. Er hatte eine Spritze in Philipps Arm gestochen und eine Kanüle befestigt. Den dazugehörigen Tropf trug er eigenhändig.

«Wird's langsam besser?», fragte er.

Philipp nickte.

«Gut. Sie bekommen gerade ein Schmerzmittel und etwas zur Kreislaufstabilisierung. Einen Augenblick dauert es noch, bis wir Sie in den Rettungswagen verfrachten können, denn der steht drüben auf dem Parkplatz. Bleibt uns also nichts anderes übrig, als Sie quer durch den Wald zu schleppen.»

Das war Philipp egal – wenn nur dieses herrliche Gefühl andauerte, dass der Schmerz nachließ.

«Phil!» Kim eilte an seine Seite und lief ein Stück neben der Trage her. «Alles in Ordnung?»

Philipp wusste nichts zu sagen, und so blieb es bei einem Austausch von Blicken. Mitzuteilen gab es eigentlich eine Menge, doch er war kein großer Redner und der Moment denkbar ungeeignet. Andernfalls hätte er vielleicht gesagt, wie leid es ihm tat, sie in die ganze Sache verwickelt zu haben: in den absurden Plan, die selbstmörderische Expedition in diese verdammte Höhle, die Jagd nach dem Schatz, der nun höchstwahrscheinlich in irgendeinem Museum landen würde.

Wäre er romantischer veranlagt gewesen, hätte er auch sagen können, dass er sie liebte ... und dass er nicht mehr sicher war, ob sie seine Gefühle noch erwiderte. Bewusst geworden war ihm dies in der Grube, wo der verrückte Polizist sie zusammengepfercht hatte. Das Schweigen zwischen ihnen war bedrückend gewesen, und wenn sie ihn angeblickt hatte, war zwar Mitleid in ihren Augen gewesen, aber auch Zweifel und Distanz. Inzwischen glaubte er seinen Fehler zu erkennen: Er hatte sich allzu sehr daran gewöhnt, dass sie ihm alle Entscheidungen überließ, dass sie tat, was er wollte und nur gelegentlich Zugeständnisse brauchte, damit sie in der Spur blieb. In Wahrheit war sie selbständiger und entschlossener, als er ihr zugetraut hatte. Bereits vor vielen Stunden hatte sie seinen Plan verworfen und sich mit den beiden Forschern verbündet. Philipp hatte dies anfangs nicht wahrhaben wollen – ganz ähnlich, wie er die Abkühlung ihrer Beziehung in den vergangenen Wochen verdrängt hatte. Kim war ihm fremd geworden, und es war zu spät, etwas dagegen zu unternehmen. Er ahnte, was geschehen würde.

Sie wird Schluss machen, erkannte er. *Früher oder später.*

«Wir sehen uns im Krankenhaus!», rief sie ihm noch nach, als die Männer ihn in den Wald trugen. Dann blieb sie zurück.

Philipp drehte nicht den Kopf, um ihr nachzublicken. Stattdessen starrte er zu den Baumwipfeln hinauf, die sich wie vielarmige Gespenster unter dem dunklen Himmel spreizten.

Der Fluch kam ihm in den Sinn, der angeblich auf dem Schatz lastete. Normalerweise gab Philipp einen Dreck auf solche alten Geschichten. Er war nicht abergläubisch, abgesehen vielleicht von der Hoffnung, die er in das blaue Licht gesetzt hatte. Er glaubte nicht an höhere Gewalten, schon gar nicht an Lohn und Strafe. Dennoch: In gewisser Weise musste er büßen – nicht nur mit einem gebrochenen Bein. Seine Strafe bestand darin, dass er Kim verlor.

Ihm fiel ein, dass er sie einst «Schatz» genannt hatte. Das war zu Beginn ihrer Beziehung gewesen, als er noch um sie geworben hatte. Später hatte er sie meistens «Maus» genannt, was zwar zärtlich klang, aber im Grunde wenig mehr ausdrückte als Harmlosigkeit. Verlor er sie vielleicht gerade deshalb, weil er verlernt hatte, sie als seinen Schatz zu sehen? Weil er begonnen hatte, einen anderen Schatz zu suchen, statt jenen zu würdigen, den er bereits besaß?

Idiotische Vorstellung, dachte er, als zwischen den Bäumen die Lichter der parkenden Einsatzfahrzeuge auftauchten. *Absolut idiotisch.*

Trotzdem beschäftigte ihn der Gedanke noch, als der Rettungswagen über die Landstraße Richtung Heidelberg brauste.

Tia

«Es tut mir so leid, Leon», sagte Tia.

«Ach ...» Sie meinte förmlich sehen zu können, wie er abwinkte. «Ist sicher alles halb so schlimm.»

Er lag auf einer Trage, während einer der Notärzte sein Herz abhörte. In der Hektik der Rettung hatte Tia keine Zeit gefunden, ihn selbst zu untersuchen, und sich gezwungen, seinen schweren Atem zu überhören. Offenbar war die Explosion keineswegs spurlos an ihm vorübergegangen, doch stoisch, wie Leon war, hatte er keinen Laut der Klage hören lassen.

«Kein Grund zur Beunruhigung», sagte der Notarzt schließlich und setzte das Stethoskop ab. «Sie haben ein leichtes Druckwellentrauma, aber die Rippen sind alle heil, und Ihr Herz hört sich gut an. Wir bringen Sie nach Heidelberg in die Uniklinik.» Er wandte sich Tia zu. «Sie werden leider noch warten müssen. Wir haben im Moment nur zwei Wagen hier, aber Verstärkung ist auf dem Weg.»

«Ich brauche keinen Krankenwagen», wehrte Tia ab. Sie fühlte sich erstaunlich gut, seit sie wieder frische Luft atmete – und noch besser mit dem Wissen, dass Leons Verletzung keinen Anlass zu ernster Besorgnis gab.

«Ein gründlicher Herz-Kreislauf-Check wäre aber gut», beharrte der Arzt. «Immerhin haben Sie stundenlang Gas eingeatmet.»

Tia seufzte. «Na schön.»

«Frau Traveen?» Ein Mann war an ihre Seite getreten und beugte sich zu ihr herab. «Ich glaube, das hier gehört Ihnen.»

Er drückte Tia etwas in die Hand. Als sie es befühlte, erkannte sie das Lederband und den zylindrischen Kunststoffkörper. Sender und Empfänger waren wieder zusammengefügt worden.

«Das ist der Sender, oder?», staunte Leon. «Wie hast du es eigentlich geschafft, ihn nach draußen zu bringen?»

«Tja, auf so einen Trick muss man erst mal kommen», sagte der

Mann, offenbar einer der Rettungshelfer. «Wir fanden das Ding auf dem Rücken eines Feuersalamanders.»

«In die Nebenhöhle, die von dem Schacht abzweigte, mündete ein schmaler Tunnel», erklärte Tia. «Der Salamander kroch darauf zu, und ich nahm an, dass er auf dem Weg ins Freie war.»

«Du bist wirklich unglaublich!», sagte Leon schmunzelnd. Tia spürte, dass er ihre Hand ergriff, während der Rettungshelfer sich taktvoll zurückzog. «Das sage ich dir sicher nicht zum ersten Mal.»

«Ach», wehrte Tia verlegen ab. «Danken wir lieber meinem Papa. Schließlich habe ich den Sender von ihm.»

«Du solltest ihn auch in Zukunft tragen.»

«Wozu? Unter der Erde ist er ja doch nicht zuverlässig.»

«Dann trag ihn mir zuliebe!», bat Leon, zog die Kappe mit dem Empfänger aus Tias Fingern und nahm sie an sich. «Wenigstens weiß ich dann immer, wo du bist ... falls ich mal Sehnsucht habe.»

Tia lachte. «Du bist süß.»

Sie streifte das Lederband wieder über den Kopf und steckte den Sender in ihren Ausschnitt.

«So, wir können!», verkündete der Notarzt. Die Sanitäter nahmen die Trage auf.

«Wir sehen uns dann in der Klinik», sagte Leon, als seine Hand aus ihrer glitt.

Tia nickte nur und blieb stehen, während sie ihn davontrugen.

«Für Sie ist auch schon ein Wagen unterwegs», sagte der Rettungshelfer. «Aber es wird noch ein wenig dauern. Sie müssen unbedingt die nasse Kleidung ausziehen, sonst holen Sie sich noch den Tod! Hier sind ein paar warme Sachen.» Er drückte ihr einen Stapel ordentlich gefalteter Wollwäsche in die Hände. «Brauchen Sie Hilfe beim Umziehen?»

«Nicht doch! Ich bin vielleicht blind, aber kein Kind mehr.»

«Gut, dann mache ich nur den Sichtschutz. Kommen Sie!»

Der Mann führte sie ein Stück Richtung Waldrand, breitete ein großes Handtuch aus und hielt es in die Höhe. Rasch streifte Tia den Cave-Suit, Stiefel und Unterwäsche ab und schlüpfte in die trockenen Sachen: Ein Sweatshirt, eine Jacke und eine Hose mit Gummizug, alles aus weichem Wollfleece. Erst jetzt merkte sie, dass sie tatsächlich jämmerlich gefroren hatte, und empfand den warmen Stoff auf der Haut als herrlich angenehm. Als sie fertig war, reichte der Rettungshelfer ihr das Handtuch, und sie schlang es um ihre nassen Haare.

«Was Heißes zu trinken?»

Tia hörte, wie er ihr einen Klappstuhl hinschob. Der Duft nach Kaffee war verführerisch, doch sie lehnte ab.

«Wie Sie wollen. Übrigens ist hier jemand, der Sie sprechen will!»

Tia rechnete mit Carolin – oder mit Eckard Dahms, der mit Sicherheit irgendwo in der Nähe sein musste. Doch die Stimme des Mannes, der sich eben näherte, war ihr völlig unbekannt: tief, freundlich und dennoch geschäftsmäßig.

«Hallo, Frau Traveen!»

Sie hörte, wie er sich einen zweiten Klappstuhl heranzog, während der Rettungshelfer sich entfernte.

«Freut mich, Sie gesund und unversehrt zu sehen. Oder täuscht der äußere Eindruck?»

«Nein, mir geht es gut», sagte Tia und lächelte unsicher.

Der Mann war eindeutig kein Mitglied der Rettungsmannschaft. Schon zuvor war Tia aufgefallen, dass einige der Anwesenden offenbar weder zur Bergwacht noch zum Ambulanzpersonal gehörten. Sie hätte nicht leicht erklären können, woran sie das festmachte: Diese Leute sprachen einfach anders als die ehrenamtlichen Helfer, und man spürte deutlich, dass Aktionen wie diese nicht ihr gewöhnliches Metier waren. Einige liefen in Alltagskleidung umher; das typische Knistern der rotweißen Kunststoffwesten fehlte.

«Schön zu hören», sagte der Unbekannte. «Wir haben ja auch das Möglichste getan, um Schlimmeres zu verhindern.»

Tia runzelte die Stirn. «Darf ich fragen, wer Sie sind?»

«Oh, Verzeihung – mein Name ist Dittrich. ONFOX Erdgas GmbH.»

«Ach ...»

«Sicher wundern Sie sich, dass wir hier sind.»

«Ehrlich gesagt: ja.»

«Nun, weder die Leute von der Bergwacht noch der Höhlenrettungsverband verfügten über die erforderliche Logistik. Als festgestellt wurde, dass es sich um eine Verschüttung handelt, hat Herr Dahms sich an uns gewandt, weil wir alle möglichen Gerätschaften parat haben – zum Beispiel die tragbare Tunnelbohrmaschine, eine ganz neue Errungenschaft unserer Ingenieure. Natürlich sind meine Leute keine professionellen Lebensretter ...» Dittrich machte eine bedeutungsvolle Pause. «... aber umso mehr bin ich stolz auf ihre Leistung. Bei uns war längst Feierabend, als Herr Dahms mich anrief, aber ich habe sofort meine besten Mitarbeiter zusammengetrommelt. Ich glaube, das ist das erste Mal, dass ein gewerbliches Unternehmen sich mit solchem Einsatz bei einer Rettungsaktion engagiert.»

Tia schwieg einen Moment verblüfft und ordnete im Kopf die Fakten. «Also ... Sie bohren nach Gas? Hier in der Nähe?»

«Keine drei Kilometer entfernt», bestätigte Dittrich.

«Mit welcher Methode? Konventionelle Förderung?»

«Nein. Wir fördern Schiefergas aus siebenhundert Metern Tiefe – mit dem Fracking-Verfahren, falls Ihnen das etwas sagt.»

«Tut es allerdings», sagte Tia. «Das heißt, Sie bohren dort unten ein künstliches Tunnelsystem und sprengen das Gestein mit Wasserdruck auf?»

«So könnte man es in vereinfachter Form beschreiben.»

«Soweit ich weiß, ist die Ausbreitung der Risse im Untergrund nur schwer vorhersagbar – bin ich da richtig informiert?»

«Im Wesentlichen schon», räumte Dittrich ein.

«Es wäre also denkbar, dass einer dieser Risse eine Verbindung zwischen der Gaslagerstätte und einer natürlichen Verwerfung in der Erdkruste hergestellt hat?»

Dittrich schwieg einen Moment. Tia hörte Schritte und begriff, dass zwei weitere Männer sich näherten und schweigend neben sie stellten. Es machte fast den Eindruck, als wollten sie das Gespräch vor den Blicken der Rettungshelfer abschirmen.

«Offensichtlich haben Sie bereits denselben Schluss gezogen wie wir», fuhr Dittrich mit gedämpfter Stimme fort. «Ja, es scheint, dass uns ein Fehler unterlaufen ist. Unseren ersten Fracking-Durchgang hatten wir bereits vorige Woche ... und dabei scheinen wir einen Felsspalt erwischt zu haben, dessen oberes Ende in diese Höhle mündet. Ich gebe zu: Der genaue Hergang ist uns noch ein Rätsel. Eigentlich ist so etwas unmöglich in dieser Tiefe.»

«Es ist sehr wohl möglich!», widersprach Tia. «Fracking-Risse können mehrere hundert Meter lang sein, nicht wahr? Vorausgesetzt natürlich, man legt entsprechend hohen Wasserdruck an.»

Dittrich schwieg unbehaglich.

«Es ist also, wie ich vermutet habe», nickte Tia. «Seit mindestens einer Woche steigt Erdgas in diese Höhle auf. Und heute haben Sie einen weiteren Fracking-Vorgang gestartet, richtig? Das Wasser ist bis in die Höhle hinaufgedrückt worden. Mein Partner und ich sind fast ertrunken.»

«Das kann ich mir kaum vorstellen», meinte Dittrich.

«Sie haben nicht zufällig bemerkt, dass Sie mehr Wasser einleiten mussten als beim ersten Mal?»

Wieder schwieg Dittrich. Zwar konnte Tia seinen Gesichtsausdruck nicht sehen, ahnte jedoch, dass sie richtig lag.

«Ich bin sicher, dass es sich um Fracking-Wasser gehandelt hat», sagte sie und griff nach ihrem durchnässten Cave-Suit, der am Boden lag. «Ich kann es immer noch riechen.»

«Riechen? Was können Sie riechen?»

«Die chemische Zusätze. Sie verwenden doch Zusätze, oder?»

«Nun ja … natürlich mischen wir Substanzen bei, die die entstandenen Risse offen halten und einer Besiedlung mit Mikroorganismen vorbeugen.»

«Ich tippe auf Peroxide, Terpene und einen ganzen Cocktail weiterer Substanzen.»

«Ihre empfindliche Nase in allen Ehren, aber da müssen Sie sich irren.»

«Sicher?»

«*Ganz* sicher», sagte plötzlich einer der anderen beiden Männer, die schon seit längerer Zeit neben ihnen standen. Tia fühlte, wie der Mann den Cave-Suit packte und aus ihren Händen zog, bevor sie es verhindern konnte.

«He!»

Protestierend blickte sie in Richtung des Unbekannten, dann wieder zu Dittrich hinüber. Es dauerte einen Moment, bis sie begriff.

«So ist das also! Diese Zusätze sind grundwasserschädlich, oder? Und niemand weiß davon.»

Dittrich seufzte.

«Frau Traveen», begann er. «Diese ganze Angelegenheit ist eine Verkettung unglücklicher Umstände und zweifellos sehr unerfreulich. Aber entscheidend ist doch, dass meine Firma sich augenblicklich zur Verfügung gestellt hat, um das Leben der Verschütteten zu retten. Nicht jedes Unternehmen wäre bereit, unentgeltlich seine patentierten Maschinen, seine Mitarbeiter und seine ganze Sachkenntnis für eine solche Aktion einzusetzen.»

«Sie machen allen Ernstes eine heroische Tat daraus?», fragte Tia ungläubig. «Mir scheint, Sie wollen nur Ihre Fehler vertuschen – deshalb sind Sie sofort angerückt, als Herr Dahms Sie alarmierte. Wahrscheinlich haben Sie sich gedacht, dass eine Gasexplosion die Ursache gewesen sein könnte. Sie wissen, dass das Fracking-Verfahren umstritten ist und dass Genehmigungen dafür nur unter strengen Auflagen erteilt werden. Wenn bekannt wird, was hier passiert ist, wirft das sicher kein gutes Licht auf Ihr Bohrprojekt. Es wird Untersuchungen nach sich ziehen: Ob die Bodenverhältnisse schlampig sondiert wurden, ob Sie nicht viel zu nah unter der Oberfläche fracken – und ob Ihr Fracking-Wasser eine Gefahr für das örtliche Grundwasser darstellt.»

«In dieser Gegend wird ohnehin kein Grundwasser entnommen», hielt Dittrich dagegen. «Die Böden sind noch vom Silberbergbau des letzten Jahrhunderts verschlackt – was spricht also dagegen, dem Wasser ein paar Additive zuzusetzen?»

«Zum Beispiel die fehlende Genehmigung», stellte Tia fest. «Ganz abgesehen von der Tatsache, dass ich ein unfreiwilliges Bad in diesem Wasser nehmen musste. Ich kann nur hoffen, dass ich nichts davon geschluckt habe.»

«Ich versichere Ihnen, dass keiner dieser Stoffe ...»

«Wie ist das Zeug klassifiziert? Gesundheitsschädlich beim Einatmen, oder schon bei Hautkontakt?»

«Wir haben die Ambulanzkräfte bereits gebeten, eine medikamentöse Entgiftung durchzuführen – natürlich nur vorbeugend, um jedes Risiko auszuschließen. Seien Sie unbesorgt; Ihnen und Ihrem Partner wird nichts passieren.»

Alle schwiegen einen Augenblick.

«Was wollen Sie eigentlich von mir?», fragte Tia schließlich.

Dittrich lehnte sich vor, sein Klappstuhl knarrte.

«Es wäre wunderbar, wenn Sie sich entschließen könnten, in erster Linie unsere Hilfsbereitschaft und unseren Erfolg bei der Rettungsaktion zu würdigen», sagte er. «Sie sind eine bekannte Forscherin und ein Liebling der Presse. Man wird Sie interviewen, Ihnen Fragen stellen. Von Ihrer Darstellung könnte viel abhängen, vielleicht sogar die zukünftige Energiepolitik in Baden-Württemberg – zu schweigen von den Arbeitsplätzen der vielen Menschen, die heute hier waren, um Sie und die anderen Verschütteten zu retten.»

«Im Klartext: Sie wollen, dass ich Ihr Image hochhalte und verschweige, dass Sie das ganze Unglück überhaupt erst verursacht haben?»

«Lässt sich die Angelegenheit vielleicht mit einer Gegenleistung lösen? Sagen wir: einer finanziellen Unterstützung Ihrer künftigen Forschungsvorhaben?»

Tia lachte freudlos. «Wollen Sie mich bestechen?»

«Ich sondiere nur Möglichkeiten eines für beide Seiten förderlichen Arrangements.»

Tia schüttelte sich vor Abscheu. Glaubte dieser Mensch tatsächlich, sie mit Geld für all die Strapazen und Ängste entschädigen zu können? Er hatte nicht zwölf Stunden lang in einer verschütteten Höhle festgesessen und Methangas eingeatmet; er war keinen hundert Meter tiefen Schacht hinabgeklettert und beinahe in dem verseuchten Wasser ertrunken.

Sie wollte bereits aufstehen, da Sie das Gespräch als beendet betrachtete. Einer der Männer jedoch, die links und rechts ihres Stuhls Aufstellung genommen hatten, packte sie an den Schultern und zwang sie mit sanfter Gewalt wieder herab.

«Lassen Sie mich los!», verlangte Tia erschrocken.

«Frau Traveen», begann Dittrich erneut, «bitte beruhigen Sie sich! Ich weiß, Sie hatten einen schlimmen Tag, aber das hindert uns doch nicht, unsere Probleme wie erwachsene Menschen zu lösen – durch Diskussion statt durch Weglaufen, wenn Sie verstehen, was ich meine.»

Tia blieb stumm. Angst hatte sie ergriffen. Die beiden Männer schienen Bodyguards zu sein: knisternde Anzughosen mit Bügelfalten, kräftige Hände, tief rauschender Atem, der auf ein erhebliches Brustvolumen und eine entsprechend athletische Statur schließen ließ. Dittrich hatte sich vorgebeugt, und Tia spürte deutlich seine verhohlene Erregung. Offenbar war er entschlossen, ihr mit allen Mitteln Zugeständnisse abzuringen.

Rasch sondierte sie Geräusche und Echos im weiteren Umkreis. Der Grasstreifen zwischen dem Wald und dem Hang wimmelte noch immer von Menschen. Die Gruppe um Tia befand sich ein wenig im Abseits, doch es drangen zahlreiche Stimmen herüber. Keineswegs alle Männer konnten zu Dittrichs Firma gehören. Schließlich waren auch Rettungshelfer dabei, Leute vom Landesverband, von der Bergwacht. Irgendwo in einiger Entfernung glaubte Tia die Stimme von Eckard Dahms zu hören, der sich mit Kim unterhielt.

«Herr Dahms?», rief sie und reckte sich auf ihrem Klappstuhl, bevor ihre Aufpasser reagieren konnten.

Sie hörte deutlich, wie Dittrich neben ihr *«Scheiße!»* zischte.

Schritte näherten sich, und Tias Aufpasser traten notgedrungen beiseite.

«Frau Traveen!», rief Dahms. «Bitte entschuldigen Sie, aber ich wurde da drüben festgehalten. Die Einsatzleitung beriet über Möglichkeiten, das Gas einzudämmen – und die junge Dame dort hatte eine sehr interessante Geschichte zu erzählen.»

«Schon in Ordnung.» Tia stand auf und flüchtete an seine Seite. «Ich hatte auch ein interessantes Gespräch ... mit diesem Herrn hier.»

«Ach ...»

Dahms wirkte verunsichert, dann plötzlich misstrauisch. Offenbar schien er rasch zu erfassen, was vor sich ging. Da Dittrich stumm blieb, wandte er sich an sie und ergriff ihren Arm.

«Sie sollten sich ausruhen, Frau Traveen. Kommen Sie!»

Er führte sie von den Männern fort, die keinen Einspruch wagten.

«Danke», flüsterte Tia, als sie außer Hörweite waren. «Die haben mich ganz schön unter Druck gesetzt.»

«Dachte ich mir fast», nickte Dahms. «Ich ahnte ja nicht, dass es bei der ganzen Sache um Erdgas geht; das hat mir erst der Einsatzleiter erklärt. Kein Wunder, dass Herr Dittrich so schnell bereit war, die Rettungsaktion zu unterstützen.»

«Er wollte wissen, wie ich den Vorfall gegenüber der Öffentlichkeit darstellen würde.»

«Verstehe. Am besten sollten Sie von hier verschwinden, damit diese Leute Ihnen nicht auf die Nerven gehen.»

«Ich warte noch auf meinen Krankenwagen – auch wenn ich das eigentlich nicht für nötig halte.»

Dahms schien einen Moment zu überlegen.

«Wissen Sie was? Ich fahre Sie in die Klinik. Wäre Ihnen das recht?»

«Das wäre wunderbar.»

«Und die andere junge Dame nehmen wir auch gleich mit.» Dahms steuerte auf jemanden zu, und Tia erkannte Kims Geruch. «Ich setze Sie dann beide bei der Notaufnahme ab.»

«Okay», sagte Kim, die nervös und eingeschüchtert wirkte.

Sie bogen auf den Trampelpfad ein, der quer durch den Wald zum Parkplatz führte. Dahms hatte Tia seinen Ellbogen gereicht und achtete darauf, dass sie nicht über Steine oder Baumwurzeln stolperte. Kim folgte in einigen Schritten Abstand.

«Sagen Sie», wandte sich Dahms an Tia, «die Sache mit dem Herrn Möller von der Schutzpolizei ... wie war das genau? Frau Werninger hat erzählt, er habe plötzlich eine Waffe gezogen.»

«Stimmt», bestätigte Tia. «Offenbar war er von Anfang an nur dabei, weil er in der Höhle etwas suchte.»

«Etwas *suchte?* Und was soll das gewesen sein?»

«Es gibt dort eine archäologische Fundstätte. Möller muss davon gewusst haben. Er zwang mich, in den Schacht hinabzusteigen, aus dem das Gas aufstieg. Der Boden lag voller Gegenstände: Becher, Schmuck, Münzen und so etwas. Ich konnte sie natürlich nicht sehen, aber ich würde wetten, dass es sich um jahrhundertealte Artefakte handelt.»

«Und wie kam Möller zu Tode?»

«Er hat geschossen – und dadurch hat sich das Gas in der Höhle entzündet. Mein Partner und ich konnten uns gerade noch unter Wasser retten, um der Explosion zu entgehen.»

«Unglaublich.» Tia glaubte förmlich zu sehen, wie Dahms den Kopf schüttelte. «Ihre Freundin, diese Journalistin, scheint wohl doch recht zu behalten. Sie glaubte von Anfang an, dass es um einen Schatz geht.»

«Wo ist Carolin eigentlich?», fragte Tia. «Ich habe mich schon gewundert, dass sie bei einer so presseträchtigen Aktion nicht vor Ort ist.»

«Im Moment ruht sie sich ein wenig aus. Aber Sie werden sie in Kürze sehen.»

Carolin

Als Carolin zu sich kam, lag sie auf einem Bett in einem unbekannten Zimmer. Im ersten Moment glaubte sie, es sei ihr Hotelzimmer, doch das breite Fenster mit der Aussicht auf die Altstadt fehlte. Es gab überhaupt kein Fenster. Sie sah nur verblichene, gemusterte Tapeten.

Verstört setzte sie sich auf und fuhr sich mit der Hand über die Augen. Ihr Schädel brummte.

Was ist passiert?

Das Letzte, woran sie sich erinnern konnte, war das schreckliche Gefühl, dass etwas gegen ihren Mund gepresst wurde und sie nicht mehr atmen konnte. Der Geruch war noch immer da – ein süßlicher, chemischer Geruch.

Wo bin ich?

Sie stand auf, obwohl ihre Beine zitterten und sie sich schwach fühlte. Das Bett knarrte leise. Es war ein sehr schlichtes, altertümliches Bett mit dunklem Holzrahmen und ausgeleierter Matratze. Auch das Zimmer wirkte eigenartig alt, wie ein Schnappschuss aus einer vergangenen Epoche. Die wenigen Möbel, ein mächtiger Schrank mit Schnitzereien und eine Kommode, waren dunkel gebeizt und an vielen Stellen abgestoßen. Carolin drehte sich um sich selbst – und entdeckte eine Tür.

Ein warnendes Unbehagen befiel sie. Ihre Hand flog auf den Türgriff zu.

Bitte nicht ...

Ein kurzer Moment der Erleichterung: Die Tür war nicht verschlossen. Sie öffnete sich auf einen grell erleuchteten Flur mit nackten Betonwänden, von dem mehrere Türen abgingen. Direkt gegenüber lag ein Abstellraum, in dem sich beschädigte Möbel, ein ausgedientes Fahrrad und ähnlicher Hausrat stapelten. Eine andere Tür führte zu einem winzigen Bad, das gerade Platz für eine Toilette mit Waschbecken und Spiegel bot. Auch dieser Raum war fensterlos; es gab lediglich ein Lüftungsgitter. Die Tür am hinteren Ende des Korridors öffnete sich zu einem Heizungsraum mit Sicherungskasten, in dem ein Gasbrenner summte.

Das ist ein Keller, erkannte Carolin.

Ihr Blick fiel auf die vierte Tür, die dem Heizungsraum gegenüber am anderen Ende des Korridors lag. Sicher verbarg sich dahinter eine Treppe zum Erdgeschoss.

Carolin drückte die Klinke. Die schwere Tür aus massivem Holz war fest verriegelt.

«Hey!» Sie klopfte dagegen, erst mit den Fingerknöcheln, dann mit der Faust. «Hallo? Hört mich jemand?»

Sie verstummte, als ihr klarwurde, dass niemand antworten würde. Sie war gefangen – eingesperrt wie ein Tier. Der Keller sah nicht aus wie das erstbeste Versteck, das einem planlosen Entführer eingefallen wäre: Er war bewohnbar und enthielt mit Bett und Toilette zumindest das Allernötigste für einen dauerhaften Aufenthalt. Wie lange mochte sie schon hier sein? Instinktiv griff sie nach der Tasche, in der gewöhnlich ihr iPhone steckte – und wusste schon, bevor ihre Finger es fühlten, dass das Gerät nicht mehr da war. Auch ihre Armbanduhr war verschwunden.

Mein Gott ... es könnte ein ganzer Tag vergangen sein.

Der Gedanke ließ Carolins Knie weich werden. Sie hatte bereits über Entführungen recherchiert, einmal sogar mit einem Opfer gesprochen – einem achtzehnjährigen Mädchen, das eine ganze Woche lang im Keller eingekerkert worden war.

Ganz ruhig!, bezwang sie sich. Sie war keine achtzehn mehr, und wenn jemand sie hier festhielt, waren vermutlich nicht die Machtphantasien eines perversen Mädchenschänders der Grund. Es ging um etwas anderes, dessen war sie sicher.

Der Schatz ...

Zweifellos war sie nicht die Einzige gewesen, die nach der Lösung des Rätsels gesucht hatte. Es gab genug Schatzjäger, die dem blauen Licht nachspürten, das über dem Höhleneingang leuchtete. Wer immer diese Leute auch sein mochten; sie waren nicht hinter Carolin her, sondern hinter dem Reichtum, den der Aberglaube ihnen versprach. Carolin war im Haus der Werningers gewesen, hatte Kims Bücher gefunden, die Dokumente, den achtzig Jahre alten Brief. Sie war eine Zeugin, die über Informationen verfügte – möglicherweise über mehr, als gewisse Leute für gut hielten.

Die Erkenntnis ließ ihr Herz schneller schlagen. Doch Carolin brach nicht in Panik aus. Eine eigenartige Ruhe überkam sie, und der unbesiegbare Drang, Zusammenhänge zu verstehen, hielt ihre Angst in Schach. Noch einmal durchquerte sie den gesamten Keller, trat in jeden Raum, sah sich aufmerksam um, suchte nach Indizien. Am Ende kehrte sie in das Zimmer mit dem Bett zurück, öffnete die Kommode und den Kleiderschrank. Beide enthielten ausrangierte

Wäschestücke, vor allem Tischdecken und Bettzeug, sauber gestapelt und leicht muffig riechend. An der Kleiderstange des Schranks hingen nur leere Bügel. Doch auf dem Brett darüber stand ein großer Pappkarton.

Carolin wuchtete ihn herunter, stellte ihn auf den Boden und nahm den Inhalt in Augenschein, der aus losen Papieren und einigen dicken Fotoalben bestand. Kinderzeichnungen waren dabei, auf gelblichem Papier, das sehr alt wirkte – Erinnerungsstücke, wie Eltern sie gewöhnlich aufhoben. Carolin schlug eines der Fotoalben auf.

Doch sie sah nicht die erwarteten Kinderfotos, sondern das Schwarzweiß-Porträt eines Mannes in Uniform. Unter der schwarzen Mütze blitzten dunkle Augen selbstbewusst, beinahe herrisch in die Kamera. Der schmallippige Mund unter dem Schnauzbart wirkte militärisch streng. Auf der Uniformjacke prangte ein kleines, rundes Abzeichen, das keinen Zweifel über die Zeit ließ, aus der das Foto stammte: Es war ein Hakenkreuz. Die Bildunterschrift bestätigte es, auch wenn Carolin einen Augenblick brauchte, um die verschnörkelte Schreibschrift zu entziffern.

Untersturmführer Hans Maurer, Heidelberg 1935

Stirnrunzelnd schlug Carolin die dicken Pappseiten des Albums um. Sie fand weitere Fotos desselben Mannes, mal bei einer Parade, mal mit anderen Soldaten, schließlich in einem Garten neben einem Apfelbaum. Eine Frau stand an seiner Seite, blond, hager und mit etwas steifem Lächeln. Vor den beiden reckte sich die schlaksige Figur eines Jungen im Teenager-Alter. «Hans, Gerda und Siegfried», stand in geschwungener Schrift darunter.

Dem Jungen waren weitere Seiten gewidmet, die ihn im Garten spielend, Fahrrad fahrend und schließlich in Uniform zwischen anderen jungen Männern zeigten. Auch von ihm gab es ein Porträt, auf dem er dem Vater trotz des bartlosen Jungengesichts eigentümlich ähnlich sah. Er trug militärische Kleidung und einen Gewehrriemen über der Schulter:

Obergefreiter Siegfried Maurer, 1940

Es folgte eine Doppelseite ohne Fotos, in die ein Stoß loser Papiere eingelegt war. Einige waren amtliche Schreiben und zeigten das Siegel des schwarzen Adlers der Wehrmacht: «Einberufungsbefehl» – «Lobende Erwähnung für besondere Tapferkeit» – «Eisernes Kreuz Zweiter Klasse» – «Beförderung zum Stabsfeldwebel». Zwischen den Dokumenten lagen Postkarten, von Siegfried Maurer an eine Frau namens Erika adressiert, mit Daten bis 1944 und Absendern, die nach Ortschaften in Osteuropa klangen.

Das nächste Schriftstück markierte einen Zeitsprung: Es war ein ausgeschnittener Zeitungsartikel, an dessen unterem Rand das Datum «2. September 1948» zu erkennen war: «Stabsoffizier vom Vorwurf der Begehung von Kriegsverbrechen freigesprochen – Unschuld oder Mangel an Beweisen?». Es folgte eine Heiratsurkunde und schließlich ein Bescheid des Standesamtes: «... wird dem Wunsch des Antragstellers zum Schutze seiner Persönlichkeit entsprochen und sein Familienname dem Geburtsnamen seiner Ehegattin angeglichen.»

Carolin hielt einen Moment inne, legte das Blatt zurück und lauschte auf ihr heftig pochendes Herz.

Nein ... das kann nicht sein ...

Doch sie sah es schwarz auf weiß: Siegfried Maurer, der Wehrmachtsoffizier, hatte seinen Namen ändern lassen, offenbar aufgrund der Ermittlungen über Kriegsverbrechen, die seinen Ruf bedrohten. Er hatte den Namen seiner Frau angenommen: Dahms.

Carolin zwang sich zum Weiterblättern. Eine weitere Fotoserie dokumentierte ein unauffälliges Familienleben im Deutschland der sechziger Jahre, mit Eigenheim, Garten und sichtbar wachsendem Wohlstand. Es gab eine Tochter namens Hildegund, der viele Fotos gewidmet waren, dann eine Todesanzeige für Erika Dahms und schließlich Bilder von einer zweiten, viel jüngeren Ehefrau. Eine Zeitungsanzeige kündete von der Geburt eines Sohnes: Hans-Eckard Dahms.

Die folgenden Bilder, die den Jungen als Kind und schließlich als Heranwachsenden zeigten, ließen keinen Zweifel mehr: Gesichtszüge, Haltung und Ausdruck waren unverkennbar. Das allerletzte Foto zeigte Hans-Eckard im Alter um die dreißig bei einer Familienfeier, mit einem Sektglas dem Fotografen zuprostend, den anderen Arm um einen Jungen gelegt, der etwa halb so alt sein mochte wie er selbst. Auch das Gesicht dieses Jungen erkannte Carolin. Es war das des Polizisten, der am Morgen vor der Höhle Wache gehalten hatte.

Lieber Eckard, lautete die handschriftliche Notiz unter dem Bild, *ich bin dir so dankbar, dass du dich um Jan kümmerst! Er braucht einen Vater und könnte bestimmt keinen besseren finden als dich. Ich freue mich so – Deine Hildegund.*

Carolin schreckte auf, als sie ein Rumpeln direkt über sich hörte. Eine Tür schlug; dann drangen Schritte und schließlich der unterdrückte Schmerzenslaut einer weiblichen Stimme aus dem Erdgeschoss.

Carolin ließ das Album fallen und eilte auf den Flur. Jetzt polterten eindeutig mehrere Personen die Kellertreppe herab. Ein Schlüssel wurde im Schloss gedreht.

Als die Tür aufflog, kamen zwei Frauen hereingestolpert. Eine von ihnen prallte fast gegen Carolin, die erschrocken zurückwich. Die andere hatte tastend die Hände ausgestreckt, und ihre dunklen Augen schossen verwirrt hin und her. Carolin erkannte sie nicht sofort, denn sie trug eine seltsame, viel zu weite Kleidungskombination aus dunklem Fleece.

«Tia!» Carolin packte die suchenden Hände.

«Carolin?», stammelte Tia. Sie wirkte verstört und hilflos, was bei ihr ein ebenso ungewöhnlicher wie erschreckender Anblick war.

«Zweite Tür rechts!», befahl eine ungeduldige Stimme. «Rein da!»

Carolin wusste mittlerweile, wer sie gefangen hielt. Doch der Anblick von Eckard Dahms mit einer Pistole in der Hand und fest geschlossenem Mund – der plötzlich dem seines Vaters auf dem alten Foto glich – ließ ihre Beine zittern.

«Du auch, Carolin.»

Die letzten Worte klangen etwas weicher, beinahe vertraulich. Vielleicht sollten sie signalisieren, dass Carolin als einzige der drei Frauen nichts zu befürchten hatte. Doch sie verfehlten ihre Wirkung.

Ich habe ihn geküsst, erinnerte sich Carolin mit Grauen und schlug unwillkürlich eine Hand vor den Mund.

Währenddessen ging sie langsam rückwärts und dirigierte Tia zu der Tür, die in den Raum mit dem Bett führte. Die blonde junge Frau in Tias Begleitung, die Carolin noch nie gesehen hatte, folgte ihnen eingeschüchtert. Sie war totenblass.

Dahms drängte alle drei in das kleine Zimmer und blieb im Türrahmen stehen, die Waffe in der Hand. Flüchtig warf er einen Blick auf das offene Fotoalbum am Boden.

«Schnüffeln kannst du, das muss man dir lassen», sagte er anerkennend.

Seine Stimme ließ Carolin schaudern. Es war immer noch dieselbe Stimme, deren Klang ihr bis vor wenigen Stunden so angenehm, ja, verführerisch erschienen war. Er brachte sogar etwas wie ein halbes Lächeln zustande, das nicht zu seinen fest geschlossenen Lippen passte. Carolin glaubte plötzlich, den Schnauzbart seines Großvaters über diesen Lippen zu sehen wie einen flüchtigen Schatten.

«Was wollen Sie von uns?», stieß die blonde Frau hervor.

Dahms wandte sich ihr zu. «Von Ihnen nur die Wahrheit! Wie kommen Sie zu dem Brief?»

«Dem Brief?»

«Ja, dem Brief eines Mannes namens Curd Heiding.»

Carolin begriff: Dies musste Kim sein, die Tochter von Dora Werninger. Dass Dahms von dem Brief wusste, schien sie zutiefst zu erschrecken.

«Sie haben den Brief», stellte Dahms fest, «und Sie wohnen auf demselben Grundstück, wo früher Heidings Haus stand. Raus mit der Sprache: Sind Sie mit Heiding verwandt?»

«Wie kommen Sie darauf?»

«Sind Sie die *Urenkelin* dieses Schweins?»

Erstmals entglitt Dahms bei diesen Worten die Stimme und überschlug sich vor Wut.

«Ich habe den Brief gefunden», antwortete Kim, die offensichtlich große Angst hatte, sich aber mühsam beherrschte. «Vor Jahren schon.»

«Gefunden?», fragte Dahms misstrauisch.

«Ja, als ich unseren Hund begraben habe. Ich habe im Garten ein Loch ausgehoben und bin auf die Kassette gestoßen.»

«Was für eine Kassette?»

«So ein Kasten aus Metall. Das Schloss war völlig verrostet. Ich konnte es mit einem Schraubenzieher aufhebeln. Ein paar alte Geldscheine waren darin, Schmuckstücke ... und der Brief.»

Dahms musterte sie noch immer mit argwöhnisch gerunzelten Brauen.

«Ich weiß nichts über diesen Heiding!», beteuerte Kim. «Ich hab den Brief nur gefunden, ich *schwöre* es.»

Dahms schien nachzudenken. Schließlich senkte er die Waffe. Carolin atmete auf.

Tias blinde Augen wanderten unruhig von einem zum anderen. Sie schien vollkommen verwirrt.

«Ich verstehe überhaupt nichts», sagte sie. «Wer ist dieser Heiding?»

Dahms lehnte sich gegen den Türrahmen und blickte düster zu ihr hinüber.

«Dieser Kerl hat meinen Großvater umgebracht», sagte er. «1937 fand er in einer Höhle einen altgermanischen Goldschatz und erzählte einem Kollegen davon. Den Fundort wollte er nicht preisgeben – aber der Kollege war Parteimitglied und informierte meinen Großvater.»

«Den Untersturmführer.» Carolin nickte. «Er war bei der SS, nicht wahr?»

«Was tut das zur Sache? Dieser jüdische Archäologe wusste sehr genau, was er gefunden hatte: den größten Schatz des germanischen Altertums. Und er wollte ihn für sich! Das konnte mein Großvater nicht zulassen. Er ging zu Heiding, um sich die Höhle zeigen zu lassen ... und seit jenem Tag sind beide spurlos verschwunden. Mein Großvater hatte niemanden eingeweiht, nicht einmal seine Parteikollegen – nur seinen Sohn, meinen Vater. Er war damals vierzehn, aber er vergaß es nie. Später hat er selbst nach dieser Höhle gesucht, sie aber nie gefunden. Auf dem Sterbebett hat er mir die ganze Geschichte erzählt.»

«Und du hast die Suche fortgesetzt», erriet Carolin. «Hast du dir extra öffentliche Posten verschafft, bei denen es um Landschaftsschutz und Bodennutzung ging – um nach dieser Höhle Ausschau zu halten?»

«Das Engagement für öffentliche Angelegenheiten liegt in der Familie!», erwiderte Dahms schroff. «Schon mein Großvater war Gemeinderat. Es ist Ehrensache, sich um die Pflege und Erhaltung des heimatlichen Bodens zu kümmern.»

Carolin beschloss, sich einen Kommentar zur Ehrenhaftigkeit des SS-Großvaters lieber zu sparen.

«Heiding war Archäologe», sagte sie. «Bestimmt hätte er einen solchen Fund nicht für sich beansprucht. Und ich kann mir auch nicht vorstellen, dass er deinen Großvater umgebracht hat. In seinem Brief steht etwas ganz anderes: Er war sicher, dein Großvater und seine Parteikollegen würden *ihn* aus dem Weg räumen, weil sie einem Juden die Entdeckung nicht gönnten.»

«Unsinn!», fuhr Dahms sie an. «Das sind bösartige Verleumdungen! Ich sehe es dir nach, weil dein Weltbild von der linken Hetzpresse verdorben ist – kein Wunder bei deinem Beruf. Sag mir eins: Wenn es so wäre, wie du behauptest, warum ist mein Großvater dann spurlos verschwunden?»

Carolin wusste keine Antwort.

«Heiding hat ihn getötet», folgerte Dahms. «Und dann hat er sich abgesetzt, um der Verfolgung zu entgehen. Es gab damals Schleuserbanden, die Juden eine Ausreise in die Schweiz oder nach Frankreich ermöglichten. Sicher wollte er nach dem Krieg zurückkehren, um den Schatz zu heben. Mein Vater hat dem Kerl jahrelang nachgespürt, um mit ihm abzurechnen, aber er fand nie eine Spur.»

«Ich glaube, das kann ich erklären», warf Tia ein. Sie bemühte sich hörbar um einen ebenso sachlichen wie schonenden Ton. «In der Höhle gibt es einen mehr als hundert Meter tiefen Schacht. Ich war dort unten und konnte die Knochen von zwei Toten ertasten. Bei einem der beiden lag ein Hakenkreuz-Abzeichen. Wahrscheinlich sind sie damals beide abgestürzt.»

Dahms blieb einen Augenblick stumm, und zum ersten Mal glaubte Carolin so etwas wie Bewegung in seinem Gesicht zu lesen. Seine bislang fest geschlossenen Lippen hatten sich geöffnet, und er atmete hörbar durch den Mund.

«Sie haben meinen Großvater gefunden?», fragte er.

«Ich nehme es an», sagte Tia. «Nach der Geschichte, die Sie uns erzählt haben, kann ich nur den Schluss ziehen, dass es sich bei den Toten um ihn und Heiding handelt.»

Ein langes Schweigen trat ein. Carolin beobachtete Dahms

besorgt. An Tias Bericht schien er nicht zu zweifeln; dennoch sah es nicht so aus, als ob ihre Folgerungen ihn befriedigten. Ergriffenheit und Zorn malten sich abwechselnd auf seinem Gesicht.

«Ich bleibe dabei», sagte er schließlich, «es war Heiding. Wahrscheinlich hat er den Absturz herbeigeführt und seinen eigenen Tod in Kauf genommen. In jedem Fall ist er schuldig am Tod meines Großvaters.» Er fixierte Tia. «Und nun erklären Sie mir bitte noch einmal, wie mein Neffe gestorben ist!»

Tia schien verwirrt. «Wer?»

«Der Polizist», raunte Carolin ihr zu. «Jan. Er ist der Sohn von Eckards älterer Schwester.»

Tias Gesicht ruckte in ihre Richtung. In ihren blinden Augen stand blanke Fassungslosigkeit.

«Er war wie ein Sohn für mich», sagte Dahms. «Sein Vater starb früh. Ich habe mich um ihn gekümmert, seine Ausbildung bezahlt, ihn bei der Polizei untergebracht ...»

«Und er war dein Komplize», stellte Carolin fest. «Du sagst, er ist tot?»

«Soweit ich Frau Traveen verstanden habe, hat sie ihn irgendwie überlistet, sodass er durch eine Gasexplosion starb, während sie davonkam.»

Carolin, die von alldem nichts gewusst hatte, erschrak. Auch Tia wirkte entsetzt.

«Herr Dahms», begann sie mit unsicherer Stimme, «ich bedaure sehr, was geschehen ist! Aber Ihr ... Neffe ... hat uns bedroht. Ich habe Ihnen doch erzählt ...»

«Ich verstehe schon.» Dahms nickte. «Seltsam, wie sich alles fügt: Mein Großvater ging mit Heiding in diese Höhle und kam nicht mehr zurück. Jan ging mit Ihnen – und nun wurde auch er mir genommen.»

«Ich habe ihn genauso wenig umgebracht wie dieser Heiding Ihren Großvater!», verteidigte sich Tia. «Ich bin untergetaucht, als das Gas sich entzündete. Zu diesem Zeitpunkt stand der Schacht voller Wasser.»

«Und Sie haben Jan einfach sterben lassen?»

«Er hat uns *bedroht!*», wiederholte Tia. «Er wollte meinen Partner erschießen.»

«Ich glaube Ihnen kein Wort! Jan sollte mir nur Bericht erstatten und verhindern, dass Sie mit dem Schatzfund an die Presse gehen.»

«Dann hat er eben eigenmächtig gehandelt! Er ...» Tia zögerte. «... wollte, dass ich den Schatz mit ihm teile.»

«Sie lügen!», fauchte Dahms. «Er hat immer getan, was ich ihm gesagt habe, nicht mehr und nicht weniger! Er hätte mich niemals hintergangen.»

Tia schwieg betreten.

Carolin befürchtete das Schlimmste. Dahms schien außer sich vor Zorn, und es war es nicht ausgeschlossen, dass er sich zu irgendeiner Kurzschlusshandlung hinreißen ließ.

«Eckard.» Sie sprach ihn bewusst mit seinem Vornamen an. «Ich verstehe, dass der Tod deines Neffen dir nahegeht. Aber was hast du jetzt vor? Zu welchem Zweck kidnappst du drei Menschen und schleppst sie in deinen Keller? Geht es dir nur um diesen Schatz?»

Dahms blickte sie mit einem unergründlichen Ausdruck an.

«Es ist nicht *irgendein* Schatz», sagte er. «Es ist der bedeutendste Schatz, der je auf deutschem Boden versteckt wurde: der sagenumwobene Hort der Nibelungen.»

«Du glaubst ernsthaft, was dieser Schriebel vor hundert Jahren behauptet hat?»

«Nur wenige kennen seine Theorie – aber sie muss wahr sein. Mein Großvater ließ einen goldenen Becher, den Heiding aus der Höhle geholt hatte, von Experten prüfen. Er wurde auf das vierte Jahrhundert nach Christus datiert. Das ist genau die Zeit, zu der die Burgunderkönige herrschten. Glaub mir: Es ist der Schatz, der einst keinem Geringeren als Siegfried gehörte – dem größten aller germanischen Helden, der von gewissenlosen Neidern hinterrücks ermordet wurde.»

«Selbst wenn du recht hast, gehört dieser Schatz in ein Museum.»

Dahms schüttelte den Kopf. «Ein Schatz gehört demjenigen, der ihn findet.»

«Das wäre Heiding.»

«Unsinn! Heiding war Jude. Er hatte keinen Anspruch auf dieses bedeutendste Erbe germanischer Tradition! Außerdem hat er meinen Großvater umgebracht – wahrscheinlich genauso hinterlistig, wie der feige Hagen Siegfried tötete. Nun wird der Schatz mein Wergeld sein. Du weißt, was das bedeutet?»

Carolin schüttelte den Kopf.

«Das ist altes germanisches Stammesrecht. Wenn jemand getötet wird, muss der Mörder seine Schuld in Gold aufwiegen, um die Angehörigen des Toten zu entschädigen. Ich beanspruche diesen Schatz als Wergeld für meinen Großvater! Er gehört mir. Mir – und dir, Carolin, wenn du das willst.»

Carolin hatte bereits den Mund für den nächsten Einspruch geöffnet, doch seine letzten Worte ließen sie verstummen. Konnte das wirklich sein Ernst sein?

Dahms musterte seine Gefangenen der Reihe nach.

«Ich habe einige Wünsche», sagte er und wandte sich Kim zu. «Als Erstes: den Brief. Er ist im Haus Ihrer Mutter, richtig?»

Kim nickte.

«Geben Sie mir den Hausschlüssel.»

Kim fingerte den Schlüssel aus der Hosentasche und hielt ihn Dahms hin.

«Wer weiß sonst noch von dem Brief?»

«Nur mein Freund», antwortete Kim.

«Und Ihre Mutter?»

«Nein, sie hat ihn nie gesehen.»

«Ich will es mal glauben», sagte Dahms. «Sobald er verschwunden ist, spielt es ohnehin keine Rolle mehr.»

«Du hast gar nicht die Polizei gerufen, oder?», begriff Carolin. «Sonst hätte ja die Gefahr bestanden, dass der Brief gefunden wird.»

Dahms quittierte die Vermutung lediglich mit einem kurzen Blick. Dann steckte er den Schlüssel ein und wandte sich Tia zu.

«Frau Traveen, von Ihnen erwarte ich Folgendes: Sie gehen wie geplant in die Uniklinik, lassen sich untersuchen, erzählen Ihre Geschichte von dem Gasaustritt und der Explosion, aber sagen kein Wort von dem Schatz. Inzwischen werde ich dafür sorgen, dass die Höhle abgesperrt wird und man Ihnen offiziell die Erforschung überträgt. Sie werden den Leichnam meines Neffen bergen und der Polizei erzählen, was sie wissen muss – nicht mehr und nicht weniger. Und dann werden Sie den Schatz heraufholen, Stück für Stück.»

«Das ist unmöglich!», sagte Tia. «Es würde Wochen dauern, ganz abgesehen davon, dass aus diesem Schacht gefährliches Gas strömt.»

«Darum brauchen Sie sich keine Sorgen zu machen. Man wird die Bohrstelle schließen und das Tunnelsystem fluten, um weiteren Gasaustritt zu verhindern. Ich werde alles Nötige veranlassen. Wenn die Hebung des Schatzes einige Zeit dauert, soll es mir recht sein. Sie übergeben mir jedes einzelne Stück und halten den Mund. Das sind meine Bedingungen. Ihr Anteil beträgt fünfhunderttausend Euro. Die Hälfte erhalten Sie im Voraus, den Rest bei Ablieferung. Ihren Partner dürfen Sie einweihen; allerdings haften Sie mit Ihrem Leben dafür, dass er schweigt.»

Tia blieb stumm, offensichtlich fassungslos.

«Fünfhunderttausend ...» Carolin schüttelte ungläubig den Kopf. «Eckard, woher hast du so viel Geld?»

Dahms lächelte spöttisch. «ONFOX-Gas brauchte eine Genehmigung, um in geringer Bodentiefe nach Erdgas zu fracken. Ich habe diese Genehmigung im Kreistag durchgesetzt. Das war Dittrich eine Million wert.»

«Du hast dich von diesem Kerl *schmieren* lassen?»

«Es war seine Idee, nicht meine. Was kann ich dafür, wenn er mir das Geld förmlich aufdrängt? Tja – nun wird er seine Bohrstelle wieder schließen müssen, aber das ist nicht mein Problem.»

«Eckard, das ist doch verrückt!», platzte Carolin heraus. «Die Behörden werden die Ursache für den Gasaustritt untersuchen. Man wird Spezialisten in die Höhle schicken …»

«Was in dieser Gemeinde von wem untersucht wird, entscheide ich», sagte Dahms. «Ich bin mit allen Angelegenheiten in diesem Zusammenhang beauftragt und außerdem ein persönlicher Freund des Bürgermeisters. Wenn ich diese Höhle absperren lasse und dafür sorge, dass alle nötigen Untersuchungen ausschließlich von Frau Traveen durchgeführt werden, wird das niemand in Frage stellen.»

Er holte tief Luft und trat einen Schritt auf Carolin zu.

«Carolin, auch an dich habe ich eine Bitte! Sie wird nicht schwer zu erraten sein.»

Seine Stimme hatte sich plötzlich verändert, war milder geworden, beinahe zart. Erneut schauderte Carolin, denn sie glaubte ganz von fern den Mann wiederzuerkennen, mit dem sie den Nachmittag verbracht hatte.

«Ich möchte, dass du meine Frau wirst», sagte er. «Ich bin mein Leben lang allein gewesen, aber ich glaube, diese Zeit ist jetzt vorbei. Kinder zu haben, ist mir verwehrt geblieben – doch damit habe ich mich abgefunden, und es macht mir nichts aus, dass du zu alt dafür bist. Ich werde mein Leben mit dir teilen: Alles, was ich bin und habe, den Schatz der Nibelungen eingeschlossen.»

Er hob eine Hand und ließ die Fingerspitzen über Carolins Haare gleiten. Ihr entsetzter Gesichtsausdruck schien ihm vollkommen zu entgehen.

«Du erinnerst mich an meine Mutter», sagte er beinahe träumerisch. «Der gleiche wache Verstand, das gleiche blonde Haar ... so hell, so rein. Wenn du noch Kinder haben könntest, wären sie sicher von edler nordischer Rasse.»

Erst nach einigen Sekunden schien er sich zu erinnern, dass sie nicht allein im Raum waren. Seine Gesichtszüge strafften sich wieder.

«In spätestens einer Stunde bin ich zurück», sagte er und wandte sich zum Gehen. «Dann will ich eine Entscheidung hören.»

Er verließ den Raum. Carolin hörte, wie der Schlüssel umgedreht wurde, als er die Tür von draußen schloss. Schritte tappten den Flur hinab. Dann fiel auch die schwere Kellertür ins Schloss, und kaum eine Minute später drang von fern das Geräusch eines abfahrenden Wagens herab.

Tia

Tia tastete nach der Bettkante hinter ihren Knien. Ihr war schwindlig. Während der vielen Stunden in der Höhle hatte sie keine Schwäche gespürt, nicht einmal durch die Wirkung des Gases, abgesehen von Kopfschmerzen. Nun dagegen hatte sie das Gefühl, den Boden unter den Füßen zu verlieren.

Keine Widrigkeit der Natur war für sie so erschreckend wie die Abgründe der menschlichen Seele. Wenn sie an unsichtbaren Felswänden kletterte oder sich am Seil über tiefe Klüfte hangelte, stieg ihr Puls kaum über neunzig – doch wenn sie mit den unbegreiflichen Leidenschaften der Menschen konfrontiert wurde, fühlte sie sich hilflos. Kein Wissen, keine Logik und keine noch so feine Nase konnten ihr helfen, sich in dieser Welt zurechtzufinden.

«Tia?» Sie spürte, dass Carolin sich neben sie setzte. «Geht es dir nicht gut?»

Tia schüttelte den Kopf. «Nein, überhaupt nicht. Ich verstehe nicht, was hier vorgeht.»

«Was ist daran schwer zu verstehen?», fragte Kim. «Dieser verrückte Nazi will den Schatz, und dafür ist ihm jedes Mittel recht.» Sie wandte sich an Carolin. «Was haben *Sie* eigentlich mit ihm zu schaffen? Klang ja, als hätten Sie eine richtig heiße Zeit zusammen verbracht.»

«Ich kenne ihn erst seit heute!», verteidigte sich Carolin. «Aber ich sehe es ein: Ich habe mich blenden lassen. Er kann charmant sein, wenn er sich Mühe gibt.»

«Ich bin ja auch auf ihn hereingefallen», sagte Tia. «Und ebenso auf diesen Jan. Nie im Leben wäre ich darauf gekommen, dass die beiden uns etwas vormachen.»

«Was genau ist eigentlich in der Höhle passiert?», fragte Carolin.

Tia seufzte. Mühsam riss sie sich zusammen und berichtete in möglichst knappen Worten von den Geschehnissen.

«Aber ich verstehe das alles trotzdem nicht», schloss sie. «Was war der Sinn der ganzen Aktion? Wenn Dahms den Schatz für sich wollte, warum hat er dann mich und Leon kommen lassen?»

«Das scheint mir klar», meinte Carolin. «Die Höhle wurde entdeckt, nachdem eine Gruppe von Schatzsuchern dort war und einer von ihnen ins Krankenhaus gebracht werden musste. Dahms bekam Wind davon und dachte sich, das könnte die Höhle sein, in der sein Großvater verschwand. Er bot der Stadtverwaltung an, sich um die Sache zu kümmern, und sicherte sich alle nötigen Befugnisse. Wahrscheinlich hat er dann gleich seinen Neffen hineingeschickt, um nach dem Schatz zu suchen – aber der merkte schnell, dass die Höhle weit verzweigt und die Begehung gefährlich war. Also brauchte Dahms einen Experten, der den Job für ihn erledigte.»

«Aber warum ich?», fragte sich Tia.

«Wahrscheinlich, weil du sehr bekannt bist. Außerdem bist du blind, also eine buchstäblich schlechte Augenzeugin.»

«Aber er muss doch befürchten, dass wir auf dem kürzesten Weg zur Polizei gehen, sobald er uns freilässt», sagte Tia. «Gegen drei übereinstimmende Aussagen wird ihn sein tadelloser Ruf nicht schützen.»

«Eben», sagte Kim düster. «Du glaubst doch nicht im Ernst, dass er uns gehen lässt? Was denkst du denn, was der Typ mit dir macht, wenn du den Schatz geborgen hast? Glaubst du, er gibt dir deinen Anteil und sagt: Danke, schönes Leben noch? Erstens weißt du zu viel, und zweitens glaubt er, dass du schuld am Tod seines Lieblingsneffen bist.»

«Immerhin hat er mir eine Menge Geld geboten. Vielleicht weiß er, dass ich nur von einer Assistentenstelle an der Uni lebe, und hält mich für bestechlich.»

«Oder für leichtgläubig!» Kims Stimme klang hart. «Und mal ehrlich: Vielleicht liegt er da gar nicht so falsch.»

«Ich kann einfach nicht glauben, dass er mich ... umbringen will, falls du das meinst.»

«Du bist so naiv!», platzte Kim heraus. «Du kennst vielleicht ein paar hundert Bücher auswendig und jede Gesteinsart auf der Welt, aber von Menschen hast du keine Ahnung! Kein Wunder, dass Leon an dir verzweifelt.»

Tia fühlte sich, als hätte sie einen Schlag in den Magen erhalten. Deutlich fing sie Kims Geruch auf: adrenalinhaltiger Schweiß, eine Mischung aus Angst und Wut. Sie öffnete bereits den Mund, um etwas zu sagen, blieb jedoch stumm, als Kim unvermittelt in Tränen ausbrach.

«Und was er mit mir vorhat, ist ja wohl erst recht klar!», stieß sie gepresst hervor. «Er fährt gerade zu mir nach Hause und holt den Brief, damit es keine Beweise mehr gibt. Was wird er wohl machen, wenn er zurück ist?»

«Kim!»

Tia hörte, wie Carolin aufstand, offenbar, um Kim in die Arme zu nehmen. Kim schluchzte eine Weile haltlos; erst nach Minuten schien sie sich ein wenig zu beruhigen. Carolin führte sie zur Bettkante und nötigte sie sanft, sich zu setzen.

«Tut mir leid», flüsterte Kim. «Ich wollte dich nicht anschreien ... ich hab nur solche Angst.»

Tia nickte nur.

Inzwischen war sie zu dem Schluss gekommen, dass Kim wahrscheinlich recht hatte: Es war nicht zu erwarten, dass Dahms zu seinem Wort stand. Die Möglichkeit, dass er sie und Kim einfach verschwinden lassen könnte, war zwar ungeheuerlich und überstieg Tias Vorstellungsvermögen. Doch sie erinnerte sich an Jan, der seine Waffe auf Leon gerichtet hatte und zum Abdrücken bereit gewesen war. Es gab Menschen, die solche Dinge taten – auch wenn Tia seit jeher die Einsicht schwerfiel, dass keineswegs jeder sich so konsequent von seinem Verstand leiten ließ, wie sie selbst es gewohnt war.

Dahms' ursprünglicher Plan war gescheitert. Er hatte seinen Neffen verloren. Tia konnte nur ahnen, was dies für ihn bedeutete. Das Auftauchen Kims, einer unerwarteten Zeugin, brachte ihn zusätzlich in Bedrängnis. Und er war in Carolin verliebt. Wenn man alle Faktoren zusammenzählte, schien es ihr durchaus möglich, dass er sich zu Handlungen hinreißen ließ, die der Vernunft ebenso widersprachen wie der Menschlichkeit.

«Also gut», sagte sie schließlich in dem Bedürfnis, die Grübelei zu beenden. «Wir müssen hier raus.»

«Ich fürchte, das ist zwecklos», sagte Carolin. «Er hat uns eingeschlossen – und selbst, wenn wir die Zimmertür aufkriegen, kommen wir aus diesem Keller nicht heraus. Es gibt nirgends ein Fenster.»

«Lasst es uns wenigstens versuchen.» Tia stand auf, tastete sich zur Zimmertür und befühlte das Schloss. «Das ist ein einfaches Bartschloss. Hat jemand etwas Längliches aus Metall dabei? Eine Brosche mit Sicherheitsnadel vielleicht, oder eine Haarspange?»

Die nächste Viertelstunde verbrachte Tia damit, das Schloss zu bearbeiten. Carolin hatte den Schließdorn ihrer Gürtelschnalle gespendet, und nachdem Tia den Metallstift ein wenig zurechtgebogen hatte, stellte er sich als passables Werkzeug heraus. Es war das erste Mal, dass sie ein Schloss öffnete, aber ihr technisches Verständnis, ihre sensiblen Finger und vor allem ihr feines Gehör erwiesen sich als hilfreich. Als das Schloss endlich klickte und die Tür aufsprang, war sie fast ebenso überrascht wie ihre Mitgefangenen.

«Genial», sagte Carolin. «Glaubst du, dass du das auch bei der Tür zur Treppe schaffst?»

«Keine Ahnung. Einen Versuch ist es wert.»

Die Kellertür jedoch widerstand all ihren Bemühungen. Das Schloss war nach dem gleichen Prinzip konstruiert, aber viel schwerer und massiver. Es gelang Tia nicht, mit dem kleinen Metallstift genug Druck auszuüben; der Sperrriegel bewegte sich keinen Millimeter.

Carolin durchsuchte sämtliche Räume, die am Flur lagen, kramte längere Zeit zwischen den Sachen im Abstellraum, förderte aber nichts zutage außer einem Schraubenzieher und einer Luftpumpe für das Fahrrad. Einige Minuten lang versuchten sie mit vereinten Kräften, die Tür aufzubrechen, doch der Metallstab der Luftpumpe verbog sich, als sie ihn zwischen Tür und Rahmen zwängten, und der Schraubenzieher hebelte lediglich ein paar Holzspäne heraus.

«Zwecklos», erkannte Tia und ließ sich erschöpft gegen den Türrahmen sinken. «Tut mir leid ... ich war wohl schon wieder naiv. Ich dachte, von Technik würde ich mehr verstehen als von Menschen.»

«Ich hab's doch nicht so gemeint!», tröstete Kim kleinlaut.

Alle schwiegen einen Moment, um wieder zu Atem zu kommen.

Wie kommen wir hier raus?, überlegte Tia. Dahms würde bald zurückkehren; sie hatte also nicht mehr viel Zeit, sich etwas einfallen zu lassen. Mit Hilfe von draußen war vermutlich nicht zu rechnen. Der Einzige, dem ihr Verschwinden auffallen musste, war Leon, doch er würde ganz sicher nicht auf den Gedanken verfallen, dass Dahms sie gekidnappt hatte.

Leon ...

Unwillkürlich dachte sie daran, wie er ihre Hand ergriffen hatte, bevor die Sanitäter ihn abtransportierten – und ihre Finger verirrten sich wie von selbst zu dem Sender, der um ihren Hals hing. Die hochgeschlossene Fleece-Jacke verdeckte ihn, doch Tia konnte den Umriss des kleinen, zylinderförmigen Gerätes durch den Stoff hindurch spüren.

«Wenigstens weiß ich dann immer, wo du bist ... falls ich mal Sehnsucht habe.»

«Der Sender ...» Sie öffnete den Reißverschluss und zog ihn hervor.

«Was ist damit?», fragte Carolin.

«Leon hat den Empfänger!», sagte Tia, plötzlich aufgeregt. «Er hat ihn mitgenommen, als sie ihn in die Klinik brachten.» Sie legte den Daumen auf den Schalter und drückte ihn. «Blinkt die Lampe?»

«Ja!», sagte Carolin. «Glaubst du denn, dass er diesmal funktioniert?»

«Ich denke schon. Vermutlich sind wir keine drei Meter unter der Erde. Die oberirdische Reichweite soll nach den Angaben des Herstellers bis zu dreißig Kilometer betragen; das müsste von Lochberg bis nach Heidelberg reichen. Ich hoffe, Leon wird nach uns suchen ... oder zumindest jemanden schicken, solange er im Krankenhaus festsitzt.»

«Aber das kann doch ewig dauern!», gab Kim zu bedenken. «Was sollen wir machen, wenn Dahms zurückkommt? Er wird den Brief dabei haben, und dann ...» Ihre Stimme bebte. «... braucht er mich nicht mehr.»

Tia nickte. «Lasst mich nachdenken ...»

Ein Plan begann in ihrem Kopf Gestalt anzunehmen.

Leon

«Arbeitsunfall?», fragte der Mann im benachbarten Bett und spähte über den Rand seiner Zeitung.

«Könnte man sagen», murmelte Leon.

Auf Gespräche war er im Moment nicht aus, zumal seine Lunge beim Sprechen schmerzte. Nach der Einlieferung in die Klinik war er zunächst an ein Beatmungsgerät gehängt worden – kein tragbares, wie sie es in der Höhle benutzt hatten, sondern eine Maschine vom Ausmaß eines Kühlschranks mit Schläuchen und einer Pumpe. Der frische Sauerstoff war fast zu viel gewesen; Leon fühlte sich ein wenig high davon, als hätte er ein Aufputschmittel bekommen. Nach der Beatmung hatte man ihm mehrere Medikamente gegeben, ihm Blut abgenommen und ihn in eine gläserne Kabine gesteckt, wo er in ein Rohr blasen musste, um seine Lungenfunktion zu testen. Dann war er auf ein Zweibettzimmer gebracht worden, «zur Beobachtung», wie es hieß, mit der Aussicht auf Entlassung am folgenden Tag. Eigentlich hielt er das für unnötig, denn er fühlte sich, abgesehen von den Schmerzen, körperlich recht gut. Nur müde war er – kein Wunder nach der zwölfstündigen Strapaze in der Höhle.

Ob Tia schon eingetroffen war?

Leon seufzte. Es wäre schön, dachte er, jetzt bei ihr zu sein. Bestimmt würde sie dieselbe Prozedur durchlaufen wie er, doch danach würden sie einander besuchen können. Vielleicht würde sie an seinem Bett sitzen ... vielleicht sogar seine Hand halten. Sie würde sagen, wie leid ihr alles tat, obwohl sie natürlich nicht die geringste Schuld an den Geschehnissen trug. Leon würde nicht antworten. Stattdessen würde er eine Hand auf ihre Wange legen, wie um zu sagen: *Rede nicht. Alles ist gut.* Fast konnte er sich einbilden, ihre Wange zu spüren, die Wärme, die weiche Haut. Ob er es wagen würde, sich im Bett hochzustützen, sich ihrem Kopf zu nähern ... sie zu küssen?

«Bei Ihnen piept's», scherzte der Zeitungsleser im Bett nebenan.

Leon, aus seiner Träumerei gerissen, erschrak. Ein rhythmischer Signalton war zu hören, ähnlich dem einer Armbanduhr mit Weckfunktion. Zunächst konnte er das Geräusch nicht einordnen, da es vom Nachtschränkchen neben dem Bett kam. Dann erst fiel ihm ein, dass der gesamte Inhalt seiner Taschen dort deponiert war, seit er seine durchnässten Sachen gegen eine trockene Kombination aus dem Bestand der Klinik getauscht hatte.

Der Sender ...

Leon zog die Schublade auf, griff nach dem kleinen Gerät und hielt es einen Moment verwirrt in der Hand. Es vibrierte bei jedem Ton zwischen seinen Fingern, und das rote Lämpchen blinkte.

«Können Sie das nicht abstellen?», fragte sein Nachbar.

Tia ... Warum um alles in der Welt sollte sie den Sender einschalten? Wahrscheinlich war sie doch längst auf dem Weg in die Klinik.

Leon griff nach seinem Handy und wählte ihre Nummer, war jedoch kaum erstaunt, dass er keine Verbindung bekam. Wahrscheinlich hatte sie ihr Handy gar nicht dabei. Bei ihren Höhlentouren ließ sie es meist im Wagen zurück, da es unter der Erde ohnehin nutzlos war.

Carolin fiel ihm ein. Sie war sicher am Ort des Geschehens und konnte ihm sagen, was vor sich ging. Ihre Nummer hatte Leon gespeichert – doch auch sie meldete sich nicht.

Der Typ von der Stadtverwaltung ... wie hieß er gleich? Dahms?

Doch Leon hatte seine Nummer nicht. Einen Moment überlegte er, stieg schließlich aus dem Bett, steckte das Handy ein und eilte auf den Flur. Dort griff er sich den ersten Krankenpfleger, der vorbeikam.

«Sie sollen doch nicht herumlaufen!», mahnte der junge Mann. «Gehen Sie wieder aufs Zimmer. Der Arzt schaut gleich nach Ihnen.»

«Wissen Sie, ob meine Kollegin schon hier ist?», drängte Leon.

«Frau Traveen? Sie sollte mit dem nächsten Transport eingeliefert werden.»

«Nein, nur ein junger Mann mit einer komplizierten Beinfraktur ist vorhin angekommen. Auf die anderen Geretteten von dem Höhlenunfall warten wir noch.»

«Wie lange schon?»

Der Pfleger blickte stirnrunzelnd auf den piependen Sender. «Gibt es ein Problem?»

«Möglicherweise. Könnten Sie bitte Ihre Kollegen am Einsatzort anrufen und nachfragen?»

Unruhig ging Leon auf und ab, während der Pfleger sich ins Stationszimmer zurückzog und telefonierte. Als er zurückkam, sah er noch verwirrter aus als zuvor.

«Das ist seltsam», sagte er. «Es war von zwei Frauen die Rede, aber im Moment scheint keiner zu wissen, wo sie sind.»

«Was?»

«Möglicherweise gab es irgendeine Fehlabsprache zwischen den Teams der Rettungswagen ... Hey!»

Der Mann wollte ihn aufhalten, doch Leon hatte sich bereits umgewandt, eilte zur Stationstür und rannte die Treppe hinab.

Irgendetwas war schiefgegangen, so viel hatte er begriffen – und es war ernst. Zwar hatte er nicht die geringste Ahnung, doch in seinem Kopf jagten sich chaotische Bilder. Vage dachte er an Jan, der sie mit einer Waffe bedroht hatte, an den ominösen Schatz auf dem Grund des Schachtes, an Kim und Philipp, die leichtfertig ihr Leben dafür riskiert hatten. Was auch immer der Grund für Tias Verschwinden war; Leon würde die Suche nach ihr nicht der Polizei überlassen. Der Sender besaß eine Peilfunktion: Das Signal würde sich verstärken, wenn er die richtige Richtung einschlug, und ihn zu ihr führen.

Als Leon das Foyer erreichte und sich mit einem raschen Rundblick orientierte, hörte er hastende Schritte auf der Treppe. Man rief nach ihm, versuchte ihn aufzuhalten.

Wohin?

Sein Blick fiel durch die Glasfront auf den erleuchteten Parkplatz der Klinik. Mehrere Taxis standen dort draußen. Erst jetzt wurde ihm bewusst, dass er kein Geld bei sich hatte, dass er nur notdürftig bekleidet war und nicht einmal Schuhe trug.

Egal ...

Er fasste die Glastür ins Auge und lief quer durch die Halle darauf zu. Hoffentlich gab es einen Taxifahrer, der sich in Lochberg auskannte – und der bereit war, sich auf ein Abenteuer einzulassen.

Kim

Kims Herz klopfte heftig, als oben im Haus eine Tür klappte.

«Er kommt!», flüsterte Tia. «Nehmt eure Plätze ein!»

Carolin stellte sich vor die Tür zum Heizungsraum. Kim nahm, wie verabredet, neben ihr Aufstellung. Die Nähe gab ihr ein wenig Sicherheit, minderte aber keineswegs ihre Angst. Nervös ging sie noch einmal alles im Kopf durch, rief sich jede Einzelheit des Plans in Erinnerung.

«Nur die Ruhe!», flüsterte Carolin neben ihr.

Schritte kamen die Kellertreppe herab. Der Schlüssel knirschte im Schloss. Die schwere Holztür wurde aufgestoßen, und Dahms trat ein, die Pistole locker in der rechten Hand. Zweifellos war er nicht wenig erschrocken, Kim und Carolin auf dem Flur vorzufinden, ließ sich jedoch nichts anmerken.

«Sieh an», sagte er nur. «Ihr habt es also geschafft, die Zimmertür aufzubrechen?»

«Ich musste aufs Klo», rechtfertigte sich Carolin. «Du hast uns ja nicht mal Zugang zum Bad gelassen.»

Dahms überging den Vorwurf und fasste sie scharf ins Auge. «Und? Gibt es eine Entscheidung?»

Carolin holte tief Luft. Kim bewunderte sie in diesem Moment, denn sie wirkte ruhig und gefasst.

«Eckard», begann sie, «ich bin bereit, dein Angebot anzunehmen und deine Frau zu werden – unter einer Bedingung: Du musst die anderen gehen lassen.»

Dahms schwieg eine Weile. Schließlich jedoch verzog sich sein schmaler Mund zur Andeutung eines Lächelns.

«Ich danke dir, Carolin», sagte er. «Du machst einen glücklichen Mann aus mir.»

Sein Blick glitt ein Stück zur Seite – und Kim ahnte bereits, dass sie das Ziel war, bevor Dahms' helle Augen auf ihr ruhten.

«Kommen Sie zu mir!»

«Was hast du vor, Eckard?», fragte Carolin.

«Frau Werningers Anwesenheit ist hier nicht mehr nötig», erklärte Dahms. «Ich bringe Sie nach Hause.»

«Nur, wenn du mich mitnimmst!», stellte Carolin klar. «Ich möchte mit eigenen Augen sehen, dass du sie gehen lässt.»

Dahms schüttelte den Kopf. «Carolin, es tut mir leid, aber du kannst hier keine Bedingungen stellen. Vorläufig wirst du das Haus nicht verlassen. Gewisse Maßnahmen zum Schutz unseres Glücks sind nötig. Und welche das sind, solltest du mir überlassen.»

Kim hatte sich nicht vom Fleck gerührt. Sie hatte inzwischen eine ziemlich klare Vorstellung davon, was geschehen würde, wenn sie Dahms folgte. Er würde mit ihr losfahren, aber nicht zurück in die Stadt, sondern vermutlich an irgendeinen abgelegenen Ort in den Wäldern – wo ein Schuss von niemandem gehört und eine Leiche erst nach Wochen, falls überhaupt je, gefunden wurde.

Mit jagendem Puls blickte sie zu Carolin hinüber. Das Stichwort war gefallen: Dahms weigerte sich, sie gemeinsam gehen zu lassen. Worauf wartete die Journalistin?

«Kommen Sie zu mir!», wiederholte Dahms ungeduldig, die Mündung der Waffe auf Kim gerichtet.

«Jetzt!», schrie Carolin.

Das Licht erlosch. Kim duckte sich und hechtete zur Seite, in Richtung des Raums mit dem Bett, dessen offene Tür sie bereits aus dem Augenwinkel angepeilt hatte. In der plötzlich hereingebrochenen Dunkelheit stolperte sie über die Schwelle und fiel auf Hände und Knie, hielt jedoch nicht inne, sondern kroch weiter. Ihre Schulter stieß gegen den hölzernen Bettrahmen. Rasch zwängte sie sich darunter und versuchte, möglichst unhörbar zu atmen. Wenn alles wie geplant verlief, war Carolin zur gegenüberliegenden Seite des Flurs geflohen und in den Abstellraum geschlüpft, um sich hinter den gestapelten Gartenstühlen zu verbergen.

«Herr Dahms?»

Das war Tia. Ihre Stimme drang aus dem Heizungsraum am hinteren Ende des Flurs, wo sie sowohl den Sicherungskasten als auch den Gasbrenner in Griffweite hatte.

«Sie haben Carolin gehört! Wir werden diesen Keller nur alle gemeinsam verlassen.»

«Netter Versuch!», höhnte Dahms, der sich offenbar schnell von dem Schreck erholt hatte. «Jetzt lassen Sie den Blödsinn und schalten Sie das Licht wieder ein, oder ich komme zu Ihnen und mache es selbst!»

«Das würde ich Ihnen nicht raten!», rief Tia. «Ich habe nämlich das Magnetventil Ihres Gasbrenners blockiert – und das bedeutet, dass in diesem Moment explosives Heizgas in Ihren Keller ausströmt. Wenn Sie die Sicherung wieder einschalten, wird ein elektrischer Lichtbogen entstehen, der das Gas in Brand setzt und das ganze Haus in die Luft fliegen lässt.»

Einen Moment herrschte Stille. Kim lauschte mit klopfendem Herzen. Dann tappten Schritte über den Flur. Offenbar versuchte Dahms, sich zum Heizungsraum vorzutasten.

«Sie bluffen doch!», rief er. «Machen Sie das Licht wieder an, und kommen Sie raus, sonst zwingen Sie mich, von der Waffe Gebrauch zu machen!»

«Ich bluffe nicht!», gab Tia zurück. «Das Gas ist mit einem Duftstoff angereichert. Schnuppern Sie mal!»

Wieder trat ein Augenblick der Stille ein – doch selbst Kim glaubte den Geruch wahrzunehmen, ein süßliches Aroma, das vom Flur her ins Zimmer drang.

«Im Übrigen sollten Sie die Finger von der Waffe lassen!», fuhr Tia fort, «es sei denn, Sie wollen uns alle umbringen. Wenn Sie schießen, wird sich das Gas augenblicklich entzünden. Sicher wissen Sie, wie verheerend eine Gasexplosion sein kann – und wenn nicht, dann denken Sie an das, was in der Höhle passiert ist! Das gleiche Gas mischt sich gerade mit der Luft hier drin.»

Erneut waren Schritte zu hören, dann ein Rumpeln und ein dumpfer Aufprall. Dahms stieß einen Schmerzenslaut aus; offenbar war er gestürzt. Gleichzeitig huschten andere Schritte, schnell und leichtfüßig, zum Bad hinüber. Tia, ihrem Gegner im Dunkeln überlegen, war geflüchtet.

«Es nützt nichts, wenn Sie das Gas abschalten!», rief sie ihm zu. «Es ist bereits mehr als genug davon in der Luft, um eine explosionsfähige Atmosphäre zu bilden. Dieser Keller hat kein Fenster oder sonst eine Belüftung. Wir müssen ihn so schnell wie möglich verlassen – und zwar alle vier!»

«Gut ausgedacht!», erwiderte Dahms wütend. «Aber wenn Sie glauben, dass Sie so einfach hier herauskommen ...»

Er verstummte. Offenbar war ihm klargeworden, dass er die Kellertür nicht abgeschlossen hatte, denn im nächsten Moment polterten seine Schritte vom Heizungsraum zurück in Richtung Treppe.

«Carolin!», rief er. «Komm zu mir! Wir müssen hier raus!»

Die Journalistin antwortete nicht. Sie hatten vereinbart, dass nur Tia sprechen würde, damit die anderen ihre Verstecke nicht preisgeben mussten.

«Carolin wird nicht mit Ihnen gehen», rief Tia, «nicht ohne uns! Wenn Ihnen etwas an ihr liegt, müssen Sie uns alle hinauslassen.»

«Du falsche Schlange!», schrie Dahms, der die Beherrschung verlor. «Das war alles deine Idee, oder? Du hast mir meine Geliebte abspenstig gemacht ...»

Tia

Tia straffte sich innerlich. Ihre Stimme musste Dahms längst verraten haben, wo sie sich versteckte. Das Bad lag an der linken Seite des Korridors, nicht weit von der Kellertreppe, und war nicht besonders groß. Tias einziger Schutz bestand in dem Toilettensitz, hinter dem sie sich zusammengekauert hatte.

Für eine Weile schien es, dass Dahms sich nicht von der Stelle rührte. Tia versuchte zu erraten, was in seinem Kopf vor sich ging. Vielleicht erwog er, auf ihren Vorschlag einzugehen. Sie hoffte es inständig, denn wenn er noch länger zögerte, wurde die Lage gefährlich. Die Gaskonzentration in den Räumen war mittlerweile auf ein kritisches Maß angestiegen, wie der süßliche Geruch verriet.

«Falsche Schlange», wiederholte Dahms, leiser als zuvor, doch unverkennbar drohend. «Jan hast du genauso ausgetrickst, nicht wahr?»

Tia konnte hören, dass er leise einen Fuß vor den anderen setzte. Offenbar war die Sorge um seine Geliebte in dem Verlangen untergegangen, Tia für ihre List zu bestrafen.

«Ich hätte es wissen müssen ... dein schwarzes Haar, deine dunklen Augen ... woher stammen deine Vorfahren?»

Seine Stimme klang jetzt schon näher: zwei Meter, schätzte Tia. Ihr ganzer Körper spannte sich, während sie mit sich rang, ob sie aus der Deckung springen und an ihm vorbeihuschen sollte, bevor er die Türöffnung blockierte. Doch ein solcher Vorstoß hätte zunächst einen Echo-Scan erfordert, und sie wagte es nicht, hörbar mit der Zunge zu schnalzen.

«Aus irgendeinem Zigeunernest im Osten, wette ich! Heimatloses Volk, das davon lebt, anständige Menschen übers Ohr zu hauen ...»

Tia versuchte, allein mit Hilfe ihres räumlichen Gedächtnisses den Fluchtweg anzupeilen. Es würde schwierig werden – und gefährlich. Wenn sie stolperte, würde Dahms sie sofort überwältigen.

«Komm raus! Ich weiß, dass du hier drin bist.»

Der veränderte Widerhall seiner Stimme verriet, dass er den Türrahmen durchquert hatte. Nun stand er direkt vor der Toilette. Trotz des duftenden Gases konnte Tia deutlich seinen Geruch wahrnehmen, das Rasierwasser, den scharfen Wutschweiß. Ein Geräusch, keine Armlänge von Tias Nase entfernt: Seine Finger tasteten über das Waschbecken, die Stangen für die Handtücher, den Spülkasten.

Tia gab sich zwei Sekunden, um ihre Kräfte zu sammeln. Dann schnellte sie aus ihrer Ecke hervor und so scharf an Dahms vorbei, dass sie mit der Schulter sein Sakko streifte.

Mit einem wütenden Aufschrei fuhr Dahms herum, und Tia glaubte den Luftzug zu spüren, als er blindlings nach ihr griff. Doch er verfehlte sie – während Tia den Flur erreichte, sich nach links wandte und so schnell sie konnte an der Wand entlangtastete.

«Miststück!», fauchte Dahms, der sich geräuschvoll aufrappelte.

Tia leistete sich einen einzelnen Zungenklick, um ihre Umgebung zu erfassen. Rasch wechselte sie zur anderen Seite des Korridors, wo das Schlafzimmer lag. Doch Dahms war ihr bereits auf den Fersen. Als sie eben durch die Tür schlüpfen wollte, spürte sie, wie er ihre Fleece-Jacke im Nacken packte. Tia stürzte auf die Knie, versuchte fortzukriechen, wurde jedoch an den Haaren wieder zurückgerissen.

«So!», zischte Dahms und schob einen Arm von hinten unter ihren Achseln hindurch. «Und jetzt kommst du mit.»

Er schleifte sie rücklings auf den Flur zurück.

«Carolin!», rief er. «Wenn dir diese Leute so wichtig sind, dann komm jetzt raus! Sonst breche ich der kleinen Zigeunerschlampe hier den Hals.»

Einen Moment herrschte Stille. Dann eine Bewegung: In dem kleinen Raum zur Linken regte sich etwas. Carolin kam aus ihrem Versteck. Ihre hohen Absätze klickten auf dem nackten Betonboden.

«Ich bin hier, Eckard.» Ihre Stimme klang schwach.

«Komm näher!»

Tia konnte hören, wie Carolin sich zögernd näherte. Sie nahm den Geruch der Journalistin wahr, hörte ihren Atem kaum einen halben Meter entfernt. Doch seltsam: Sie roch nicht nach Angst.

«Kopf runter, Tia!», zischte sie.

Tia duckte sich – und im nächsten Moment pfiff etwas in waagerechtem Bogen über sie hinweg und traf Dahms hart an der Schläfe.

Carolin

Carolin hörte, wie sein Körper zusammensackte. Einen Augenblick wartete sie angespannt, doch er regte sich nicht mehr. Zufrieden ließ sie das abgebrochene Tischbein sinken, das sie im Abstellraum gefunden hatte. Ein wenig staunte sie über sich selbst, denn sie hatte noch nie jemanden geschlagen, schon gar nicht mit einem Rundholz vom Format eines Baseballschlägers.

So viel zu deinem entwaffnenden Charme, Eckard!, dachte sie und empfand eine gewisse Genugtuung. Sie ließ das Tischbein fallen und streckte eine Hand aus.

«Tia?»

Ihre Hände fanden sich im Dunkeln.

«Ziemlich cool, Carolin», sagte Tia anerkennend.

Ein Scharren verriet, dass Kim aus ihrem Versteck hervorgekrochen kam und sich auf den Korridor hinaustastete.

«Was ist passiert?», fragte sie atemlos.

«Alles in Ordnung», erwiderte Tia. «Dahms ist k. o. Nichts wie raus hier!»

Sie bildeten eine Kette im Dunkeln und tasteten sich an Dahms' reglosem Körper vorbei. Tia öffnete die Kellertür und sandte eine kurze Folge ihrer Zungenklicklaute voraus.

«Vorsicht, Stufe!»

Sie tasteten sich die Treppe hinauf und gelangten durch eine weitere Tür ins Erdgeschoss.

Carolin blinzelte, als plötzlich Formen in der Dunkelheit auftauchten. Die Kellertreppe öffnete sich zu einer Küche, und diese führte in ein riesiges Wohnzimmer, das den größten Teil des Erdgeschosses einzunehmen schien. Die gesamte Front zum Garten war verglast. Es war tiefe Nacht, doch draußen war ein Bewegungsmelder angesprungen und beleuchtete eine Terrasse, eingerahmt von Ziersträuchern.

«Hier entlang!», lotste Carolin.

Die Haustür lag am Ende eines kurzen Flurs neben dem Wohnraum. Carolin ergriff die Klinke – und rüttelte vergeblich.

«Mist ... abgeschlossen. Sicher hat er den Schlüssel bei sich.»

«Vielleicht finden wir ein Telefon und können Hilfe rufen», schlug Kim vor.

Tia schüttelte den Kopf. «Keine Zeit! Ich kann das Gas bereits riechen; es zieht die Kellertreppe herauf. Wir werden ein Fenster einschlagen müssen.»

«Wartet!», rief Kim plötzlich. «Da ist jemand draußen!»

Carolin folgte ihrem Blick durch die Glasfront. Tatsächlich: Jemand tappte suchend durch den Garten und spähte in die Fenster. Die hohe, schlanke Gestalt mit dem kurzen Bürstenhaar war unverkennbar.

«Leon!», rief Carolin, eilte zur Terrassentür und hämmerte mit der Faust dagegen. «Wir sind hier!»

«Leon?», wiederholte Tia ungläubig.

«Ja! Er ist da draußen!»

Leon war stehengeblieben und hatte sich der Glasfront zugewandt. Offenbar erkannte er sie nicht sofort, da das Innere des Hauses dunkel war und die von außen angestrahlten Scheiben wie Spiegel wirkten. Dann aber hellte sein Gesicht sich auf, und er kam herbeigelaufen.

«Wir sind hier drinnen eingeschlossen!», rief Carolin.

Ein erschrockener Laut von Tia ließ sie herumfahren.

«Dahms! Er ist zu sich gekommen! Ich höre ihn.»

Alle drei starrten zur Küche hinüber, wo die Kellertreppe endete. Ein fernes Stöhnen drang herauf.

«Oh nein», flüsterte Kim.

Carolin wandte sich wieder der Glasscheibe zu. «Wir müssen hier raus! – Kim, hilf mir!»

Kurzentschlossen packte sie einen gusseisernen Lampenständer und schlug auf die Scheibe ein.

Leon schien zu begreifen. Einen Moment blickte er sich suchend um, dann verschwand er nach links aus ihrem Blickfeld. Als er wieder auftauchte, hielt er einen großen Spaten in den Händen.

«Zurück!», zischte Carolin und zog Kim von der Glasfront weg.

Leon schwang den Spaten in weitem Bogen und ließ das stählerne Blatt gegen die Scheibe krachen. Es glitt ab und hinterließ nur einen kaum sichtbaren Riss im Glas.

Ein Poltern kam von der Kellertreppe.

«Er kommt!», rief Tia. «Noch mal! Schnell!»

Erneut schwang Leon den Spaten. Auch der zweite Schlag glitt ab; der dritte jedoch überzog die Scheibe mit einem konzentrischen Netz feiner Risse. Endlich, beim vierten Schlag, splitterte die Scheibe und zerbarst in einem Regen von Glasfragmenten.

Carolin hatte instinktiv die Arme hochgerissen und Tia gedeckt. Sie spürte, wie feine Splitter Geschossen gleich von ihrer Schulter abprallten. Ein Schwall kühler Nachtluft drang herein, während die gasgeschwängerte Luft im Raum nach draußen entwich.

«Raus hier!», zischte sie und zerschlug mit dem Lampenständer einige dolchartige Glassplitter, die noch im Rahmen steckten. «Du zuerst, Kim!»

Leon streckte beide Hände herein und half Kim, über den Haufen aus Scherben ins Freie zu steigen.

«Dieser Geruch!», stieß er alarmiert hervor. «Ist das Gas?»

«Ja», antwortete Tia. «Carolin – schnell!»

Auch Carolin packte Leons Hände und ließ sich nach draußen helfen. Als sie auf der Terrasse stand und sich umwandte, konnte sie erkennen, dass sich an der Tür zur Küche ein Schatten bewegte.

«Tia!», schrie sie. «Beeil dich!»

Doch Tia hatte einige Mühe, durch die geborstene Scheibe zu steigen. Sie hatte Leons Hände ergriffen, zögerte jedoch.

«Kopf einziehen!», dirigierte Leon. «Achtung, rechte Schulter – Stückchen mehr nach links!»

Der Schatten im Hintergrund wurde deutlicher. Die schlanke Gestalt von Eckard Dahms tauchte im Wohnzimmer auf – leicht schwankend, die rechte Gesichtshälfte von Blut überströmt, seine Pistole in der Hand.

«Los!», rief Leon und zog Tia mit einem entschlossenen Ruck ins Freie. Sie stolperte über den Rahmen der Terrassentür, und er konnte sie eben noch auffangen, bevor sie in die Scherben am Boden stürzte.

Dahms, für Sekunden vom Licht geblendet, blinzelte verwirrt. Dann aber schien er zu erfassen, was vor sich ging – und erkannte Tia. Sein Gesicht verzerrte sich zu einer Maske der Wut.

«Weg hier!», schrie Carolin und packte Tias linken Arm, während Leon den rechten ergriff. Gemeinsam zogen sie sie vorwärts, quer über die Terrasse und hinaus in den Garten.

«Achtung!», kreischte Kim, die ihnen ein paar Schritte vorausgeeilt war.

Leon wandte den Kopf, und auch Carolin erhaschte einen kurzen Blick auf Dahms, der jetzt direkt hinter der zerbrochenen Scheibe stand. Vielleicht hatte Carolins Schlag seine Sinne benebelt, sodass er den Gasgeruch nicht mehr wahrnahm; vielleicht übermannte ihn schlicht der Zorn – jedenfalls hob er die Pistole und zielte auf Tia.

Leon reagierte augenblicklich, warf sich zu Boden und riss Tia mit sich.

Im gleichen Moment fiel der Schuss – und er war noch nicht verklungen, als ein viel größerer Knall folgte wie der Donner dem Blitz. Die Druckwelle schleuderte Carolin mit dem Gesicht ins Gras, während ein Regen von Scherben auf ihren Rücken niederging. Greller Lichtschein zuckte auf, als die gesamte Rückseite des Hauses sich in eine Wolke aus wirbelnden Flammen verwandelte und bläuliche Glutbälle aus den berstenden Fenstern hervorschossen.

Es dauerte eine Weile, bis Carolin begriff, dass sie unverletzt war. Benommen setzte sie sich auf und sah sich nach Tia und Leon um. Beide lagen kaum einen Meter neben ihr eng umschlungen im Gras. Leon stützte sich eben auf einem Ellbogen hoch.

Auch Tia regte sich. Ihre blinden Augen flackerten verwirrt – bis Leon eine Hand auf ihren Kopf legte und ihn in seine Halsbeuge drückte.

«Alles okay!», raunte er ihr zu.

Carolin sah, wie Kim zu ihnen herübergekrochen kam, die sich hinter der steinernen Umfassung der Terrasse in Deckung gebracht hatte. In ihren hellen Augen spiegelten sich die Flammen.

«Geht's euch gut?», fragte sie zittrig.

Carolin nickte, während Leon sein Handy hervorzog, um den Notruf zu wählen.

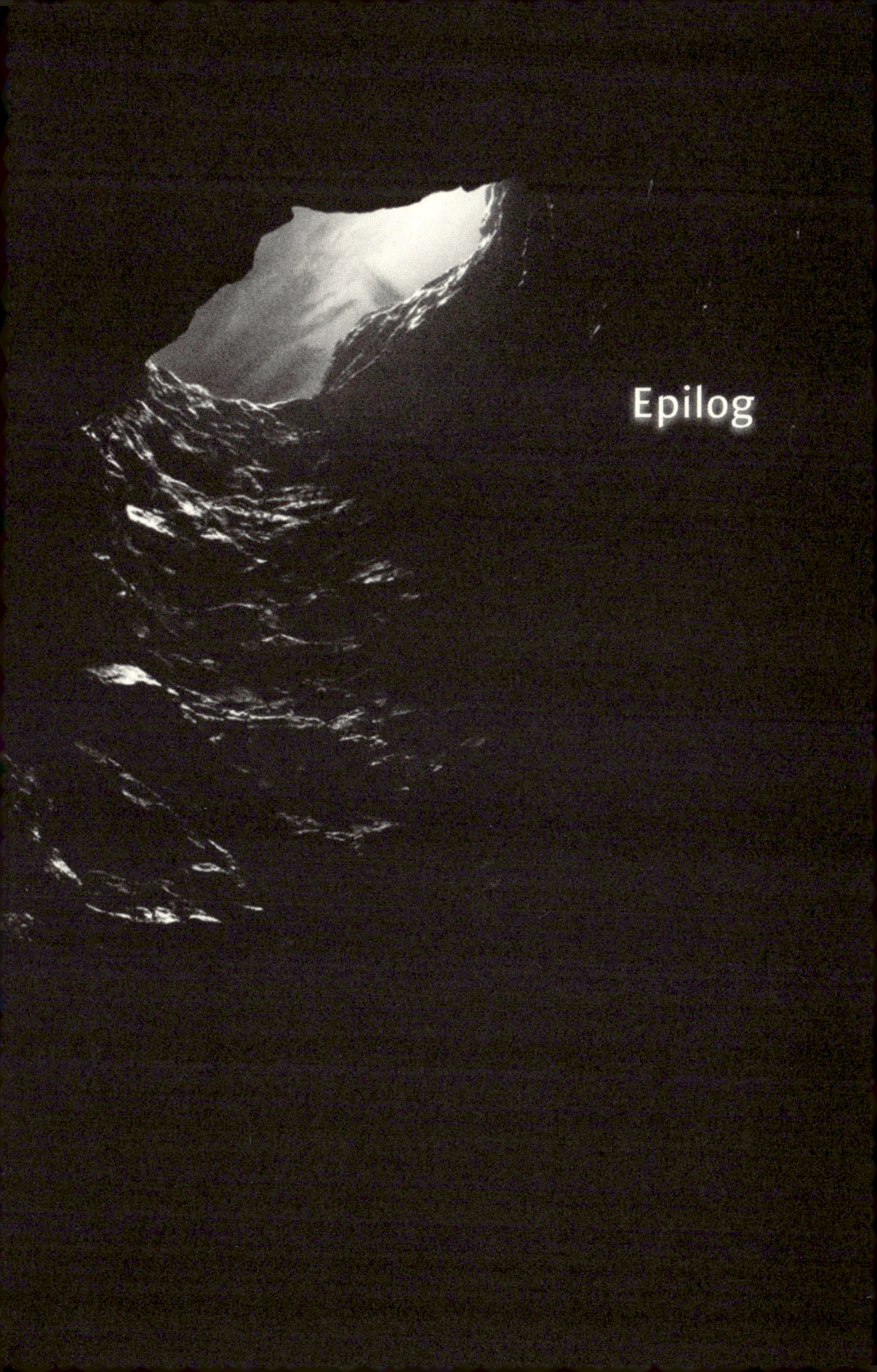

Epilog

Drei Tage später

Tia

Die Sonne schien. Tia, auf dem kleinen Balkon des Hotelzimmers stehend, spürte ihre Kraft. Vorsorglich schloss sie die Augen, obwohl sie ihre getönte Brille trug. Diesen Selbstschutz hatte sie sich angewöhnt, da sie für Blendung unempfindlich war und nicht mehr über den Reflex verfügte, der bei starker Lichteinstrahlung die Pupillen zusammenzog. Die Wärme war angenehm, und der Ausblick musste herrlich sein: Die Fenster blickten direkt auf die Hügel im Norden, die von Weinpflanzungen bedeckt waren, und dahinter musste die malerische Silhouette des Odenwaldes liegen – geschwungene Höhenzüge, dunkel bewaldet, mit hier und da blinkenden Felsspitzen. Es war später Nachmittag. Eine leichte Brise kam auf und wehte den würzigen Geruch der Kiefern herüber.

Hinter ihr im Zimmer klopfte es an der Tür. Leon öffnete.

«Hey!», rief er zu ihr nach draußen. «Besuch!»

Seine Stimme klang erfreut.

Tia tastete sich zur Balkontür. Als sie das Zimmer betrat, wusste sie bereits, wer hereingekommen war: Carolins Parfum erkannte sie auf Anhieb, und nach einigen Sekunden auch den Geruch von Kim.

«Hallo!», grüßte Carolin. «Entschuldigt bitte, dass ich euch so überfalle.»

«Nicht doch», sagte Tia. «Schön, dass du vorbeischaust.»

«Kim wollte euch sehen.»

«Ich wusste nicht, wo ihr wohnt», erklärte Kim zögernd. «Aber Carolin war so nett, mich aus dem Krankenhaus abzuholen, und da dachte ich, ich frage einfach mal.»

«Kein Problem», sagte Tia. «Wie geht's dir denn?»

«Ach, ganz gut. Ich musste nur zwei Tage zur Beobachtung dableiben.»

«Setzt euch doch!», bat Leon. «Viel Platz haben wir leider nicht; das Sofa ist nur für zwei. Irgendjemand wird sich mit der Bettkante begnügen müssen.»

«Kein Problem», sagte Carolin. «Das mache ich.»

«Können wir euch etwas zu trinken anbieten?» Das schmatzende Geräusch der Kühlschranktür verriet, dass Leon die Vorräte durchmusterte. «Hm, karges Angebot. Ich glaube, ich rufe den Zimmerservice.»

«Das ist doch nicht nötig!», wehrte Kim verlegen ab. «Ich wollte mich eigentlich ... nur bedanken.»

«Bedanken?»

«Na ja ... immerhin habt ihr mir und Philipp das Leben gerettet.»

Doch Leon bestand darauf, den Zimmerservice zu rufen und eine Runde Getränke zu ordern. Wie sich rasch herausstellte, war das eine gute Idee: Die zunächst etwas steife Stimmung lockerte sich zusehends auf.

«Wie geht es deinem Freund?», fragte Leon, an Kim gewandt. «Alles okay mit dem gebrochenen Bein?»

«Die Ärzte sagen, davon bleibt nichts zurück», berichtete Kim. «Natürlich muss er noch ein bisschen in der Klinik bleiben.»

«Aber du kannst ihn ja jederzeit besuchen.»

«Ach, ich ...» Kims Stimme klang plötzlich kühl. «... weiß gar nicht, ob ich das möchte.»

«Nanu?»

«Wir haben uns getrennt», gestand Kim. «Als ich ihn das letzte Mal besucht habe, haben wir uns ziemlich schlimm gestritten – darüber, was wir der Polizei erzählen sollen. Bisher weiß niemand, dass wir schon vorher nach dem Schatz gesucht hatten ... also: Phil, Lukas und ich.»

«Wer ist Lukas?»

«Phils kleiner Bruder. Er hat sich verletzt, als wir das erste Mal dort waren. Ein Rettungshubschrauber musste kommen und ihn abholen.»

«Ach, *ihr* wart das also!», begriff Tia.

Kim nickte. «Die Schatzsuche war Phils Idee, aber er hat darauf bestanden, Lukas mitzunehmen. Die beiden kleben zusammen wie Pech und Schwefel, schon immer. Phil meinte, wir sollten uns bei meiner Mutter einquartieren und nach dem Licht Ausschau halten; es würde uns zu der Höhle führen ... und zu dem Schatz.» Sie seufzte. «Er sagt immer noch, wir müssten alles geheim halten. Aber ich bin das Versteckspiel leid. Ich hab beschlossen, der Polizei alles zu erzählen – auch von dem Brief, obwohl er bestimmt in Dahms' Haus verbrannt ist.»

«Er ist nicht verloren», bemerkte Carolin. «Ich habe ihn abfotografiert.»

«Was?» Kim klang erschrocken. «Soll das heißen, dass du ...»

«Ich bin nicht gerade stolz darauf», gab Carolin zu. «Ich hatte deiner Mutter versprochen, nach dir und dem Haus zu sehen. Dabei habe ich den Einbruch entdeckt, und ... na ja ... die Neugier siegte. Ich bin durch das Fenster gestiegen und habe deine Sachen durchwühlt. Daher wusste auch Dahms von dem Brief; er hat es von mir erfahren.»

Kim schwieg, offenbar sprachlos.

«Tut mir leid», sagte Carolin betreten. «Aber deine Mutter machte sich wirklich Sorgen – und mir ging es genauso, als ich das aufgebrochene Fenster sah. Ich ahnte, dass du in Schwierigkeiten steckst. Übrigens habe ich mich ein bisschen umgehört: Die Polizei glaubt inzwischen zu wissen, wer die Einbrecher waren.»

«Tatsächlich?», staunte Kim.

«Ja, zwei junge Leute aus Chemnitz. Offenbar waren sie extra angereist, um nach dem Schatz zu suchen. Einer von ihnen hatte an der Diskussion im Internet teilgenommen, wo es um das blaue Licht ging. Es scheint, dass sie dich beobachtet haben, wie du das Fenster ihres Wagens eingeschlagen hast. Aber statt zur Polizei zu gehen, sind sie dir nach Hause gefolgt und in dein Zimmer eingestiegen, um herauszufinden, was du über den Schatz wusstest.»

«Woher weißt du das alles?», fragte Leon.

«Ach ... ich hatte ein längeres Gespräch mit der hiesigen Polizei», erklärte Carolin. «Natürlich sehen sie mich als wichtige Zeugin an, weil ich den ganzen Tag mit Dahms zusammen war. Ich habe ihnen übrigens alles erzählt – auch wenn manches dabei war, wofür ich mich schäme.»

«Wem sagst du das», murmelte Kim. «Ich hab auch noch nie vorher ein Autofenster eingeschlagen. Aber Phil meinte, es müsste sein.»

«Wir haben wohl beide ein bisschen über die Stränge geschlagen», meinte Carolin. «Obwohl es mir eigentlich viel peinlicher ist, dass ich auf Dahms hereingefallen bin.»

«Wir sind alle auf ihn hereingefallen», tröstete Tia. «Du solltest dir keine Vorwürfe machen. Seine rechte Gesinnung hat er offenbar zeitlebens gut verborgen – und dass er auf der Suche nach dem Nibelungenschatz war, konnte nun wirklich niemand ahnen.»

«Apropos!», hakte Carolin ein. «Das mit dem Nibelungenschatz hat sich als Irrtum herausgestellt – wenig überraschend, wenn ihr mich fragt.»

«Aber es war doch ein Schatz in der Höhle, oder?», fragte Leon. «Tia hat mir davon erzählt.»

«Ja, aber mit den Nibelungen hat er nichts zu tun. In Dahms' zerstörtem Haus ist ein antiker Goldbecher gefunden worden – offenbar derselbe, den der Archäologe Heiding einst aus der Höhle geborgen hatte und der ihm von Dahms' Großvater abgenommen wurde. Die Polizei hat diesen Becher ans Archäologische Institut in Heidelberg geschickt, um ihn untersuchen zu lassen. Ich habe dort mal angerufen und den Professor interviewt, der sich mit der Sache befasst.»

Tia schmunzelte. «Unsere Carolin! Immer an vorderster Front, wenn es um Informationen geht.»

«Das ist schließlich mein Job, oder?» Carolin lachte verlegen. «Jedenfalls ist der Becher gar nicht germanisch. Die Zusammensetzung der Goldlegierung weist auf eine Mine in Kleinasien hin. Wahrscheinlich gehörte das Ding einem römischen Offizier, der am Limes stationiert war, und wurde von germanischen Kriegern geraubt. Übrigens glaubt der Professor, dass der Höhlenschacht gar nicht als Versteck gedient hat, weil es sehr schwierig gewesen wäre, Wertsachen aus so großer Tiefe wieder zu bergen.»

«Sondern?»

«Vermutlich handelt es sich um eine Opferstätte. Der Professor nimmt an, dass die Germanen Raubgut als Opfer für irgendwelche Erdgottheiten in diesen Schacht warfen. Offenbar glaubte man damals an unfreundliche magische Wesen, die unter der Erde wohnten und besänftigt werden mussten, damit sie kein Unheil stifteten.»

«Nachtalben ...», sagte Kim leise.

«Natürlich ist dieser Schatz trotzdem ein sensationeller Fund», schloss Carolin. «Das Archäologische Institut wird ein Forscherteam schicken, um ihn zu dokumentieren. Da die Sache technisch nicht einfach wird, hätte man gern, dass Tia die Aktion leitet.»

Tia nickte. «Habe ich fast erwartet.»

«Außerdem müssen natürlich die Toten geborgen werden: Heiding, Dahms' Großvater und Jan Möller. – Übrigens, falls es jemanden interessiert: Ich bin gerade dabei, die Familie von Curd Heiding ausfindig zu machen.»

«Oh!», sagte Kim erstaunt. «Er hat also Nachkommen?»

«Sieht ganz danach aus. Soweit ich herausfinden konnte, ist seine Frau nie nach Deutschland zurückgekehrt, sondern bei Kriegsausbruch in die USA weitergereist. Später hat sie sich mit dem Verschwinden ihres Mannes abgefunden und ein zweites Mal geheiratet; eine Tochter von ihr soll irgendwo in Kalifornien leben. Ich finde, sie sollte erfahren, was nach so langer Zeit ans Licht gekommen ist. Schließlich geht es um ihre Familiengeschichte.»

«Ja», stimmte Kim nachdenklich zu. «Du hast recht ... Ich schäme mich so. Ich hätte diesen Brief nie behalten dürfen.»

«Wir haben alle Fehler gemacht», sagte Carolin tröstend. «Nicht zuletzt ich.»

«Aber letztlich wird doch nun alles aufgeklärt, oder?», meinte Leon. «Im Grunde kein schlechtes Ende! Schaut mal: So viele Verwicklungen – und dennoch sind wir alle mit halbwegs heiler Haut davongekommen, haben eine bedeutende archäologische Entdeckung gemacht und nebenbei noch einen siebenundachtzig Jahre zurückliegenden Todesfall aufgeklärt. Eigentlich könnten wir stolz auf uns sein.»

«Gut gesagt.» Carolin schmunzelte. «Trinken wir darauf?»

«Prost!»

Alle hoben die Gläser.

«Übrigens müssen wir uns bald verabschieden», sagte Carolin. «Kim möchte ihre Mutter besuchen. Ich habe beschlossen, mitzukommen. Die arme Frau hat sich solche Sorgen gemacht – und ich hatte ihr ohnehin versprochen, wiederzukommen.»

«Na, dann lasst euch nicht aufhalten», sagte Tia.

Sie hörte, wie Kim aufstand und einen Schritt auf Leon zutrat. «Danke für ... alles», brachte sie mit unsicherer Stimme hervor.

Die folgenden Geräusche verrieten Tia, dass Leon sie kurz in die Arme nahm.

«Kein Problem», sagte er, offenbar kaum weniger verlegen. «Komm jederzeit wieder! Du weißt ja jetzt, wo du uns findest.»

Zwei weitere Schritte – Kim näherte sich Tia.

«Tia? Kann ich dich kurz sprechen? Allein?»

Ein ungutes Gefühl befiel Tia, doch sie zwang sich, ruhig zu bleiben.

«Natürlich», sagte sie. «Komm doch mit auf den Balkon.»

Tia schloss die Balkontür, sodass von drinnen nur noch gedämpft die Stimmen der anderen zu hören waren, und lehnte sich auf das Geländer. Kim trat zögernd an ihre Seite.

«Bei dir wollte ich mich auch bedanken», begann sie.

«Ist schon gut», wehrte Tia ab. «Ich habe ja kaum etwas für dich getan. Die meiste Zeit hat sich Leon um dich gekümmert.»

«Ja ... Leon ...» Kim zögerte merklich. «Ich wollte dir noch etwas sagen. Etwas, das ihn betrifft.»

Tia schwieg abwartend. Sie glaubte zu wissen, worum es ging, war sich aber keineswegs sicher, ob sie es hören wollte.

«Er liebt dich!», platzte Kim heraus. «Ich weiß, dass ihr nicht richtig zusammen seid ... wie ein Paar, meine ich ... aber ich weiß, dass er es sich wünscht.»

Tia fror förmlich ein. Das war es nicht, was sie erwartet hatte – doch es traf sie härter als jedes Geständnis.

Das geht dich nichts an!, erwiderte eine dunkle, animalische Stimme in ihrem Innern. *Und was auch immer du mit ihm getan hast, tu es nie wieder! Lass deine Finger von ihm.*

«Er ist ein wirklich toller Mann», fügte Kim hinzu. «An deiner Stelle würde ich gut auf ihn aufpassen.»

Oh ja, das werde ich!, versicherte die ungebetene Stimme in Tias Kopf. *Besonders, wenn kleine Schlampen wie du in der Nähe sind.*

Sie erschrak über sich selbst. Noch nie im Leben hatte sie das Wort «Schlampe» ausgesprochen oder auch nur gedacht. Sie spürte deutlich, dass die Wut, die in ihr aufstieg, eigentlich nicht Kim galt. Im Grunde war Tia wütend auf sich selbst – weil sie es nicht fertigbrachte, Leon das zu geben, was er brauchte und verdiente und was jede Eifersucht überflüssig gemacht hätte.

Kim war verstummt, offenbar eingeschüchtert durch ihr Schweigen. Plötzlich schniefte sie leise.

«Es tut mir so leid ...»

Erstaunt begriff Tia, dass sie weinte.

Ihr Zorn verflog. Plötzlich fühlte sie sich Kim sehr nahe, empfand sogar etwas wie Mitleid. Was hatte diese junge Frau verbrochen, außer sich von einem Mann angezogen zu fühlen, den sie, Tia, aus lauter Angst nicht an sich zu binden wagte?

«Mir auch», sagte sie zu ihrer eigenen Überraschung. «Ich glaube, ich habe viel falsch gemacht. Und ich werde versuchen, an mir zu arbeiten. Es ist nur ... schwer, zu lieben, wenn man nicht sehen kann.»

«Vielleicht kann man das lernen!», meinte Kim. «So wie dieses Echo-Sehen durch Zungenschnalzen, das du so unglaublich beherrschst.»

«*Das* ist bloß eine Sache der Übung.»

«Das andere auch!», versicherte Kim. «Man muss bloß irgendwann mal ... mit dem Üben anfangen.»

Widerwillig musste Tia schmunzeln. «Dann habe ich wohl noch eine Menge zu üben.»

«Zum Beispiel, was man mit einer Zunge noch so alles machen kann, außer zu schnalzen?»

Beide fanden sich in einem verlegenen Lachen. Der Moment hatte etwas Erlösendes und befreite Tia endgültig von ihrem Ärger. Als sie eine Hand fühlte, die schüchtern nach ihr tastete, wandte sie sich zur Seite und schloss Kim in die Arme.

«Ich glaube, auch ich habe mich bei dir zu bedanken», sagte sie.

«Wofür?»

«Dass du mir die Augen geöffnet hast ... falls man so etwas in meinem Fall sagen kann. Manchmal bin ich wohl blinder, als sich durch meine Behinderung entschuldigen lässt.»

«Man kann auch mit dem Herzen sehen», meinte Kim ernsthaft. «Es ist nur nicht leicht ... für niemanden.»

Leon

Als Kim und Carolin aufgebrochen waren, stand Tia noch immer auf dem Balkon und blickte in die Abendsonne.

Leon räumte die Gläser fort und stellte die Getränke in den Kühlschrank. Flüchtig überlegte er, ob er abwaschen sollte, denn er scheute sich, zu Tia nach draußen zu gehen. Worüber Kim mit ihr geredet hatte, konnte er sich denken, und es erfüllte ihn mit Scham und Angst. Eine Weile rang er mit sich. Am Ende schluckte er seinen Stolz und sagte sich, dass die Konfrontation unvermeidbar war.

Als er auf den Balkon hinaustrat, hatte Tia das Gesicht der sinkenden Sonne zugewandt.

«Geht es dir gut?», fragte Leon.

Sie nickte nur.

Verstohlen musterte Leon sie von der Seite. Es war ein anrührendes Bild, wie sie dastand, hoch aufgerichtet, eine Hand auf das Geländer gelegt. Die dunkle Brille hatte sie abgenommen, als der Besuch eingetroffen war, und nicht wieder aufgesetzt. Das Abendlicht überzog ihr Gesicht mit einem rötlichen Schimmer. Winzige Reflexe glühten wie Funken auf ihren Wimpern.

«Die arme Carolin tut mir wirklich leid», hörte Leon sich sagen. «Sie macht sich Vorwürfe, weil sie diesem Dahms auf den Leim gegangen ist.»

«Ach, na ja», meinte Tia, «wer könnte es ihr verübeln? Sie ist eine starke Frau, aber wohl auch sehr einsam.»

Eine starke Frau, aber einsam ... Die Worte echoten in Leons Kopf. Genau das hätte man auch über Tia sagen können.

«Und Kim hat sich von ihrem Freund getrennt?», fragte er beiläufig.

Tia nickte.

«Tja ... Arme Kim. Arme Carolin. Kein Happy End für die Liebe, wie es scheint.»

Tia senkte den Kopf. Sie schwieg längere Zeit, doch Leon war sich ziemlich sicher, dass sie den Hintersinn seiner Worte verstanden hatte.

«Ich wäre ja froh, wenn es ein Happy End geben könnte», sagte sie schließlich.

Leon entschloss sich zu einem direkten Vorstoß.

«Was mich betrifft, wäre das gar nicht so schwierig», stellte er klar. «Ich weiß, was mich glücklich machen würde.»

«Ach, Leon ...» Tia seufzte. «Wir haben es doch schon einmal versucht.»

Versucht? Das war reichlich übertrieben, fand Leon. Es war fast ein Jahr her, und er hatte nicht mehr getan, als ihre Hand zu halten und sich ihrem Gesicht zu nähern. Tia war zurückgeschreckt. Sie hatte ihn gebeten, Geduld mit ihr zu haben – und er hatte geglaubt, dass von einigen Minuten die Rede sei. Doch aus den Minuten waren Stunden geworden, dann Tage und schließlich Monate, ohne dass sie je auf diesen Moment zurückgekommen waren.

«Es liegt nicht an dir», erklärte sie. «Ich habe einfach Angst.»

«Angst wovor?»

«Dass ich für solche Dinge nicht gemacht bin.»

«Du bist eine Frau», sagte Leon. Er sprach nicht aus, was er eigentlich meinte: *Eine wunderbare Frau. Wert, mit aller Leidenschaft geliebt zu werden.*

«Aber was bedeutet das? Biologisch doch nur, dass ich Kinder kriegen könnte – worauf ich in absehbarer Zeit nicht besonders scharf bin.»

«Es bedeutet mehr. Zum Beispiel, wie eine Frau zu fühlen.»

«Ich bin nicht sicher, ob ich das kann.»

«Dann lass es uns ausprobieren», schlug Leon kühn vor und nahm sie in die Arme. Er spürte, dass sie erschrak. Ihre Augenlider flatterten nervös.

«Leon ...»

«Sch!», machte Leon – und wagte es, sie zu küssen.

Sie wehrte ihn nicht ab. Dennoch fühlte es sich seltsam an, als absolvierte sie eine Übung. Er spürte deutlich, dass sie guten Willen zeigen wollte, sich aber nicht wirklich hingeben konnte.

«So geht das nicht. Entspann dich!»

«Sagt sich leicht», flüsterte Tia verlegen. «Ich weiß einfach nicht, was ich tun muss.»

«Nichts! Nur locker lassen.»

Sanft fuhr Leon mit einem Finger über ihren Mund. Tia reagierte mit einer leichten Öffnung der Lippen – und dieser Anblick ließ ihn vor Verlangen erschauern.

Diesmal hielt Leon sich nicht zurück. Er beugte sich über sie und küsste sie mit aller Zartheit und Leidenschaft, die er empfand. Sein Herz klopfte heftig.

Als er sich schließlich von ihr löste, erschrak er fast über die Veränderung, die mit ihr vor sich gegangen war. Tia atmete schwer. Ihre Wangen waren flammend gerötet, und ihre gewöhnlich so blassen Lippen glühten. Noch immer hielt Leon sie eng umschlungen – und bemerkte, dass ihre Beine zitterten.

«Okay», brachte sie schwach hervor. «Ich glaube, ich verstehe so langsam, worum es geht.»

Unwillkürlich musste Leon schmunzeln.

«Dieser Geruch», flüsterte sie. «Ich hatte immer Angst davor ...»

«Was für ein Geruch?»

«Irgendein Hormon ... Androstenon, glaube ich.»

«Du bist unverbesserlich.» Leon strich ihr eine Haarsträhne aus der Stirn. «Immer Wissenschaftlerin, nicht wahr? Kannst du denn nie das Denken abstellen?»

«Ich weiß nicht.» Unerwartet schmiegte sie sich an ihn und legte den Kopf an seinen Hals. «Vielleicht kann ich das ja lernen. Aber es wird seine Zeit brauchen.»

Leon schwieg und hielt sie fest. Er hatte ihr bereits eine Menge Zeit gegeben, fand er ... volle drei Jahre. Doch es lag ihm fern, sie zu drängen. Dass sie seinen Kuss zugelassen hatte, war für ihre Verhältnisse bereits ein gewaltiger Schritt – und dass er sie sogar für einen Moment zum Mitschwingen gebracht hatte, beglückte ihn mehr, als er sagen konnte.

Minuten vergingen. Hinter den Bergen des Odenwaldes sank die Sonne, und der Wind verstärkte sich zu einer frischen Böe.

«Es wird kühl», sagte Tia nach einer scheinbar unendlich langen Zeit. «Wollen wir reingehen?»

Leon nickte.

Anhang

Wahr ist,

dass von dem US-Amerikaner Daniel Kish (geboren 1965), der 13-jährig infolge einer Krebserkrankung erblindete, eine Methode der Echo-Ortung durch Zungenschnalzen entwickelt wurde. Kish, der die gemeinnützige Organisation *World Access for the Blind* gründete, konnte mit dieser Methode schon als Jugendlicher Rad fahren und auf Bäume klettern. Heute unterrichtet er diese Technik an einer Blindenschule und hat unter anderem eine Radsportgruppe für Blinde gegründet. Bei guter Übung erlaubt das Zungenschnalzen die Erkennung von Gegenständen, Räumen und Formen auf erhebliche Distanz; Anwender beschreiben den Effekt wie eine Folge kurzer Lichtblitze. Ausnahmetalente wie Ben Underwood (geboren 1992) können mit dieser Methode sogar Skateboard fahren.

(Online: *www.worldaccessfortheblind.org; de.wikipedia.org/wiki/Menschliche_Echoortung; www.benunderwood.com*)

dass es in Deutschland zahlreiche Sagen über Schatzlichter gibt, die angeblich durch eine bläulich leuchtende Flamme die Position verborgener Schätze anzeigen. Ob diesen Sagen ein physikalisches Phänomen zugrunde liegt, ist umstritten. Eine mögliche Erklärung für solche Lichterscheinungen ist das Aufsteigen von Methangas, das an der Luft mit bläulicher Flamme verbrennt. Methan entsteht meist unterirdisch durch Zersetzung organischer Materie unter Luftabschluss. Eine Entzündung des Gases ist durch viele natürliche Ursachen möglich, etwa durch Hitze, Funkenschlag, statische Aufladung und Ultraschallwellen. Die Sage, dass bläuliche Lichter auf verborgene Schätze hinweisen, ist möglicherweise dadurch zu erklären, dass Methangas häufig aus Hohlräumen in der Erde aufsteigt, in denen manchmal auch Funde von archäologischer Bedeutung gemacht wurden.

dass Abenteurer und Hobbyforscher bis heute nach dem sagenhaften Schatz der Nibelungen suchen. Seine Existenz wird von seriösen Wissenschaftlern meist abgelehnt, da der Sagenkreis um Siegfried und die Könige von Burgund sich auf viel ältere germanische Überlieferungen zurückführen lässt, deren Ursprung möglicherweise nicht einmal in Deutschland, sondern in Skandinavien liegt. Dennoch hat die berühmte Zeile des Nibelungenliedes, die von der Versenkung des Schatzes «dâ ze Lôche allen in den Rîn» berichtet, zu zahllosen Spekulationen, Nachforschungen und Grabungen Anlass gegeben. Seit mehr als hundert Jahren streiten Schatzsucher und Amateur-Archäologen über die Bedeutung der Worte und den richtigen Ort, der manchmal nahe Worms oder Bonn, im Taunus oder Odenwald, am Grund des Rheins oder auch in einer Höhle im Umland lokalisiert wird. Die Theorie des Gelehrten Adolf Schriebel ist zwar fiktiv, jedoch keineswegs abenteuerlicher als viele andere, bis heute kursierende Ideen zu diesem Thema.

dass seit einigen Jahren versucht wird, tiefliegende Erdgasvorkommen in Deutschland mit der neuen Methode des «Hydraulic Fracturing» zu erschließen. Nachdem die konventionellen Lagerstätten weltweit der Ausschöpfung entgegengehen, wird dieses Verfahren vielfach als Perspektive für die Zukunft angesehen. Angewendet wird es bei der Förderung von Erdgas, das nicht in größeren Blasen, sondern gebunden in tiefen Tonschichten vorkommt. Um diese Schichten durchlässig zu machen und ein Austreten des Gases zu ermöglichen, werden unterirdische Tunnelsysteme angelegt und unter hohem Druck mit Millionen Litern Wasser geflutet, was zur Aufsprengung des Gesteins führt. Dabei entstehen Risse, die sich in verschiedene Richtungen ausbreiten und bei entsprechendem Wasserdruck bis zu zweihundert Meter lang sein können. Um Verstopfungen der Risse zu verhindern, wird das Wasser mit zahlreichen, teils giftigen Substanzen versetzt (Säuren, Lösungsmittel, Biozide gegen Bakterien). Das «Fracking»-Verfahren ist umstritten. In den USA wurde es in zu geringen Tiefen angewendet, was zu Schäden an Gebäuden und zur Verunreinigung lokaler Grundwasserbestände führte. Als unbedenklich gilt die

Methode, wenn sie in großen Tiefen weit unterhalb des Grundwassers angewendet wird.

Derzeit werden an verschiedenen Orten Deutschlands Erkundungsbohrungen für Fracking-Maßnahmen durchgeführt. Mögliche Risiken sind Gegenstand aktueller Auseinandersetzungen zwischen Wissenschaftlern, lokalen Bürgerinitiativen und Regierungsbehörden. Vgl. hierzu den Bericht der Bundesanstalt für Geowissenschaften und Rohstoffe Hannover vom Mai 2012:

http://www.bgr.bund.de/DE/Themen/Energie/Downloads/BGR_Schiefergaspotenzial_in_Deutschland_2012.pdf?_blob=publicationFile&v=7

Fiktiv hingegen sind

sämtliche im Text vorkommenden Personen und Ereignisse. Auch die Stadt Lochberg ist fiktiv, wenngleich verschiedene Kleinstädte der Region als Vorbilder für Landschaft, Stadtbild und Infrastruktur herangezogen wurden. Mögliche Ähnlichkeiten von Einwohnern der Stadt mit tatsächlich existierenden Persönlichkeiten sowie Ähnlichkeiten von Namen sind unbeabsichtigt und zufällig. Insbesondere wird darauf hingewiesen, dass keiner der Romancharaktere auf eine wirkliche Person anspielt, die bei einer Stadtverwaltung in der Region, in einem sonstigen öffentlichen Amt oder einem lokalen Verein tätig ist. Auch die Firma ONFOX-Gas einschließlich ihrer Repräsentanten ist fiktiv. Bis zum heutigen Tag wird im Odenwald kein Erdgas gefördert.

alle im Text zitierten Bücher, Internetseiten und sonstigen Publikationen

MIX
Papier aus verantwortungsvollen Quellen
FSC® C083411
www.fsc.org

Das für dieses Buch verwendete FSC®-zertifizierte Papier
Holmen Book Cream liefert Holmen, Schweden.